Una Mannion

SAG MIR, WAS ICH BIN

Aus dem Englischen von Tanja Handels

Roman / Steidl

Für Dúaltagh, Brónagh und Aoibhín

Du fingst oft
An zu erzählen, was ich bin, stocktest
Dann stets und ließt mich fruchtlos meinem Grübeln
Mit kurzem »Wart: noch nicht«.

William Shakespeare, *Der Sturm*

Sanft wie Licht sind Schichten von Gedanken, Bildern und Gefühlen beständig auf dein Gehirn niedergesunken. Es schien, jede neue Schicht verdecke alle tieferen für immer. Und doch ist wahrhaftig keine ausgelöscht worden.

Thomas De Quincey, »Der Palimpsest«

Teil 1

1

RUBY

The Islands, Vermont, Mai 2018

Durch die offene Klappe fiel ein nadeldünner Streifen Licht auf das Hühnerei – blassblau in seinem Nest aus Kiefernspänen, wie ein verformter Mond oder eine der hellgrünen Tabletten, die Clover immer vom Arzt verschrieben bekam. Ruby schloss die Finger darum, drehte die Handfläche nach oben. Sie spürte das Gewicht des Eis, wie perfekt es sich in die menschliche Hand schmiegte.

Draußen vor dem Stall gurrten und gackerten die Hühner in ihren Staubbadewannen, alte Autoreifen, die Ruby mit Sand und Holzasche gefüllt hatte. Vergnügte Laute, obwohl es längst später Vormittag war und Ruby sie eben erst nach draußen gelassen hatte. Gestern war sie gar nicht da gewesen, um die Eier einzusammeln. Sie hatte es immer weiter vor sich hergeschoben. Die Hühner vernachlässigt. An den allermeisten Abenden gingen sie inzwischen sowieso allein zu Bett, zogen in einer Reihe, wie ein kleines Fließband, die Rampe hinauf, sobald die Sonne unterging, ein trauriges Grüppchen verhinderter Mütter. Ruby sah ihnen dann von der Veranda aus zu und raffte sich mühsam auf, im Stockdunkeln noch die Stallklappe zu schließen.

Sie spannte die Finger an, drückte das Ei fester: genügend Kalzium, sodass es nicht zerbrach. Gut. Sie lauschte dem sachten Geschnatter draußen und fand sich furchtbar. Wie die Hühner, sobald sie sie kommen sahen, mit den nutzlosen Flügeln schlugen, ihr blind vertrauten, ihr über den Hof nachliefen, zuließen, dass sie zugriff und ihnen ihr Gelege wegnahm. So viel Gescharre, so viel Mühe, und sie warf die Eier dann einfach in den Müll oder verquirlte sie, um sie ihnen anschließend zu verfüttern. Lucas hielt das für unerlässlich: Rührei helfe, den Hühnern die Nährstoffe wieder zuzuführen, die sie beim Legen einbüßten. Dann zählte er sie alle einzeln auf – Proteine, Kalzium, Magnesium, Vitamin A, E, B6 und B12 –, und Rubys Gedanken schweiften ab.

Alle paar Tage fuhr Ethan Puckett mit seinem Pickup vor und brachte ihnen Lebensmittel, Milch, Brote, ganze Gerichte, noch warm in der Auflaufform, die Adelaide für Ruby und Clover zubereitete. Lasagne, Nudelauflauf, gebackene Bohnen mit Ahornsirup, Wild. Ruby deponierte die gespülten Formen später auf der untersten Treppenstufe, damit er sie wieder mitnehmen konnte. Wegen des Schlaganfalls musste alles, was Clover aß, jetzt püriert werden; ihre linke Mundseite hing immer noch. Der Mixer machte aus Adelaides Gerichten eine unansehnlich graue, klumpige Masse. Weder Ruby noch Clover hatten viel Appetit. Die Hühner vertilgten Clovers pürierte Reste ebenso wie ihresgleichen in verquirlter Form. Ruby war seit gut einer Woche wieder zu Hause. Sie war so wütend auf Adelaide und Clover, dass sie ständig einen Stein im Magen hatte.

Sie ging aus dem dunklen Hühnerstall und ließ den schweren Geruch nach Streu und Dung hinter sich zurück. Vielleicht sollte sie die Eier heute Ethan mitgeben. Anstatt ihm ständig aus dem Weg zu gehen, wenn er vor dem Haus hielt, sollte sie ihm lieber für alles danken, was er für sie tat, ein bisschen über die Hitze plaudern, übers Angeln. Und ihm einen Karton Eier überreichen. Adelaide hatte bestimmt Verwendung dafür. Vielleicht könnte Ethan auch die Hühner übernehmen.

Im Haus klingelte das Telefon. Clover war da, würde aber sicher nicht rangehen. Schon das Aufstehen fiel ihr schwer, und dann hätte sie sich noch quer durch die Küche schleppen müssen, weil sie immer noch kein schnurloses Telefon besaßen; wer immer da anrief, hätte bis dahin längst aufgegeben. Es klingelte weiter. Ruby stellte den Korb unten an der Treppe ab, stapfte hoch auf die Veranda und ließ die Fliegengittertür gegen den Aluminiumrahmen knallen. Clover hockte in ihrem Sessel und starrte auf den Fernsehbildschirm; der Tee im Becher neben ihr war bereits milchig grau geworden. Sie wandte nicht einmal den Kopf.

Das Telefon bebte beim Klingeln an der Wand, wie im Zeichentrickfilm. Hallo, sagte Ruby und schaute finster zu Clover hinüber, doch die zuckte nur mit der rechten Schulter, wie sie es immer tat, zog sie bis zum Ohr hinauf, was von Resigniertheit sprach, nach dem Motto: *So ist es halt* oder *Brauchst gar nicht anfangen*. Im Fernsehen lief auf voller Lautstärke *Der Preis ist heiß*, die Kittelschürze war ihr bis über die Knie hochgerutscht, ihre nackten Beine über den entzündeten Knöcheln waren erschreckend weiß. Zwei rosa Kunststoffhaarspangen hielten ihr zu beiden Seiten das Haar aus dem Gesicht, direkt über den Ohren. Ruby sah, dass es die waren, die sie selbst vor Jahren getragen hatte, und das schlechte Gewissen traf sie wie ein Fausthieb. Wie Clovers Schlaganfallfinger mit den Kinderspangen gekämpft haben mussten. Auch ihre Pantoffeln hatten früher Ruby gehört: rosa Kunstfell, flusig und verfilzt und viel zu eng für Clovers geschwollene Füße.

Hallo?, sagte sie noch einmal, den Hörer zwischen Kinn und Schulter geklemmt, die Hand an der PVC-Tapete, auf der die früher leuchtenden Orangen von der Sonne zu großen, geisterhaften Flecken gebleicht worden waren. Es blieb kurz still in der Leitung, als hätte, wer immer da anrief, nicht damit gerechnet, dass nach so langem Klingeln noch abgenommen würde, und müsste sich vor dem Sprechen erst sammeln. Dann sagte eine Frauenstimme: Ruby? Bist du das, Ruby?

Ja, sagte sie, hier ist Ruby Chevalier. Wer spricht denn da, bitte? Sie setzte den Ich-lass-mir-nichts-bieten-Ton ein, den sie sich für die Presse und die Ermittlungsbeamten zugelegt hatte. Nichts sagen, hatte die Anwältin ihr eingeschärft. Zu niemandem. Und klang dabei, als würde Ruby den Ernst der Lage nicht richtig begreifen. Dabei wusste Ruby gar nicht, was sie versehentlich hätte ausplaudern sollen. Aber das jetzt war sowieso keine Journalistin. Sie hörte es am unsicheren Stocken, dem Ausatmen, das wie ein Seufzen klang, dem Zögern. Wenn jemand von der Presse anrief, redeten die immer gleich los, sagten hastig: Hallo, Ruby, wie geht's dir denn? oder so was. Vertraulich, als würden sie Ruby kennen, als wollten sie ihr weismachen, sie wäre ihnen schon begegnet. Nathalie sagte, sie hätten sogar vor der Schule gestanden, Mitschülerinnen und Mitschüler gefragt, wie Ruby aussehe, ob sie sie ihnen zeigen könnten, wenn sie käme. Seit ihrer Rückkehr hatte sie das Haus nicht mehr verlassen.

Die Frau konnte nicht aus der Gegend sein, so wie sie Rubys Namen aussprach. Die Vokale übertrieben deutlich. Jetzt sagte sie noch einmal: Ruby. Ruby, hier ist Nessa. Nessa Garvey. Aus Philadelphia? Deine Tante. Ruby öffnete den Mund, hatte aber eigentlich nichts zu sagen.

Mit dem Finger zeichnete sie ein verblasstes Blütenblatt an der Wand nach. Es war kaum noch zu sehen. Bei einem der wenigen Male, als Nathalie hier in der Küche gewesen war, hatte sie zu Ruby gesagt: O Gott, *Die wilden Siebziger* – ein Wandtelefon mit Schnur, PVC in Orange und Braun, ein Resopal-Tisch.

Die Frau am Telefon, Nessa Garvey, *Tante Nessa*, setzte noch einmal an. Bitte leg nicht auf, sagte sie. Bitte. Hör mir nur kurz zu. Ruby hätte am liebsten losgeheult. Sie sah zu Clover hinüber, aber Clover achtete gar nicht auf sie. Sie notierte sich mit der rechten Hand mögliche Preise für die gezeigten Waren auf einem Briefumschlag. Die andere Hand konnte sie nicht mehr bewegen.

Nessa. Ein Name, der Ruby schon von selbst wieder eingefallen war. Sie schob das Fliegengitter auf und zog die Telefonschnur so lang, dass sie sich auf die oberste Stufe setzen konnte. Den Hörer klemmte sie zwischen Wange und Schulter, um sich die Hand am T-Shirt abwischen zu können, weil er ihr beinahe weggerutscht wäre, und ihr fiel auf, dass sie immer noch das blaue Ei in der anderen Hand hielt.

Okay, sagte sie, schieß los. Ihre Stimme klang gar nicht nach ihr.

Ich weiß nicht, ob du dich noch erinnerst. Früher hast du bei mir gewohnt. Mit deiner Mutter? Ruby sagte nichts. Nessa. Vielleicht wollte sie von Ruby ja etwas hören, was Lucas noch mehr Ärger einbrächte. Ihre Stimme war weder ruppig noch unfreundlich, aber auch nicht richtig nett. Sie klang, als würde sie einen Text ablesen. Das Zittern, das an Rubys Lippen begonnen hatte, wanderte hoch bis in die Wangenmuskeln. Sie konnte es nicht besänftigen.

Wir machen ein ... Nessa hielt inne, räusperte sich, sprach weiter. Wir würden uns wünschen, dass du herkommst. Du warst ihre ganze Welt. Wir warten. Früher blieb uns nichts anderes übrig, das weißt du ja, aber jetzt warten wir auf dich, damit du dabei sein kannst. Ich rufe dich ihretwegen an. Um dich darum zu bitten. Wir müssen auch gar nicht groß reden über ...

Nessa brach ab.

Wir müssen nicht über deinen Vater reden. Es ist alles für dich bereit. Falls du kommen möchtest.

Ruby ließ den Hörer in den Schoß sinken und sah nach Osten, zu den Green Mountains, die Augen zusammengekniffen vor all dem Blau – dem klaren Morgen, dem blendenden See. Es würde ein sonniger Tag werden. Sie sollte sich eine neue Stelle für das Freigehege suchen. Das würde sie heute erledigen. Den Stall ausmisten, es ihnen wieder schön machen; so lange würde das gar nicht dauern. Und auch den Rasen würde sie nachsäen, mit den Kleesamen aus dem Sack im Schuppen. Da, wo die Hühner jetzt scharrten, grenzte die Umzäunung an Schieferstein, sie pickten in zerkrallter brauner Erde und auf grauem Stein herum, das Kratzfutter war längst aufgebraucht und der Morgentau verdampft. Die Sonne fiel auf das goldene Federkleid einer Henne, ihr Kamm nach wie vor strahlend rot und gesund. Neben ihr tarnte sich eine blau-schwarze Ameraucana-Henne vor dem Schiefer; über ihnen fuhr der Wind durch die Birkenblätter, ein Motorboot sauste über das Wasser und ließ eine dunkle Schneise hinter sich zurück. Alles war immer noch schön. Es waren ihre Hühner. Sie würde sie behalten.

2

NESSA

Philadelphia, 8. Februar 2004

Nessa hörte, wie ihre Schwester sich durch das Haus bewegte, das Knarren der Bodendielen im Stockwerk drüber, die Toilettenspülung, Wasser, das ins Waschbecken lief, das Klicken, als die Haustür zufiel. Ronan lag neben ihr und schlief, mit leicht geöffnetem Mund, beim Einatmen war ein leises Schnarchen zu hören. Später sollte sie der Polizei erzählen, sie habe gehört, wie draußen der Wagen angelassen wurde. Der letzte Laut, der Deena noch mit der Welt verband. Genau dort, draußen vor der Tür, konnte ihr etwas passiert sein, während Nessa sich wieder zu Ronans warmem Körper hindrehte, sich tiefer in die Bettdecke schmiegte und weiterschlief.

Etwa eine Stunde, nachdem sie den Wagen gehört hatte, ging Nessa zum Zeitungholen in Richtung Museum. Sie hatte weder Schal noch Mütze angezogen, und der Wind, der vom Fluss her wehte, war schneidend, stach ihr ins Gesicht. Später erschien ihr jede Einzelheit dieses Morgens kristallklar, wie durch die ständige Wiederholung zu einer Serie aus Standbildern verfeinert. Die kahlen Bäume. Ihr Atem, der rasch kleine Wölkchen in der Luft bildete. Die vereiste Stelle an der Ecke zur Aspen Street. Der leere Gehweg. Und alles so nichtssagend grau, alles nackt, ohne etwas preiszugeben.

Zurück im Haus weckte sie ihn. Sie tranken Kaffee und lasen Zeitung. Nessa las ihm irgendeine Äußerung von Howard Dean über den Irak-Krieg vor. Ronan stimmte ihr zu. Dan Browns Thriller *Sakrileg* stand immer noch auf Platz 1 der Bestsellerlisten. Ronan schob ihr einen Artikel aus der *New York Times* hin und tippte auf die Schlagzeile. Es ging um den Mord an Kitty Genovese in Queens. Kommenden Monat würde er sich zum vierzigsten Mal jähren. Nessa erinnerte sich vage, in einem Uni-Seminar von der Geschichte gehört zu haben. Der Zuschauereffekt. Achtunddreißig Personen hatten mitbekommen, wie die Frau angegriffen wurde, und niemand hatte etwas unternommen.

Sie sah Ronan dabei zu, wie er sich anzog und seine Tasche packte. Er trug einen schwarzen und einen dunkelblauen Strumpf, seine Haare waren hinten noch ganz plattgelegen. Wenn er doch bloß nicht fahren würde. Sie lauschte dem Wasserrauschen im Bad und sinnierte gerade über den Ausdruck *Waschungen vornehmen*, da klingelte das Telefon. Es war Molly: Deena war nicht zu ihrer Schicht erschienen, die um 7 Uhr begonnen hatte.

Nessa zog die Vorhänge auf und schaute aus dem Fenster hinunter auf den leeren Fleck, wo Deena immer ihr Auto abstellte.

Später sollte sie von der Polizei hören, dass Molly McKenna das erste Mal um acht Uhr fünfundvierzig bei ihr angerufen hatte. Als Ronan wieder hereinkam, bereit zum Aufbruch, stand Nessa mitten im Zimmer, das Telefon noch in der Hand.

Sie fuhren zum Bahnhof, sprachen darüber, was Deena wohl aufgehalten haben könnte: ein platter Reifen, ein Unfall, ein vergessener Termin. Als Ronan an der Suburban Station aus dem Wagen stieg, sah er an der Art-Déco-Fassade des Bahnhofsgebäudes hinauf. Nessa lächelte, weil sie schon wusste, dass er ihr gleich wieder sagen würde, wie sehr ihm die gefiel, zum hundertsten Mal ungefähr. Seine Haare waren immer noch plattgedrückt, und sie hatte vergessen, ihm zu sagen, dass er zwei verschiedene Socken trug. Später sollte sie sich daran erinnern, wie sie ihn bei seiner Betrachtung beobachtet hatte, und diesen Moment abspeichern: das letzte Mal, dass sie ihn oder sonst wen angeschaut hatte, bevor sie nichts mehr so betrachten konnte wie zuvor.

Zu Hause versuchte sie, sich in den *New York Times*-Artikel zu vertiefen. Kitty Genoveses Bruder berichtete, wie schwer es ihm gefallen sei, ihren Tod zu verarbeiten, und dass er sich bei den Marines verpflichtet habe. Die ganze Zeit in Vietnam habe er ständig Flashbacks von dem gehabt, was seiner Schwester zugestoßen sei. Er war ganz besessen davon, andere Menschen retten zu wollen.

Die leeren Wände in Deenas Zimmer waren blendend weiß gestrichen. Alles war an seinem Platz. Als sie sich früher, bei ihren Eltern, ein Zimmer geteilt hatten, lag Deenas Seite immer voll mit leeren Cola-Dosen, Bergen von Schmutzwäsche, stapelweise Büchern. Vier Jahre älter und zehn Mal so unordentlich. Ständig musste Nessa die Grenze sichern, auf die sie sich geeinigt hatten, nasse Handtücher und Schulröcke auf die andere Seite schieben. Jetzt hielt Deena ihren Lebensraum makellos. Wenn du auch noch anfängst, mir die Dosen im Küchenschrank nach Farbe zu sortieren, ist Schicht im Schacht, hatte Nessa gewitzelt, als Deena eingezogen war. Auf dem Nachttisch stand ein Schwarzweißfoto von Ruby, gleich nach ihrer Geburt, es gab dem Zimmer eine Weichheit. Rubys Kopf ruht darauf an Deenas nackter Brust. Es ist ihr erster gemeinsamer Moment, Ruby hält mit ihrer kleinen Hand ein paar Haarsträhnen ihrer Mutter umfasst. Haut an Haut, hatte die Hebamme gesagt, als sie Deena die kleine Ruby auf die Brust legte.

Deenas Bücherregal war nach Themen geordnet. Im untersten Fach Pflege und Anatomie; darüber Ratgeber zu psychischer Gesundheit und Selbstermächtigung, Bücher über das Leben mit einem narzisstischen Partner, Bücher zum Thema Mutterschaft. Daneben lagen ordentlich gestapelt die Tagebücher, die sie seit High-School-Zeiten ausgiebig führte. Auf jedem Buchrücken standen Monat und Jahr verzeichnet, seit sie vierzehn war. Dazwischen die Lücke, 1999 bis 2002, die Jahre mit Lucas. Die hatte er an sich genommen, und Deena hatte sie nie zurückbekommen. In den übrigen Regalfächern standen Romane und Gedichtbände. Obenauf lag ein Buch quer: *Dark Fields of the Republic* von Adrienne Rich – zwischen die Seiten waren Papierstreifen geschoben, um die Gedichte zu markieren, die Deena immer wieder las.

Auch die Bodendielen waren weiß gestrichen. Anfangs hatte Nessa sich an dieser Ordnung und Leere gestört, als ob Lucas Deena immer noch aus der Ferne dominierte, ihr einredete, dass sie schlampig sei, sie klein machte. Mit der Zeit aber verstand sie Deenas Bedürfnis, ihre Umgebung unter Kontrolle zu halten, in allem überstrukturiert zu sein. Lucas hatte ihr so viel genommen. Das verbissene Ordnunghalten war ihr Weg, sich ihm zu widersetzen und all dem, was er ständig über sie behauptet hatte: dass sie faul sei, chaotisch, verrückt und was sonst noch alles. Vielleicht konnte sie sich, indem sie Ordnung hielt, selbst davon überzeugen, dass sie nichts dergleichen war, vielleicht war es auch ein einziges großes Leck-mich. Während sie so in Deenas leerem Zimmer stand, ging Nessa erstmals die Möglichkeit durch den Sinn, ihre Schwester könnte nie mehr wiederkommen.

Sie zählte die Pflegekleidung im Schrank. Deena besaß drei Garnituren – eine fehlte. Sie hatte sich also für die Arbeit fertig gemacht. Der Wäschekorb im Bad war leer. Ihre Zahnbürste stand noch im Becher. Auch die gerahmte Karte, die ihre Mutter Deena zum Examen geschenkt hatte, war noch da. Ein Dickens-Zitat, um das sich ein Stethoskop ringelte: *Möge dein Herz nie verhärten, dein Gemüt unermüdlich und deine Hand stets heilsam sein!* Deena hatte es gezielt ins Bad gehängt. Wahrscheinlich, weil sie sich dort jeden Morgen fertig machte und an ihre Mutter denken konnte, bevor sie zur Arbeit auf der neonatologischen Intensivstation aufbrach.

Manchmal rief ihr Vater Deena an, wenn er sich nicht wohlfühlte. Dann ging sie bei ihm Blutdruck messen, nahm ihr Stethoskop und ließ Ruby mithören. Ruby verglich dann oft die Herzschläge. Sie legte das Bruststück an ihr eigenes Herz. Meins ist ganz ruhig, Grandad. Deins macht Krach. Einmal hatte sie den beiden Herzen gelauscht und dann gesagt: Meins gewinnt. Es ist schneller.

Wahrscheinlich war auch jetzt etwas mit ihm, und Deena war dort, um nach ihm zu sehen. Nessa lief zurück nach unten, zum Telefon.

Joey nahm ab. Er war in Eile und hatte keine Zeit zum Reden. Aber er sagte: Nein, Dad schläft.

Aber als er hörte, dass Deena nicht zur Arbeit gekommen war, hielt er doch inne. Er hatte zuletzt am Freitag mit ihr gesprochen.

Ich komme rüber, sagte er.

Die Aufschrift *John Garvey* an den Seitenwänden des Pickup war verblasst und fast verschwunden, der Zusatz *& Son* noch etwas klarer. Zwischen Windschutzscheibe und Armaturenbrett sammelten sich Verputzreste, Holzspäne, Farbkleckse und Quittungen, genau wie früher bei ihrem Vater, als sie Kinder waren. Der vertraute Anblick gab Nessa Halt. Als sie sich gerade auf den Parkway einfädelten, klingelte ihr Handy. Molly. Deena war immer noch nicht aufgetaucht. Das Parkhaus neben dem Krankenhaus hatte vier Decks; sie fuhren jedes einzeln ab. Der Mann im Wachhäuschen sah die Aufnahmen der Sicherheitskamera durch. Deena war nie dort angekommen.

Sie blieben in Joeys Pickup sitzen, warteten bei laufendem Motor bibbernd darauf, dass heiße Luft aus dem Gebläse kam. Nessa sah auf die Uhr. Halb zwei. Sechs Stunden noch, dann mussten sie Ruby von ihrem Wochenendbesuch bei Lucas abholen.

Zurück im Haus gingen sie in Deenas Zimmer hinauf. Joey blieb mittendrin stehen, wusste nicht recht, was er tun sollte. Nessa ging ins Bad und schaute in den Spiegelschrank. Deenas Tabletten lagen noch dort, neben einer Flasche Fiebersaft für Kinder.

Joey, vielleicht ist ja was mit Ruby. Warum ist mir das nicht schon längst eingefallen?

Ruby war krank geworden, und Deena war zu ihr gefahren. Jetzt ergab auf einmal alles Sinn.

Sie beschlossen, dass Nessa Lucas anrufen und nach Ruby fragen solle.

Joey setzte sich neben sie, so dicht, dass er mithören konnte. Beim Wählen atmete sie tief durch, gab sich Mühe, möglichst ruhig zu bleiben.

Als er abnahm, sagte sie: Hier ist Nessa.

Ach, hallo, Nessa. Wie geht's?

Joey schüttelte ganz leicht den Kopf. Das war daneben. Lucas und sie machten keinen höflichen Smalltalk.

Kann ich Ruby sprechen?

Sie ist gerade beschäftigt.

Nessa erfand eine Geschichte darüber, dass Rubys Goldfisch Junge bekommen hätte. Lucas schwieg.

Jetzt gib mir schon meine Nichte, Lucas.

Nessa? Rubys helle Stimme.

Ruby! Geht's dir gut?

Ja. Meine Oma ist da.

Wie bitte? Nessas Mutter war seit über einem Jahr tot.

Grandma ist bei euch?

Nicht unsere Grandma! Clover.

Nessa hatte Lucas' Mutter nie kennengelernt. Sie war sich auch nicht sicher, ob Ruby sie kannte. Eher nicht.

Hat Mommy sie auch kennengelernt?

Wie denn?

Hast du Mommy heute nicht gesehen?

Nein. Ich bin doch hier bei Dad.

Während des ganzen Gesprächs behielt Nessa Joeys Miene im Blick. Sie sah seine Sorge.

Kaum hatte sie aufgelegt, probierte sie es gleich noch einmal auf Deenas Handy.

Als die Polizei die Ermittlungen zu Deenas Verschwinden aufgenommen hatte, informierte einer der Detectives Nessa darüber, dass sie an diesem Sonntag bis Mitternacht achtundvierzig Mal Deenas Nummer gewählt hatte. Wie viele hundert Mal hatte sie wohl in der folgenden Woche, dem folgenden Monat bei Deena angerufen? Manchmal wählte sie die Nummer heute noch, wenn sie zu viel getrunken hatte.

Als Nessa bei der Buchhandlung ankam, war Deena seit dreizehn Stunden verschwunden. Sie stellte sich zum Warten in einen dunklen Durchgang an der Walnut Street. Am Schaufenster klebten dicke rote Herzen, der Valentinstag stand vor der Tür. Die Temperatur war weit unter den Gefrierpunkt gefallen, ihre Wangen brannten. Beruhig dich. Verkack's nicht. Nessa stampfte mit den Füßen. Auf dem Gehsteig war es leer, aber der Verkehr floss stetig. Von der Kälte tränten ihr die Augen, die Scheinwerfer der entgegenkommenden Autos zerflossen zu weißlichen Schlieren. Sie kniff die Augen zu, öffnete sie dann wieder und schaute hinüber zur Ecke 18th Street.

Lucas und Ruby kamen immer über den Platz. Nessa spürte einen kalten Schmerz unten am Rücken. Tief in ihr setzten sich Eisklötze fest, als könnte ihr nie mehr warm werden. Irgendwann einmal hatte ihre Mutter ihr erzählt, dass man Angst in den Nieren spüre. Sie schob die Hände tiefer in die Taschen und zählte von fünf abwärts. Als sie wieder aufsah, stand Ruby an der Kreuzung und winkte wie wild, als sie mit Lucas auf die Straße trat. Sobald sie auf dem Gehsteig waren, ließ Ruby seine Hand los und stürmte auf Nessa zu, dass die Bommel an ihrer Strickmütze nur so wippte. Lucas folgte ihr betont langsam, mit ihrem kleinen Koffer in der Hand. Nessa ging in die Hocke und breitete die Arme aus, und Ruby flog direkt hinein. Ihr Hals roch nach ihnen. Nach ihrem Haus, ihrer Küche, dem Weichspüler, den Deena verwendete.

Geht's den Babys gut?
Was?
Eine Sekunde lang dachte Nessa, Ruby würde nach den Babys in der Klinik fragen, die Deena in ihrer Obhut hatte.
Den neuen Babyfischen, sagte Ruby. Da fiel Nessa das Gespräch am Telefon wieder ein und die erfundenen Babys. Joey und sie waren vorher noch in der Tierhandlung gewesen – er fand das besser. Ruby würde sich schließlich freuen. Kleine Goldfische hatte es keine gegeben, also hatten sie stattdessen einen Beutel Elritzen gekauft.
Ach, denen geht's prima. Es sind ganz viele. Sie freuen sich schon, dich kennenzulernen.
Da trat Lucas in den Durchgang. Nessa schloss die Arme fester um Ruby und wich einen Schritt zurück.
Nessa.
Sie erwiderte nichts, sah ihn auch nicht an. Lucas' Blick hatte ihr immer schon zugesetzt. Beim ersten Mal hatte er sie an den Replikanten aus *Blade Runner* erinnert, der von Rutger Hauer gespielt wurde. Diese extrem blauen Augen. Der starre Blick. Er war gekleidet, als wäre er unterwegs zum Anwalt oder zur Bank. Am Sonntagabend? Sonst trug er immer Holzfällerhemden aus Flanell und Cargo-Hosen. Nessa senkte den Kopf, nahm noch eine Nase voll Ruby.
Nessa, gehen wir noch ein Eis holen? Rubys Wangen leuchteten von der Kälte.
Klar. Sogar eine doppelte Portion, zur Feier der Babyfische.
Ich dachte, es gibt nur einen Fisch in dem Aquarium, sagte Lucas. Er warf einen Blick auf die Uhr.
Deena meinte, es würde wahrscheinlich später. Sie hatten noch eine späte Einweisung und sind unterbesetzt, darum gehe ich jetzt schon mal mit Ruby los.
Nessa hörte ihre eigene Stimme kaum, konnte nicht sagen, ob sie quiekte oder brüllte.
Nein. Wir warten auf Deena.
Hat sie dich nicht angerufen?
Nein.
Nessa versuchte, einen klaren Gedanken zu fassen.
Na sowas. Dabei hat sie gesagt, sie würde. Hast du heute gar nicht mit ihr gesprochen? Sie wusste schon, dass sie es nicht rechtzeitig schafft, weil ein schwerkranker Säugling noch spät eingeliefert werden sollte.
Ich habe seit Freitag nicht mit Deena gesprochen.
Tja. Okay. Aber es ist weit unter null, das ist doch viel zu kalt für Ruby. Wir fahren einfach schon mal nach Hause. Du kannst ja später mit Deena reden.

Er antwortete, ohne sie dabei anzusehen. Du weißt doch. Ich übergebe Ruby ausschließlich an ihre Mutter. An sonst niemanden.

Ruby verzog ängstlich das Gesicht.

Bitte, Dad. Ich muss doch zu den Babyfischen. Und zu Nemo. Und wir wollen Eis holen. Bitte, bitte, bitte. Ich will mit Nessa gehen. Sie vergrub das Gesicht am Hals ihrer Tante. Ihr Atem war warm.

In Ordnung, sagte Nessa, an Lucas gewandt, aber ohne Ruby loszulassen. Es sind mindestens zehn Fischbabys – da musst du dir eine Menge Namen überlegen.

Man spricht von Larven, sagte Lucas. Sie ist intelligent. Wir brauchen keine Kindersprache.

Sie sahen beide zu, wie sich der Verkehr nach Westen wälzte. Auf der anderen Straßenseite erhellten alte Gaslaternen die Eichen und Linden auf dem Rittenhouse Square. Ihren ersten Job hier in der Stadt hatte Nessa bei einem irischen Restaurant ein paar Straßen weiter gehabt. Da hatte sie gerade mit dem Studium angefangen. All die Herbstmorgen, die Abkürzung über den Platz, das Laub, das sich verfärbte, der Beginn eines völlig neuen Lebens. Ruby zappelte, wollte vom Arm gelassen werden, und Nessa stellte sie zurück auf den Boden, hielt aber ihre Hand fest. Sie trugen beide keine Handschuhe oder Fäustlinge, und Nessa versuchte, die kleine Hand so gut wie möglich mit ihrer zu wärmen.

Deena würde nicht kommen. Lucas würde Ruby mitnehmen. Jetzt war es soweit.

Nessa, mir ist kalt.

Ich weiß, Süße. Sie sah in Richtung Center City, wie um nach Deena Ausschau zu halten.

Wir gehen wieder nach Hause, sagte Lucas. Er streckte seine Handschuhhand aus, aber Ruby ergriff sie nicht; sie schlang die Arme um Nessas Beine.

Na los, Ruby. Deine Mutter ist nicht gekommen, deswegen müssen wir jetzt wieder nach Hause gehen.

Nein, ich gehe mit Nessa. Ich will ein Eis, und ich will Nemos Babylarven sehen.

Ruby, wir gehen jetzt. Seine Stimme wurde schärfer. Rubys Griff um Nessas Bein wurde fester. Nessa legte ihr eine Hand auf den Kopf. Sie spürte das beginnende Schluchzen schon am Oberschenkel.

Ich will meine Mom. Und Nessa.

Bitte, Lucas. Sie ist ganz verstört. Ich nehme sie mit, und nachher kannst du dann mit Deena besprechen, was auf der Arbeit los war.

Schluss mit den Lügen.

Das kam leise und bösartig, im Flüsterton. Erschrocken über seine Äußerung wich Nessa noch weiter zurück. Wie konnte er das wissen?

Hör endlich auf, Ausreden für sie zu erfinden.

Ruby weinte jetzt. Bitte, Nessa.

Lucas reckte den Zeigefinger vor Nessas Gesicht in die Höhe und zog ihn dann wieder zurück; das hatte sie ihn auch oft bei Deena machen sehen, eine Warnung, als wäre sie ein ungehorsames Kind. Er behielt sich nur mühsam in der Gewalt.

Du verstörst Ruby, sagte er. Wir gehen jetzt.

Er fasste Ruby unter den Achseln und hob sie hoch, und Ruby klammerte sich noch an Nessas Mantel fest. Sie heulte jetzt lauthals, und Nessa wollte etwas sagen, aber ihre Kehle ließ keine Worte durch. Lucas riss Ruby weg und ging über die Walnut Street davon, seine hochgezogenen Schultern verströmten Zorn, sein Mantel spannte am Rücken. Nessa sah Ruby strampeln und um sich schlagen, hörte sie nach ihr, Nessa, rufen, während sie sich immer weiter entfernte.

Das Revier bestand nur aus einem schmuddeligen, neonhellen Raum mit einem Schalter ganz hinten. Stühle gab es keine, bloß eine Bank an der Wand. Eine kleine Frau in einem schweren, beigefarbenen Mantel, der fast bis zum Boden reichte, redete durch die Klappe auf einen Beamten in Uniform ein. An den Füßen trug sie Pantoffeln. Joey und Nessa setzten sich und warteten. Die Frau bekam irgendwen nicht aus ihrer Wohnung. Den Freund ihrer Enkelin? Und irgendwer war auf Drogen. Nessa hörte sie nur halb. Die Frau war geschubst worden. Als sie sich umdrehte, streifte ihr Blick Nessa, ihre Augen waren wässrig und müde. Mit ihren hohen Wangenknochen wirkte sie auf einmal größer und nicht mehr so ausgeliefert. Sie stützte sich auf einen Stock. Ob sie ganz allein zu Fuß hergekommen war?

Nessa und Joey gingen zum Schalter. Ohne aufzusehen zog der Beamte das Fenster zu, den Kopf tief über die Papiere gebeugt, die vor ihm lagen. Nach ein paar Minuten wollte Nessa klopfen, aber Joey fasste sie am Arm und schüttelte den Kopf. Sie warteten weiter. Wie lange hatte die Frau im beigefarbenen Mantel mit ihrem Stock wohl hier stehen müssen? Der Beamte erhob sich von seinem Stuhl und verschwand. Weiter hinten saß ein Polizist an einem Schreibtisch und erzählte irgendwas, ein paar andere standen um ihn herum, lauschten mit vor der Brust verschränkten Armen und lachten. Am liebsten hätte Nessa die Trennwand eingeschlagen. Niemand sah auch nur zu ihnen hin.

Sie zog die Schultern hoch, drehte die Handflächen nach oben, signalisierte Fassungslosigkeit. Wollt ihr uns hier verarschen?

Lass es, sagte Joey.

Es gab nicht einmal einen Vorsprung, auf den man sich hätte stützen können. Nessa drückte die Stirn an die Scheibe Der Beamte kam zurück und klopfte ans Fenster, schüttelte den Kopf.

Bitte nicht die Scheibe berühren, Ma'am. Dann drehte er sich wieder weg.

Joey griff sich eine Zeitung, die jemand auf der Bank hatte liegen lassen, und lehnte sich mit einer Schulter an die Wand. Er fuhr mit dem Finger über die Sportseite, bis zu den Basketball-Ergebnissen, kniff die Augen zusammen, um die kleine Schrift zu entziffern. Er war so viel gefasster in solchen Situationen. Nessa wäre am liebsten irgendwem an die Gurgel gegangen. Sie warteten. Der große rote Zeiger der Uhr an der Wand ruckelte immer weiter. Wie oft, konnte sie schon nicht mehr zählen.

Dann schob eine kleine Polizistin mit riesiger Brille und straffgezurrtem Dutt das Fenster wieder auf.

Was kann ich für Sie tun? Sie setzte sich, ohne Nessa und Joey anzusehen.

Wir möchten eine Vermisstenmeldung machen, sagte Nessa. Unsere Schwester.

Seit wann wird sie vermisst?

Seit mehr als vierzehn Stunden.

Ist sie volljährig?

Ja.

Die Polizistin ließ den Blick nicht vom Computerbildschirm, nur ihre Augenbrauen hoben sich eine Winzigkeit über den Brillenrand.

Vielleicht hat sie sich einfach mit irgendwem getroffen und ist noch nicht zurück.

Sie ist heute nicht zur Arbeit erschienen, obwohl sie wie gewohnt das Haus verlassen hat. Und sie hat ihre Tochter nicht abgeholt. Das würde sie nie tun. Einfach so wegbleiben.

Nimmt sie Psychopharmaka?

Bitte? Mit dieser Frage hatte Nessa nicht gerechnet.

Sie wissen schon. Neuroleptika, Antidepressiva, Medikamente zur Behandlung von bipolaren Störungen?

Joey strich über die Holzmaserung des Schalters und hielt den Kopf gesenkt.

Effexor. Ein Antidepressivum. Aber es geht ihr gut. Das ist auf keinen Fall der Grund. Die Dosis ist wirklich niedrig.

Woher wissen Sie, dass sie nicht freiwillig verschwunden ist?

Wie bitte?

Mit Freunden. Aus eigenem Antrieb.

Wir wohnen zusammen. Sie ist zur Arbeit aufgebrochen, aber nie dort angekommen. Das hat es noch nie gegeben. Und sie hat ihre Tochter nicht bei ihrem Ex-Lebensgefährten abgeholt. Das würde sie niemals tun. Bestimmt haben Sie sie auch in Ihrer Datenbank. Sie musste bereits mehrere einstweilige Verfügungen gegen ihn erwirken. Er war in der Vergangenheit gewalttätig.

Jetzt sah die Beamtin doch zu ihnen hin, hielt aber die Augen geschlossen.

Dann müssen wir ein 75-74A ausfüllen. Sie sprach es aus wie eine Frage, als wollte sie sagen: Das wollen Sie jetzt nicht im Ernst?

Gut, sagte Nessa.

Das Fenster schloss sich wieder.

Name, Geschlecht und Alter der Person, die Sie vermisst melden wollen?

Deena Garvey. Weiblich. Dreißig Jahre alt.

Körpergröße?

Eins siebenundsiebzig.

Augenfarbe?

Braun.

Haarfarbe?

Dunkel. Aber mit einem rötlichen Schimmer.

Gut, also braun. Eine Weiße?

Ja.

Hautton?

Hell. Mit ein paar hingetupften Sommersprossen.

Wie bitte?

So ein paar einzelne, über Nase und Wangen verteilt. Im Sommer werden sie stärker.

Hellhäutig also. Die Polizistin kreuzte ein Kästchen an. Gewicht?

Da war Nessa sich nicht sicher. 58 Kilo vielleicht? Deena war dünn geworden.

Keine besonderen Merkmale. Keine Tätowierungen. Krankenschwester auf einer neonatologischen Intensivstation. Ein Kind. Lebt vom Vater des Kindes getrennt.

Es besteht ein Kontaktverbot, ergänzte Nessa. Können Sie das dazuschreiben?

Blutgruppe?

A-positiv. Das wusste Nessa. Die hatten sie alle.

Die Polizistin fragte nach Deenas Kleidung, der Marke ihres Autos, dem Kennzeichen, der Uhrzeit, zu der sie aufgebrochen war.

Haben Sie ein Foto von ihr?

Nessa reichte ihr ein Foto, das Deena auf einer Schaukel im Park unweit der Grundschule zeigte. Sie selbst hatte es letzten Sommer gemacht. Die Polizistin befestigte es mit einer Büroklammer am Formular.

Wurden von der Vermissten schon einmal Fingerabdrücke genommen?

Nessa spürte, wie Joey neben ihr von einem Bein aufs andere trat und tief Luft holte.

Ja, sagte sie.

Wo?

Die Frau ließ ihren Kugelschreiber ein- und ausschnappen, während Nessa zögerte.

Auf dem Revier im 16th District. Hier in Philadelphia. Vor ein paar Jahren.

Schwarze Flecken zerstoben in ihrem Blickfeld. Sie kniff die Augen fest zu und öffnete sie dann wieder. Jetzt würden sie das alles über Deena wieder ausgraben.

Vermuteter Grund für die aktuelle Abwesenheit?

Nessa warf Joey einen Blick zu. Meinte die das ernst?

Wie gesagt, wir glauben, dass ihr etwas zugestoßen ist. Sie würde immer ihre Tochter abholen ...

Sorgerechtsstreitigkeiten?

Vom anderen Ende des Raumes kam schallendes Gelächter. Nessa und die Polizistin schauten beide rüber. Der Beamte am Schreibtisch hatte wohl einen Witz gemacht.

Ja. Oder nein. Also, es gab welche. Sie sind aber inzwischen beigelegt. Das Kind lebt bei meiner Schwester. Er hat es jedes zweite Wochenende. Das Sorgerecht liegt bei beiden. Er ist allerdings nicht zufrieden mit dieser Regelung.

Enge Kontaktpersonen?

Da gab es nur acht. Nessa selbst, Joey, ihr Vater, Molly, Kate, Lucas, Ronan und Tina.

In welchem Verhältnis stehen diese Personen zu der Vermissten?

Molly, erklärte Nessa, war Deenas beste Freundin, die auch angerufen hatte, als Deena nicht zur Arbeit erschienen war. Kate war Joeys Verlobte und gehörte quasi zur Familie. Die beiden waren seit der zehnten Klasse ein Paar. Lucas war Deenas Ex-Partner und der Vater ihres Kindes. Ronan war Nessas Freund, der gerade aus Irland zu Besuch gewesen war. Sie kam sich blöd dabei vor, dieses Detail zu erwähnen. Was spielte das für eine Rolle? Dann noch Tina. Nessa wusste nicht recht, wie sie sie beschreiben sollte.

Eine ... Bekannte. Sie hat eine Tochter im Alter meiner Nichte.

Ich will nicht zwischen die Fronten geraten, hatte Tina einmal nachmittags zu Nessa gesagt, als sie vor ihrer Tür stand. Ugg-Boots, verwaschene Designerjeans, straff gezurrter Pferdeschwanz, riesige Sonnenbrille im Haar. Tina hatte Lucas im Sorgerechtsprozess ein glänzendes Leumundszeugnis ausgestellt. Nessa konnte sie nicht leiden.

Sie ist so eine Frau, die sich immer auf die Seite der Männer schlägt.

Zum ersten Mal sah die Polizistin ihr richtig ins Gesicht.

Ich kenne auch ein ein paar Tinas, sagte sie. Einen Moment lang hielt sie Nessas Blick, dann schaute sie wieder auf das Formular.

Der zuständige Detective werde sich bei ihnen melden. Das könne aber einen Tag dauern. Vielleicht auch zwei. In der Zwischenzeit würden sie die Haftanstalten auf Staats- und Bezirksebene überprüfen und die Gerichtsmedizin konsultieren. Nessa und Joey sollten die örtlichen Krankenhäuser abtelefonieren. In den meisten Fällen seien Vermisste aus freien Stücken abwesend. Und vergessen Sie nicht, auf dem Revier Bescheid zu geben, falls Deena doch noch auftaucht. Sie drehte das Formular um, damit Nessa unterschreiben konnte. *Vermisstenmeldung aufgegeben von.* Nessas Hand war so kalt, dass der Stift darin zitterte. *Nessa Garvey.* Die Polizistin setzte ihren eigenen Namen darunter: *S. Hernandez.*

Im Wagen warteten sie, bis die Eisschicht von der Windschutzscheibe wegschmolz.

Sie werden nachforschen, sagte Joey. Dann sehen sie den anderen Kram. Und dann werden sie denken, dass sie wieder durchgedreht ist und sich was angetan hat.

Ach, das ist doch Bullshit.

Ich sag ja nur. Das werden sie denken.

Auf der kurzen Fahrt zurück nach Hause schwiegen beide. Nessa hatte nicht sagen können, was sie hätte sagen müssen – was Deena für ein Mensch war, was sie ausgehalten hatte, was für eine gute Mutter sie war. Dieses verdammte Formular, das Deena auf angekreuzte Kästchen und eine psychische Krankheitsgeschichte reduzierte.

Soll ich heute hier schlafen?, fragte Joey, als sie in die Parrish Street einbogen. Nessa wünschte sich mit aller Kraft, dass Licht brennen würde, dass Deena zu Hause wäre und alles nur ein großes Missverständnis.

Nein. Bleib bei Dad. Ich habe keine Ahnung, wie wir ihm das beibringen sollen.

Ich komme gleich morgen früh wieder her, sagte Joey. Wir finden sie. Wir holen sie zurück.

Nessa öffnete die Beifahrertür und stieg aus, beugte sich dann noch einmal zurück und zog ihre Handtasche über den Sitz zu sich. Okay, sagte sie.

Dann schlug sie die Hand vor den Mund.

Scheiße, Joey, die Fische! Die sind jetzt garantiert tiefgefroren.

Joey fasste unter den Fahrersitz und hielt den Beutel ins Licht. Alle Elritzen trieben mit dem Bauch nach oben im trüben Wasser.

Komm, gib her, sagte sie. Ich vergrabe sie hinten im Garten.

Spül sie im Klo runter. Das ist einfacher.

Das bring ich nicht fertig.

Joey wartete, bis sie zur Haustür vorgegangen war, sie im Dunkeln aufgeschlossen hatte, den Schlüssel in der einen, den Beutel mit den toten Fischen in der anderen Hand, und in das leere Haus getreten war.

3

RUBY

2008

Ruby reichte der Frau am Schalter des Middle Lake Post Office einen Zettel, auf dem eine Frachtnummer notiert war.

Na, hoffentlich heißt du Chevalier und kommst wegen diesen Vögeln.

Ich bin Ruby Chevalier. Sie konnte nicht über den Schalter schauen, hörte es aber piepsen.

Da bin ich ja froh. Wird auch Zeit. Die machen vielleicht einen Lärm.

Ruby und Lucas hatten bei einer Farm in Iowa zwanzig Küken per Post bestellt. Lauter unterschiedliche Rassen. Ruby sollte sich um sie kümmern. Die Frau kam hinter dem Schalter hervor und überreichte Ruby einen braunen Pappkarton, in den viele kreisrunde Löcher gestanzt waren.

Sie sind laut, und sie stinken. Schaffst du das allein?

Ruby stemmte sich den Karton an die Brust, sodass er leicht kippte und das Piepsen darin zum bestürzten Crescendo anschwoll.

Ja, sagte sie und schob mit dem Rücken die Tür auf. Der Pickup wartete gleich unten an der Treppe.

Klingt ja, als hätten sie es alle geschafft, sagte Lucas. Gut gemacht.

Er beugte sich rüber und strich Ruby über den Kopf. Sie hatte zwar nichts weiter getan, als den Karton abzuholen, trotzdem war sie stolz.

Sie versuchte, durch eines der Löcher hineinzulinsen, aber es war stockdunkel drinnen. Als sie den Finger in ein Loch knapp über dem Boden schob, ertastete sie einen kleinen Körper, spürte den Flaum, die seltsamen, hohlen Knochen darunter. Am liebsten hätte sie den ganzen Karton an sich gedrückt, weil sie sich so freute und es kaum erwarten konnte, eins der Küken in der Hand zu halten. Lucas zog ein Messer aus der Tasche mit seiner Angelausrüstung, die vor Ruby im Fußraum stand, und zerschnitt die gelben Plastikbänder. Sie öffnete den Deckel. Zwanzig Köpfchen, braun, goldgelb, schwarz und grau, trällerten im Chor. Ruby griff hinein und hob ein honigfarbenes Küken heraus.

Ich glaube, das ist ein Rhode Island Red, flüsterte sie.

Ich glaube, da hast du recht, flüsterte Lucas zurück.

Das nächste Küken, das sie aufhob, sah aus wie von einer Ostergrußkarte – hellgelber Flaum, der ins Weißliche überging, und pechschwarze Augen. Rubys Finger streiften einen krustigen Faden unten am Bauch.

Da ist was an ihm dran.

Lucas beugte sich zu ihr. Das ist die Nabelschnur. Nicht anfassen. Die fällt von selber ab.

In einer Ecke lag ein blaugrauer Flaumball, platt und leblos. Ruby wusste, dass das Küken tot war, aber noch ehe sie danach fragen konnte, nahm Lucas es mit einem Stück Zeitung heraus und schob es in das Seitenfach an der Fahrertür.

Denk nicht drüber nach. Das kommt vor. Jetzt bringen wir sie erstmal nach Hause.

Er legte den Gang ein.

Lucas hatte Ruby eine Anleitung geschrieben. Die Küken würden die erste Woche oben im Bad verbringen. Über der Brutkiste hatte er eine Rotlichtlampe angebracht. Sie musste immer auf 35 Grad eingestellt sein. Sogar das Wasser, das sie tranken, musste warm sein. Ruby sollte die Wassertemperatur mit dem Thermometer prüfen, es in Pipetten füllen, dann die Kiste öffnen und jedes Küken sofort trinken lassen. Hühnerküken verzehren den Dotter ihres Eis und können so bis zu zweiundsiebzig Stunden nach dem Schlüpfen überleben. Aber sie können auch leicht verdursten. Das musste wohl dem blaugrauen Küken in der Kiste passiert sein. Am ersten Tag hob Ruby jedes der neunzehn Küken einzeln heraus, träufelte ihm Wasser in den Schnabel und prüfte seine Nasenlöcher.

Morgens wechselte sie die Streu, füllte die Tränken auf und verteilte das Aufzuchtfutter. Abends stahl sie sich in das von rotem Licht erfüllte Bad, um bei ihnen zu sein und ihren leisen Lauten zu lauschen. Auch als sie die Brutkiste schon nach draußen in den Stall gebracht hatten, ging sie noch hin, immer sorgsam darauf bedacht, die Klappe zu versperren, wenn sie wieder ging, damit ihr auch ja nichts die Küken wegnehmen konnte.

Im September waren sie zu Junghennen herangewachsen und fingen an, Eier zu legen. Jeden Morgen sprintete Ruby den Weg entlang bis vor zum Briefkasten und sah auf dem Rückweg nach Eiern. An dem Tag, als die Ameraucanas das erste Mal legten, hatte sie nichts bei sich, um sie zu transportieren, und so hielt sie die Eier an die Brust gedrückt, mitsamt der Post, einem großen gelben Umschlag und mehreren kleineren weißen. Sie rannte zum Haus zurück.

Guck mal, die sind blau! Sie streckte die Hand aus, um Lucas die kleinen Eier zu zeigen.

Gute und schlechte Nachrichten, sagte er und nahm Ruby die Briefe ab. Eier und Rechnungen. Er sah den Stapel durch. Aber verschmier mir bloß nicht die Post mit dem Hühnerkot.

An der Spüle zeigte Clover Ruby, wie sie die Eier säubern sollte. Sie hatte große Hände, mit knotigen Knöcheln und von der Arthritis steifen Fingern. Sie ließ das kleine Ei unter dem warmen Wasserstrahl auf der Handfläche kreiseln. Kaltes Wasser weitet die Poren, dann können Bakterien eindringen. Du musst immer warmes, fließendes Wasser nehmen. Ruby stand mit der Küchenrolle bereit. Jedes Ei musste sorgfältig trocken getupft werden, damit keine Salmonellen durch die Schale drangen.

Wo hast du das her?

Lucas hielt den großen, gelben Umschlag in die Höhe.

Aus dem Briefkasten. Ruby erstarrte. Hatte sie etwas falsch gemacht?

Wer hat das geschickt?

Weiß ich nicht. Sie hatte gar nicht darauf geachtet, es viel zu eilig gehabt, in den Hühnerstall zu kommen.

Lucas klemmte sich den Umschlag unter den Arm und stürmte aus der Küche, aber Ruby sah noch für den Bruchteil einer Sekunde, dass mit dickem schwarzem Filzstift ihr Name darauf stand.

Lucas und Ruby saßen am Küchentisch und übten Multiplizieren. Clover war auf dem Weg in den Garten; sie sprach gerade vom Unkrautjäten, da klopfte es an der Tür. Clover machte auf, und draußen standen zwei Frauen, beide mit Aktenordnern in der Hand. Wir kommen von der Schulbehörde, sagte die größere der beiden. Clover erwiderte nichts. Sie nahm ihre Gartenhandschuhe von der Anrichte und verschwand nach draußen.

Lucas blieb sitzen. Nehmen Sie doch Platz, sagte er und schloss mit einer Armbewegung die ganze Küche ein. Willkommen in der dritten Klasse.

Keine der Frauen folgte der Aufforderung. Die Größere deutete auf Ruby. Sie zog die Brauen zusammen, als wäre sie in Sorge, ihre Mundwinkel zeigten nach unten. Können wir uns allein unterhalten, Mr. Chevalier?

Lucas sah sie nur an.

Es ist ein wenig heikel, fuhr die Frau fort.

Was immer Sie über Rubys Schulbildung zu sagen haben, können Sie auch vor ihr äußern.

Die Frauen wechselten einen Blick. Dann zog die Größere sich einen Stuhl heran und setzte sich Lucas gegenüber. Sie breitete die Ellbogen über den Tisch und stieß dabei an Rubys Mathe-Arbeitsblatt. Ruby schob es beiseite.

Wir haben Sie mehrfach angeschrieben, Mr. Chevalier. Die Bestimmungen zur allgemeinen Schulpflicht in Vermont besagen, dass ein Kind ab dem Alter von sechs Jahren eine Schule zu besuchen hat. Sie haben bisher keinen Lehrplan für den Heimunterricht vorgelegt. Dazu sind Sie aber verpflichtet.

Lucas beugte sich vor und breitete seinerseits die Ellbogen über den Tisch. Mein Stundenplan fußt auf erfahrungsbasiertem Lernen. Dafür bieten Ihre Formulare keinen Raum. Ich kann schließlich nicht vorhersehen, wann ein Gewitter oder ein anderes Wetterereignis auftritt, wann es klimatische Veränderungen gibt, wann sich am See ein Gerfalke blicken lässt und wann eine Kreischeule draußen ruft. Dann müssen wir alles stehen und liegen lassen, um das mit eigenen Augen zu sehen. Auf Ihren Formularen gibt es keinen Abschnitt, der Entdeckungen zulässt, der Ruby erlaubt, sich eigene Lernziele zu setzen, und es gibt auch keinen Abschnitt, der sich mit Langeweile befasst, damit, mit den eigenen Gedanken allein zu sein.

Als er geendet hatte, beugte sich die große Frau vor. Unsere Aufgabe ist es, sicherzustellen, dass kein Kind von Bildungsmöglichkeiten ausgeschlossen bleibt, Mr. Chevalier.

Beim Sprechen setzte sie die rechte Hand ein, durchschnitt damit die Luft in der Tischmitte, die Finger dicht aneinander.

Wenn wir Ihren Unterrichtsplan nicht kennen, können wir ihn weder bewerten noch bewilligen.

Ruby liest weit besser, als in ihrer Altersgruppe üblich, und das Material, das ich ihr gebe, fordert sie intellektuell heraus, das hat nichts mit den üblichen vereinfachten Lesebüchern zu tun, die an Ihren Schulen verwendet werden. Testen Sie sie ruhig. Worin Sie wollen. Sie löst Divisions- und erste Algebra-Aufgaben, die nach Ihren Vorgaben sehr viel älteren Kindern vorbehalten sind, und schafft das in der Praxis auch im Kopf, dazu weiß sie aber, wie man sein eigenes Essen anbaut, sie kann Fische ausnehmen und jede einzelne Pflanze da draußen bestimmen. Lucas deutete auf die Haustür.

Ich bin überzeugt, dass Ihre Tochter sehr intelligent ist, Mr. Chevalier.

Dabei kommt ihr zugute, dass sie in diesen prägenden Jahren nicht Ihren Lehrplänen ausgesetzt war.

Ruby blickte starr auf ihr Arbeitsblatt. Sie überlegte, ob sie wohl sagen sollte, dass Lucas ein sehr guter Lehrer war.

Es geht aber doch auch um Rubys Sozialisierung. Die Möglichkeit, mit anderen Kindern ihres Alters zu spielen, Mr. Chevalier. Auch das wurde uns gemeldet ...

Gemeldet?, fiel Lucas ihr ins Wort. Er war jetzt wütend.

Ruby, sagte die kleinere der beiden Frauen, magst du mir vielleicht den See zeigen? Dann können dein Vater und Ms. Marshall sich in Ruhe weiter unterhalten.

Lucas nickte. Geh schon, Ruby.

Auf der Treppe hörte Ruby ihn noch sagen: Diese übergriffige Schlampe. Die kleinere Frau warf ihr einen Blick zu. Sie taten beide, als hätten sie nichts gehört. Wer war die übergriffige Schlampe? Irgendwer hatte gemeldet, dass Ruby nicht zur Schule ging. Clover stand gebückt im Gemüsegarten und war mit Jäten beschäftigt. Sie richtete sich auf und beobachtete sie, eine Hand auf den Spaten gestützt. Sie gingen über das Gras zum Ufer hin. Die Frau sank immer wieder mit ihren hohen Absätzen ein. Wer war die übergriffige Schlampe? Clover sicher nicht. Sie hielt sich aus allem raus. Wen gab es sonst noch? In ihrer Straße wohnten nur die Pucketts, Ethan und Adelaide. Die beiden waren alt und hatten keine Kinder. Sie blieben meistens für sich und hatten nie etwas darüber gesagt, dass Ruby nicht zur Schule ging. Ihre Mutter? Das konnte Ruby sich nicht vorstellen. Sie wusste nicht, wo sich ihre Mutter aufhielt, nur, dass sie vor langer Zeit fortgegangen war. Lucas auf sie anzusprechen war immer ein Fehler. Er wurde dann sauer. Sie hat uns verlassen. Sie war nicht loyal. Sie hat uns betrogen. Sie war verkorkst.

Ich glaube, die Kitten-Heels waren heute nicht die beste Wahl.

Ruby hatte keine Ahnung, was Kitten-Heels sein sollten. Die Frau deutete auf die Berge am anderen Ufer des Sees. Was ist das?, fragte sie.

Berge? Wieso wusste die Frau das denn nicht?

Weißt du denn auch, was für Berge?

Ruby begriff, dass sie und Lucas getestet wurden. Sie erzählte der Frau alles, was sie über die Green Mountains wusste: dass sie sowohl zum Berkshire-Gebirge als auch zu den Appalachen gehörten, dass sie Teil einer Gebirgskette waren, die von Quebec bis nach Alabama reichte, dass der Staat ihnen seinen Namen verdankte – *Vert Mont*, was auf Französisch *grüner Berg* hieß. Dass die Abenaki dort Schutz gesucht hatten. Dann erzählte sie ihr alles, was sie über die Abenaki wusste, und dass deren Name übersetzt *die Menschen vom Sonnenaufgang* bedeutete.

Die Frau sagte, sie sei beeindruckt.

Soll ich Ihnen meine Hühner zeigen?, fragte Ruby.

Ein Fischer hat sechsundneunzig Lachse gefangen, hat aber nur vier Kisten, auf die er sie gleichmäßig verteilen muss. Wie viele Fische kommen in eine Kiste?

Ruby hörte gar nicht richtig hin. Ganze Meuten von Kindern liefen über den Gehweg, schleppten Hanna-Montana- oder Jonas-Brothers-Rucksäcke, hielten Lunchboxen in den Händen, kletterten aus Autos oder stiegen aus dem Bus. Alle trugen T-Shirts. Die Mädchen hatten Flechtfrisuren. Sie war völlig falsch angezogen. Clover hatte ihr zu einem Kleid geraten, war sich aber auch nicht sicher gewesen.

Ruby, konzentrier dich, mahnte Lucas, weil sie nicht antwortete.

Vierundzwanzig, sagte sie, vierundzwanzig Lachse pro Kiste.

Lucas parkte den Pickup, und sie blieben kurz sitzen, betrachteten die anderen Kinder, die draußen herumrannten und redeten, die Mädchen, die sich an den Händen hielten, während sie in das Gebäude strömten. Ruby kannte niemanden. Gern hätte sie Lucas gefragt: Und was ist, wenn mich da niemand mag? Aber das hätte er als albernen Gedanken abgetan. Es war wichtig, auch allein sein zu können. Sie warteten. Ruby blieb im Pickup sitzen. Für sie war heute der eigentliche Test, fremde Menschen kennenzulernen. Aber das wollte sie ihm nicht sagen.

Nutzloses Wissen?, fragte Lucas.

Ja, sagte sie.

Er überlegte kurz. Welches Säugetier kann als einziges UV-Licht sehen?

Sie wusste gleich, dass es eine Fangfrage war, denn sie hatten zusammen den Artikel in einer naturwissenschaftlichen Zeitschrift gelesen, in dem behauptet wurde, Rentiere seien die einzigen Säugetiere, die UV-Licht sehen könnten. Lucas hatte darauf hingewiesen, dass das nicht stimmte. Nicht nur eins, sagte Ruby, sondern mindestens drei: Ratten, Fledermäuse und Rentiere.

Dann wollen wir mal, sagte er, und sie stiegen aus dem Wagen. Gingen an den Fahnenstangen vorbei, die Stufen hinauf und durch die Glastüren ins Foyer der Middle Lake Elementary School. Jetzt war Ruby in der Schule. Lucas stellte sich neben sie an den Empfangstisch. Eine Frau mit breitem Lächeln und einer Brille, die sie an einer Schnur um den Hals trug, kam ihnen entgegen.

Ich bin Direktorin Clarke. Herzlich willkommen, Ruby. Lucas stand immer noch da. Alles Weitere schaffen wir allein, Mr. Chevalier. ielen Dank.

Die Direktorin führte Ruby in ein kleines Zimmer, und bevor sie hineinging, drehte Ruby sich noch einmal um. Lucas war gegangen. Sie war allein in der Schule. In dem Zimmer bekam sie einen Test vorgelegt, um festzustellen, in welche Klasse sie kommen sollte. Er kam ihr leicht vor. Es gab keine Fangfragen, wie Lucas sie immer stellte, damit sie auch alles sorgfältig durchlas. Als sie fertig war, schob sie die Blätter über den Tisch hin zu Direktorin Clarke, die ihr dafür ein Glas Saft und zwei Schokoladenkekse gab. Sie erklärte Ruby, sie müsse den Test jetzt auswerten, und Ruby dürfe so lange ein Buch aus dem Regal lesen, wenn sie wolle. Ruby trank den Saft in einem Zug leer und versteckte den Becher dann in dem Mülleimer, der in der Ecke stand. Als müsste sie alle Spuren verwischen. Lucas sagte immer, dass nicht nur Zucker den Zähnen schade – vor allem die Säure im Saft fresse sich in den Zahnschmelz. Bisher hatte Ruby kein einziges Loch.

Sie sah sich die Einbände der Bücher an und entschied sich für ein blassblaues mit einem Jungen vorne drauf, der die Arme in die Höhe reckte, während über ihm ein Falke schwebte. Damit ließ sie sich in einen Sitzsack in der Zimmerecke sinken. Der Junge hauste allein in einem hohlen Baum, in dem er sich eingerichtet hatte, weil draußen ein Schneesturm tobte. Er war in die Catskill Mountains ausgerissen und schrieb beim Licht einer Kerze, die er selbst aus Wildfett in einem Schildkrötenpanzer hergestellt hatte.

Direktorin Clarke ließ ihren Bleistift sinken und nahm die Brille ab. Herzlichen Glückwunsch, Ruby, wie es aussieht, kommst du gleich in die dritte Klasse. Ruby stand auf, um das Buch zurück ins Regal zu stellen, aber die Direktorin sagte: Wenn du möchtest, kannst du es dir ausleihen und zu Hause weiterlesen.

Auf dem Gang waren die Wände mit Tonpapier und Plakaten behängt. Ausgeschnittene Großbuchstaben formten die Worte *Willkommen zurück!* Das Ausrufezeichen fände Lucas schrecklich. Beim Programmieren entsprach das Ausrufezeichen einem Kreischen, und das war ein Laut, den kein Mensch mochte.

Sie blieben vor einer Tür stehen, und Direktorin Clarke schaute durch ein quadratisches Fenster über Rubys Kopf. Sie klopfte leicht daran, winkte jemandem zu.

Das ist die dritte Klasse von Miss Bukowski. Von nun an kommst du jeden Morgen her. Jetzt bist du keine Drückebergerin mehr.

Die Kinder in Miss Bukowskis Klassenzimmer sahen alle zu ihr hin. Ruby zählte zehn von ihnen. Die Direktorin sagte: Ich überlasse sie jetzt Ihnen, Miss Bukowski, und ging wieder auf den Gang hinaus. Miss Bukowski trug ein Kleid mit einem Wellenmuster in Türkis und Grün, das ihr fast bis zu den Knöcheln reichte. Dazu hohe Converse-Sneakers. Sie hatte langes, braunes Haar mit blonden Strähnchen, und sie lächelte. Ein gutes Lächeln.

Hört mal alle her, sagte sie. Das ist Ruby Chevalier, sie kommt zu uns in die dritte Klasse. Die ganze Klasse rief: Hallo, Ruby, und winkte ihr zur Begrüßung zu. Ruby hob ebenfalls die Hand und winkte ganz leicht zurück. Es waren fünf Jungen und fünf Mädchen. Sie würde das Gleichgewicht stören. Alle starrten sie an. Ruby starrte zurück. Niemand sagte etwas, bis einer der Jungs *Jetzt wird's peinlich* sagte und die anderen Miss Bukowski anschauten. Ruby musste lachen. Sie konnte nicht anders, die anderen lachten mit, und sie lachte noch lauter, von Erleichterung durchströmt. Auch Miss Bukowski fand es lustig. Dann hörte sie auf zu lachen und sagte: Okay, Ruby, dann fangen wir mal an. Du setzt dich neben Nathalie. Sie zeigte auf ein Mädchen mit langen dunklen Haaren und Brille. Das Mädchen hatte ein Tuch um den Kopf gebunden, darunter schauten Zöpfchen hervor, in die Perlen hineingeflochten waren. So etwas hatte Ruby schon mal gesehen, konnte sich aber nicht mehr erinnern, wo genau. Sie setzte sich an das freie Pult.

Auf dem Boden stand Nathalies Schultasche, und darauf war ein Pirat zu sehen, der genau so ein Tuch um den Kopf trug wie sie. Da fiel es Ruby wieder ein. Sie hatte das Bild schon tausend Mal gesehen, auf Notizbüchern, Lunchboxen, T-Shirts. Es war überall. *Fluch der Karibik.* Ruby wusste nicht, was sie davon halten sollte. Lucas würde das Mädchen für völlig bekloppt erklären. Sie rang sich ein Lächeln ab. Nathalie wartete, bis Miss Bukowski der Klasse den Rücken zudrehte, dann beugte sie sich herüber, die Augen riesig hinter den Brillengläsern, und flüsterte: Dein Name ist toll. Ruby Chevalier. Klingt voll nach Korsar.

Während Clover das Abendessen machte, griff Ruby nach dem Lexikon, denn sie war heute mit gleich zwei Wörtern bezeichnet worden, von denen sie nicht wusste, was sie bedeuteten. *Drückeberger,* erklärte ihr das Lexikon, hieß, dass jemand seine Pflichten vernachlässigte, beispielsweise nicht zur Arbeit oder zur Schule ging. Eine andere, veraltete Bezeichnung lautete *Tagedieb.* Sie schlug es nach. *Müßiggänger, Nichtstuer* stand da, und als Beispiel »ein fauler, unnützer Tagedieb«. Ein nutzloser, unglücklicher Mensch. Ihre Wangen brannten, und sie brauchte einen Moment, um den Mut aufzubringen, das zweite Wort nachzuschlagen. *Korsar.*

Sie war als Piratin bezeichnet worden, als Freibeuterin. Als Abenteurerin.

4

RUBY

2008

Warum ist deine Mom so alt?, fragte einer von den Jungs Ruby auf dem Schulhof, die Ellbogen weit abgespreizt, die Daumen in die Gürtelschlaufen seiner Jeans gehakt, als ob er Streit suchte.

Ruby war noch damit beschäftigt, überhaupt die Frage zu verstehen, da hatte Nathalie schon für sie geantwortet.

Das ist ihre Oma, du Dödel.

Der Junge sperrte den Mund auf wie ein Fisch. Ooooh, machte er, als hätte sich gerade ein großes Rätsel geklärt.

Ruby war es nie in den Sinn gekommen, dass irgendjemand Clover für ihre Mutter halten könnte.

Nach Schulschluss, wenn alle zu ihren Müttern oder Vätern in deren Kleinwagen, SUVs oder Pickups stürmten, rutschte Ruby auf den Beifahrersitz von Clovers blauem Pontiac Bonneville, Baujahr 1975. Clover nannte den Wagen ihr *blaues Boot*. Drinnen roch es nach Zigarettenqualm, Clovers Jergens-Handcreme und Duftbaum. Clover und ihr Wagen waren überall bekannt, weil sie nie schneller als dreißig fuhr und auf den Islands überall parkte, wo es ihr gerade passte, quer vor drei Einfahrten etwa oder direkt vor der Post, wo sie eine ganze Fahrspur blockierte, anstatt auf dem Parkplatz hinter dem Gebäude.

Lucas nannte den Pontiac einen Benzinfresser und einen Schandfleck. Wenn er einmal so fuhr wie sie, parkte, wo er wollte, und Vorschriften missachtete, sagte Ruby das zu ihm, was er sonst immer sagte: ein echtes Clover-Manöver. Dann lachte er; er liebte es, wenn sie seine Äußerungen wiederholte. Jeden Samstag schlurfte Clover morgens mit einer Flasche Fensterreiniger und Zeitungspapier nach draußen, um die Scheiben ihres blauen Boots zu säubern, den Aschenbecher zu leeren und die Sitze und Bodenmatten mit einer Polsterbürste zu bearbeiten. Dann zwinkerte Lucas Ruby zu, und Ruby zwinkerte zurück.

Wie kann der Dödel deine Oma für deine Mom halten?

Nathalie war ihr Schatten geworden. Jedes Mal, wenn Ruby sich umsah, fand sie Nathalie in ihrer unmittelbaren Nähe. Beim Mittagessen stand sie hinter ihr in der Schlange, in der Pause wich sie ihr nicht von der Seite. Jeden Tag ging das so. Ruby hatte noch nie so viel Zeit mit einem anderen Menschen verbracht. Und Nathalie redete ununterbrochen. Ohne Punkt und Komma plapperte sie über alles, schüttelte den Kopf, dass die Perlen in ihren Zöpfchen klimperten. Miss Bukowski brauchte sich gar nicht mehr umzudrehen, wenn sie etwas an die Tafel schrieb. Sie sagte bloß mit warnender Stimme: *Nathalie* ... Ruby kam der Gedanke, dass das Pult neben Nathalie womöglich aus Gründen frei geblieben war. Als sie Lucas erzählte, dass Nathalie ständig an ihr klebte, verglich er sie mit einem Neunauge, einem vampirischen Fisch, der sich an anderen Fischen festbiss und alles aus ihnen heraussaugte. Danach erwähnte sie Nathalie vor ihm nicht mehr. Ihre Hingabe verwirrte sie auch nicht mehr. Nathalie war ihre beste Freundin.

Ruby erzählte Nathalie vom Leben am See, wie sie Fische ausnahm, ein Boot steuerte. Nathalie lauschte andächtig. Sie war zwar selbst Vegetarierin, aber jede Art von Abenteuer stand bei ihr hoch im Kurs, erst recht, wenn es auf dem Wasser stattfand und irgendwas mit Piraten zu tun hatte. Täglich schmiedete sie Pläne und redete über die Zukunft: was sie machen würden, wenn es schneite, was sie nächsten Sommer machen würden, was sie später mal werden würden. Ruby hatte sie so gern, als hätten sie sich immer schon gekannt.

Nathalie stellte ihr Fragen, über die sie noch nie nachgedacht hatte.

Warum sagst du Lucas zu deinem Vater und nicht Dad?

Das konnte Ruby nicht beantworten. Vielleicht hatte Lucas ja versucht, sie dazu zu bringen, Dad zu sagen, aber alle, mit denen sie sonst zu tun hatten, nannten ihn Lucas. Mit Clover war es genauso.

Vielleicht, weil ich ein Einzelkind bin?

Das bin ich auch, sagte Nathalie, aber ich sage trotzdem Dad und Grandmom.

Miss Bukowski gab der Klasse ihre erste Projektarbeit auf. Sie kündigte an, dass dazu Forschungen nötig seien. Sie sollten sich in der Natur umschauen, die sie umgab, sich etwas aussuchen – einen Fisch, einen Baum, einen Vogel, ein Insekt, einen Wasservogel, einen Berg, einen Stein, was immer sie wollten – und es vor den anderen Kindern präsentieren. An der hinteren Wand des Klassenzimmers hingen drei Projekte der letzten dritten Klasse. Das beste behandelte den Kormoran. Es erzählte dessen ganze Geschichte: Wie er beinahe ausgestorben wäre, weil das Insektenvernichtungsmittel DDT die Schalen seiner Eier brüchig werden und zersplittern ließ, sich dann aber wieder erholt hatte, und zwar so sehr, dass er jetzt im Begriff war, Teile des Sees zu zerstören, vor allem Young Island, in der Gegend nur Bird Island genannt, Vogelinsel. Der Kot der Kormorane, auch Guano genannt, war stark säurehaltig und hatte die gesamte Vegetation zerstört. Die Insel war komplett kahl, sodass andere Vögel dort nicht mehr nisten konnten.

Ruby kam ständig an der Insel vorbei, wenn sie mit Lucas im Boot unterwegs war. Wenn sie die Vögel mit dem Fernglas beobachtete, sah sie auch die abgestorbenen Bäume und die von weißen Exkrementen bedeckten Felsen. Sie konnten dort gar nicht anlegen, weil es so fürchterlich stank. Flugratten, so nannte Lucas die Kormorane. Ruby hatte das alles gesehen, aber nicht gewusst, was da genau passiert war und aus welchem Grund. Das Projekt zeigte auch, dass Umweltschützer inzwischen Kormoraneier mit Mineralöl einschmierten und sie damit abtöteten, um ihre Vermehrung einzudämmen. Durch das Öl erstickten die Küken im Ei und schlüpften gar nicht erst. Früher wurden Kormorane auch als Scharben oder Scholver bezeichnet. Außerdem erwähnte das Kind, das dieses Projekt erstellt hatte, dass in manchen Kulturen der Glaube vorherrsche, der Vogel überbringe Nachrichten aus dem Totenreich. Davon bekam Ruby Gänsehaut. Manchmal hockte ein Grüppchen Kormorane auf den Felsen am Ufer vor ihrem Haus und ließ die ausgebreiteten Flügel trocknen.

Alle Projekte dort an der Wand waren mit Bildern aus dem Internet bestückt, aber Lucas sagte immer, das sei gefährlich, verlangsame das Denken, weiche das Hirn auf. Als die Klasse gelernt hatte, wie man Suchmaschinen verwendete, musste Ruby sich ins Lesezimmer der Direktorin verziehen. Lucas hatte ja recht mit dem Internet, aber manchmal, so wie jetzt, wäre es vielleicht doch ganz gut gewesen zu wissen, wie man damit umging. Fragen konnte sie ihn nicht, sie wusste ja schon, was er sagen würde. Dass es in ihrer Verantwortung liege, sich tiefer mit allem zu verbinden, anstatt sich davon abzuschotten.

Nach der Schule saß sie schweigsam im Wagen. Lucas hörte eine Diskussionsrunde zu den bevorstehenden Wahlen im Radio. Vermont würde für Obama stimmen. Ruby dachte über das Projekt nach und darüber, wie sie es ihm erklären sollte. Sie konnte seine Hilfe brauchen, weil er so viele spannende und ungewöhnliche Sachen wusste, musste es ihm aber auf die richtige Art erklären, damit er es nicht blöd fand. Schließlich sagte sie es einfach.

Ich brauche eine richtig gute Idee für ein Naturkundeprojekt. Es soll etwas aus unserer Umgebung hier auf den Islands sein. Etwas Geologisches, etwas über den See, ein Tier oder eine Pflanze. Etwas, das wir dauernd sehen, über das wir mehr erfahren und das wir den anderen zeigen wollen. Aber mir fällt nichts ein.

Lucas beugte sich vor und schaltete das Radio aus. Er trommelte ein paar Mal mit den Fingern auf das Lenkrad.

Was für Ideen hast du denn bisher?

Gar keine. Ich habe nichts. Sie erzählte ihm von dem Projekt mit dem Kormoran.

Hm, machte er, und sie hatte schon Angst, dass er sich gleich über das niedrige Niveau der Schule auslassen würde. Denk einfach weiter nach. Schau dich um. Irgendwann findest du es. Wenn ich dir eine Idee vorschlage, ist es ja nicht mehr deine.

Das Projekt sollte am nächsten Montag fertig sein. Sie hatte also noch fünf Tage und dachte ununterbrochen darüber nach. Aber am Wochenende hatte sie immer noch kein Thema gefunden. Beim Sauerkrauteinlegen am Samstagmorgen fragte sie Clover, was sie am See besonders spannend finde. Clover schnitt die Kohlblätter in Streifen und salzte sie, danach klopfte Ruby sie, bis der Saft austrat, und drückte sie dann mit dem Stampfer in den Tontopf.

Wie er die ganze Zeit die Farbe wechselt. Es gibt so viele Seeschattierungen da draußen.

Nein, fauchte Ruby. Ich meine für mein Projekt.

Eine Zeit lang werkelten sie schweigend weiter. Dann reckte Clover einen Finger in die Höhe. Was ist mit den Fossilien auf der Isle La Motte?

Dort war Ruby gefühlt schon hundert Mal gewesen und die anderen Kinder bestimmt auch. Das kannten sie garantiert alle. Sämtliche Touristen fuhren hin. Sie war den Tränen nahe. Ihr lief die Zeit weg. Jetzt musste sie die Fossilien nehmen, für die sich die anderen kein bisschen interessieren würden.

Lucas kam in die Küche, um sich einen Kaffee zu machen.

Ruby brummelte, dass sie für das doofe Projekt auf die Isle La Motte müsse.

Lucas ließ eine Art Schnauben hören. Dieses Projekt. Wie soll ein Kind denn seine Phantasie einsetzen, wenn es den ganzen Tag nur am Pult hockt?

Damit hilfst du mir jetzt auch nicht, hätte Ruby am liebsten gebrüllt.

Das machen wir morgen, sagte Lucas. Heute gehen wir erst mal in die Pilze.

Sie fuhren mit dem Boot auf dem See nach Norden, zu einer Insel gleich hinter Knight Island. Laubbäume und Pilze in Hülle und Fülle. Lucas und Ruby trugen beide langärmelige Oberteile. Inzwischen ging auf dem See schon ein kühlerer Wind; die Blätter an den Rot- und Weißeichen färbten sich bereits braun, die Zuckerahorne dahinter zeigten sich in Rot und leuchtendem Orange. Trotzdem wärmte die Sonne noch, und Ruby beugte sich dicht über das Wasser, um den leichten Sprühnebel an den Wangen zu spüren. Lucas, die Hand an der Pinne, blickte über den See. Er schien ganz frei von allen Sorgen. Er wirkte auch nie unsicher. Ruby konnte nicht aufhören, um das Projekt zu kreisen und sich zu fragen, wie sie das Bilderproblem lösen sollte. Vielleicht konnte sie die Fossilien ja abpausen.

Beide hatten sie Messer und Taschen dabei. Im Wald war es kühl und feucht, der Geruch von verrottendem Laub hing schwer in der Luft. Perfekt für Pilze. Sie drangen vor bis in den dunkelsten Teil, gingen langsamer, teilten sich für die Suche auf. Mit dem Fuß schob Ruby etwas Laub weg, beugte sich näher zum Boden, kniete sich hin. Das machte sie mit am liebsten, forschen, entdecken, finden. Semmelstoppelpilze, Hummerpilze, Pfifferlinge, Herbsttrompeten, Rötelritterlinge, Schwefelporlinge – sie kannte sie alle. Und dort am Boden, die Hände tief im Mulch, wusste sie plötzlich genau, wie ihr Projekt aussehen würde. Lucas hatte ihr beigebracht, Sporenabdrücke von Pilzen zu nehmen. Man konnte sie nicht nur über Farbe, Größe und Fundort bestimmen, sondern auch anhand ihres Sporenmusters. Sie füllte ihre Tasche, hielt nach breiten Hüten und dichten Lamellen Ausschau, malte sich aus, wie geisterhaft sie auf Papier aussehen würden. Es würde ein gutes Projekt werden. Lucas hatte wieder mal recht gehabt: Um auf Ideen zu kommen, musste man draußen in der Natur sein. Dann wurde es ihr klar. Er war mit ihr hierher gefahren, um sie zum Nachdenken anzuregen. Er hatte gewusst, dass ihr eine Idee für ihr Projekt kommen würde.

Auf dem Weg zurück ans Ufer streckte Lucas den Arm aus, damit sie stehen blieb, stumm, als hätte er ein Raubtier entdeckt, etwas Lebendiges, das sie womöglich hören könnte. Er deutete auf den Boden gleich neben dem Pfad, und da, inmitten verrottendem Laub, stand ein Grüppchen beinahe schillernd weißer Pilze, *Amanita bisporigera*. Der Todesengel. Unter normalen Umständen würden sie die niemals anfassen, doch Ruby spürte eine Art morbiden Kitzel. Wie toll das für ihr Projekt wäre: ein tödlicher Todespilz. Sie schob die Hände in Lucas' viel zu große Handschuhe und durchschnitt das weiße Fleisch gleich unterhalb der Volva. Der Pilz kippte in die dunkle Handfläche, er schimmerte bläulich weiß, wie ein Gespenst.

Der ist sehr giftig, sagte Lucas. Schon ein paar Gramm können tödlich sein. Ruby zog ein Plastiktütchen hervor und gab den Pilz hinein, damit er nicht mit den anderen in Kontakt kam.

Sie konnte Lucas nicht bitten, ihr Pappe oder Papier zu kaufen. Von so etwas hielt er nichts. Das sei doch bloß Verschwendung. Und in der Schule quollen dann alle Mülleimer über von alten Projekten, die weggeworfen wurden. Sie musste es also mit dem hinbekommen, was im Haus war. Im Schuppen entdeckte sie eine Sperrholzplatte, die sie von Staub und Spinnweben befreite. Schwarze Pappkartons und weißes Papier gaben perfekte Leinwände ab. Sie schnitt die Stiele von den Pilzen ab und ordnete die Hüte so an, dass sie auf der Unterseite lagen.

Die Sporen haften auf den Lamellen, hatte Lucas ihr erklärt, damit sie draußen in der Natur einfach zu Boden fallen und weiterwachsen können. Sie legte die Herbsttrompete und den Semmelstoppelpilz auf je ein quadratisches weißes Blatt und stülpte eine Glasschüssel darüber. Andere, der Hummerpilz zum Beispiel oder der Engel des Todes, hatten weiße Sporen, darum legte sie sie auf Quadrate aus schwarzer Pappe und deckte sie über Nacht zu. Ihr Projekt nahm den ganzen Küchentisch in Anspruch, sie mussten im Wohnzimmer essen, und Ruby fürchtete schon, Lucas würde sich über ihre Schule, ihre Lehrerin oder diese Pseudowissenschaft beschweren, obwohl es seine Idee gewesen war, in die Pilze zu gehen. Clover stellte ihm einen Klapptisch aus Metall hin und trottete immer wieder in die Küche, um ihm frisches Basilikum oder einen Nachschlag zu bringen. Ruby und sie hielten ihre Teller auf dem Schoß. Clover hatte aus den Brombeeren und Äpfeln, die Ruby gepflückt hatte, einen Kuchen gebacken. Lucas verlor kein Wort darüber, dass sie im Wohnzimmer essen mussten, und auch nicht über *diese Schule*. Während Ruby zusah, wie Clover sich immer wieder von ihrem Platz aufraffte und hin und her lief, hatte sie vor Dankbarkeit einen Kloß im Hals. Clover machte das alles für sie.

Am Sonntagmorgen wachte sie auf, noch bevor es hell wurde. In der Küche nahm sie die Schüssel vom Engel des Todes auf seiner schwarzen Pappe und hob den Pilz mit einem weiteren Plastiktütchen an, das sie wie einen Handschuh verwendete, so wie die Leute im Ort, wenn sie den Kot ihrer Hunde auflasen. Er hatte den perfekten weißen Abdruck hinterlassen, jede einzelne Lamellenlinie hatte sich auf dem schwarzen Untergrund eingeschrieben. Ruby nahm alle Schüsseln weg und zählte zwölf Abdrücke in den verschiedensten Schattierungen von Weiß bis Schwarz – dazwischen das Zartrosa des Rötelritterlings und das Rostbraun des Semmelstoppelpilzes. Unter dem Waschbecken im Bad stand Clovers Haarspray, so lange schon, dass die Flasche ganz angelaufen war und man die Gebrauchsanweisung nicht mehr lesen konnte. Ruby besprühte die Sporenabdrücke damit, um sie zu fixieren, dann klebte sie die Quadrate in ordentlichen Reihen auf die Sperrholzplatte, wie Schmetterlinge in einem Kasten. Als es hell wurde, setzte sie sich auf die Veranda und betrachtete die fertige Tafel. Gut war sie geworden. Sehr wissenschaftlich. Ruby beschriftete die Abdrücke, schrieb sorgfältig mit Lucas' Füller die lateinischen und die gebräuchlichen Namen der Pilze hin und klebte die Zettel unter die Quadrate. Dann blätterte sie die Pilzbücher durch, die sie besaßen, verfasste Kurzbeschreibungen und notierte, wie bei dem Kormoran-Projekt, kleine Geschichten im Zusammenhang mit ihnen, wie sie zu ihren Namen gekommen waren, welche religiösen Vorstellungen mit ihnen verbunden waren. Und oben drüber schrieb sie sorgfältig in Schönschrift auf weißem Papier: *Die Pilze unserer Wälder*.

Am Montagmorgen legte Ruby ihre Sperrholzplatte flach in den Kofferraum des blauen Boots.

Ich sag ja immer, das Auto hat eine gute Größe, kommentierte Clover.

Den Schuhkarton mit den echten Pilzen hielt Ruby auf dem Schoß. Sie sah ihre Mitschülerinnen und Mitschüler zum Eingang strömten. Sophie Dragan hatte eine Tasche dabei. Nathalie hatte einen Schaukasten aus einem gebrauchten Amazon-Paket gebastelt. Nathan Le Blanc hatte nichts dabei und schaute unbehaglich.

Miss Bukowski hatte das Klassenzimmer umgeräumt, so dass sie alle hinten im Halbkreis sitzen konnten. Vorne stand eine Staffelei, auf der sie ihre Projekte präsentieren sollten.

Sophie Dragan kam als Erste dran, sie zog einen langen roten Umhang aus ihrer Tasche und warf ihn sich über. Sie war mager und so blass, dass ihre Haut fast durchsichtig wirkte. Ihre Präsentation befasste sich mit Cloak Island, gleich neben der Isle La Motte. Die Insel hatte ihren Namen vor vielen hundert Jahren durch eine Frau bekommen, die von ihrem Ehemann weg wollte, weil er sie so entsetzlich schlecht behandelte. Irgendwann hatte sie genug davon, erzählte Sophie. Sie hatte ihre Pferde vor den Wagen gespannt und war mitten in der Nacht übers Eis geflüchtet. Und ward nicht mehr gesehen. Einer Legende nach hatten Ortsansässige noch ihren roten Mantel gefunden, der bei der Insel im Wasser trieb.

Das ist aber nicht wissenschaftlich, unterbrach sie Tim Butler. Nur eine Geschichte. Er war es gewesen, der an Rubys erstem Schultag *Jetzt wird's peinlich* gesagt hatte. Auch er war neu in der Klasse. Er war sitzen geblieben und musste die dritte Klasse wiederholen. Seine Stimme klang kratzig.

Miss Bukowski hat gesagt, wir sollen das erforschen, was wir um uns herum sehen, sagte Sophie. Ich habe die Insel gesehen, und meine Mutter hat mir mit dem Umhang geholfen.

Tims Projekt behandelte die Algenblüte im See. Es war gut und ausgesprochen wissenschaftlich.

Nathan hatte das Projekt total vergessen. Er schaute hierhin und dorthin, bloß nicht zu Miss Bukowski. Sie wusste anscheinend, dass er es vergessen hatte, denn sie rief ihn gar nicht erst auf.

Ben Peters zeigte ihnen die Meeresfossilien auf der Isle La Motte. Die kannten alle natürlich längst, und Ruby war froh, dass sie sich dagegen entschieden hatte.

Nathalie hatte ihr Projekt *Die Sagen vom See* genannt, präsentierte aber keine bekannten Geschichten wie die von Champ, dem Seeungeheuer von Lake Champlain, sondern vielmehr Katastrophen und Tragödien. Menschen und ganze Flugzeuge, die verschwunden waren. Dazu hatte sie kleine Modelle gebaut. Ein Flugzeug war mitten in einem Schneesturm von Burlington aus gestartet und vier Minuten später einfach verschwunden. Nathalie ließ ein kleines Flugzeug über ihren See aus zerknautschtem Krepppapier fliegen, durch eine weiße Konfettiwolke, die sie mit der freien Hand darüber warf, und dann mitten in ihrem Schaukasten abstürzen. Sie schloss mit dem geflüsterten Satz: Haben wir hier vielleicht unser ganz eigenes Vermont-Dreieck?

Na, das war ja mal dramatisch. Toller Auftritt, Nathalie, sagte Miss Bukowski.

Das war gut, sagte Tim. Aber trotzdem nicht wissenschaftlich. Er schüttelte sich die Haare aus dem Gesicht. Unter seinen braunen Augen lagen dunkle Ringe. Er war der Einzige in der Klasse, bei dem sich Ruby vorstellen konnte, dass er in gewisser Weise wie sie war. Er war größer als die anderen und sprach alles aus, was ihm in den Kopf kam. Dadurch klang er oft ruppig. Seine Haare waren immer ungekämmt, seine Kleider waren knittrig und passten nicht zusammen, die Hosen waren an den Knien löchrig. So kam Ruby nie in die Schule – ihre Kleider waren pieksauber und steif; Clover hängte sie immer draußen auf, auch wenn es viel zu kalt war. Es war einfach nur ein Gefühl, wie sie sich selbst im Vergleich zu den anderen einschätzte. Dass ihre Familie irgendwie seltsam war. Dass es da etwas gab, was ihr peinlich oder unangenehm sein musste.

Als nächstes war Sophies Freundin Kelsey Hatch dran. Sie war die Kleinste in der Klasse, reichte Ruby kaum bis zur Schulter. Meist hielt sie sich im Hintergrund, hockte mit Sophie in einer Ecke des Schulhofs und redete mit niemandem sonst. Ihr Projekt präsentierte sie im Flüsterton dem Boden und rieb dabei ständig die Hände aneinander. Sie hatte eine schöne Zeichnung eines Schwarzbären angefertigt, trotzdem wusste Ruby nicht genau, worum es bei der Präsentation ging. Sie war sehr erleichtert für Kelsey, als es vorbei war.

Jetzt war Ruby an der Reihe. Als sie ihre Sperrholzplatte auf die Staffelei stellte, zitterten ihr ein wenig die Hände. Lucas hatte ihr gesagt, wenn sie vor der Präsentation nervös sei, solle sie einfach lauter sprechen, über die Nervosität hinweg, und darauf achten, dass sie tief ein- und wieder ausatmete. Mach große Gesten, hatte er gesagt. Streck den ganzen Arm aus, nicht bloß die Hand. Bleib nicht stocksteif stehen, beweg dich. Sie trat einen Schritt vor und streckte den ganzen Arm zu ihrer Spanplatte hin, holte tief Luft und legte los: *Die Pilze unserer Wälder*. Kelsey zuckte zusammen, und Tim zog die Augenbrauen hoch. Ruby hatte regelrecht gebrüllt. Nathalie beugte sich vor. Ruby ließ die Hüte herumgehen und erklärte den anderen dabei, wie nährstoffreich Pilze waren und wie und wann man sie am besten sammelte. Den *Amanita bisporigera*, den Engel des Todes, hob sie sich bis zum Schluss auf. Wie die anderen Pilze auch, reichte sie ihn in einem durchsichtigen Plastikbeutel herum. Manche Kinder wollten nicht einmal den anfassen. Tim Butler wollte ihn gar nicht mehr hergeben, und Sophie, die neben ihm saß, stieß ihn immer wieder in die Seite, damit es weiterging, aber als sie den Beutel dann bekam, hielt sie ihn am langen Arm von sich weg, verzog angeekelt das Gesicht und gab ihn sofort an Ben weiter. Miss Bukowski fragte nach den Abdrücken, wollte wissen, wie Ruby sie gemacht hatte, lobte sie als Kunstwerke und sagte, sie habe noch nie einen Sporenabdruck gesehen. Als der Engel des Todes bei ihr ankam, gab sie ihn Ruby nicht zurück, wie die anderen Pilzhüte, sondern legte ihn hinter sich auf den Tisch.

Als Ruby geendet hatte, war es Zeit für die Pause, und alle stürmten zur Tür. Ruby nahm ihre Sperrholzplatte von der Staffelei und lehnte sie an die Wand. Als sie sich umdrehte, stand Miss Bukowski neben ihr.

Bleibst du bitte noch kurz hier, Ruby?

Ruby trat unruhig von einem Fuß auf den anderen, während der Rest der Klasse sich an der Tür aufstellte.

Geht schon mal vor, rief Miss Bukowski. Aber langsam!

Da stimmte etwas nicht. Miss Bukowski wirkte beklommen und setzte zwei Mal an. Dann sagte sie, sie werden den Engel des Todes sicherheitshalber behalten und ihn sachgemäß entsorgen.

Es wäre sicher besser, nichts Giftiges mit in die Schule zu bringen.

Lucas hatte ihr gesagt, sie solle keine psilocybinhaltigen Pilze nehmen, die sogenannten Zauberpilze, weil sie in Vermont zu den illegalen Drogen zählten. Aber daran hatten sie beide nicht gedacht. Rubys Haut brannte vor Scham. Sie hatte einen großen Fehler gemacht, das wurde ihr jetzt klar. Das war, als hätte sie ein Messer oder eine scharfe Waffe mitgebracht. Miss Bukowski versuchte, es ihr schonend beizubringen, aber Ruby konnte ihr nicht mehr ins Gesicht sehen. Sie wandte sich zur Tür, aber Miss Bukowski rief sie noch einmal zurück, darum musste sie stehen bleiben. Dein Projekt ist großartig, Ruby, sagte sie, und es wird noch beeindruckender, weil du es ganz ohne das Internet oder sonstige Hilfe geschafft und alles selbst gefunden hast, die Bilder selbst gestaltet und nur recycelte Materialen verwendet hast. Das ist wirklich sehr, sehr gut. Vielleicht kannst du der Klasse einmal zeigen, wie man Sporenabdrücke macht?

Auf dem Schulhof umringten die anderen sie vor dem Klettergerüst. Hatte sie den Todespilz wirklich selbst entdeckt? War sie selbst schon mal vergiftet gewesen? Sammelte sie echt Pilze vom Boden auf und aß sie? Tim Butler drängte sich durch die Gruppe nach vorn und baute sich vor ihr auf, warf ganz leicht den Kopf zurück, um seine Ponyfransen aus den Augen zu bekommen. Die anderen in der Klasse sagten,

Tim müsse die dritte Klasse wiederholen, weil er im letzten Jahr ständig gefehlt hätte, so oft, dass er gar nichts gelernt habe. Ruby staunte, dass er überhaupt sitzen geblieben war, wo er doch so klug war und sie selbst die versäumten Klassen überspringen durfte. In der Pause hing er sonst meistens mit denen aus der vierten herum.

Hast du den Giftpilz echt selbst gesammelt?

Ja. Zusammen mit meinem Dad. Er hat ihn entdeckt, aber ich habe ihn abgeschnitten.

Tim zögerte, wusste anscheinend nicht richtig, was er sagen sollte, dann sprang er hoch, hielt sich an einer Sprosse fest, die außer ihm niemand erreichen konnte, und rief: Pass bloß auf, Pilz-Mieze!

Er schwang sich hin und her, schien irgendwie Anlauf zu nehmen. Die anderen standen um sie herum, warteten ab, was weiter passieren würde. Ruby sah es schon, wie ein Glitzern, während sie alle den Namen nachmurmelten: Pilz-Mieze. Da drängte sich jemand an Ruby vorbei und schlug nach Tim Butlers baumelnden Beinen. Gerade hing er noch hoch über dem Boden, jetzt lag er plötzlich im Dreck. Und über ihm Nathalie mit ihrem Captain-Jack-Sparrow-Kopfputz. Miss Bukowski hatte sie gebeten, ihn im Unterricht nicht mehr zu tragen, sondern nur noch in der Pause, weil sie sonst die ganze Zeit mit dem Kopf wackelte.

Nur ein kleines Stück von diesem Pilz, und du bist tot.

Ein paar aus der vierten Klasse waren herübergekommen. Alle umringten Tim. Er lag immer noch auf dem Boden. Fast tat er Ruby ein bisschen leid.

Tim sagte: Ja, okay. Er rappelte sich hoch, klopfte sich die Hose ab, dann gab er Nathalie die Hand. Eine irritierende Reaktion. Sonst passierte nichts, und die umstehenden Kinder zogen sich nach und nach wieder in andere Bereiche des Schulhofs zurück.

Nathalie drehte sich zu Ruby um und sagte: Okay, du bist weiter Ruby Chevalier, weil der Name einfach so gut ist, ich bin Mary Read, und wir sind Kapitäninnen auf einem Mädchen-Piratenschiff, das *Engel des Todes* heißt, und gleich treffen wir auf ein anderes Piratenschiff, wo nur Jungs an Bord sind.

5

RUBY

2009

Der Briefkasten unten am Pfad war verschwunden. Vom Pfosten war nur noch ein hölzerner Stumpf übrig, mit Kerben drin, wie von einem Beil. Ruby umrundete ihn. Der Briefkasten war weg. Sie rannte zum Haus zurück.

Clover, rief sie und platzte keuchend in die Küche. Jemand hat unseren Briefkasten geklaut.

Clover drehte den Herd ab, zog Schneestiefel an und einen Anorak über ihr Flanellnachthemd. Auf Rubys Arm gestützt, ging sie mit ihr den Pfad entlang. Eine Zeit lang blieb sie vor den Überresten stehen. Es war kalt, und Clovers Augen tränten vom Wind.

Er ist abgehackt worden. Das war eine Axt.

Wer macht denn so was?

Das braucht dich nicht zu kümmern, sagte Clover.

Noch im Nachthemd fuhr sie Ruby zur Schule und brummelte vor sich hin.

Mein Briefkasten.

Fünfzig Jahre.

Mein Haus.

Am Straßenrand türmte sich noch der Schnee, er lastete auf den Bäumen, formte die Umrisse der Briefkästen nach – sogar die kleinen roten Fähnchen bedeckte er – und die der Strommasten. An den Dachrinnen hingen Dolche aus Eis. Lucas zerschlug sie mit einem Gummihammer, und Ruby fegte die kleineren Schneeverwehungen von der Veranda.

Bei Unterkühlung passieren seltsame Dinge, sagte er. Bewusstseinsstörungen, Gedächtnisverlust. Ein Symptom, das häufig vorkommt, nennt man paradoxes Entkleiden, dabei fangen Menschen an, sich auszuziehen, wenn sie an Unterkühlung leiden. Er wischte sich mit dem Handrücken die Nase. Die Wissenschaft kann sich das nicht erklären. Er schwieg kurz. Das ist das große Problem von Schulen, die wirklich wichtigen Dinge bringen sie einem nicht bei. Wie man überlebt beispielsweise.

Miss Bukowski zeigt uns auch Überlebenstechniken.

Ach ja? Und welche? Lucas holte mit dem Hammer aus, und ein Eissplitter schlitterte über die Veranda.

Ruby zuckte mit den Schultern. Sie hatte keine Lust, ihm Dinge zu erzählen, die er dann doch nur zerpflücken würde. Sie wollte nicht von ihm hören, dass ihre Lehrerin falsch lag.

Na ja, zum Beispiel, dass es manchmal sogar besser ist, wenn man sich bei kaltem Wetter auszieht. Miss Bukowski sagt, wenn man bei Temperaturen unter null nass wird, dann ist es besser, man hat gar nichts an, als dass man die nassen Sachen trägt. Außerdem sagt sie, man soll immer etwas auf dem Kopf haben, und dass man schneller austrocknet, wenn man Schnee isst. Wenn man keine Möglichkeit hat, ihn warm zu machen, muss man ihn in ein Tuch wickeln und das Schmelzwasser heraussaugen.

Sie konnte ihm das nicht sagen, aber sie liebte die Schule. Neuerdings hatten sie ein Klassenaquarium mit einem leuchtend roten Kampffisch, den sie Flame genannt hatten. Ruby war mit anderen Kindern befreundet. Alles war so viel besser, als es jemals gewesen war, seit sie denken konnte.

Sie sah zu, wie Lucas den schweren Hammer gegen die Eiszapfen schlug. Manche waren so breit wie ihr Handgelenk. Ständig redete er davon, was alles mit dem Schulsystem nicht stimmte. Weil sie ihn dazu bringen wollte, einzusehen, dass sie auch spannende Dinge lernte, erzählte sie ihm von den Piratinnen, die sich wie Männer anzogen und an der Seite von Calico Jack kämpften. Mary Read und Anne Bonny. Nur, dass sich Calico Jack mit seinen Männern unter Deck versteckt und Anne Bonny und Mary Read allein hatte kämpfen lassen. Sie wurden alle gefangen genommen und zum Tode verurteilt. Anne Bonnys letzte Worte an Calico Jack lauteten: Hättest du gekämpft wie ein Mann, müsstest du jetzt nicht hängen wie ein Hund.

Das hört sich für mich sehr ausgedacht an.

Nein, sagte Ruby, es stimmt. Ich habe es in der Schule im Internet gelesen. Erst als sie das Wort schon ausgesprochen hatte, merkte sie es, sie wollte ihre eigene Stimme schlucken, aber es war schon zu spät. Sie konnte Lucas nicht ansehen, schaute nur auf den Schnee.

Miss Bukowski kam in ihrer rosa Skimütze und ihrer weißen Daunenjacke über den Parkplatz. Welche ist es?, wollte er wissen. Ruby sagte nichts.

Wie heißt sie noch gleich?

Miss Bukowski, flüsterte sie.

Lucas stieg aus, und sie blieben vor dem Pickup stehen. Er fragte ein paar andere Eltern, die gerade vorbeikamen: Wo ist Miss Bukowski?, und sie zeigten sie ihm. Mit raschen Schritten ging er auf sie zu, und Ruby konnte auf einmal nichts mehr sehen, weil alles ringsherum so weiß war, als ob sie schneeblind wäre, nur anders. Würde er Miss Bukowski schlagen? Nein. Er stand sehr dicht vor ihr, sein Gesicht bewegte sich. Miss Bukowski wich so weit zurück, bis sie mitten auf der Fahrbahn stand. Ruby hörte nichts. Als hielte ihr jemand mit beiden Händen fest die Ohren zu, bis sie nur noch das Rauschen in ihrem Innern hörte. Miss Bukowski war knallrot geworden. Lucas stand über ihr auf dem Bordstein. Er wirkte sehr groß. Ruby sah, wie er redete. Sie sah seine Lippen die Worte formen: Habe ich mich klar ausgedrückt? So redete er auch oft mit ihr. Er hielt beide Arme gesenkt, aber am liebsten hätte sie Miss Bukowski zugerufen: Weg hier, laufen Sie! Miss Bukowski schaute zu ihr herüber, und auf ihrem Gesicht lag ein Ausdruck, als wollte sie Ruby etwas fragen, als wäre ihr etwas unklar. Auch Lucas starrte zu ihr herüber, und Ruby wurde klar, dass wohl etwas nicht in Ordnung war. Alle Leute ringsherum starrten sie an, nicht Lucas, und dann merkte sie, dass sie haltlos weinte. Neben ihr stand Nathalie. Wie war sie da hingekommen? Lucas kam auf sie zu, sichtlich verwirrt. Ruby wich vor ihm zurück, bis sie mit dem Rücken an den Pickup stieß.

Ihr Körper war ganz von selbst in Aufruhr geraten und konnte sich nicht mehr beruhigen. Sie sah sich wie von außen, ihre weiße Wollmütze, die rote Daunenjacke, den Schnee, die Menschen, die um sie herumstanden. Sie weinte, spürte aber nichts davon.

Nathalie, bring Ruby bitte ins Klassenzimmer, während ich mit ihrem Vater zur Direktorin gehe. Miss Bukowski stand jetzt wieder auf dem Gehweg, sie hatte sich gefangen. An Lucas gewandt sagte sie: Lassen Sie uns zu Protokoll geben, was passiert ist, damit es nicht noch mal vorkommt.

Nathalie nahm Ruby an der Hand und führte sie in die Schule, den Gang entlang bis in ihr Klassenzimmer, an das Pult neben ihrem. Sie setzten sich hin und schwiegen. Ruby horchte auf die Filterpumpe des Aquariums. Sie sah sich nicht um, schaute nur auf ihr Pult. Die anderen kamen herein, hängten ihre Jacken an die Garderobenhaken, setzten sich auf ihre Plätze. Tim Butler kam an Rubys Pult vorbei und blieb kurz stehen, ging dann aber weiter. Ruby wusste, dass er es war, weil sie seine Turnschuhe erkannte. Sie hatte immer noch ihre Jacke an und konnte ihre Beine nicht am Zittern hindern. Die Tränen flossen weiter. Als Miss Bukowski hereinkam, wurde sie von Direktorin Clarke begleitet. Die Direktorin blieb bei der Klasse, und Miss Bukowski ging mit Ruby den Gang entlang. Sie setzten sich auf den Sitzsack, auf dem Ruby damals, an ihrem ersten Tag, gelesen hatte. Miss Bukowski schlang beide Arme um Ruby. Clover und Lucas umarmten sie nie. Lucas tätschelte ihr manchmal den Rücken oder strich ihr über den Kopf. Dann wirkte Clover immer peinlich berührt und sagte: Jetzt ist aber mal gut mit dem Kokolores. Aber Miss Bukowski hielt sie ganz fest und ließ sie erst wieder los, als Ruby zu weinen aufgehört hatte und zittrig durchatmete, wie man es nach langem Weinen tut. In ihr blieb eine Schwere zurück, gleich über dem Magen, ein schweres, schweres Etwas ganz tief drinnen, das nach außen drängte, sich gegen Lunge und Zwerchfell drückte, ihr das Atmen schwer machte.

Von da an blieb sie in der Pause immer drinnen. Sie saß in dem riesigen Sessel hinten im Klassenzimmer, las, lauschte dem Gurgeln der Filterpumpe und betrachtete Flames leuchtendes Rot.

Was ist denn los mit Ruby?, fragte Nathalie. Ruby versank noch tiefer in den Polstern. Sie wollte nicht, dass Miss Bukowski sagte, sie sei krank, aber sie hatte auch keine Lust, mit den Jungs aus der vierten Klasse Piraten zu spielen. Sie war müde. An manchen Tagen schlief sie im Sessel ein und wachte erst wieder auf, wenn der Unterricht schon wieder weiterging. Miss Bukowski ließ sie in Ruhe. Dann blieb sie eines Tages im Raum, nachdem die anderen auf den Schulhof gegangen waren. Sie setzte sich zu Ruby in den Sessel und fragte sie, ob sie sich nicht einmal mit jemandem unterhalten wolle, sie wolle sie gern mit einer sehr erfahrenen und verständnisvollen Person bekannt machen, mit der Ruby reden und die ihr vielleicht darüber hinweghelfen könne, dass sie so traurig sei, weil sie ihre Mutter verloren hatte. Ruby erstarrte und schüttelte den Kopf. Nein, bitte nicht, ich will nicht darüber reden. Sie sagte nicht, dass Lucas sie wahrscheinlich endgültig aus der Schule nehmen würde, wenn er davon erfuhr. Stattdessen sagte sie: Bitte nicht, ich möchte weiter zur Schule gehen, und Miss Bukowski schien sie zu verstehen. Seltsam, was sie da über ihre Mutter gesagt hatte, denn Ruby hatte ihr nie erzählt, dass sie traurig wäre, weil ihre Mutter nicht mehr da war. Das war auch gar nicht der Grund. Es war die Vorstellung, dass Miss Bukowski etwas passieren könnte und Ruby sie vielleicht nie wiedersähe. Dass sie daran schuld wäre.

An manchen Tagen blieb auch Tim Butler während der Pause in Miss Bukowskis Klassenzimmer. Dann redeten sie über Flame, über das Wetter oder über gar nichts. Einmal saß Ruby im Sessel und las, als sie Tim zu Miss Bukowski sagen hörte, mit seinen Beklemmungen sei es besser geworden. Miss Bukowski erwiderte, sie sei wirklich froh, das zu hören. Ruby beobachtete ihn und dachte über die Beklemmungen nach, die sie nicht sehen konnte. Sie schaute ihm zu, wie er über den Hausaufgaben saß, dabei den Radiergummi unten am Bleistift an die Lippe drückte oder das Kinn in die Hand stützte, wenn er nachdachte. Einmal erzählte Tim ihr in der Pause, dass er fortgehen werde. Seine Mutter und er würden am Ende des Schuljahrs in eine Kleinstadt in der Nähe von Boston ziehen.

Dann komme ich aus einer Klasse mit elf Kindern in eine mit vielleicht hundert.

Ruby wünschte sich, er würde bleiben.

Was wirst du von den Islands am meisten vermissen?, fragte Miss Bukowski.

Den See. Meine Freunde. Und Creemee-Eis. Das gibt es da nicht. Die haben bestimmt nicht mal halb so gute Kühe wie hier.

Vielleicht gibt es in Boston ja Wassereis, platzte es aus Ruby heraus.

Was ist denn Wassereis?

So was wie farbiger Schnee, der dann süß schmeckt.

Ich glaube, das gibt es in Philadelphia, sagte Miss Bukowski. Wahrscheinlich erinnerst du dich daran noch aus der Zeit, als du dort gewohnt hast ...

Ruby sagte, sie habe ihr Leben lang in Vermont gewohnt – aber Miss Bukowski schien sie gar nicht zu hören und redete weiter mit Tim darüber, was es alles in Boston gab. Sie hatte während ihres Studiums dort gewohnt und schilderte ihm jetzt, wie ein Spiel der Celtics ablief.

Ruby hörte nur noch mit halbem Ohr zu. Sie war verwirrt. *Wassereis* ... Sie verstaute es dort, wo sie die anderen Schemen aufbewahrte, die sie nicht richtig erkennen konnte. Aber das Wassereis sah sie genau vor sich. Vielleicht hatte sie es in einer von Clovers Fernsehshows gesehen? Aber sie schmeckte es auch, spürte die Kälte innen an den Wangen. Warum war dieses Wort aus ihr herausgeplatzt? Und warum hatte Miss Bukowski gesagt, was sie gesagt hatte? Lucas konnte sie danach nicht fragen. Clover auch nicht. Es gab Dinge, die sie einfach nicht wissen durfte.

Zu Hause fühlte sie sich wie bestraft. Lucas war ständig weg, in der Hütte draußen auf dem Eis, wo er ohne sie angelte. Sie redeten kaum miteinander. Das Atmen fiel Ruby schwer, ihr ganzer Körper fühlte sich an, als müsste sie sich durch feuchten Zement oder besonders zähen Sirup kämpfen. Alles ging nur noch in Zeitlupe. Clover meinte, Ruby werde wohl bald einen Wachstumsschub bekommen, weil sie so antriebslos war, ihr Körper sei sicher ganz mit Wachsen beschäftigt.

Von ihrem Zimmer aus hörte sie, wie das Eis sich dehnte, ein Grollen wie von fernem Donner. Dann, ein paar Wochen später, krachten Eisbrocken ans Ufer, die vom Wind rasch über den tauenden See getrieben wurden. Manchmal, wenn der Wasserspiegel durch das Tauwetter stieg, kroch das Eis auch die Böschung hinauf, entwurzelte Bäume und warf sie um, kraftvoll und zerstörerisch.

An einem Morgen Anfang Mai weckte Lucas sie, und sie brachen noch in der Dämmerung auf. Ihr Ziel war The Gut, der Kanal zwischen den Inseln, gleich bei der Klappbrücke. Dort angelten sie nach Barschen, bestückten ihre Haken mit Tauwürmern und lebenden Elritzen als Köder. Am Abend nahmen sie die Fische in der Küche aus. Lucas forderte sie auf, die männlichen und die weiblichen Fische zu bestimmen. Ihre Unterschiede zu benennen. Sorgfältig legte Ruby ein männliches und ein weibliches Exemplar nebeneinander auf das Pergamentpapier. Sie strich mit dem Finger über den Bauch des Männchens, sah, wie die Milch aus der Geschlechtspapille floss. Die Weibchen waren leicht zu erkennen: Sie waren größer und um diese Jahreszeit sehr dickbäuchig. Ruby schnitt das Tier von der Geschlechtspapille bis hoch zu den Kiemen auf. Entnahm die Organe. Das Herz mit seinen zwei Kammern, die Leber, die schwarze Milz, die Schwimmblase. Sie hob den Rogen heraus, ein durchsichtiger Strang mit vielen tausend Eiern darin. Das sah man immer als erstes, wenn man das Fleisch des Fisches auseinanderklappte, diese Membran voller Eier, die über die gesamte Länge des weiblichen Fischkörpers ging. Ruby stach mit dem Messer hinein, sah die Eier herausquellen. Weich waren sie. Bereit zum Ablaichen. Sie zerteilte, zerschnitt, benannte. Und Lucas hörte zu. Ruby wusste, wenn sie sich klug und aufmerksam zeigte, konnte sich alles zwischen ihnen wieder einrenken.

6

RUBY

2010

Alle Welt kannte Dale Everett und seinen Postwagen. Er fuhr ihn schon seit über zwanzig Jahren. Das Lenkrad war auf der falschen Seite, damit Dale bis dicht an den Bordstein fahren, sich aus dem Fenster lehnen und die Post in die Briefkästen werfen konnte, ohne auch nur auszusteigen. Auf dem Parkplatz vor der Schule hatte er Rubys ganzer Klasse einmal erlaubt, sich hinters Lenkrad zu setzen, ein paar Briefe aus den Fächern zu nehmen, sich wie er herauszulehnen und so zu tun, als würden sie sie einwerfen. Auf dem Weg zum Schulgebäude hörte Ruby Dale ein paar Worte mit den Eltern wechseln, an denen er vorbeikam. Clover sagte immer, Dale sei ein richtiges Murmeltier, ständig am Pfeifen. Er war Vermonter in sechster oder siebter Generation, und auch das musste er ständig allen erzählen.

Kurz vor der Schultür holte er Ruby ein.

Heute habe ich ein Päckchen für dich, Ruby. Es wurde an die Schule geschickt.

Er streckte ihr einen großen wattierten Umschlag entgegen. *Ruby Lee Chevalier, c/o Middle Lake Elementary School* stand in dicken schwarzen Lettern darauf.

Sie hatte noch nie einen Brief bekommen, der an sie persönlich adressiert war. Während die anderen ins Gebäude strömten, blieb sie stehen, zog die Lasche auf und griff hinein. Dicht beschriebene Seiten aus einem Notizheft. Zuunterst ertasteten ihre Finger noch etwas, und sie zog einen kleinen weißen Umschlag heraus.

Ich muss das der Direktorin aushändigen, so sind die Regeln. Dale nahm ihr den gelben Umschlag wieder weg. Du weißt ja, wie es heißt. Wer die Regeln kennt, kann sie am besten brechen. Er pfiff vor sich hin. Ruby lachte. Dale zitierte ständig solche Sprüche und redete lauter Unsinn.

Sie ging mit ihm zum Empfang. Direktorin Clarke legte den Stift beiseite, den sie in der Hand hielt.

Morgen, Dale.

Hallo, Direktorin Clarke. Ich habe Ruby gerade schon erzählt, dass ich heute ein Päckchen für sie habe. Es wurde hierher an die Schule geschickt.

Die Direktorin strahlte. Wie schön, sagte sie, nahm Dale den Umschlag ab und drehte ihn in den Händen. Komm doch gleich mit, Ruby.

Der gelbe Umschlag lag auf ihrem Schreibtisch; den weißen hielt Ruby immer noch in der Hand. Direktorin Clarke hatte ihn nicht bemerkt.

Sie kramte in einem Aktenschrank. Ich werde nur kurz deinen Vater anrufen, weil das hier an dich adressiert ist, nicht an uns, darum ...

Sie sprach den Satz nicht zu Ende. Ruby setzte sich. Der große Umschlag war mit handgemalten Ameisen und Grashüpfern in Blau und Grün verziert. Ihr Name, die Ameisenzeichnungen. Das kannte sie doch irgendwoher. Die Direktorin drehte ihr den Rücken zu, und Ruby befühlte den Umschlag, den sie in der Hand hielt. Im nächsten Moment hatte sie ihn auch schon in den Schaft ihrer hohen Katniss-Everdeen-Schnürstiefel geschoben. Wie in *Die Tribute von Panem*, nur eben in echt. Eine falsche Bewegung, und sie war tot. Die Direktorin drehte sich wieder um, sie hielt jetzt eine Akte in der Hand, schob sich die Brille zurecht und seufzte. Ob sie etwas gemerkt hatte? Sie griff zum Telefon, wählte. Ruby hörte, wie Lucas sich am anderen Ende mit *Hallo?* meldete.

Mr. Chevalier? Hier ist Direktorin Clarke von der Middle Lake. Bitte entschuldigen Sie die Störung, aber Ruby hat gerade ein Päckchen erhalten, das zu Händen der Schule geschickt wurde. Da wollte ich ...

Haben Sie es Ruby gegeben?

Ruby hörte seine Stimme ganz deutlich, weit weg, aber unverkennbar.

Die Direktorin ließ Ruby nicht aus den Augen, während sie sprach. Nein. Ich dachte mir, ich rufe vorher an und frage Sie ...

Ruby darf dieses Päckchen nicht zu Gesicht bekommen.

Und was er als Nächstes sagte, ließ Ruby den Atem stocken.

Meine Tochter ist gefährdet. Das wissen Sie doch.

Ruby sackte auf ihrem Stuhl in sich zusammen, der Brief im Schaft des Stiefels heiß an ihrer Haut. Ihre Wangen brannten. Inwiefern gefährdet? Wollte ihre Mutter ihr etwas antun? Aus den Andeutungen, die Lucas hin und wieder machte, wusste sie, dass ihre Mutter *verkorkst* war, dass sie *den Verstand verloren* hatte. War dieses Päckchen von ihr? Manchmal meinte sie, sich an ihre Mutter zu erinnern – eine Frau mit starren dunklen Haaren, einem sehr roten Mund, der lächelte, sich aber nicht bewegte, und großen dunklen Augen, wie in den Manga-Comics, die Sophie Dragan immer las. Sie versuchte sich vorzustellen, dass diese Frau sie entführte oder solche Grashüpfer und Ameisen zeichnete – aber das ergab doch alles keinen Sinn.

Die Direktorin klebte den gelben Umschlag mit braunem Paketband wieder zu und sagte: Siehst du, wie neu. Ruby schwieg. Den weißen Umschlag konnte sie jetzt nicht wieder hinein tun, selbst, wenn sie gewollt hätte.

Den ganzen Tag brannte der Umschlag dort, seine spitzen Ecken bohrten sich ihr in die Haut, beim Mittagessen und in jeder Pause, wann immer sie das Bein bewegte. Sie konnte sich nicht konzentrieren. Die ganze Zeit rechnete sie damit, dass Lucas' Pickup vor der Schule hielt, dass er sie aus dem Klassenzimmer zerren, sie durchsuchen, sie zwingen würde, die Stiefel auszuziehen, und dann entdecken würde, was sie weggenommen hatte. Aber auf dem Päckchen stand doch ihr Name. Eine Stunde vor Schulschluss entschuldigte sie sich auf die Toilette. Sie verriegelte die Kabine, griff in ihren Stiefel und zog den Umschlag heraus. Außen drauf war eine Zeichnung – ein Ameisenmädchen, das ein T-Shirt mit einem großen R darauf trug und einen Fuß auf einen Grashüpfer gestellt hatte, der vor ihr am Boden lag. Dahinter war eine Reihe kleiner Häuser zu sehen, mit Bleistift gezeichnet und verziert wie das Hexenhaus aus *Hänsel und Gretel*. Ruby sah sich den Grashüpfer genauer an. *Das große Krabbeln*. Die Erinnerung kam einfach so. Wie ein Fisch, der rasch an die Oberfläche taucht, und genauso lebendig. Sie erinnerte sich an Flik und Hopper. Ihre Mutter musste den Film mit ihr angeschaut haben, eine Erinnerung, die sie teilten, die Ruby aber bis jetzt vergessen hatte. Ihre Mutter versuchte, sie von dort, wo sie war, zu erreichen, sie an das zu erinnern, was sie gemeinsam unternommen hatten.

Im Umschlag war ein Foto, eine Nahaufnahme von zwei Menschen, einem Kind und einer Frau. Sie drückten die Wangen dicht aneinander und lachten. Das Kind war sie. Da war sie ganz sicher. Und die Frau musste ihre Mutter sein. Ganz anders, als Ruby sie sich vorgestellt hatte. Lange dunkle Locken umrahmen ihr Gesicht. Sie hat sehr helle Haut und Sommersprossen, wie Ruby. Braune Augen. Sie ist wunderschön. Ruby drehte das Foto um. Darauf in klarer Schrift: *Deena und Ruby, Januar 2004*.

Ruby setzte sich auf den Toilettendeckel. Ihr war schwach, als ob der Sauerstoff Teile ihres Körpers nicht mehr erreichte. Ihre Haut fühlte sich kalt und schwitzig zugleich an. Sie wusste nicht, ob sie vielleicht ohnmächtig werden würde, und ließ den Kopf zwischen die Knie hängen, so, wie Mr. Henderson es Kelsey Hatch immer machen ließ, wenn ihr im Sportunterricht wieder mal schwindelig wurde. Im Januar 2004 war Ruby vier geworden. Mit vier Jahren war sie also noch mit ihrer Mutter zusammen gewesen und konnte sich nicht daran erinnern. Lucas hatte ihr erzählt, ihre Mutter hätte sie für immer verlassen, als sie zwei war.

Aber da war sie, ihre Mutter, und hielt sie, Ruby, im Arm. Das war sie. Ruby erkannte sich. Und auch die Rückseite des Fotos log nicht. Sie betrachtete die beiden Gesichter, strich erst sich selbst auf dem Foto über die Wange, dann ihrer Mutter, und dann strich sie über die Stelle, wo sie Haut an Haut waren. Allein in der Toilettenkabine presste sie sich die Hand an die Wange. Eine heiße Welle dehnte ihr die Brust, strömte bis in die Kehle, wärmte ihr das Gesicht. Ihre Mutter hatte sie lieb. Das wusste sie jetzt genau.

Sie schaute das Foto und die Zeichnung von sich als Insekten-Superheldin so lange an, bis ihr klar war, wenn sie nicht gleich zurückging, würde die Lehrerin sie suchen kommen. Das Zimmer, in dem Miss Bukowski die dritte Klasse unterrichtete, war leer, als sie daran vorbeikam. An der Wand gegenüber der Tür, zwischen den beiden großen Fenstern, hatte Miss Bukowski die Projektarbeiten der aktuellen dritten Klasse aufgehängt. Ein Stück weiter hinten lehnte Rubys Sperrholzplatte mit den Sporenabdrücken an der Wand, als gehörte sie immer noch dazu. Ruby trat in den Raum und zog ein paar Klebestreifen aus dem Spender auf dem Lehrerinnenpult. An der Wand brummte das Aquarium mit Flame. Sie sah ein bisschen Rot neben dem Eingang zur Höhle aufblitzen. Einen Augenblick lang dachte sie an die Zeit, die sie dort im Sessel verbracht und auf das Aquarium geschaut hatte, damals, als sie immer so müde gewesen war. Sie schüttelte die Erinnerung ab. Wenn jemand sie erwischte, konnte sie immer noch sagen, sie hätte sich nur die Projekte des neuen Jahrgangs ansehen oder Flame füttern wollen – das durfte sie während der Pausen. Das Aquarium war vom Gang aus nicht zu sehen. Aber es wurde einmal im Monat zum Saubermachen entfernt, eignete sich also nicht als Versteck. Daneben stand ein Bücherregal. Ruby kniete sich hin und klebte den Umschlag unter das niedrigste Regalbrett. Ihre Hände zitterten, und die Klebestreifen pappten aneinander. Wenn der Umschlag herunterfiel, würde er aufgefegt werden und im Müll landen. Sie hörte Absätze den Gang entlang klappern. Auf dem Weg zur Tür schaute sie noch einmal zum Bücherregal zurück. Der Umschlag war nicht zu sehen. Das Absatzklappern kam näher. Ruby hatte Angst, sich umzudrehen, Angst, dass die Person, die da kam, sie fragen würde: Wo ist der Brief, den du gestohlen hast?

Ruby Chevalier, warum bist du nicht im Unterricht?

Obwohl sie die Schritte gehört hatte, zuckte Ruby zusammen. In der Tür stand Direktorin Clarke.

Ich war gerade auf dem Rückweg von der Toilette und habe die Projekte an der Wand gesehen. Da ist mir wieder eingefallen, wie wir das gemacht haben. Ich wollte nur kurz gucken.

Aber jetzt gehst du schnell zurück in deine Klasse.

Als es klingelte, nahm Ruby ihre Tasche und lief zu den gläsernen Eingangstüren. Am Bordstein, direkt vor der Schule, wo sonst nur die Busse halten durften, stand Lucas' leerer Pickup. Auf dem Boden stand *Bus Zone* und direkt neben dem Fahrerfenster ein Schild mit der Aufschrift *Absolutes Halteverbot.*

Ruby setzte sich in den Pickup und wartete.

Lucas kam aus dem Schulgebäude, eine Umhängetasche quer über der Schulter. Er setzte sich ans Steuer, ohne die Tasche abzunehmen, sodass sie zwischen ihnen auf dem Sitz ruhte.

Und, war's gut in der Schule heute?, fragte er.

Ende des Monats war alles weggetaut. Der Frühling war da. Ruby paddelte an den Biotopen im Westen vorbei bis ans Ufer. Tiefer im Wald bildeten sich zu dieser Jahreszeit Tümpel, rätselhafte Festlandteiche, die erst entstanden und dann wieder verschwanden. An einen von ihnen setzte sie sich und sah den Blaupunktsalamandern zu, die am Ufer entlanghuschten. Das Blau ihrer Flecken war die beste Farbe auf der ganzen Welt. Die dunkle Haut der Salamander war in einem Ton gesprenkelt, für den Ruby keine Worte hatte, eine Art Kobaltblau, das leuchtete wie die Glasur von Clovers ältestem Kochtopf, nur noch besser und tiefer. Normalerweise waren sie schwer zu finden, außer zu dieser Jahreszeit, wenn sie sich bei den zeitweiligen Seen einfanden, um sich zu paaren und im Wasser ihre Eier zu legen. So weit landeinwärts gab es keine Fische, die sie fressen würden. Lucas hatte Ruby erklärt, dass Salamandermütter jedes Jahr zu dem Teich zurückkehrten, in dem sie selbst zur Welt gekommen waren. Wie Meeresschildkröten, die nach Abertausenden Kilometern und vielen, vielen Jahren die Küste wieder aufsuchen, an der sie geschlüpft sind, finden auch die Blaupunktsalamander immer wieder an den Ort ihres Ursprungs zurück. Was bestimmt nicht einfach war, meinte Lucas, denn der Ort ihres Ursprungs war ja ein Teich, den es nur vorübergehend gab.

Er hatte ihr auch noch eine nutzlose Tatsache über Blaupunktsalamander erzählt. Wenn sie angegriffen werden, rollen sie sich in ihren Schwanz und sondern ein Gift ab, das die Raubtiere, die sie in den Schwanz beißen, schwächt oder betäubt, während der Salamander selbst einfach nur das verletzte Stückchen Schwanz abzuwerfen, sich herauszuwinden und wegzulaufen braucht. So erwischt ein Räuber nie seinen Kern, immer nur einen Teil seines Körpers, der sowieso nachwächst. Die beste Überlebenstechnik, von der Ruby je gehört hatte. Die blauen Tupfen waren so blau, dass ihr die Augen davon tränten.

Ruby lag mit ihrem kleinen Netz auf der Lauer, tauchte es tief ein, um Kiemenfußkrebse zu fangen, merkwürdige Kreaturen mit Stielaugen und prähistorisch anmutendem, orangefarbenem Körper. Die verstaute sie dann in Ziplock-Beuteln. Weil Flame ein Kampffisch war, konnte Miss Bukowski keine anderen Fische zu ihm ins Aquarium geben. Letztes Jahr hatte Ruby ihm ein paar Kiemenfußkrebse mitgebracht, damit er nicht so einsam war, und diese Woche hatte Miss Bukowski sie auf dem Gang angehalten und ihr gesagt, dass sie gerne noch mehr davon hätte. Die Kiemenfußkrebse konnten ihr als Vorwand dienen. So konnte sie allein im Klassenzimmer sein und das Foto ihrer Mutter betrachten.

7

NESSA

1998

Sie hatten gleich mehrere Bündel lange schwarze Gummischlangen im Billigladen gekauft.

Huuu. Sieht aus wie ein Nest. Ich glaube, die bewegen sich sogar.

Nessa zog sie aus der Plastiktüte und legte sie sich über den Schoß. Deena setzte sich auf einen niedrigen Hocker vor ihr, und Nessa kräuselte ihr mit dem Lockenstab die Haare und flocht dann eine nach der anderen die Schlangen hinein, die Köpfe nach unten, die Schwänze mit Haarnadeln und Spangen festgesteckt. Sie glitten Deena über Rücken und Schultern, die Mäuler aufgerissen, bereit zum Angriff.

Die sind vielleicht schwer. Deena schaute in den Spiegel und bewegte den Kopf leicht nach links und rechts, um die Schlangen in Bewegung zu bringen.

Nessa stäubte ihr weißen Puder auf die Wangen und umrandete ihr die Augen erst mit dickem schwarzem Kajal, dann mit dunkelrotem Lidschatten. Deenas Lippen schminkte sie in der gleichen Farbe. Ihr wadenlanges Kleid war aus weißem Jerseystoff und schmiegte sich eng an Brüste und Hüften. Nessa hatte es ausgesucht. Sie waren wie Tag und Nacht: Deena groß und kurvig, Nessa mager; Deenas dunkle Locken reichten ihr bis zum Ellbogen, Nessas fedriger blonder Bob wuchs nie über Schulterlänge hinaus; Deena war sanft, Nessa bissig, Deena leichtgläubig, Nessa zynisch. Alle liebten Deena, Nessa hingegen weniger, zumindest nicht auf Anhieb.

Für eine Gorgone bist du ziemlich schön, bemerkte Nessa.

Deena musterte sich im Spiegel. Gott, ja, irgendwie schon.

Nessa ging als die Frau aus dem Gemälde *American Gothic*, interpretierte es allerdings als *Gothic in Reinkultur*: tiefe Augenringe, kalkweißes Gesicht, Blutspritzer auf den Wangen, an den Händen, auf der Kittelschürze. Den Kopf des Farmers hatte sie ausgedruckt und auf ihre Heugabel gespießt.

Sie waren mit Molly vor dem Engel an der 30th Street Station verabredet, Deenas und Nessas traditioneller Treffpunkt. Ihre Mutter hatte damit angefangen. Wir treffen uns dann am Engel, sagte sie immer, wenn sie zur Mummers Parade am Neujahrstag, zum Shoppen oder aus irgendwelchen anderen Gründen in der Stadt waren. Der Erzengel Michael, sein aufrechter Bronzekörper über zwölf Meter hoch, rettete einen toten Soldaten aus den Flammen des Krieges. Molly wartete schon, lehnte am Sockel, in einen blauen Umhang gehüllt, auf dem Kopf ein goldenes Diadem aus Pappe.

Du gehst also als Prinzessin?, rief Nessa regelrecht höhnisch. Erst kürzlich hatte Molly ihnen einen Vortrag über sexualisierte Halloween-Kostüme gehalten.

Als *Amazonen*-Prinzessin, verbesserte Molly sie. Hier ist mein Lasso der Wahrheit. Sie präsentierte ihnen ein gelbes Springseil und warf ihren Umhang zurück. Nessa und Deena prusteten los. Molly war als Wonder Woman verkleidet. Zum Ganzkörpertrikot trug sie einen goldenen Seidenrock.

Am Bahnsteig der Paoli Local standen noch etwa zwanzig weitere Kostümierte, dazwischen eine Hand voll der üblichen Pendler mit Aktentaschen, die erst spät aus dem Büro gekommen waren. Ein Bill Clinton war dabei, der sich gar nicht groß von den Heimfahrenden unterschied. Und drei Monica Lewinskys. Als sie in die erleuchtete Bahn stiegen, gab es Beifall.

Wahnsinns-Schlangen, rief jemand.

Jemand anders stimmte bei Mollys Anblick den Wonder-Woman-Titelsong an.

Siehst du? Molly stieß Nessa in die Seite. Ich werde überall erkannt.

Eine der Monica Lewinskys, im blauen Kleid mit aufgemalten weißen Flecken, verteilte Jell-O Shots. Jemand witzelte, das müsse heute wohl Bills Glückstag sein.

Bill Clinton saß quer über den Gang; die Maske bedeckte seinen ganzen Kopf, und er hielt den Blick auf seine Schuhe gerichtet. Es war ihm offensichtlich peinlich.

Das ist doch dieser Schüchterne aus der Radiologie, flüsterte Molly, der hat null Rückgrat, das kann ja nichts werden.

Bills übergroßer Kopf wandte sich ihnen zu, als hätte er das gehört.

Oooch, er tut mir ja so leid, flüsterte Nessa zurück. Mach's für die Station, Molly.

Hör auf, Nessa. Ich sag dir doch, Sex aus Mitleid läuft mit mir nicht mehr.

Es war einer von diesen speziellen Abenden. Perlend. Randvoll. Erwartungsfroh. Als sie in Narberth aus der Bahn stiegen, hing über dem Ort ein praller Erntemond; die Luft war bereits herbstlich kühl. Kostümierte Kinder zogen in Grüppchen über die Straße, schwer beladen mit den erbeuteten Süßigkeiten, die Älteren hielten die Jüngeren an der Hand.

Deena hakte sich bei Nessa unter und zog sie an sich.
Wie wir früher an Halloween.
Ja, sagte Nessa. Sie empfand die gleiche schmerzliche Nostalgie. Der Weg die Montgomery Avenue entlang, das schwarze Tor der katholischen Mädchenschule, die Bäume, die breite Straße. Der viele Platz und ein Hauch von verfeuertem Holz – Apfel- oder Kirschbaumholz, irgendwas gut Duftendes jedenfalls. Blätter trudelten über die Straße. Ausgehöhlte Kürbisfratzen mit Kerzen darin, eine Note von versengtem Fruchtfleisch in der Luft. Ein stechendes Gefühl von Verlust. Deena neben ihr strahlte, der Abend zerstreute die Zeit am College, als sie depressiv und apathisch war. Hier waren sie, unterwegs zu einer Party, sie hatten den ganzen Abend und überhaupt noch alles vor sich.
Eine lange, baumbestandene Auffahrt, von Kerzen in Windlichtern erleuchtet, führte zum Haus, einem steinernen Anwesen mit einem Türmchen am Ostflügel.
Ob wir wohl über eine Zugbrücke müssen?, witzelte jemand.
Drinnen beanspruchte ein DJ-Pult eine Ecke der großen Eingangshalle. Blinkende Discolichter tauchten die Holzdielen in bunte Farben. Ein paar Leute tanzten bereits. Molly holte ihnen drei Margaritas, dann zog es sie zur Musik.
Nessa tanzte mit einem Backstreet Boy. Er erzählte ihr, er sei Investmentbanker. Das Gemälde *American Gothic* sagte ihm nichts, und er wusste auch nicht, wer die Medusa ist, aber Wonder Woman kannte er. Als der DJ »Thriller« auflegte, zog sich Nessa an den Rand der Tanzfläche zurück. Molly und Deena hatten die Choreographie komplett drauf. Inmitten des Nebels aus wirbelnden Lichtern, Jell-O Shots und Gin sah Nessa einen Mann in der Tür stehen. Er lehnte mit der Schulter am Türrahmen und starrte Deena an. Etwas an ihm machte Nessa stutzig, dieses unverfrorene, schamlose Starren. So anders. Kein Kostüm. Älter. Irgendetwas war da. Aber dann drehte sie sich weg und dachte nicht weiter daran. Deena zog immer Blicke auf sich.
An der Bar bekam sie von Che Guevara erklärt, er sei Marxist.
Und welche Art Krankenpflege machst du?, rief er über die Musik hinweg.
Nessa schüttelte den Kopf. Ich bin nicht in der Pflege.
Alle hier sind in der Pflege.
Aber dann fragte wollte er gar nicht wissen, was sie denn sonst machte, wenn sie nicht in der Krankenpflege war; stattdessen fing er wieder von bürgerlichem Denken und der mittelständischen Kleingeistigkeit an und warf sie im Eifer seines Sermons gleich mit in diese Kategorie. Sie sagte, sie müsse zur Toilette, und ging wieder tanzen.
Deena sah sie erst am Ende des Abends wieder. Die ganze Gruppe, die mit der Bahn gekommen war, versammelte sich wieder am Eingang, alle

zogen ihre Mäntel an. In einer Viertelstunde mussten sie am Bahnhof sein. Und keine Spur von Molly.

Hast du sie nicht gesehen?, fragte Deena.

Ewig nicht, sagte Nessa. Da hat sie auf der Treppe mit irgendwem geredet. Sie war ganz schön dicht.

Deena hatte einen Mann dabei, der etwas älter aussah. Militärgrüne Cargo-Hose, Wanderstiefel. Graues T-Shirt, darüber ein Flanellhemd. War das ein ironisches Normalo-Kostüm? Hätte er noch einen Cowboyhut aufgehabt, Nessa hätte vermutet, dass er als Pferdeflüsterer gekommen war. Sie zerbrach sich den Kopf, wo sie ihn schon mal gesehen hatte. Dann fiel es ihr wieder ein: der Mann im Türrahmen. Attraktiv. Betrunken, wie sie war, registrierte sie trotzdem die besitzergreifende Männerhand unten an Deenas Rücken, scheinbar beschützerisch, aber doch auch lenkend. Registrierte sie und vergaß sie sofort. Er sagte, er sei mit dem Wagen da, fahre in die Stadt. Er würde ihnen helfen, Molly zu finden. Sie alle nach Hause bringen.

Da tauchte Molly auf, stand schwankend neben ihnen, entschuldigte sich, musste dringend ins Bett.

Nehmt ihr die Bahn, raunte Deena ihnen zu. Offensichtlich mochte sie den Kerl genug, um sie alle beide abzuservieren und Nessa die Verantwortung für Molly aufzubürden.

Ja, okay, sagte Nessa. An der 30th Street Station würden sie schon ein Taxi auftreiben. Molly konnte bei ihr pennen. Deena wirkte so glücklich.

Drei Wochen später rief Deena an, während Nessa gerade in der Küche Plastik aus dem Müll fischte.

Meine Scheiß-Mitbewohnerin trennt einfach den Müll nicht.

Ich ziehe zu Lucas.

Nessa ließ den Recyclingbeutel fallen, den sie in der Hand hielt, und richtete sich auf, in der anderen Hand noch eine zerquetschte Cola-Flasche, das Telefon zwischen Kinn und Schulter geklemmt.

Zu wem?

Zu dem Mann, der mich an Halloween nach Hause gefahren hat.

Aber der ist doch viel älter als du, wollte Nessa sagen, und du hast ihn gerade erst kennengelernt, bist du noch ganz dicht?

Und was ist mit Molly?

Meine Miete zahle ich ja noch bis Jahresende weiter. Deena ging gleich in Abwehrhaltung.

Aber ihr habt die Wohnung zusammen gemietet.

Molly kennt Gott und die Welt. Die findet schon jemand Neues.

Ist das nicht ein bisschen plötzlich?

Nessa, kannst du vielleicht einfach sagen, dass du dich für mich freust?

Nessa atmete langsam aus. Hast du's Mom und Dad schon erzählt?

Noch nicht. Ich bin immerhin fünfundzwanzig. Sie werden's überleben.

Molly mochte Lucas nicht. Und im Moment, sagte sie, habe sie auch keine Lust, sich noch groß mit Deena abzugeben.

Nessa ließ das Telefon kurz sinken. Deena und Molly waren unzertrennlich. Sie stritten sich nie.

Bitte? Sie war verwirrt. Eigentlich hatte sie nur angerufen, um zu fragen, wann sie sich alle vor Weihnachten treffen würden. So, wie sie es immer taten.

Ich halt's nicht aus, dass er ständig für sie spricht. Und vor allem halte ich's nicht aus, dass sie ihn einfach lässt. Und dass ich gar nicht mehr existiere, seit sie ihn kennt.

Molly, du bist ihre beste Freundin. Aber sie ist in einer neuen Beziehung. Du kennst das doch.

Das ist es nicht. Ich kann das gar nicht so genau erklären. Aber an dem Morgen, als er kam, um Deenas Sachen abzuholen, da hat *er* mir die Miete für die nächsten drei Monate gegeben und mich gefragt, welche von ihren Möbeln ich nicht mehr brauchen würde, weil *er* die dann in seinen Pickup packen und zum Heilsarmeeladen in der Market Street fahren würde. Und als ich Deena gefragt habe: Willst du denn gar nichts von deinen Sachen behalten?, da sagt sie, das wäre doch alles so ein studentisches Sammelsurium und würde gar nicht zu seinen Sachen passen.

Molly war immer lauter geworden. Sie war außer sich. Nessa hörte zu. Molly war schon immer etwas besitzergreifend in Bezug auf Deena gewesen.

Deena und ich haben fünf Jahre zusammengewohnt. Ich war die ganze Zeit für sie da. Also, wirklich die ganze Zeit. Du weißt schon. Selbst in der schlimmsten Phase. Und jetzt erwähnt sie nur ganz beiläufig, dass sie auszieht. Ich habe zu Lucas gesagt: Vielleicht sollte sie die Wohnung erstmal behalten und auch ihre Möbel, falls das mit dem Zusammenleben mit dir nicht funktioniert, und dass ich warten würde und sie vorläufig alles hier bei mir lassen könne. Da war der vielleicht stinkig. Er meinte, sie kommt nicht zurück. Und ich nur: Dann behalte ich eben alles. Du kannst jederzeit zurückkommen, Deena. Und Deena hat kein Wort gesagt. Wir stehen da und streiten uns ganz zivilisiert über alles, was sie besitzt, die ganzen Sachen, die sie auf Flohmärkten, in Trödelläden und beim Sperrmüll gefunden hat, Sachen, die ihm natürlich nichts bedeuten, aber es hat mich einfach richtig sauer gemacht, dass sie das alles einfach wegwerfen will, weil er bei sich zu Hause lauter neuen, stimmigen Kram hat, den er sich in der Möbelabteilung von

Bloomingdale's hat zusammenstellen lassen oder so was, nur, weil er sich's leisten kann.

Als hätte sich am anderen Ende der Leitung eine Schleuse geöffnet.

Bevor Deena ausgezogen ist, fuhr Molly fort, also, bei unserer ersten gemeinsamen Schicht, nachdem sie ihn kennengelernt hatte, da hat er draußen vor dem Hintereingang am Krankenhaus im Wagen auf sie gewartet. Sie war ganz aufgeregt – erster Liebesrausch und so, du weißt schon. Aber seither gab es viele Male, da wusste ich, sie wäre viel lieber mit mir zur U-Bahn gegangen, wie wir es immer gemacht haben, um den Tag zu besprechen, die Babys und die Mütter und die richtig schwierigen Fälle, was weiß ich. Einfach bisschen Dampf ablassen. Aber immer stand er da und wartete. Jeden verdammten Abend. Und dann waren sie natürlich vor mir in der Wohnung, und draußen stand dieser Pickup. Ich weiß auch nicht. Wir haben alle dasselbe Ziel, aber nein, Molly, du fährst mit der U-Bahn, sie gehört nämlich zu mir, und das ist exklusiv. Dabei bin ich mir sicher, dass Deena ihn gefragt hat: Wollen wir Molly nicht mitnehmen?, weil sie eben so ist, sie denkt an andere. Was wiederum heißt, er wollte nicht, und sie fand das dann am Ende in Ordnung. Insofern, nein. Ich komme gerade echt nicht klar mit ihr. Und ich bin's auch leid, ständig so einen Eiertanz aufzuführen, damit sie sich nur ja nicht aufregt und wieder in die Depression abrutscht oder so was. Entschuldige. Das hätte ich jetzt nicht sagen sollen.

Nessa stieg mit ihrem Videorecorder unterm Arm in die U-Bahn. Lucas hatte keinen. Dann ging sie zu Fuß bis zu Deenas neuem Haus im Süden der Stadt. In den Bäumen hingen weihnachtliche Lichterketten. An den Türen Kränze mit roten Schleifen. Als Nessa vor der Haustür stand, kam sie sich vor, als würde sie bei irgendjemandes Eltern klingeln.

Deena war noch in Arbeitskleidung. Sie führte Nessa ins Wohnzimmer. Die Schiebefenster gingen auf die Straße raus. Drinnen war alles kühl und modern eingerichtet, wie in einem Möbelhaus. Es roch nach neuem Teppichboden.

Nessa stöberte herum, neugierig darauf, was das Haus ihr über Lucas verraten würde. Etliche Bücher: Politikerbiographien, Zeitgeschichte, zwei Regale mit Büchern über Software und Programmieren. Nessa zog eines mit rötlichem Rücken hervor. *Applied Cryptography*, Angewandte Kryptographie. Vorne auf dem Einband war ein Aquarell zu sehen, das über seinen Rand hinausging, und ein Werbezitat aus der Zeitschrift *Wired*: *Das Buch, das die National Security Agency nie publiziert sehen wollte*. Nessa schob es an seinen Platz zurück. Ein halbvolles Regal mit Lyrik und Romanen. Deenas Bücher.

Die Küche kam direkt aus dem Katalog. Nirgendwo Krimskrams. Molly und Deena hatten immer irgendwelchen Küchenkitsch angeschleppt – Geschirrtücher mit peinlichen Sprüchen, einen Hahn aus Keramik, frömmelnde Handzettel, die vor Hölle und Verdammnis warnten und die sie mit lustigen Magneten an den Kühlschrank klebten –, aber diese Küche war durchdesignt und steril.

Jetzt stand Deena wieder in der Tür. Wie findest du's?

Schön. Nessa wusste, dass das eine nichtssagende, gleichgültige Antwort war, die Deena enttäuschte. Aber sie konnte ja schlecht sagen: Seelenlos und altbacken.

Während Deena den Videorecorder anschloss, schob Nessa eine Tür auf, die vom Wohnzimmer abging. Ein Büro. Ein Rechner mit mehreren Bildschirmen. An der Wand Landkarten.

Das ist Lucas' Büro, sagte Deena.

Nessa schwieg.

Nessa! Hörst du schlecht? Raus da. Das ist sein Büro.

Deena hatte erzählt, dass er im Bereich Softwaresicherheit arbeitete. Kein Schnickschnack, keine Fotos von Verwandten oder Studienabschlussfeiern.

Nessa setzte sich aufs Sofa und wartete, während Deena noch hinten am Fernseher fummelte. Sie war gereizt und wünschte sich fast, sie wäre gar nicht gekommen.

Wo sind deine Sachen?

Was für Sachen? Deena kniete mit dem Videorecorder auf dem Boden, sah mit verständnisloser Miene auf.

Die Collagen zum Beispiel, die ich für dich gemacht und gerahmt habe.

Deena schaute weg.

Ach, vergiss es, sagte Nessa.

Es kam ihr vor, als hätte ihre Schwester sich ganz ins Leben eines anderen Menschen gezwängt, und von ihrem eigenen wäre nichts übrig als ein paar Romane. Wo waren ihre Familienfotos? Die Kunstdrucke, die sie sich gekauft hatte?

Deena ging nach oben, um ihren Schlafanzug anzuziehen, und Nessa blieb wartend auf dem Sofa sitzen, ein Kissen im Arm, das sie aus dem Pottery-Barn-Katalog wiedererkannte. Dieses ganze Haus machte sie wütend.

Deena kam mit einer Decke zurück nach unten. Nessa hatte ihren Rucksack geöffnet. Ich habe die drei Sachen mitgebracht, die du am liebsten magst: Doritos Original Flavor – sie schüttelte die beiden großen blauen Tüten –, *Ein Schweinchen namens Babe* auf Video und zwei Flaschen Glen Ellen Chardonnay.

Deena lächelte. Und ich habe die Decke dabei.

Im Kühlschrank stand nur Gesundes. Nessa musste ein paar Joghurtbecher beiseite räumen, um Platz für die Flaschen zu schaffen. Frisches Gemüse, Biomarken.

O Gott, ist der so ein Öko?

Deena lachte. Ja, irgendwie schon. Wir essen sehr gesund. Bei jeder Mahlzeit. Junk-Food ist nicht mehr.

Na, heute Abend werden wir uns ordentlich vergiften. Gib mir ein paar Gläser und eine Schüssel für die hier. Wo steckt er denn überhaupt?

Unterwegs mit ein paar Freunden von der Arbeit. Er wollte uns Raum geben. Für unseren Schwesternabend.

Deena breitete die Decke über das Sofa, und sie zogen sie beide bis zum Kinn hinauf, die Schüssel mit den Tortilla-Chips zwischen sich, die Füße auf dem gläsernen Couchtisch. Während der Vorspann lief, sagte Nessa: Er hat noch gar nicht richtig angefangen, und ich bin schon wieder traurig, dass er vorbei ist. Wollen wir ihn Weihnachten noch mal schauen?

Deena schwieg.

Deena?

Was Deena nicht sagte, hing zwischen ihnen, und Nessa wusste Bescheid.

Du kommst Weihnachten nicht nach Hause?

Es ist einfach so, dass Lucas seit Jahren kein Familienweihnachten mehr hatte, und er möchte so gern, dass wir zusammen sind.

Deenas Stimme klang leise und zögerlich.

Mehr Familiendröhnung als bei uns an Weihnachten geht ja wohl nicht. Also nimm ihn mit zu uns. Mom und Dad haben sicher nichts dagegen. Sie werden aber sehr wohl was dagegen haben, wenn du nicht kommst.

Ich glaube, das wird nicht funktionieren.

Wieso denn nicht? Ist doch nichts dabei. Du steigst einfach ins Auto und fährst zu uns nach Hause, zusammen mit Lucas.

Er fühlt sich in größeren Gruppen einfach nicht wohl. Und eigentlich möchte er, dass wir an unserem ersten Weihnachten unter uns sind.

Er will, dass ihr an Weihnachten nur zu zweit seid? Ihr seid doch schon bei allem anderen nur zu zweit. Verdammt noch mal, Deena, es ist Weihnachten. Wir waren immer alle da. Du musst kommen. Bring ihn halt wenigstens zum Essen mit.

Deena rutschte auf dem Sofa von ihr weg, ließ die Decke bis zur Hüfte herunterfallen.

Du sollst Weihnachten mit uns verbringen, nicht dich hier mit einem Typen einigeln, den du gerade erst kennengelernt hast, verdammt. Ich kapier's einfach nicht.

Herrgott, Nessa. Wir wollen einfach nur unser erstes Weihnachten allein verbringen. Mach mir deshalb nicht die Hölle heiß.

Nessa stürzte ihren Wein zu schnell herunter. Vielleicht war sie ja wirklich im Unrecht. Es war unvermeidlich, dass sie irgendwann anfangen würden, Weihnachten nicht mehr zusammen zu verbringen. Wahrscheinlich war sie einfach unvernünftig. Sie gab sich Mühe, erstmal *Babe* zu schauen, so wie früher. Und nach einer Weile fühlte es sich auch wieder so an. Sie sprachen gemeinsam den Text mit, Nessa den von Fly, dem Schäferhund, Deena den von Babe. Als der Film zu Ende war, hatte sie fast vergessen, was Deena gesagt hatte. Sie saßen zusammen auf dem Sofa und redeten, ohne das Licht anzumachen.

Als sie hörten, wie die Tür aufgeschlossen wurde, nahm Deena die Füße vom Tisch und setzte sich gerade hin. Deena lümmelt nicht rum, wenn ihr Freund da ist. Das kam auf Nessas Liste der Dinge, die sie störten. Sie ließ ihre Füße, wo sie waren, und ärgerte sich prompt auch wieder wegen Weihnachten. Sie hatten die zweite Flasche Wein schon zur Hälfte geleert, das meiste davon hatte Nessa getrunken, und entsprechend egal war es ihr, was für einen Eindruck Lucas von ihr bekommen würde.

Er machte Licht. Noch in Bürokleidung, das weiße Hemd am Kragen aufgeknöpft, die Krawatte gelockert. Er hatte stahlblaue Augen, und sein Blick verstörte Nessa. Unvermittelt hatte sie wieder das Bild vor Augen, wie er auf der Party im Türrahmen stand. Sie musste sich aktiv darauf konzentrieren, nicht den Blick zu senken. Trotz Winter war sein Gesicht gebräunt, wie bei einem Skifahrer. Deena hatte erzählt, dass er sehr viel Zeit draußen verbrachte, beim Jagen und Angeln. Nessa erinnerte sich noch, in welchem Ton Deena das gesagt hatte, als wäre es die moralisch wertvollere Art zu leben.

Du musst Nessa sein, sagte er.

Sie stand auf, um ihm die Hand zu geben, und stieß dabei die Schüssel um. Krümel ergossen sich über den Tisch und den Boden.

Scheiße. Sorry.

Und vielleicht lag es ja am Wein oder daran, wie peinlich das alles war, jedenfalls fing sie an zu lachen. Und er lachte mit. Deena las die größeren Krümel mit zwei Fingern auf und sammelte sie in der Hand.

Wir haben uns an Halloween ja schon kurz gesehen, sagte sie. Oder ich dich zumindest. Ich war auch auf der Party.

Er setzte sich, also tat sie es ihm gleich. Sie plauderten über Nessas Studium an der Penn und das Praktikum, das sie im kommenden Sommer bei der Stadt machen würde. Sie sollte mit sechs Künstlerinnen und Künstlern aus Philadelphia an einem Projekt arbeiten, um auszuloten, wie Räume gelöscht oder verdeckt wurden, durch Baumaßnahmen, die Natur oder den Verfall. Wie Texte von anderen Texten überschrieben wurden.

Weißt du, was ein Palimpsest ist?, fragte sie.

Wie war sie bloß so plötzlich dort gelandet, bei etwas so Entlegenem und doch so Persönlichem? Sie verriet ihm zu viel von sich.

Ich kenne das Wort vom Programmieren. Da benutzt man es, um eine gespeicherte Erinnerung auszulöschen und neu zu überschreiben.

Ja, also, die Künstlerinnen und Künstler in diesem Projekt interessieren sich alle für Räume, also konkrete Stadtviertel, Gebäude, Institute, Grünflächen, ganz egal, die allmählich verschwinden oder schon verschwunden sind. Ihre Arbeiten haben alle die Gemeinsamkeit, dass das Vergangene durchscheint, obwohl der jeweilige Text von etwas anderem überschrieben wurde. Das können ganz konkrete Spuren wie Fundamente, Mauern, Ruinen sein, aber auch Geschichten, Musikstücke, Erinnerungen.

Und das gehört alles dazu, wenn man Kunstkonservation studiert? Ich hätte gedacht, du restaurierst Gemälde aus dem siebzehnten Jahrhundert oder so was.

Klar. Aber auch das fällt noch irgendwie unter Restaurierungsarbeit. Ich hatte für ein Seminar angefangen, Interviews mit Kunstschaffenden über Themen wie Orte und Verschwinden zu führen. Dann hat das Projekt an Fahrt aufgenommen und ist auf Interesse gestoßen. Es gibt sogar ein Honorar für die Künstlerinnen und Künstler, das ist sehr schön.

Gut investierte Steuergelder, würde ich sagen, erwiderte Lucas.

Vielleicht war er ja doch gar nicht so schlimm. Er verschwand in der Küche und kam mit einer Flasche Beck's zurück.

Nessa wollte wissen, was ihn nach Philadelphia geführt hatte. Er erzählte, er sei fürs College hergekommen, habe dann noch ein weiterführendes Studium absolviert, eine Stelle gefunden und sei geblieben. Mit einem Ploppen öffnete er sein Bier. Philadelphia gefalle ihm, obwohl er eigentlich nicht sonderlich gern in einer Großstadt lebe.

Warst du schon mal im Umland?, fragte Nessa.

Für den Moment war alles normal, sogar richtig nett.

Ein paar Mal, ja. Zum Wandern und Paddeln.

Du musst mal unsere Eltern kennenlernen, sagte Nessa. Die wohnen außerhalb.

Ja, gerne, irgendwann. Sie klingen toll.

Da fällt mir was ein. Es klang viel zu aufgesetzt munter. Komm doch einfach zum Weihnachtsessen!

Sie hörte Deena neben sich aufseufzen, sah, wie Lucas Deena musterte, als wollte er herausfinden, was sie besprochen hatten, ob er in die Falle gelockt worden war. Er stellte sein Bier ab.

Hat Deena dir nicht erzählt? Wir wollen Weihnachten dieses Jahr zusammen feiern.

Oh, Deena käme natürlich auch. Das wäre ja sonst ein bisschen komisch, wenn du Weihnachten mit uns feierst, und sie ist nicht dabei. Nessa kicherte künstlich, als hätte er das ernsthaft missverstanden.

Ich meinte, dass Deena und ich an unserem ersten Weihnachten unter uns bleiben wollen.

Jetzt fielen ihm die Weinflaschen auf dem Tisch auf, er griff sich mit jeder Hand eine Flasche, hielt sie ins Licht, warf Nessa einen Blick zu. Sie sah die Schuldzuweisung. Er verschwand Richtung Küche.

Nessa kam ihm nach. Jetzt hatte er sie endgültig wütend gemacht. Selbstgefälliges Arschloch. Lass dich nicht provozieren, schärfte sie sich immer wieder ein.

Ja, das hat sie erwähnt, aber in unserer Familie haben wir Weihnachten bisher immer zusammen gefeiert. Es wäre ein echter Schlag für meine Eltern, wenn Deena nicht nach Hause käme. Ehrlich gesagt für uns alle.

Sie stellte sich so, dass der Küchentisch zwischen ihnen stand.

Lucas sah sie direkt an. Dann passt du also auf deine große Schwester auf? Er lachte, aber darin klang auch eine Schärfe mit.

Nessa richtete den Blick auf ihn und gab sich Mühe, jeden Anflug von Ärger zu verbannen. Im Namen meiner Eltern lade ich Deena und dich hiermit offiziell zum Essen am ersten Weihnachtstag ein. Bei uns zu Hause in Havertown, drei Uhr nachmittags.

Bitte, sagte Deena in den Raum hinein. Sie stand noch draußen vor der Küchentür.

Lucas lachte nur.

Einladung angenommen. Was wäre ein passendes Mitbringsel?

Eine Flasche Jameson, und du hast unseren Vater am Haken.

Abgemacht. Wir kommen.

Gut, sagte Nessa. Dann wäre das ja geklärt. Ich breche jetzt mal auf.

Dem Abend war alle Luft ausgegangen, und Deena wirkte wie erschlagen.

Draußen vergrub Nessa die Hände in den Taschen und marschierte zurück zur U-Bahn. Was zum Geier war da los? Ein paar versprengte Schneeflocken schwebten in der Luft. Sie zog den Kopf zwischen die Schultern. Den Videorecorder hatte sie vergessen. Immerhin ein Grund, noch mal hinzugehen und Deena zu besuchen.

Während sie in der Market-Frankford Line Richtung Westen, zurück nach Hause ratterte, hatte sie Mollys Worte wieder im Ohr: Ich halt's nicht aus, dass er ständig für sie spricht. Genau das hatte er heute getan. *Wir. Unter uns.* Und Deena hatte einfach dagesessen und nichts gesagt. Als wäre sie gar nicht richtig dabei. Das erinnerte Nessa daran, wie Deena gewesen war, als es ihr nicht gutging. Unerreichbar. Leer.

TEIL II

8

NESSA

2003

Die irischen Arbeiter waren immer dagewesen. Seit Nessa denken konnte, gab es sie – sie standen mit ihren Pickups vor dem Haus, kamen zum Sonntagsessen hinten im Garten, wo sie Bier tranken und beim Grillen halfen. Sie kamen und verschwanden wieder. Studenten mit J-1-Visa, aus Dörfern in Galway, wo auch ihr Vater aufgewachsen war. Ortsnamen wie Kinvarra, Cahervoneen, Carnamadra, und die Männer hießen John-Joe, Padraig, Micheál oder Oísín. Cousins und deren Freunde. John Garvey ließ sie dann den Sommer über für sein Bauunternehmen arbeiten. Und sie erledigten auch alle möglichen Dinge im Haus – teerten die Einfahrt, deckten das Dach neu, fliesten das Bad. Nessas Vater unterhielt sich so gern mit ihnen – über Gott und die Welt reden, nannte er das immer. Sie berichteten ihm von alten Bekannten, die noch am Leben waren, erzählten Geschichten, brachten ihn zum Lachen. Klatsch und Tratsch, Aufträge, schwierige Kunden und Witze, die Nessa nicht verstand.

Sie verstand sie nie besonders gut. *Howerya?* Irgendwann begriff sie, dass das *How are you?* heißen sollte, dass sie sie fragten, wie es ihr ging, aber alles in einem Wort. Was macht die Kunst?, fragten sie, und Nessa wollte schon von ihrer Arbeit erzählen, bis ihr klar wurde, dass sie gar nicht diese Kunst meinten. Sondern die des Lebens, der Welt, des Universums.

Die Burschen, wie Joey sie immer nannte, sollten schon wenige Tage nach der Schlüsselübergabe mit der Arbeit am Haus anfangen. Ein paar von ihnen arbeiteten bereits den dritten Sommer in Folge bei ihrem Vater, andere traten in die Fußstapfen ihrer älteren Brüder, die vor ihnen dagewesen waren. Auch ihre Väter und Onkel hatten schon Sommerjobs bei John Garvey gehabt.

Joey war immer schon gern mit ihnen zusammen, zog mit ihnen durch die Kneipen von Havertown und Ardmore oder auch in der Stadt. Sogar nach Irland war er gereist, um sie zu besuchen. Nessas Vater war nie zurückgekehrt. Seine Geschwister kamen mit ihren Kindern, Nessas Cousins und Cousinen, zu Besuch, aber er flog nie zu ihnen. Ich will es lieber so in Erinnerung behalten, wie ich es kenne, sagte er. Das hilft mir. Nessa fand das eine sehr pragmatische Art von Nostalgie. Er wollte sich sein Zuhause, wie er es im Kopf hatte, wie es für ihn real war, nicht zerstören.

Halbe Wände, hochkant gestellt und noch mit Raufasertapete daran, aus den Angeln gerissene Küchenschränke. Der Container draußen auf der Straße quoll über vor Schutt. Nessa spürte einen Anflug von schlechtem Gewissen; das waren die Reste der Hoffnungen, die sich jemand auf ein Leben in diesem Haus gemacht hatte, und jetzt waren diese Menschen tot, und sie verschrottete die Überreste ihres einstigen Daseins.

Drinnen war nur Joey und kehrte mit einer breiten, langstieligen Schaufel weiteren Schutt auf. Staub hing im Raum. Auf allen Flächen lagen dicke Schichten weißen Puders. Ein leichter Luftzug brachte die durchsichtigen Planen in Bewegung, die von der Decke hingen. Ein Holzrahmen mit einer von schwerem Plastik bedeckten Tür trennte das Ober- vom Untergeschoss. Joey stütze sich auf seine Schaufel.

Und? Stolz deutete er auf die Zerstörung ringsum.

Es ist alles so offen. Nessas Stimme hallte durch die Leere, und sie musste husten, der trockene Staub kratzte in der Kehle.

Komm wieder nach draußen, sagte Joey. Er lehnte die Schaufel an die gerade frisch freigelegte Ziegelmauer und griff nach einer Plastiktüte.

Sie setzten sich auf die Stufen vor der Haustür. Joey nahm seine Staubschutzmaske ab und wischte sich das Gesicht.

Riesenveränderung, oder? In der Familie witzelten sie immer, Joey sei der Italiener. Sein Teint war dunkler als der von Deena und Nessa, aber es lag auch an seiner entspannten Grundhaltung und der lässigen Selbstsicherheit. Nessa konnte gar nicht anders, als jeden Mann, den sie kennenlernte, mit ihm zu vergleichen. Sein Ego, seine Selbstwahrnehmung, wie sehr er im Gespräch ein Bild von sich vermitteln wollte, anstatt einfach zu reden. Joey war das Bullshit-Barometer in ihrem Leben.

Jetzt zog er zwei spiralgebundene Broschüren aus der Tüte.

Hier. Er reichte ihr eine. Auf dem Einband stand in großen Buchstaben *Nessa Garvey*, darunter ihre Adresse. Nessa blätterte um.

Mit Inhaltsverzeichnis?

Joey grinste achselzuckend. Er zündete zwei Zigaretten an, gab ihr eine davon.

Verschiedene CAD-Zeichnungen vermaßen das Erdgeschoss, schlüsselten genau auf, wie viele Quadratmeter es insgesamt umfasste und wie viel Raum jedes einzelne Element einnehmen würde. Sie zeigten, wie viel heller die Küche sein würde, wenn Nessa die Rückwand verglasen ließ und Spüle und Kochfeld als Insel zwischen Küche und Wohnraum platzierte, die dann auf der einen Seite zugleich als Frühstücksinsel dienen konnte. Es gab auch Vorschläge zur Position von Kühlschrank und Backofen, Ideen, wo Sofas stehen könnten. Ein Kapitel befasste sich ausschließlich mit Bodenbelägen, Arbeitsflächen und Beleuchtung. Es war alles da.

Wie findest du das mit dem Glas zum Garten?

Geht das denn? Mit meinem Budget?

Klar, alles schon eingepreist. Er blätterte ganz nach hinten.

O mein Gott. Ich find's toll! Ich wusste gar nicht, dass du so was kannst.

Verblüfft sah Joey sie von der Seite an.

Machst du Witze? Ich weiß gerade mal, wie man einen Computer anmacht. Mit den Plänen arbeiten, das kann ich, aber ich wüsste nie, wie man die entwirft.

Wer hat das dann gemacht?

Einer von den Iren.

Echt? Als Kind hatte sie die Iren immer für erwachsene Männer gehalten und merkte erst jetzt, wie jung sie eigentlich waren, hauptsächlich Studenten.

Ronan ist praktisch fertig mit seinem Architekturstudium, ihm fehlt nur noch ein Examen oder so was.

Aber er weiß schon, was er tut? Also, mit der Kostenkalkulation und allem.

Klar. Der kann das. Du kennst ihn übrigens auch. So ein Großer, Stiller? Er war drei, vier Sommer bei uns. Jetzt arbeitet er in Philly, macht so eine Art Architektenpraktikum. Aber auch weiter Entwürfe und Projektmanagement für Dad.

Ist das der, der die kleine Tür nach oben eingebaut hat?

Ja. Genau der. Joey drückte seine Zigarette an der Stufe aus. Also, was sagst du zu den Plänen?

Ich sage ja. Zu allem, antwortete sie.

Nessa liebte ihr neues Viertel. Abends stellte Sylvia von nebenan immer einen Gartenstuhl aus Metall auf den Gehweg und rauchte eine Zigarette. Sie war Italienerin, so wie Nessas Mutter, und trug den gleichen goldenen Anhänger in Form eines Horns. Ein *cornetto*, hatte Nessas Mutter immer dazu gesagt. Ein Amulett. Sylvia schimpfte für ihr Leben gern auf die ganzen jungen Neureichen und hing Erinnerungen an das alte Viertel nach, wie es gewesen war, bevor diese Emporkömmlinge herzogen.

Solche wie ich, sagte Nessa.

Du bist schon in Ordnung, sagte Sylvia.

Alle paar Tage klingelte es an der Tür, und draußen standen zwei Nachbarsjungen mit ihren Federballschlägern in der Hand. Sie hatten ein Netz im Garten gespannt, feuerten ihre Federbälle immer wieder über die Mauer auf Nessas Seite und mussten dann klingeln und sie bitten, sie ihnen zu holen. Bald würden Deena und Ruby einziehen. Die beiden Jungs waren zwar älter als Ruby, aber trotzdem Kinder, mit denen sie spielen konnte.

Morgens brach Nessa auf, bevor Joey mit der Truppe anrückte, und blieb im Büro, bis sie sicher sein konnte, dass alle fort waren. Das ersparte ihr die Peinlichkeit, Smalltalk machen zu müssen, und das ungute Gefühl, das es ihr verschaffte, wenn andere für sie arbeiteten. Es war ihr unangenehm und vielleicht auch der Grund, warum sie nie mit den irischen Studenten geredet hatte, die alljährlich auftauchten.

In wenigen Wochen war das Erdgeschoss ihres Hauses wie verwandelt. Alles war neu und frisch verputzt, bis auf die Fenster zur Straße hin und den Jugendstilkamin. Über die Rückwand ihrer Küche zogen sich große Scheiben, Fenstertüren führten in den winzigen Garten hinaus. Die Sonne schien von beiden Seiten ins Haus und ließ es selbst mit dem ungestrichenen grauen Putz noch leuchten.

An dem Tag, als Deena ihren Termin beim Familiengericht hatte, machte Nessa früher Feierabend und ging zu Fuß nach Hause, um ihren Wagen zu holen. Vom Fahrersitz aus betrachtete sie ihr Haus. Die Tür stand offen, zwei Arbeiter traten heraus, mit Thermosflaschen und Bechern in der Hand. Sie liebte dieses Ritual der Iren. Sie setzten sich auf die Stufen. Der Jüngere war lebhaft, erzählte irgendwas, gestikulierte und redete ununterbrochen. Der Ältere amüsierte sich über ihn. Ein paar Mal lachte er, und Nessa sah weiter zu, wie er sich Tee eingoss und dann eine Zigarette anzündete. Er war groß, bewegte sich lässig und entspannt. Ein paar Minuten blieb sie noch sitzen, dann ließ sie den Wagen an und fuhr los, um Ruby abzuholen.

Ruby stand schon draußen, als Nessa vor dem Haus hielt, und rannte ihr entgegen. An ihrem Arm baumelte eine große Plastiktüte voller Brot.

Grandad hat mir Brot für die Enten gegeben!, rief sie. Ihr langes dunkles Haar war zu dicken Zöpfen geflochten, die ihr über den Rücken wippten.

Nessa blieb beim Wagen stehen. Ihr Vater winkte von der Tür aus, während Ruby in ihren Kindersitz auf der Rückbank kletterte. Nessa schnallte sie an.

Gut. Dann gehen wir mal Enten füttern. Haverford-College-Enten oder Willows-Enten? Die klugen oder die wilden?

Die wilden, Nessa!

Ruby liebte The Willows, einen großen, von Weiden umstandenen Park mit einem See mitten auf der Wiese. Als Kinder waren Nessa,

Deena und Joey dort oft Schlitten gefahren. Ruby ließ sich immer wieder von Nessa erzählen, wie es gewesen war, wenn nächtliche Schlittenfahrten organisiert wurden und mehrere hundert Kinder auf Rodeltellern oder Mülltonnendeckeln, teuren Schlitten mit Lenkung, Plastiktüten und allem, was sonst noch da war, den Hang hinuntertrudelten – sausten, zusammenstießen, der Länge nach in den Schnee fielen. Und das alles im Stockdunkeln.

Sie ließen den Wagen stehen und gingen den Parkweg entlang, dann den Hang hinunter zum See. Ruby machte sich gleich an die Arbeit, angelte Brotkrumen für ein Grüppchen Wildenten aus der Tüte, das bereits lautstark über das schwarze Wasser auf sie zuhielt. Irgendwas hatte Nessa doch über Enten und ihr Quaken gelesen. Die Entenmütter, fiel ihr wieder ein, hatten einen ganz bestimmten Ruf für ihre Jungen, den sogenannten »Decrescendo-Ruf«, den die Küken kilometerweit hörten.

Ruby warf den zankenden Enten das Brot hin, und Nessa musterte sie nachdenklich. Was hatte Ruby mitbekommen? Was war mit diesen Erinnerungen passiert? Alles, was Lucas getan hatte, die vielen Male, die Deena zu ihm zurückgekehrt war, die Zeit, als es ihr schlecht ging, die Nächte, als er wieder vor der Tür stand. Was davon hatte Ruby behalten? Waren die Erinnerungen einfach verschwunden, oder waren sie unter anderen begraben? Ruby wirkte ganz unberührt davon, wie sie da am Ufer entlang rannte, gefolgt von einem V aus Wasservögeln, die ihre Brottüte im Blick behielten. Die Wiese hinter ihnen war leer. Hier war kein Mensch, nur Bäume und Weite. Sie waren dabei, sich Stück für Stück von Lucas zu befreien. Deena würde nicht mehr zu ihm zurückgehen. Er hatte seinen Zugriff auf sie verloren. Nessa setzte sich ins Gras, und Ruby rannte neben den grünen Enten her, über den allergrünsten Rasen inmitten der Weiden.

Als die Enten alles Brot vertilgt hatten, ging Nessa mit Ruby einkaufen, damit sie sich Bezüge für ihr neues Bett aussuchen konnte. Sie entschied sich für eine Garnitur mit Fröschen. Während sie an der Kasse standen, entdeckte Ruby einen kleinen Sitz, der an drei Hanfseilen von der Decke hing, und wollte ihn unbedingt ausprobieren

Er ist höhenverstellbar, sagte die Verkäuferin. Wie alt ist sie denn?

Drei.

Dreieinhalb, rief Ruby, umklammerte mit beiden Händen Nessas Arm und rüttelte daran.

Für das Alter ist er bestens geeignet. Sie kann damit nicht umkippen.

Ruby setzte sich, hielt sich an zweien der drei Seile fest und lehnte sich so weit zurück, dass ihre Zöpfe über den Boden streiften.

Gekauft, sagte Nessa.

In der Parrish Street angekommen rannte Ruby ihr voraus die Stufen hoch und drückte die Haustür auf. Sie war nicht abgeschlossen. Joey muss wohl noch da sein, dachte Nessa; es war fast sechs, und die Arbeiter machten freitags immer früher Schluss.

Na, du Früchtchen, wo kommst du denn her?, sagte eine Stimme hinter der Staubschutzplane hervor.

Einen Moment lang erstarrte Nessa. Dann entspannte sie sich wieder. So redete Lucas nicht, und jetzt, mitten in den Sorgerechtsverhandlungen, würde er es sowieso nicht wagen, auch nur einen falschen Schritt zu machen. Es war einer von den Iren, der, den sie vor ein paar Stunden draußen auf den Stufen hatte rauchen sehen. Er fing Ruby auf, hob sie hoch über seinen Kopf und setzte sie sich dann auf die Hüfte.

Bist du Ronan?

Ja.

Ich bin Nessa.

Ich weiß.

Ähm. Eigentlich hätte ich dich längst mal ansprechen sollen ... also, um mich für das alles hier zu bedanken, die Planungen, die Entwürfe, die Entscheidungen. Sie zeigte auf den Raum ringsum. Es ist alles so perfekt geworden. Wirklich. Und ich bin so beschissen in solchen Dingen.

Nessa!, sagte Ruby missbilligend.

Ach herrje, sorry. Ich ...

Keift wie ein Fischweib.

Bitte?

Nur so eine Redensart. Tut mir leid. Verlegen konzentrierte er sich ganz auf Ruby, die er immer noch auf dem Arm hielt. Und, Ruby, was führt dich heute hierher in dein Schloss?

Ich will mir mein Zimmer anschauen. Nessa hat mir ein Bett gekauft. Und ich habe eine neue Schaukel.

Nessa hatte den in Plastik verpackten Schaukelsitz hereingetragen. Der hing im Laden, und ich habe sie gar nicht mehr runtergekriegt. Die Verkäuferin meinte, wenn ich ihn ganz tief hänge, kann nichts passieren.

Soll ich das für euch machen? Er stellte Ruby ab und griff nach dem Paket. Ich kann's gleich jetzt erledigen. Alle anderen sind schon weg. Ins Wochenende.

Echt? Würdest du? Das wäre wirklich toll.

Kein Problem. Er sah sich bereits den Haken an.

Oben hielt Nessa Ruby die Augen zu, bevor sie ihr Zimmer betraten.

Okay, jetzt kannst du gucken.

Ist das mein Bett?

Ja.

Und wo ist das von Mom?

Das steht in ihrem Zimmer, gleich nebenan. Und ich schlafe unter euch. Das habe ich dir beim letzten Mal gezeigt.

Ruby drehte sich einmal um sich selbst.

Es ist anders. Ich mag das.

Nessa ließ Ruby dabei helfen, die neuen Kissen und die Bettdecke auszupacken und das Bett zu machen. Ruby legte sich darauf und schaute zur Decke hinauf. Sie sah aus wie Deena auf alten Kinderfotos. Das blasse Gesicht, die dunklen Augen, die roten Bäckchen.

Ronan kam herein, und zu dritt gingen sie durch das Zimmer und überlegten, wo der beste Platz für die Schaukel wäre.

Ich finde, sie sollte nah am Fenster hängen, sagte Ronan, dann kannst du schaukeln und dabei rausschauen.

Ruby und Nessa setzten sich, an das kleine Bett gelehnt, auf den Holzboden und spielten *Ich sehe was, was du nicht siehst.* Zum zweiten Mal an diesem Tag beobachtete Nessa Ronan. Er wirkte gelassen und ungezwungen. Älter als die anderen Arbeiter, aber doch jünger als sie. Joey hatte erzählt, dass er noch studierte. Deena und sie waren beide unter Männern aufgewachsen, die mit den Händen arbeiteten, und Nessa war sich sicher, dass sie das irgendwie geprägt hatte. Sie fühlten sich beide zu Männern hingezogen, die praktisch veranlagt waren. Lucas war praktisch veranlagt. Aber Ronan war anders als Lucas. Das sah sie gleich.

Nessa, ich sehe was, was du nicht siehst, und das ist grün!, rief Ruby. Nessa lachte. Sie wusste, dass es Ronans T-Shirt sein musste.

Ein Frosch von deiner neuen Bettwäsche?

Nein. Ruby schüttelte den Kopf und schielte noch einmal verstohlen zu Ronan hin.

Er streckte sich gerade, um ein Loch in die Decke zu bohren. Während er arbeitete, bewegten sich seine Schulterblätter unter dem T-Shirt, und er hatte sich ein paar Schrauben zwischen die Lippen geklemmt.

Die Blätter vor dem Fenster?

Nein!, quietschte Ruby. Gibst du auf?

Ronans T-Shirt?

Ruby zog einen Flunsch und sagte nichts mehr.

Dann hing die Schaukel, und Ronan stützte sich testhalber darauf.

So, sagte er. Das dürfte halten. Komm mal her.

Ruby rappelte sich vom Boden hoch und schmiss sich auf den Sitz. Sie hielt die Hanfseile fest und lehnte sich zurück, schaukelte bereits hin und her.

Ronan setzte sich im Schneidersitz neben Nessa auf den Boden. Er hatte Zementstaub in den Haaren, an seiner Kleidung klebten Putzreste. Die Hände waren voller Farbsprenkel. Er sah sie an, unverwandt. Das brachte sie ein bisschen aus dem Konzept. So saßen sie da und sagten nichts. Nessa wusste gar nicht, wo sie hinschauen sollte.

Wie alt bist du?, fragte sie.

Wie bitte? Die Frage schien ihn zu überraschen.

Oh. Das war jetzt wohl eine unhöfliche Frage.

Vierundzwanzig. Alt genug. Ein bisschen klang es, als wollte er sich rechtfertigen. Ich habe schon als Jugendlicher in dem Bereich gearbeitet. Mehrere Dutzend Häuser.

Das habe ich nicht gemeint. Sie spürte ihre Wangen warm werden. Fast wusste sie selbst nicht mehr, was sie gemeint hatte. Ich bin drei Jahre älter als du. Das sagte sie mehr zu sich selbst.

Wir sind uns schon begegnet, sagte er.

Ach ja?

Mehrmals sogar, und ich habe dich im Lauf der Jahre oft bei deinen Eltern gesehen. Im Grunde kenne ich deine ganze Familie, nur dich nicht. Vor ein paar Jahren war ich im Sommer bei dieser Ausstellung, die du kuratiert hast, in West Philly. Und vor Weihnachten bin ich zur Beisetzung deiner Mutter eingeflogen.

Diese Worte, *die Beisetzung deiner Mutter*, warfen sie fast um. Da war er einmal um die halbe Welt geflogen, um zur Beisetzung zu kommen, und sie erinnerte sich nicht einmal an ihn. Es waren so viele Leute da gewesen.

Herrje. Du bist ja ein richtiger Stalker. Sie versuchte, die Rührung mit einem scherzhaften Ton zu überspielen.

Er lachte. Es klang gut. Rechts und links von seinem Mund zeigten sich ein paar Fältchen. Und sie dachte sich, wie schön er war. Er setzte dazu an, etwas zu sagen, und sie streckte instinktiv die Hand aus und strich ihm mit dem Handrücken über die Wange.

Er fuhr zurück, als hätte sie ihn geschlagen.

Nessa zog die Hand weg und vergrub sie im Schoß. Ich weiß nicht, warum ich das gemacht habe. Shit. Tut mir leid. Ich kenne dich ja überhaupt nicht. Es tut mir wirklich leid.

Ruby hatte aufgehört zu schaukeln und sah zu ihnen herüber. Alles schien still zu stehen, es war unerträglich.

Da seid ihr!

Deena kam ins Zimmer.

Mommy!

Ruby rutschte von ihrer Schaukel, und Deena kniete sich hin und zog sie an sich.

Hallo, Ronan, sagte sie, die Arme weiter fest um Ruby gelegt. Nessa, ich brülle mir da unten seit fünf Minuten die Seele aus dem Leib.

Oh. Wir, also, Ronan, meine ich, hat Rubys neue Schaukel für sie aufgehängt.

Guck, Mommy. Ein Mondsessel. Ruby rannte wieder hinüber und tippelte zurück, so weit es ging, um dann vorwärts zu schaukeln. Sie sahen ihr alle zu. Sie lehnte sich nach hinten, streckte die Zehen durch.

Geradezu Magisch, sagte Deena und drehte sich wieder zu ihnen um. Sie sah erst Nessa, dann Ronan an. Und lächelte. Alles in Ordnung?

Nessa wusste nicht, welche Miene sie aufsetzen sollte. Deena hatte das Unbehagen sofort gespürt.

Wie war's denn heute?, fragte Ronan. Seine Stimme klang jetzt ganz anders. Er stand vom Boden auf.

Er wusste von Deenas Gerichtstermin? Nessa stand ebenfalls auf.

Hart, sagte Deena. Er war da. Sie sah zu Ruby, die schaukelnd und leise singend in ihrer Schaukel lag, um sicherzugehen, dass sie nicht zuhörte. Keine Ahnung, wie das weitergeht. Die psychologischen Gutachter haben ihre Aussagen gemacht. Das ist noch mal eine ganz andere Geschichte. Aber die eigentliche Verhandlung dürfte bald angesetzt werden.

Deena war dünn geworden; der Gummizug ihres Kleides schlackerte um sie herum. Der Prozess belastete sie alle in jedem Bereich ihres Lebens. Deena war ausgelaugt, musste aber weitermachen. Es war entscheidend, dass sie weder körperliche noch psychische Schwachstellen zeigte. Lucas versuchte, ihre psychische Erkrankung gegen sie zu verwenden. Den Selbstmordversuch während des Studiums, die Ermittlungen bei der Arbeit, die Verhaftung. Dabei war er es gewesen, der sie überredet hatte, die Medikamente abzusetzen. Sie mussten mehr als wachsam bleiben. Deena durfte keinen einzigen Tag bei der Arbeit fehlen; sie traute sich nicht, auch nur einen Tropfen zu trinken, Ruby durfte keine Schrammen oder blauen Flecken davontragen. Alles konnte gegen sie verwendet werden.

Wir sollten los. Komm, Ruby, ab ins Auto.

Nur noch einmal.

Wir brechen jetzt alle auf, du Räuber. Ronan hob sie aus der Schaukel, und Ruby lachte.

9

NESSA

2003

Sie ging hinter Gabriel den Gang entlang, wich kleinen Erdhaufen und Stapeln aus zerbrochenen Kacheln, Glasscherben und von notdürftig aufgeschichteten Feuern versengten Konservendosen aus. Das ganze Gebäude war derart geplündert worden, dass von Kupferdrähten, Fensterscheiben, Türgriffen und Deckenbalken nichts mehr übrig war. An manchen Wänden zeugten schwarze Flecken von Bränden, andere waren vom Schimmel schwarz. Von der Decke hing nasses Dämmmaterial herunter. Trotz der Juli-Hitze war es klamm hier drinnen, die Luft schwer von Sporen. Es kursierten die schrecklichsten Gerüchte, was den Menschen hier drinnen angetan worden war: Prügel, Freiheitsberaubung, Vernachlässigung. Eine stillgelegte psychiatrische Klinik. Nessa war schon einmal mit Gabriel hier gewesen, für ihre erste Ausstellung, *Die Palimpseste von Philadelphia*. Jetzt sollte das Gebäude abgerissen werden. Die Stadt wollte es nicht mehr, weil es das sichtbare Zeugnis einer entsetzlichen Geschichte war, und das Viertel hatte genug von den asozialen Umtrieben, die es beförderte. Vandalen und Hausbesetzer trieben sich hier herum und neuerdings auch Urban Explorer. Gabriel hatte erzählt, an den Wochenenden seien es bis zu fünfzig pro Nacht.

Sie waren auf der Suche nach zwei konkreten Räumen. Dem ehemaligen Frauenschlafsaal und dem Behandlungszimmer. Sie hatten Kopien von groben Lageplänen dabei und die Erlaubnis zu filmen, aber ausschließlich in den beantragten Räumen. Die Nebengebäude, in denen freiliegender Asbest entdeckt worden war, waren jeweils mit einem riesigen roten X gekennzeichnet. Hinter ihnen kämpfte Jason mit der Kameraausrüstung und den Projektoren. Das Gebäude war noch deprimierender, als Nessa es in Erinnerung hatte. Vielleicht ja, weil sie diesmal tagsüber hier waren und der Verfall dadurch greifbarer wurde. Sie wollte möglichst nichts berühren. In den Ecken wucherten ganze Pilzkolonien. Satanistische Symbole und ungelenke Kreuze verdeckten die älteren Graffitis und Sprayer-Tags. Bitte, lieber Gott, mach, dass hier keine Ratten sind, betete Nessa, als sie durch ein Loch in der Wand traten.

Sie befanden sich in einem langen, rechteckigen Raum. Kleine Fenster dicht unter der Decke ließen zwar Licht herein, aber den Menschen, die hier gelebt hatten, war nicht einmal der Blick nach draußen vergönnt gewesen. Von oben war Flattern zu hören, als ein kleiner Vogelschwarm durch ein scheibenloses Fenster davonstob.

Das ist der Schlafsaal, sagte Gabriel.

Seine Mutter war in den Sechzigerjahren hier eingewiesen worden, als er noch ein Baby war, und er hatte mehrfach aufgenommen, wie sie von ihrer Zeit in diesem Saal erzählte. Ganz hinten waren noch drei Bettgestelle aus Stahl übrig geblieben. Gabriel hatte bereits ein Video fertiggestellt, in dem seine Mutter von der Klinik erzählte, und es mit Fotos von ihr als kleinem Mädchen unterlegt. Diesen Film wollte er jetzt an dem Ort abspielen, wo sie vor so vielen Jahren eingesperrt gewesen war. Jason sollte das Ganze für die Ausstellung filmen. Die Verzweiflung hing immer noch in der Luft, schien in den Boden und die Wände gedrungen zu sein. Als sie die Tonspur starteten, erfüllte die Stimme von Gabriels Mutter den ganzen Saal, hallte wider und klang nach, kam scheinbar von überall.

Sie hörten zu, wie Gabriels Mutter davon erzählte, wie schwer das alles für sie gewesen war. Dass sie ihren kleinen Sohn nicht sehen durfte. Von Dreck und Demütigungen, aber auch von den Freundschaften, die sie in diesem Saal geschlossen hatte.

Das Behandlungszimmer war teilweise noch gekachelt. In dem Video, das sie dort projizierten, erzählte Gabriels Mutter zusammenhangloser, zerstückelt und fragmentiert. Sie wusste noch, dass es mechanische Fixierungsmaßnahmen gegeben hatte, doch die Erinnerung daran war von der Erinnerung überschrieben, dass man sie betäubt hatte.

Die Akustik ist Hammer, war das Einzige, was Jason zu alldem sagte.

Gegen Ende wurde der Raum so beklemmend, dass Nessa nach draußen gehen und dort warten musste.

Gabriel und sie fuhren gemeinsam in die Stadt zurück. Sie sprachen kaum. Es war Freitagnachmittag, und der Berufsverkehr wälzte sich in die Gegenrichtung, fort von Hitze und Asphalt, hin zu den Brücken, der Küste, den Bäumen, dem Umland. Nessa hätte ihm gern gesagt, was für eine Kraft seine Arbeit hatte – aber dann ließ sie es doch. Sie waren beide ausgelaugt.

Gabriel war mit seinem Lebensgefährten auf einen Drink verabredet. Willst du noch mitkommen?

Nein. Aber danke. Heute wurde meine neue Küche eingebaut, da muss ich mal nach dem Rechten sehen.

Vor allem wollte sie sich die Klinikräume vom Körper und aus den Haaren waschen.

Geht's dir soweit gut?, fragte sie, als sie in der Pine Street hielt, um ihn aussteigen zu lassen. Das ging ganz schön ans Eingemachte.

Ja. Alles okay. Meine Mutter hat das so gewollt. Sie wollte, dass die Leute davon erfahren.

Trotzdem zerbrach Nessa sich auf der Heimfahrt den Kopf über die moralische Dimension. Die Geschichten, die Gabriels Mutter von dieser Einrichtung zu erzählen hatte, würden an die Wände einer anderen Institution projiziert werden, dem Museum. Einem offiziellen Ort der Erinnerung. Aber was war mit der Zeit, als seine Mutter und so viele andere den Menschen davon erzählen wollten und nicht gehört worden waren? War es wirklich in Ordnung, das an den Wänden eines Museums zu verewigen? War es manchmal nicht doch besser, die Vergangenheit einfach vergangen sein zu lassen?

Sie schloss die Haustür auf. Nach all dem Verfall heute war es wie ein Segen, dass es drinnen relativ sauber war. Das Erdgeschoss war immer noch Baustelle: keine Möbel, der Putz noch feucht, aber das Nachmittagslicht tauchte die grauen Wände in einen warmgoldenen Rosaton, und es fühlte sich heimelig an. Alle Lücken in der Küche waren jetzt gefüllt. Spülmaschine, Backofen, Kochfeld. Der Kühlschrank brummte. Nessa drehte den Wasserhahn auf. Er funktionierte. Heiß wie kalt. Sie öffnete eine Schranktür, schloss sie wieder. Drehte die Kochplatten an, hörte es klicken, roch kurz das Gas, sah die Flamme auflodern. Es war alles da. Sie goss sich ein Glas Wein ein, setzte sich auf eine Kiste, streifte die Turnschuhe ab und ließ es auf sich wirken. Ihr Haus. Bald würden Ruby und Deena hier sein. Ringsherum lagen in Vorbereitung der Malerarbeiten Abdeckplanen bereit, an der Wand standen Farbeimer gestapelt. Nessa und Deena hatten auf einer der schon getrockneten Flächen Farbproben gemacht und sich dann für ein sanftes Cremeweiß entschieden. Hell, warm und unaufdringlich.

Es klopfte zwei Mal an die Haustür. Wieder mal die Jungs mit ihrem Federball. Nessa ging zur verglasten Küchentür, spähte nach dem fedrigen weißen Ding, konnte es aber nicht entdecken. Es klopfte erneut, zwei Mal.

Moment!

Während sie öffnete, hatte sie schon den Satz auf den Lippen: Ihr müsst wirklich mal besser spielen lernen. Aber dann waren es gar nicht die Jungs. Sondern Ronan, der auf der obersten Stufe stand, in der Arbeitskleidung, die er vermutlich standardmäßig für die Stadtplanungsmenschen trug oder mit wem er sonst in Philadelphia zu tun hatte: gestärktes weißes Hemd und Tuchhose.

Oh, hi.

Störe ich? Hast du jemand anders erwartet?

Ja. Nein. Ich dachte, es sind die Jungs von nebenan. Bist du noch mal da?

Ja? Er formulierte es als Frage, so, als wüsste er nicht genau, was sie meinte.

Willst du reinkommen? Hast du was vergessen? Sie warf einen Blick über die Schulter, als könnte sich das Gesuchte dort materialisieren.

Darf ich?

Ja, sagte sie, rührte sich aber nicht. Hast du heute die Küche eingebaut?

Das war Joey mit dem Rest der Truppe. Ich habe nur mittags mal kurz nach dem Rechten gesehen. Ich kam nicht weg aus dem Büro. Wie gefällt's dir?

Ich finde es toll. Ehrlich. Alles funktioniert.

Sie sah es um Ronans Mundwinkel zucken. War er extra hergekommen, um sie zu fragen, wie sie es fand?

Schön.

Dann schwiegen sie beide. Sie musste etwas sagen.

Hör mal, es tut mir wirklich leid, was ich da letztes Mal gemacht habe. Du weißt schon, dir über die Wange zu streichen. Das war komisch.

Kann ich kurz mit dir reden?

O Gott, entschuldige. Ja, komm doch rein. Sie machte die Tür ganz auf.

Er trat ein und schloss sie hinter sich.

Hast du was vergessen?

Ich wollte mit dir darüber reden, was du, wie du sagst, letztes Mal gemacht hast, das Komische.

Ähm, okay. Möchtest du vorher ein Bier?

Ja. Er lächelte, und wieder brachte das etwas in ihr in Bewegung. Das wäre wunderbar.

Wunderbar. Sie platzte fast vor Erleichterung. Es war alles in Ordnung.

Sie holte ihm ein Bier aus dem Kühlschrank.

Cheers, sagte er und trank, wischte sich mit dem Handrücken das Kinn.

Nessa deutete auf die Kiste, auf der sie gesessen hatte. Bitte. Sie zog sich eine weitere heran und legte ein überzähliges Stück Rigips darauf. Für Sitzgelegenheiten wäre gesorgt. Sie nahm ihr Weinglas und setzte sich ihm gegenüber.

Sie sahen sich in die Augen, und er setzte zum Sprechen an, ließ es dann aber. Das hatten sie auch beim letzten Mal so gemacht.

Entschuldige, sagte er. Ich hatte mir alles zurechtgelegt, aber jetzt weiß ich gerade nicht mehr so genau. Er holte tief Luft, lachte verlegen, trank noch einen Schluck von seinem Bier. Das Wangestreicheln, damit hatte ich einfach nicht gerechnet. Das hat mich etwas umgehauen. Ich weiß nicht, ob ich so ganz verstehe, was das war. Was du damit bezweckt hast?

Ich weiß es auch nicht, sagte sie. Du hast die ganze weite Reise gemacht, um zur Beisetzung meiner Mutter zu kommen. Das hat mich überwältigt. Und ich hatte ein schlechtes Gewissen, weil ich mich nicht an dich erinnert habe.

Hm. Okay.

Er hatte sich leicht von ihr entfernt, und sie sah, wie sich Scham in seiner Miene bahnbrechen wollte. Warum hatte sie das jetzt so formuliert, als hätte er es missverstanden? Dass ihre Hand seine Wange als herablassenden Dank berührt hatte, als Entschädigung. Sie war im Begriff, es komplett zu vergeigen.

Warte, das war jetzt nicht richtig formuliert. Ich habe dir über die Wange gestrichen, weil ich es wollte. Ich habe gar nicht drüber nachgedacht. Ich wollte es einfach. Erklären kann ich es nicht.

Er ließ den Kopf sinken, fuhr sich mit den Fingern durchs Haar. Eine Bewegung, von der sie später finden sollte, dass sie ihn ausmachte – bescheiden, ein klein bisschen schüchtern. Dann hob er das Gesicht zu ihr, und sie sah, dass seine Wangen gerötet waren, aber auch das kleine Zucken um die Mundwinkel war wieder da. Er freute sich.

Seit ich dich das erste Mal gesehen habe, bin ich neugierig. Also – interessiert.

Der Kuss ging von ihr aus. Sie zog ihre Kiste näher heran, beugte sich vor und küsste ihn, und er legte die Hand um ihren Nacken. Jetzt knutschte sie mit Ronan, der zur Beisetzung ihrer Mutter gekommen war, der ihr Haus entworfen, Rubys Schaukel montiert und wieder hergekommen war, um etwas zu verstehen, was sie in einem unbesonnenen Moment getan hatte. Der Kuss wurde tiefer. Sie fühlte sich wie auf der Achterbahn. Alles ging so schnell, als wollte es nie wieder zur Ruhe kommen. Er hatte gesagt, er sei interessiert gewesen, seit er sie das erste Mal gesehen hatte. Wo war das gewesen? Was hatte sie gemacht, als jemand wie er sie gesehen und etwas für sie empfunden hatte?

Warte, sagte sie und ging leicht auf Abstand. Wann hast du mich denn das erste Mal gesehen?

Echt jetzt?

Sie wollte schon die Hand von seinem Oberschenkel nehmen, aber er legte seine darauf.

Vor dem Wawa. An der Darby Road. Vor vielleicht vier – oder nein, drei Jahren. Morgens, vor der Arbeit. Wir saßen hinten auf der Stoßstange von Joeys Pickup und haben gefrühstückt. Du kamst raus, mit deinem Kaffee in der Hand. Du bist kurz stehen geblieben, hast mit Joey geredet, dann bist du wieder in deinen Wagen gestiegen. Ich weiß auch nicht. Ich hatte mitbekommen, dass du mit Kunst und Restaurierung zu tun hast, und war also sowieso schon interessiert an dem, was du machst. Und dann habe ich dich da gesehen, in dem Licht, mit deinem Supermarktkaffee, wie du deinen Bruder zusammenstauchst, ihn richtig zur Schnecke machst.

Er grinste und fuhr dann fort: Dann habe ich gemerkt, dass du im Vergleich mit dem Rest der Familie total distanziert bist. Du hast mich und die anderen Burschen komplett ignoriert. Das hat mich dann gleich noch mehr fasziniert.

Er streckte die Hand aus, zog ihr eine Spinnwebe aus dem Haar und zeigte sie ihr.

Igitt.

Der Geruch nach feuchten Schimmelsporen klebte ihr noch in den Haaren, an der Haut. Sie wollte das hier nicht abbrechen, fühlte sich aber schmuddelig und dreckig.

Würdest du vielleicht warten, bis ich geduscht und mich umgezogen habe, und dann gehen wir irgendwo was essen? Oder trinken?

Ja. Das wäre schön. Ich glaube, deswegen bin ich auch hier, um dich das zu fragen.

Eine Wand von Lynnes Büro im dreiundzwanzigsten Stock war komplett verglast. Sie ging nach Norden, und Nessa konnte den Schuylkill sehen und das Philadelphia Museum of Art.

Von hier aus sieht man auch das Familiengericht, sagte Lynne. Sie stand auf und zeigte in die Richtung. Da, am Logan Square. Nessa schaute in die Ferne, hin zur Vine Street und dem grauen neoklassizistischen Gebäude, dann direkt nach unten. Autos und Häuser stürmten auf sie ein, das Büro drehte sich. Sie musste einen Schritt vom Fenster weggehen.

Tut mir leid, ich habe ein bisschen Höhenangst.

Deena ließ sich nicht beirren. Sie hatte die Hand an die Scheibe gelegt. Von hier oben sieht es so anders aus, sagte sie. Irgendwie würdevoll. Was man von innen nicht behaupten kann.

Lynne war Anfang fünfzig und sehr cool. Unangepasst auf eine Weise, die Nessa vermuten ließ, dass sie sich auch von Lucas und dem Richter oder der Richterin, die sie zugeteilt bekämen, nicht einschüchtern lassen würde. Sie sah nicht aus wie eine Anwältin. Sie hatte kurze, stachelige, rabenschwarze Haare, vorn von silbernen Strähnen durchzogen. Die linke Hand war frei von Schmuck, aber am kleinen Finger der rechten trug sie einen länglichen Silberring, der bis über den Knöchel reichte. Sie sprach leise, ruhig und gleichmäßig. Und wirkte, als würde sie sich von niemandem etwas bieten lassen und nicht davor zurückscheuen, unangenehme Fragen zu stellen. Lynne hatte eine lange Liste mit Ratschlägen, von denen sie sich zuallererst selbst distanzierte.

Was ich Ihnen jetzt sagen werde, ist schrecklich, aber so ist nun mal das System, in dem wir uns bewegen. Dann lehnte sie sich auf ihrem Stuhl zurück und zählte alles auf, was sie längst auswendig wusste.

Zurückhaltende Kleidung, aber nicht irgendwie altbacken.

Feminin darf es sein, aber bloß nicht übertreiben.

Keine auffälligen Farben.

Kein Make-up, daran stören sich viele Richter.

Keine langen Ohrringe; Perlen oder andere Stecker sind okay.

Nicht weinen.

Nicht emotional werden.

Wenn wir Pech haben und Richter Kavanagh kriegen, sollten Sie jeden direkten Blickkontakt vermeiden und auf keinen Fall das Wort *Profi* verwenden. Betonen Sie den Fürsorgeaspekt Ihrer Tätigkeit als Krankenschwester. Er wird es gutheißen, dass Sie über ein eigenes Einkommen verfügen, ist aber allergisch gegen das, was er für weibliche Arroganz hält.

Ist das Ihr Ernst?, unterbrach Nessa. Echt jetzt?

So ist leider das System. Wir hatten auch schon Fälle, bei denen die Mutter vor Gericht überhaupt nicht aussagen durfte, weil der Richter eine Abneigung gegen sie gefasst hatte. So was ist die absolute Ausnahme, aber es ist wichtig, dass wir den Richter zu nehmen wissen.

Das überfordert mich gerade etwas, sagte Deena.

Schauen Sie, sagte Lynne. Wir haben starke Argumente. Sie haben Angehörige, die Ruby täglich sehen. Seine Familie kennt sie gar nicht. Inzwischen haben Sie auch berufliche Stabilität und ein intaktes Unterstützungssystem. Sie haben das Hauptsorgerecht bekommen, trotz all seiner Versuche, Ihre Glaubwürdigkeit in Zweifel zu ziehen. Ruby entwickelt sich prächtig, sie hat weitreichende Sozialkontakte, die Sie ihr ermöglichen. Auf all diese Dinge müssen wir uns konzentrieren.

Was ist mit den Kontaktverboten?, fragte Nessa. Er war gewalttätig.

Lynne schüttelte den Kopf. Ich weiß, es ist eigentlich unfassbar, aber der Vorwurf häuslicher Gewalt hat keine nachweislichen Auswirkungen darauf, wie oft ein Vater das Sorgerecht für sein Kind zugesprochen bekommt. Sie drehte sich auf ihrem Stuhl herum, zog einen Aktenschrank hinter sich auf und reichte Nessa ein Blatt Papier.

Das ist eine Übersicht mit verschiedenen Daten zu Sorgerecht und häuslicher Gewalt. Ziemlich deprimierend.

Gewaltbereite Elternteile fordern häufiger das alleinige Sorgerecht als nicht gewalttätige, las Nessa laut vor. *In etwa siebzig Prozent der Fälle haben sie damit Erfolg.*

Wie kann das sein?

Nessa überflog die einzelnen Unterpunkte und legte das Blatt dann beiseite. Es würde Deena nur unnötig stressen. Sie stand auf und trat ans Fenster; die Straße, fast dreißig Stockwerke unter ihr, kippelte. Vom Schwindel erfasst hielt sie sich an einer Stuhllehne fest.

Lynne verwendete ständig eine Abkürzung, die Nessa noch nie gehört hatte: IPG. Frauen mit IPG-Erfahrung sind vor Gericht häufig wenig überzeugend, weil sie noch an PTBS leiden.

IPG?

Intimpartnergewalt, sagte Deena.

Die Abkürzungen störten Nessa, das Distanzierte, Entkörperlichte daran, das jedes verletzende Verhalten fast schon normalisierte. Abkürzungen ließen keinen Raum für Nuancen oder Menschlichkeit – als wären diejenigen, die so etwas erleben mussten, alle gleich.

So sah Lynne sicher auch Deena. Verängstigt, gehetzt, voller nervöser Tics. Durch den Gewichtsverlust wirkte Deenas Gesicht kantig, die Augen waren größer, der Blick fast schon verwirrt oder bestürzt. Sie hatte die Angewohnheit entwickelt, sich immer wieder den Daumen der linken Hand zu massieren, als wollte sie die letzten Reste aus einer Tube Zahnpasta quetschen. Nessa war sich sicher, dass Deena ihre Medikamente nahm, aber sie beobachtete doch einiges an ihr, was früher aufgetreten war, wenn sie sie abgesetzt hatte: Muskelzuckungen, Krämpfe, Stimmungsschwankungen. Das war der ganze Stress. Vielleicht glaubte Lynne ja, sie stünde kurz vor dem Zusammenbruch.

Deena ist bereit, alles zu tun, was nötig ist. Sag's ihr selbst, Deena.

Das stimmt. Hoffe ich. Also nein, es stimmt. Ich habe Unterstützung, die mir hilft zu begreifen, was da eigentlich passiert ist. Wie ich das zulassen konnte. Aber ich mache mir schon Sorgen, dass sie darauf rumreiten werden, wie ungeeignet ich bin, oder wieder mit der Sache bei der Arbeit kommen. In Deenas Stimme lag Zweifel. Den hörte auch Lynne. Wie würde sie es verkraften, wenn man sie in die Zange nahm?

Das lassen Sie mal meine Sorge sein. Es ist schließlich meine Aufgabe, diese Art von Schikane zu unterbinden. Wir sind das doch alles durchgegangen. Sie nehmen Psychopharmaka, wie viele Millionen anderer Menschen in den USA auch. Wie Millionen anderer Mütter. Ihre Suspendierung von der Arbeit ist längst vorbei, und man vertraut Ihnen wieder voll und ganz, dass Sie schwerkranken Säuglingen die bestmögliche Pflege bieten können. Sie haben eine feste Stelle und geben Ruby ein wunderbares Leben.

Nessa nickte ermunternd. Und Ruby geht es bei dir viel besser. Sie ist fröhlicher. Tief drinnen weißt du das auch.

Deena hatte Nessa erzählt, wie Ruby war, wenn sie von den Wochenenden bei Lucas zurückkam. Still. Wie abgeschaltet. Sie war die ganze Zeit mit Lucas allein, bis auf die paar Male in letzter Zeit, wenn Tina mit ihrer Tochter vorbeikam, aber Deena und Nessa wussten beide, dass diese Verabredungen nur Fassade für die Verhandlung waren. Nie lässt er sie einfach Kind sein, hatte Deena gesagt. Sie muss immer außergewöhnlich sein. Das ist anstrengend.

Eines darf ich Ihnen beiden nicht verschweigen, es betrifft Nessa, sagte Lynne. Es kam ein Schreiben vom Gericht. Lucas hat Beschwerde eingelegt, weil Deena angeblich gegen die Trennungsvereinbarung verstoßen und Übernachtungen einer dritten Person erlaubt hat.

Lynne sah sie an. Nessa. War sie diese dritte Person?

Darf ich jetzt nicht mehr in meinem eigenen Haus schlafen, das ich mit den beiden teile?

Es geht nicht um Sie, sagte die Anwältin. Die Beschwerde nennt einen gewissen Ronan O'Halloran und nennt konkrete Daten, an denen er im Haus übernachtet hat, als Ruby ebenfalls dort war.

Nessa sackte auf ihrem Stuhl zusammen und schlug sich an die Stirn. Mein Gott, das tut mir so leid.

Würde ihnen das jetzt schaden? Beobachtete er sie? Woher hatte er Ronans vollen Namen und konkrete Daten? Da war dieser verbeulte weiße Honda gewesen, der immer auf der anderen Straßenseite stand. Der schoss ihr jetzt durch den Kopf. Sylvia hatte sie noch gefragt, ob sie wisse, wem er gehöre. Es stieg nie jemand ein. Vielleicht war das ja seiner. Hatte er womöglich eine Kamera darin eingebaut, mit der er sie beobachtete?

Er schreckt vor nichts zurück, um die Mutter zu diskreditieren, sagte Lynne. Das machen sie immer. Wir erleben es ständig. Und so sehr ich es bedauere, das sagen zu müssen, aber wer immer dieser Ronan ist, er sollte nicht über Nacht bleiben, wenn Ruby im Haus ist – zumindest vorläufig nicht.

Ich bin gar nicht auf die Idee gekommen, dass es ein Problem sein könnte, wenn Ronan bei uns übernachtet, oder wie das vielleicht aussieht.

Es hatte sich so leicht angefühlt, sie alle zusammen. Ronan war der Älteste von sechs Kindern, seine Geschwister bedeutend jünger als er, und er konnte großartig mit Ruby umgehen. Erst gestern Abend noch hatten sie zum wiederholten Mal *Das große Krabbeln* geschaut, zu viert auf dem Sofa, und den Text mitgesprochen. Deena hatte gelacht und war so lebhaft gewesen wie früher.

Rein technisch verstößt es ja auch nicht gegen die Übernachtungsvereinbarung, da die fragliche dritte Person nicht mit der Mutter zusammen ist, aber es könnte Missbilligung hinsichtlich des Risikos auslösen.

Klar, schon verstanden, sagte Nessa. Er wird nicht mehr bei uns übernachten, wenn Ruby da ist. Auf keinen Fall.

Die letzten beiden Monate waren Ronan und sie praktisch täglich zusammen gewesen. Ruby war Teil davon, und das ärgerte Lucas. Beim letzten Besuchswochenende, als Deena und sie Ruby zur Buchhandlung gebracht hatten, war Ruby auf Lucas zugelaufen und hatte lauthals krakeelt, sie sei mit Nessa und Ronan im Meer gewesen.

Ich bin im Meer über die Wellen gesprungen!, rief Ruby. Die waren höher als mein Kopf. Und Nessa und Ronan hatten mich an der Hand.

Das hatte Lucas gar nicht gefallen.

Quälen Sie sich nicht, sagte Lynne. Die Beschwerde wird auf ihn zurückfallen. Er hätte besser daran getan, diesen Ronan Dingsbums einfach dableiben zu lassen und es dann während der Verhandlung einzubringen. Aber er ist ungeduldig. Das ist stärker als er.

Die Wissenschaftler versetzten den Hunden willkürliche und unausweichliche Stromschläge. Die Hunde konnten ihnen nicht entrinnen, weil der Gitterboden ihrer verschlossenen Käfige unter Strom stand. So waren alle Versuche, dem Schmerz zu entkommen, vergeblich. Je öfter die Hunde die Stromschläge spürten – diese grundlosen, völlig willkürlichen Schmerzen –, desto verstörender reagierten sie darauf. Sie legten sich einfach hin und ließen es über sich ergehen. Ergeben jaulten sie, fraßen, schieden aus und unternahmen nichts. Und als die Forschenden schließlich die Käfigtüren öffneten, machten die Hunde nicht einmal Anstalten wegzulaufen.

Nessa griff nach der Fernbedienung. Ich sollte wohl besser umschalten.

Nein. Lass. Ich will das sehen, sagte Deena. Sie hatte schon ihren Schlafanzug an und saß im Schneidersitz auf dem Sofa.

Die Forschenden probierten unterschiedliche Varianten. Sie sperrten die Hunde in eine Kiste, deren eine Wand unter Strom stand, die andere jedoch nicht. Um den Stromschlägen zu entkommen, brauchten sie bloß über ein niedriges Hindernis zu springen. Im Gegensatz zu den neuen Hunden rührten sich die, die bereits vorher die unausweichlichen Stromschläge erlebt hatten, nicht vom Fleck. Sie legten sich wieder nur hin und ließen es über sich ergehen.

Die Forschenden zerrten die unausweichlichen Schlägen ausgesetzten Hunde bis vor die Tür ihrer Käfige; sie trugen sie auf die Seite der Kiste hinüber, die nicht unter Strom stand. Aber die Hunde hatten bereits gelernt, dass sie machtlos waren und nichts, was sie taten, etwas am Ergebnis ändern würde. Sie hatten ihr subjektives Handlungserleben verloren, ihre Fähigkeit, ihr Schicksal selbst in die Hand zu nehmen.

Nessa sah Deena beim Schauen zu. Unter ihren großen braunen Augen lagen dunkle Schatten. Sie war fix und fertig.

Ich weiß ja nicht, ob es so gut ist, wenn du dir das jetzt anschaust, sagte Nessa.

Er hat mir ein Gefühl von Sicherheit gegeben. Das ist es. Bei ihm habe ich mich immer sicherer gefühlt als bei sonst jemandem. Der

Mensch, der die größte Gefahr für mich war, war immer auch der einzige, von dem ich glaubte, dass ich bei ihm sicher bin. Wie kaputt ist das denn bitte.

Nessa und Deena redeten so gut wie nie über diese Zeit. Deena führte akribisch Tagebuch, jeden Tag verbrachte sie Stunden in ihrem Zimmer und kritzelte, das Gesicht ganz nah an der Buchseite. Manchmal wünschte sich Nessa, Deena würde stattdessen mit ihr reden, dann war sie wieder froh, dass sie es nicht tat.

Ich kann mir nicht erklären, warum ich zurückgegangen bin, nachdem ihr mich das erste Mal rausgeholt hattet, Joey und du. Bis heute versuche ich, das rauszufinden.

Jetzt liegt das alles hinter dir.

Der Abend, als ich ihn kennengelernt habe ... Ich habe alles, was da vorausging, ewig wie so einen Kinotrailer gesehen, eine Abfolge von Szenen, die alle auf diesen einen Moment hinführen, und diese Magie habe ich auf ihn übertragen. An die Vorstellung habe ich mich geklammert, der Abend war für mich der Beweis von etwas Unausweichlichem, Vorbestimmtem. Erst in letzter Zeit, also, in den letzten paar Monaten, wird mir klar, dass die Magie, die ich da gesehen habe, eigentlich die meines Lebens vorher war, meiner Jugend, der ganzen Dinge, die mein Leben bis zu dem Moment ausgemacht haben. Ich habe alles gesehen, wovon er mich ferngehalten hat. Und es kommt mir vor, als hätte ich mir das alles selbst eingebrockt. Mit meiner Eitelkeit. Ich habe an dem Abend gespürt, wie er mich anschaut.

Deena beugte sich beim Sprechen vor.

Wir haben getanzt, und ich habe auf der Haut gespürt, wie er schaut.

Sie fuhr sich über beide Arme, als wollte sie die Erinnerung vertreiben.

Es machte Nessa ganz krank. Auf dieser überfüllten Party, zwischen all den Leuten, hatte er sich ausgerechnet Deena ausgesucht.

Und das kann ich jetzt nur ganz schwer vor dir zugegeben – vor mir selber. Ich war an dem Abend als starke, zerstörerische Macht verkleidet. Und so kaputt es auch klingt, ich war mir extrem bewusst darüber, was für einen schönen, begehrenswerten Körper ich hatte. Dieser Mann, der mich sah und mich wollte, und dass ich das bis ins Mark gespürt habe, das hat etwas mit mir gemacht. Vielleicht, weil er älter war, kann sein, dass mich das eine erotische Macht empfinden ließ. Oder so was. Ich weiß auch nicht.

Nessa hörte ihr zu. Deena rieb wieder ihren Daumen.

An dem ersten Abend sind wir nach draußen gegangen. Er hat mir von den Plejaden am Himmel erzählt – du weißt schon, diese Ansammlung von Sternen, die an Halloween am höchsten stehen und am hellsten leuchten. Er sagte, in manchen Mythologien würden sie Saatsterne genannt, als Erklärung für die Entstehung der Jahreszeiten, von Licht und Dunkelheit. Mir hat gefallen, dass er so was wusste. Alles, was ich damals so unwiderstehlich fand, kommt mir jetzt nur noch gruselig vor.

Deena hatte die Beine ineinander verknotet und die Arme fest um den Körper geschlungen.

Entschuldige, ich weiß, du willst das alles wahrscheinlich gar nicht hören. Aber ich möchte, dass du auch verstehst, wie es gekommen ist, dass er mich so in der Hand hatte. Schon vom ersten Moment an. Warum es mir so schwer gefallen ist, ihn zu verlassen. Obwohl ich genau wusste, dass er mir schaden wird. Wenn ich an den Abend denke, wie sich das entwickelt hat: wie wir Molly am Engel getroffen haben, die Bahn, der Weg durch Narberth im Dunkeln, die Halloween-Kinder, wie wir zu »Thriller« getanzt haben, wie er mich in der Bibliothek angesprochen hat, dann das mit den Sternen draußen im Garten, wie er mich nach Hause gefahren hat. Nur eine kleine Änderung hätte alles verändern können. Dann hätte er mich nicht gesehen.

Nessa hörte nur zu, traute sich nicht, selbst etwas zu sagen.

Aber wenn ich diese Bilder jetzt vor mir sehe, dann ist es, als würden sie brennen, als wäre da so ein schwarzer Strudel, der alles flutet und verzerrt. Der mich verzerrt, dieses Bild und alle anderen Bilder, die je von mir gemacht worden sind, sogar die von davor.

Deena biss sich auf die Unterlippe. Nessa sah ihr an, dass sie mit den Tränen kämpfte.

Ich sehe mich selbst als Schatten, wie ich mich durch alles bewege, was in meinem Leben vor diesem Abend passiert ist, aber ich sehe auch, wie das alles zerläuft, wie mich ein anderes Element verschluckt, mich quasi chemisch zersetzt, mich verbrennt.

Nessa rang nach Luft. Nie zuvor hatte Deena so etwas Furchteinflößendes zu ihr gesagt.

Mommy?

Vor Schreck wäre Nessa fast vom Sofa gesprungen. Ruby stand im Nachthemd auf der untersten Treppenstufe.

Komm her, Mäuschen. Deena hatte sich sofort aufgerichtet, sah wieder stark aus und zog Ruby auf ihren Schoß. Ruby schmiegte den Kopf an ihre Brust. So wiegten sich beide hin und her, und nach wenigen Minuten war Ruby eingeschlafen, eine Haarsträhne ihrer Mutter wie ein Halteseil in der Faust. So schlief sie immer ein. Deena legte die Wange an den kleinen Kopf ihrer Tochter.

Das Mädchen hier macht alles wieder gut.

10

RUBY

2012

Ruby und Nathalie standen auf dem Gang, umgeben von den Überbleibseln der sechsten Klasse. Es klingelte zum Schulschluss. Zerknickte Pappschilder, Sandwichpackungen, feucht gewordene Hefte, ausgetrocknete Textmarker, uralte Apfelkitsche – der gesammelte Müll der vergangenen Jahre – lagen neben den überquellenden Mülleimern auf dem Boden. Gerade hatten sie zum allerletzten Mal ihre Spinde ausgeräumt.

Wartest du kurz auf mich?, fragte Ruby.

Eine der Lehrerinnen, die die ersten Klassen betreuten, ging an ihnen vorbei und sagte: Tempo, Mädels. Ihr müsst euch draußen fürs Fotos aufstellen.

Wir kommen gleich, sagte Ruby. Sie wartete, bis die Lehrerin um die Ecke verschwunden war. Ich muss noch was aus Miss Bukowskis Zimmer holen.

Nathalie machte ein besorgtes Gesicht, schaute nach rechts und links den Flur entlang, in alle erdenklichen Richtungen. Was willst du denn bei den Drittklässlern?

Ich hab da noch was.

Nathalie hielt vor der Tür Wache, und Ruby flitzte hinein und löste den Umschlag vom untersten Regalbrett. Im Handumdrehen war sie wieder draußen und gab ihn Nathalie.

Kannst du den bei dir in die Tasche stecken und für mich aufbewahren?

Okay?

Auf der Treppe stellten sie sich mit den anderen Sechstklässlern für das Foto auf.

Lucas' Pickup wartete schon vor der Schule. Mit verschränkten Armen lehnte er daran, ein paar Meter von den anderen Eltern weg, die sich ebenfalls vor der Treppe drängten, um Fotos zu machen.

Was ist drin?, flüsterte Nathalie.

Ruby blickte direkt in die Kameras. Ein Foto von mir und meiner Mutter. Hat sie mir heimlich geschickt.

Später schnitt Ruby das Klassenfoto aus und klebte es an den Kühlschrank. Sämtliche Kinder aus der Abschlussklasse schauen in die Kamera, bis auf Nathalie, die sich zu Ruby umgedreht hat. Ihr Mund ist ein offenes Oval, die Brille mit dem dunklen Rahmen verdeckt ihr halbes Gesicht, und sie hat weit und fragend die Arme ausgebreitet.

Das ist ja wie in alten Zeiten, sagte Clover eines Nachmittags. Sie saßen am Küchentisch, Ruby pellte Erbsen, und Clover nahm Fische aus. Ruby wusste nicht, wie sie das meinte, aber es war eine gute Zeit, die sie zusammen verbrachten. Sie kochten, fütterten die Hühner, schauten Nachmittagsfernsehen oder saßen auf der Veranda, wo Clover ihre Zigaretten rauchte. Auto fahren konnte sie nicht mehr, und Lucas, der immer noch im Software- und Sicherheitsbereich arbeitete, hatte gerade eine Stelle in Montreal angetreten, jenseits der Grenze. Unter der Woche blieb er meistens dort, weil die Fahrt fast zwei Stunden dauerte, und so waren Ruby und Clover unter sich. Wenn Ruby Ende des Sommers auf die Middle School wechselte, würde sie den Schulbus nehmen. Sie konnte es kaum erwarten.

Aus Clovers Haarknoten lösten sich immer wieder Strähnen. Um sie sich aus der Stirn zu streichen, zog sie die Schulter hoch, weil ihre Hände zwischen rosaroten Eingeweiden in der Forelle steckten.

Warte mal, sagte Ruby. Sie wischte sich die Hände an der Jeans ab, zückte ihre Haarspange, strich Clover die fedrigen weißen Strähnen aus dem Gesicht und steckte sie fest.

Jetzt siehst du aus wie ein Teenager.

Clover lachte, was nicht oft vorkam, ein tiefes Lachen, das aus den Schultern kam, und schüttelte den Kopf.

Lange her, dass ich mich wie ein Teenager gefühlt habe. Und nach kurzem Schweigen setzte sie hinzu: Eigentlich weiß ich gar nicht, ob ich das je getan habe.

Ruby pellte weiter, wartete darauf, dass Clover weitersprach. Sie schien ganz in der Vergangenheit versunken und sprach ins Leere.

Mein Vater war ein sehr verstörter Mann. Mein Leben lang hatte ich verstörte Männer um mich.

Ruby leerte die Schüssel mit den Erbsen in den Topf mit brodelndem Wasser, der auf dem Herd stand. Clover hatte sich nicht gerührt, die Hände immer noch im Fisch.

Nathalies Zimmer war mindestens doppelt so groß wie das von Ruby und vollgestopft bis zum Bersten. Alle Möbel passten zueinander und waren entweder aus Holz oder aus Hanf, wie alles im Haus der Familie Hoag. Naturmaterialien. Meistens sah man aber nichts davon, weil sie unter dem Wust all dessen begraben waren, was Nathalie jemals interessiert hatte. Lebensgroße Pappfiguren von Shrek und Fiona, Beanie Babies, Schwerter und Schrotflinten aus Plastik. Die Regale standen voll mit Fotos, Siegerschärpen, Urkunden und allen Büchern von Kindheit an. Als Ruby zum ersten Mal bei Nathalie zu Hause gewesen und danach in ihr eigenes spartanisches Zimmer zurückgekehrt war, hatte sie geglaubt, von seiner Leere regelrecht verschluckt zu werden. Nathalies Zimmer war eine Explosion, so wie Nathalie selbst, und manchmal, wenn Ruby ihres damit verglich, empfand sie Panik. Sie hatte keine Ahnung, was mit all den Dingen ihres Lebens geschehen war. Nathalie hatte sogar noch den Delfin-Folienballon, den es gegeben hatte, als einmal während der Science Week ein paar Leute in die Schule gekommen waren und einen Vortrag über Meeressäuger gehalten hatten. Ruby hatte sich einen Orca ausgesucht und ihn in der Küche schweben lassen. Später fand sie ihn zerschnitten und schrumpelig im Müll. Lucas hielt nichts von solchen Pseudo-Naturdarstellungen.

Ruby setzte sich auf den Boden, an Nathalies Bett gelehnt. Sie hielt das Foto ihrer Mutter in der Hand und versuchte, den Rest des Zimmers auszublenden. Inzwischen kannte sie das Foto längst auswendig, die Geometrie ihrer beiden Gesichter, die Landkarte der Sommersprossen, die überbelichtete Stelle, wo sie ein einziges helles Lodern waren, ihre Augenwinkel, die sich berührten. Im Sommer, nachdem sie die Elementary School abgeschlossen hatten, hatte Nathalie das von ihr so genannte Erinnerungsspiel gestartet, verschiedene Übungen, die Rubys Gedächtnis in Gang bringen sollten. Nathalie ließ auf ihrem iPod die Hits der frühen 2000er laufen, und Ruby musste die Augen schließen, zuhören und versuchen, sich ein Gefühl oder einen Gegenstand zu vergegenwärtigen. Aber diese Songs liefen auch jetzt noch im Radio, und alles, was Ruby damit verband, waren Autofahrten mit Clover oder die Küche zu Hause, wo sie morgens ihr Müsli löffelten. Sie hatte Nathalie erzählt, was Miss Bukowski über Philadelphia gesagt hatte, und Nathalie schaffte Filme heran, die dort spielten: *Rocky*, *Der einzige Zeuge*, *Die Glücksritter*. Dann hielt sie die DVD an, vor Gebäuden, mitten in Straßenaufnahmen oder vor einem Bahnhof, und ließ Ruby genau hinsehen, ob sie etwas wiedererkannte, als ob die Vorstellung, dort zu sein, Ruby ihre ganze Vergangenheit zurückgeben könnte.

Es hatte nichts gebracht. Aber die Erinnerungen kamen trotzdem, ungebeten und ganz von selbst. Sie, wie sie Brotkrumen in die Luft war. Ein Ansturm heranflatternder Flügel. Ein Bild. Dann verpuffte es wieder. Einfach so. Da und gleich wieder weg. Kein Fokus, keine Totale, kein roter Faden. Der Geschmack von Ovomaltine, der Geruch von Pledge-Möbelpolitur. Die Textur eines fremden Handtuchs im Sportunterricht, das frisch aus dem Trockner kam. Senf hinten auf der Zunge. All das löste unbestimmte Gefühle aus, die beinahe eine Form annahmen. Vielleicht gehörten sie aber auch jemand anderem. Da war sie sich nicht sicher. Vielleicht hatte sie sie bloß im Fernsehen gesehen.

Ruby hörte, wie jemand ihren Namen rief und dann rasch auf sie zukam. Sophie Dragan.

Gott sei Dank, da bist du ja endlich, sagte Sophie. Ich habe schon auf dich gewartet. Was hat das denn so lange gedauert?

Gemeinsam überquerten sie die Straße, kickten Steinchen weg, um bloß nicht hochschauen zu müssen. Die anderen Jugendlichen gingen alle auf die High School; für Ruby und Sophie fing gerade die Middle School an.

Sie waren seit der Dritten in einer Klasse, hatten aber kaum miteinander geredet. Jetzt allerdings war Ruby froh, Sophie zu sehen: ihr upgecyceltes Outfit, die geisterhaft durchscheinende Haut. Während Nathalie und Ruby in der Pause über den Schulhof rannten und ausgedachte Geschichten nachspielten, hatte Sophie mit ihrer Freundin Kelsey, die regelmäßig umkippte, wenn jemand eine körperliche Anstrengung von ihr verlangte, im Schatten gesessen. Sie strickten und nähten gern.

Sophie trug ein weißes T-Shirt mit Weste und Krawatte, einen karierten Rock im Cheerleader-Stil, weiße Sportstrümpfe, die bis über die Knie reichten, und Converse-Sneakers. Ruby hatte ein ausgeblichenes grünes T-Shirt an und Shorts.

Als sie an die Bushaltestelle kamen, erstarb das Geschnatter dort. Eine der High-School-Schülerinnen machte eine ironische Bemerkung über Sophies Outfit. Die anderen Mädchen lachten. Eine sagte: Ach komm, lass sie doch in Ruhe. Sophies große Schwestern waren auch da, und Ruby beneidete sie. Sie hatte sich oft ausgemalt, selbst Schwestern zu haben, eine ältere und eine jüngere.

Sophie und Ruby stiegen als Letzte ein. Die Älteren verzogen sich nach hinten, und Ruby setzte sich neben Nathalie ganz nach vorn. Sophie nahm den Platz hinter ihnen. Jedes Mal, wenn an einer Haltestelle weitere Kinder zustiegen, gab es Jubel und Buh-Rufe. Alle lachten die ganze Zeit. Als sie an die Brücke kamen, die von den Islands wegführte, stimmte jemand von den Älteren hinten im Bus »Firework« an. Dann sangen alle mit. Das Morgenlicht glitzerte auf dem Wasser, der ganze Schulbus sang davon, wie stark ein Mensch sein kann, und Ruby, mittendrin, fühlte sich, als würde sie zu etwas Flüchtigem, Hellem davongetragen.

Wo ist denn Kelsey?, wollte Nathalie von Sophie wissen.

Die geht jetzt in New York zur Schule. Sie wohnen ja gleich an der Fähre.

Ich bin verdammt froh, dass wir in Vermont bleiben, sagte Nathalie.

Nathalie war wie eine jüngere Version von Dale Everett, dem Postboten. Eine Vermonterin, die bei jeder Gelegenheit die Großartigkeiten dieses Bundesstaats aufzählte: der erste, der eingetragene Partnerschaften anerkannt, und der erste, der die Sklaverei verboten hatte, einer von bloß vier Bundesstaaten ohne Reklametafeln, die einzige Hauptstadt, in der es keinen McDonald's gab.

Ich habe keine Ahnung, mit wem ich hier abhängen soll, sagte Sophie. Die sehen alle so normal aus.

Häng doch mit uns ab, sagte Nathalie.

Sophie schaute bekümmert.

Was stimmt denn nicht mit uns?

Nathalie sagte immer genau das, was sie dachte, eine Eigenschaft, die Ruby so sehr bewunderte, wie sie sich dafür schämte.

Ich weiß nicht. Muss ich mich dann auch als Piratin verkleiden und rumrennen und mit Pfeilen schießen und so was? Mit euch befreundet sein wirkt immer so anstrengend.

Das machen wir doch längst nicht mehr, sagte Ruby.

Also, selten, sagte Nathalie.

Sie brachen im Dunkeln auf. Starker Frost hatte sich über die Felder gelegt, und die Straße glitzerte im Scheinwerferlicht. Sie fuhren auf der Route 7 nach Süden, vorbei an Vergennes und Middlebury, in Richtung Rutland. Ruby nickte ein und schreckte hoch, als der Pickup über Steine und kleine Äste holperte; sie waren gar nicht mehr auf der Straße, ringsum war nichts als Wald. Lucas stellte den Wagen ab, und sie folgten einem langen Holzfällerpfad. Die Sonne hatte sich im Osten gerade erst über die Bäume erhoben, da fingen sie mit der Suche an. Kratzspuren, Kot. Hinweise auf nahrungssuchende Truthähne. Als sie zwischen Birken und Eichen hervor auf eine kleine Lichtung traten, sah Ruby sie. Zwei oder drei ausgewachsene Hennen und eine Schar aus vier bis fünf Jungputern und -hennen, in etwa hundert Metern Entfernung. Sie blieb stehen. Auch Lucas hatte sie gesehen. Gemeinsam rissen sie unvermittelt die Arme hoch und rannten los, brachen schreiend und brüllend durchs Unterholz. Ruby röhrte. Die Vögel stoben nach allen Seiten davon. Im Nu waren sie weg. Ruby sank auf die Knie, und Lucas ließ sich neben sie fallen. Sie warteten, bis sie wieder normal atmeten.

Bist du soweit?, fragte Lucas.

Ruby setzte sich unter eine Birke, fast genau dort, wo sie den Schwarm zerstreut hatten. Lucas saß nur ein paar Meter weiter. So richteten sie sich ein. Masken und Handschuhe übergestreift. Ganzkörpertarnung, Gewehr im Anschlag. Lucas nickte ihr zu, und Ruby nahm die Lockbox und aktivierte sie, indem sie den Deckel quer über die kleine Holzbox zog. Der Ruf des Weibchens hallte durch den stillen Wald. Dieser Teil der Jagd machte sie immer ein wenig traurig, weil sie die Jungtiere zuerst von den Hennen trennten und sie dann mit dem Ruf der Mutter wieder zurücklockten. Sie warteten. Geduld war unerlässlich. Man musste die Bereitschaft mitbringen, stundenlang dort zu sitzen. Ruby ließ den Lockruf noch einmal ertönen. Nichts. Sie lehnte sich an den Baumstamm. Dann hörte sie es: ein heiseres Quäken. Da rief eine Henne. Ruby antwortete mit der Lockbox. Wartete. Wieder erklang der kehlige Ruf der Henne. Sie antwortete. Nicht zu lang, das hatte Lucas ihr beigebracht. Bloß nicht übertreiben. Die Laute kamen näher. Adrenalin schoss ihr in die Glieder; sie stützte die Flinte auf dem Knie ab, beugte sich vor, nahm das Korn in den Blick. Lauschte. Bei der Truthahnjagd gab es drei Regeln: Nicht bewegen, nicht bewegen und nicht bewegen. Truthähne waren schlau, sie bemerkten jedes Blinzeln. Ruby spürte sie schon, bevor sie in ihr Blickfeld traten. Erst ein Jungputer, dann der nächste. Vielleicht vierzig Meter weit weg. Sie hielt den Atem an. Wagte nicht, sich zu rühren. Dreißig Meter. Sie nahm das Korn in den Blick. Wartete. Zwanzig Meter. Korn und Kopf waren nicht mehr zu unterscheiden. Ruby drückte ab. Spürte den Rückstoß der 20er-Flinte an der Brust, während der Truthahn auffuhr und dann zusammensackte. Getroffen.

Sie warteten einen Moment, bis der andere Jungputer die Flucht ergriffen hatte, dann rief Lucas sie zu sich, und sie standen auf, packten das Tier in den Jagdsack und trugen den schlaffen, noch warmen Körper zurück zum Wagen.

Im Führerhäuschen tranken sie heißen Chowder aus Thermosflaschen und aßen die Schinkensandwiches, die sie sich noch im Dunkeln gemacht hatten. Sie sprachen über den gemeinsamen Tag, wie sie auf die Tiere losgestürmt waren, wie die sich zerstreut hatten, über die Rufe, darüber, ob sie vielleicht irgendetwas anders hätten machen sollen. So war es bei jeder Jagd, jede hatte ihre ganz eigenen, einprägsamen Details. Den Truthahn würden sie an Thanksgiving zubereiten, das war schon in einem Monat. Lucas hatte ein Motto: Gib einem Kind zu essen, und du ernährst es für einen Tag; bring einem Kind das Jagen bei, und du ernährst es für ein ganzes Leben. Ruby wusste, dass sie das Nathalie und Sophie gegenüber nicht zitieren konnte. Sie machten jetzt schon Witze darüber, dass sie unter die Siedler gehen sollte. Aber sie konnte ihnen sowieso nichts davon erzählen. Sie hatte zwar einen Jagdschein, aber offiziell durften Zwölfjährige um diese Jahreszeit nicht jagen. Lucas ließ den Motor laufen, damit sie nicht froren. Ruby konnte das gute Gefühl nicht in Worte fassen, das sie nach so einem Tag empfand, wenn sie nur zu zweit unterwegs waren und er stolz auf sie war. Dann war sie überzeugt, alles schaffen zu können.

Miss Tierney hängte Lichterketten in dem Klassenzimmer auf, wo sie Englisch und Kunst unterrichtete; sie meinte, zusätzliches Licht sei hilfreich, jetzt, wo die dunkelsten Tage kämen. Die ganze siebte Klasse hatte Frederick Douglass' Buch *Mein Leben als amerikanischer Sklave* zu lesen bekommen, und jetzt sprachen sie unter den funkelnden Lichtern darüber.

Ruby hatte noch nie ein Buch gelesen, in dem jemand von seinem echten Leben und seinen realen Erfahrungen berichtete. Sie hatte es nicht mehr weglegen können und alle elf Kapitel am Stück gelesen. Frederick Douglass wusste nicht, wann er geboren war. Versklavte Menschen erfuhren ihr Geburtsdatum nicht von ihren sogenannten Besitzern. Er wusste von keinen Versklavten, die ihren Geburtstag gekannt hätten. Die meisten kannten nicht einmal ihre Mutter. Douglass schilderte, wie er noch als Säugling von seiner Mutter getrennt worden war, was in dem Teil Marylands gängige Praxis war, häufig, noch bevor das Kind ein Jahr alt war. Der Grund, schrieb Douglass, sei ihm nicht bekannt, es sei denn, um beider Zuneigung zueinander *zu schwächen und zu zerstören*.

Douglass' Mutter war Feldarbeiterin und lebte zwölf Meilen von ihm entfernt. Nachts kam sie manchmal zu Fuß zu der Farm, auf der er lebte, und hielt ihn im Dunkeln in ihren Armen. Dann stand sie auf und legte die zwölf Meilen erneut zurück, um bei Sonnenaufgang wieder auf dem Feld zu stehen. Ruby dachte an den kleinen Frederick Douglass, stellte sich vor, wie es für ihn als Kind wohl gewesen sein musste, diese Person zu haben, die ihn nachts hielt, diesen Körper, sicher und vertraut und so voller Liebe, dass sie den ganzen langen Weg gekommen war, nur um die Möglichkeit zu haben, ihn zu halten, während er in den Schlaf sank. Douglass' Mutter starb, als er etwa sieben war. Und Ruby tat beim Lesen die Lunge weh, als hätte sie bei Eiseskälte einen Sprint zurückgelegt.

Miss Tierney wollte wissen, was sie von der Lektüre gehalten hätten, und fast die ganze Klasse meldete sich.

So handeln Leute, die andere unterdrücken, sagte Mia. Sie war eins von drei Schwarzen Kindern in der Klasse und hatte mit ihrem Vater darüber gesprochen. Sie hielten die Geburtsdaten absichtlich zurück, kappten bewusst alle Verbindungen zu Eltern und Verwandten. Auf diese Weise konnten sie Identität auslöschen und den Menschen das Gefühl geben, ein Niemand zu sein. Und wenn man sie zum Niemand machte, fiel es auch leichter, sie zu missbrauchen.

Jemand wies auf Douglass Schreibstil hin, ganz leicht zu lesen und so ergreifend. So eifrig hatten sie in der Klasse noch nie diskutiert. Ein Junge, der hinter Ruby saß, meinte, immerhin sei Vermont ja von Anfang an gegen die Versklavung gewesen. Wir waren nicht wie die anderen Staaten, sagte er.

Mias Hand schoss sofort nach oben. Sie drehte sich um, damit sie ihn in seiner hinteren Reihe ansehen konnte.

Als Frederick Douglass 1843 nach Vermont kam, um einen Vortrag gegen die Versklavung zu halten, gab es Zwischenrufe, und eine Gruppe Studenten hat ihn mit Sachen beworfen.

Es wurde still im Klassenzimmer.

Ich will damit nur sagen, man muss nicht selbst Menschen versklaven, um für die Versklavung zu sein.

Jemand anders erwähnte, wie schrecklich es für Douglass gewesen sein müsse, mitanzusehen, wie seine Tante entkleidet, gefesselt und ausgepeitscht wurde. Er sei doch noch so jung gewesen. Ruby hätte gern von ihrer Idee erzählt, dass er das Buch für seine Tante geschrieben hatte, traute sich dann aber doch nicht. Er war aus Maryland fortgegangen und hatte der ganzen Welt erzählt, was dort passierte. Er hatte dafür gesorgt, dass sich alle an sie erinnerten und sie sahen.

Das Dezemberlicht war spärlich, die Bäume kahl, der Himmel trüb. Im Schulbus drückte Ruby das Gesicht an die Scheibe, sah die nackten Äste miteinander verschwimmen, von allen Blättern entkleidet, die geschorenen Felder. Sie überquerten die Brücke zurück zu den Islands. Sie hatte zu weinen angefangen und konnte nicht mehr aufhören. Alles war grau: der leere See, der tiefhängende Himmel, die Straße vor ihnen. Ruby wünschte sich, es würde schneien, damit etwas Reines auf die Erde fiel.

11

RUBY

2012

Der Eisnebel war so dicht, dass Ruby den See nicht mehr sah. Seit Weihnachten fuhr Lucas täglich kratzend und schabend mit seinem Schneepflug herum, um alles freizuräumen. Das durchdringende Knirschen tat ihr im Herzen weh. Sie legte sich wieder hin, vergrub sich tiefer unter der Bettdecke und sank zurück in den Schlaf.

Ein lautes Klopfen an der Zimmertür hallte ihr durch den Schädel. Sie wollte sich aufsetzen, aber es kam ihr vor, als könnten ihre Glieder ihrem Kopf nicht mehr gehorchen.

Auf mit dir und raus, kommandierte Lucas. Du vergräbst dich nicht wieder den ganzen Tag hier drinnen. Wir haben heute was im Norden zu erledigen. Und du kommst mit.

Unten lehnte er an der Spüle und trank seinen Kaffee. Um seine Füße hatte sich eine Pfütze auf dem Linoleumboden gebildet, an seinen Haaren, der Mütze, den Handschuhen hingen tropfende Eiszapfen, Schnee schmolz von seinen Stiefeln weg. Der ganze Raum roch nach nassen Fäustlingen.

Du erfüllst schon jetzt jedes Teenager-Klischee, so viel, wie du schläfst.

Ruby gab keine Antwort. Sie biss von ihrem Toast ab. Sogar ihr Mund war müde. Silvester. In ein paar Tagen wurde sie dreizehn. Egal. Sie würde ja schließlich keine Freundinnen einladen und mit ihnen feiern.

Sie sollten in Quebec einen alten Generator abholen, bei einem Arbeitskollegen von Lucas. Den wollte er dann draußen in einem der Schuppen einsetzen. Ruby knautschte ihren Schal zusammen und lehnte den Kopf an die Beifahrertür. Schmerz schoss ihr durch die Augenhöhlen, sobald sie nach oben oder zur Seite schaute. Kiefer und Ohren pochten. Es hatte aufgehört zu schneien, aber die Straßen waren schmal, und der Schnee türmte sich zu beiden Seiten, so hoch mitunter, dass man nicht darüberschauen konnte. Schweigend fuhren sie nach Norden. Am Grenzübergang rappelte Ruby sich kurz hoch, als Lucas das Fenster herunterließ und ihre Pässe vorzeigte. Das eintönige Schmatzen des Schneematschs unter den Reifen riss nicht ab. Lucas hörte ein Radiogespräch, und Ruby schlief wieder ein.

Als sie aufwachte, waren sie bereits am Stadtrand, unweit einer Brücke und stillgelegter Bahngleise. Am Straßenrand standen Frachtcontainer und große Werbetafeln, der wieder fallende Schnee ließ ihre Umrisse sanfter erscheinen. Auf vielen Brachflächen war der Schnee nicht geräumt worden, man sah auch keine Fahrspuren. Ein paar hundert Meter nach einer Costco-Filiale hielten sie. Dort stand ein roter Pickup mit laufendem Motor, die weißen Abgase wehten über den Schnee. Die Fahrertür ging auf.

Steig doch kurz aus und sag guten Tag, sagte Lucas. Schnapp ein bisschen frische Luft, während wir den Generator umladen. Und immer schön bewegen, damit du warm bleibst.

Ein Mann kam auf sie zu. Er war älter als Lucas, hatte dichte Brauen und einen strähnigen grauen Pferdeschwanz, zusammengehalten von zwei lila Gummibändern, die gerade so unter dem Rand seiner Mütze hervorschauten.

Er drückte Ruby die Hand, die noch im Fäustling steckte. Ich habe schon so viel von dir gehört, sagte er. Dein Vater ist sehr stolz auf dich.

Danke, murmelte sie. Es machte sie traurig, das zu hören.

Sie verzog sich hinter den Pickup, während die beiden Männer ihre Ladeflächen öffneten und den Generator mit Hilfe zweier Metallplanken abluden. Dieser Mann sah überhaupt nicht so aus, wie sie sich die Kollegen ihres Vaters vorgestellt hatte. Lucas war immer adrett, aber jetzt fiel ihr wieder ein, dass er ihr einmal erzählt hatte, im Bereich Softwaresicherheit würden alle möglichen Gestalten arbeiten; da krochen noch die durchgeknalltesten Computernerds aus ihren Löchern. Nachdem die Männer den Generator auf Lucas' Pickup gehievt hatten, lehnten sie sich an die Motorhaube und unterhielten sich. Ruby stapfte im Schnee herum, trat mit ihren Stiefeln Muster hinein. Jeder Schritt hallte ihr durch den Schädel. Die Kopfschmerzen hatten nicht nachgelassen.

Meine Großmutter ist von hier, hörte sie Lucas sagen.

Ruby unterbrach das Stampfen und lauschte.

Aus Montreal?, fragte der andere.

Na ja, aus diesem Viertel. Genau hier.

Victoriatown?

Ja. Sie sagte immer Goose Village dazu.

Ruby sah sich um. Wo konnte sie gewohnt haben? Es gab nirgends Häuser. Nur Straßen und Brücken. Ein deprimierender Gedanke, hier geboren zu sein.

Bevor hier alles plattgemacht wurde, sagte der Mann.

Ja, seitdem wollte sie eigentlich gar nichts mehr von zu Hause erzählen. Aber sie meinte, früher hätte man es nicht besser treffen können.

Ruby hatte noch nie etwas von dieser Urgroßmutter gehört. Weder Clover noch Lucas sprachen je von der Familie.

Jetzt redeten die Männer über die Arbeit, und Ruby setzte sich wieder in den Pickup. Sie fror, und ihr ganzer Kopf hämmerte. Neben ihr auf dem Sitz lagen die Pässe. Sie konnte sich noch erinnern, wie sie nach Burlington gefahren waren, um Passfotos zu machen, aber den fertigen Pass hatte sie nie zu sehen bekommen. Sie schlug den auf, der noch unbenutzt aussah. Es war ihrer. Das Foto war ein paar Jahre alte. Sie musste etwa zehn gewesen sein. Da stand ihr Name. Ihr Geburtsdatum. Und darunter *Geburtsort: Pennsylvania.* Sie legte den Pass zurück, weil Lucas um den Wagen herumkam und einstieg. Er zog die Handschuhe aus, dann bemerkte er die Pässe und steckte sie in seine Jackentasche.

Deine Großmutter hat hier gewohnt?

Ja. Clovers Mutter. Er ließ den Motor an, rieb sich die Hände.

Kanntest du sie?

Sie ist bei uns eingezogen, als ich ein Teenager war. Wir haben drei Jahre lang unter einem Dach gewohnt.

Lucas lenkte den Pickup zurück auf die Fahrbahn.

Dann hat sie in unserem Haus gewohnt?

Ja.

Wo?

Wie meinst du das?

Welches war ihr Zimmer?

Das, das du jetzt hast. Dein Zimmer.

Ruby war wie vor den Kopf geschlagen. Da hatte vor ihr jemand ihr Zimmer bewohnt, in ihrem Bett geschlafen, eine Urgroßmutter, die sie nie kennengelernt hatte. Bis dahin hatte sie nicht einmal darüber nachgedacht, dass Clover eine Mutter gehabt haben könnte.

Wie kann sie hier gewohnt haben?, fragte Ruby. Draußen war ringsherum alles trostlos. Nichts als Schnee, Parkplätze, Metallcontainer und Lagerhallen.

Hier sind doch gar keine Häuser.

Früher war das hier eine kleine Stadt. Lauter Einwanderer. Iren. Italiener. In den Sechzigern war das wohl einigen Leuten ein Dorn im Auge, und die Stadt hat alles abgerissen. Das ganze Städtchen wurde eingeebnet.

Ruby schauderte. Der Gedanke, dass eine ganze Stadt einfach so verschwinden konnte, gefiel ihr nicht.

Und was von beidem war sie?, fragte sie.

Was von was?

Italienerin oder Irin?

Ach so. Irin. Du hast auf beiden Seiten irische Vorfahren.

Ruby war verblüfft, dass er die Seite ihrer Mutter überhaupt erwähnte; die Bemerkung hing zwischen ihnen in der Luft. Es kam so selten vor, dass er von ihr erzählte, und wenn er es doch einmal tat, hatte Ruby immer das Gefühl, dass er so vorsichtig wie möglich zu sein versuchte, weil ja vielleicht etwas falsch oder schlecht an ihr war. Aber das jetzt war nur eine Bemerkung über ihre Herkunft. Es kam ihr vage bekannt vor, so, als hätte sie vielleicht schon gewusst, dass ihre Mutter Irin war, aber sie konnte sich nicht erinnern, ob Lucas oder Clover ihr das erzählt hatte. Ihre Mutter musste aus Philadelphia sein. Das lag in Pennsylvania. Und deswegen war Ruby dort geboren. So viele Informationen in so wenigen Minuten. Sie fühlte sich ganz benommen, als könnte ihr Kopf das alles nicht sortieren. Vielleicht würde er ja noch mehr erzählen. Der Schmerz hatte sich von Kiefer und Ohr in den Nacken verlagert.

Ich halte hier mal kurz an. Lucas fuhr auf eine weitere Brachfläche und stellte den Motor ab. Dann zeige ich dir was.

Sie stiegen aus und überquerten zwei Fahrbahnen, bis sie auf dem Mittelstreifen standen. Nach knapp zehn Metern blieb Lucas stehen und wischte den Schnee von einem schwarzen Stein. Rechts und links rauschte in beiden Richtungen der Verkehr an ihnen vorbei. Ruby las die Inschrift laut vor, als er sie freigelegt hatte.

Zur
Wahrung der Totenruhe
der Gebeine von 6 000 Einwanderern
die am Fleckfieber starben
A.D. 1847-48

Lucas erzählte ihr, dass in Irland damals die Große Hungersnot herrschte und ganze Schiffsladungen von Menschen auswanderten. Viele hatten sich auf der Überfahrt nach Kanada und in die USA mit Krankheiten infiziert. Meistens mit Typhus. Tausende starben bereits auf der Reise und viele, viele tausend mehr in den Lagern nach ihrer Ankunft.

Diejenigen, die hier in Montreal gestorben sind, liegen unter uns begraben.

Ruby trat den Schnee weg. Lastwagen und Autos sausten vorbei, ließen den Schneematsch unter ihren Reifen spritzen. Weit und breit keine Gräber, keine Kirche.

Unter der Straße?

Ja. Und Jahre später, als irische Bauarbeiter hier die Straße und die Brücke bauen sollten, fanden sie ihre Knochen und verweigerten jede weitere Arbeit. Obwohl sie selbst kaum etwas hatten, haben sie diesen Stein hier gestiftet. Zum Gedenken.

Sie hätten die Straße ganz abbrechen oder sie drumherum führen müssen, sagte Ruby. Sie fand es traurig, wie alles – die Knochen, die

Stadt, die ganze Geschichte – eingeebnet worden war und jetzt nur noch dieser hässliche Asphalt und die Leere zurückblieben. Lucas kannte die Geschichte, er wusste von den Arbeitern, die darauf bestanden hatten, der Toten zu gedenken, und es hatte ihr gefallen, ihn von der Vergangenheit erzählen zu hören – ihrer aller Vergangenheit. Nur nach ihrer persönlichen konnte sie ihn nicht fragen.

Auf der Heimfahrt blieben sie still. Es wurde bereits dunkel, und Ruby war mit der Urgroßmutter beschäftigt, die sie nie gekannt hatte, und mit ihrem Geburtsort. Sie selbst kam aus einem Ort, der verschwunden, für sie verloren war. Ihr Kopf war viel zu schwer. Bei jeder Unebenheit auf der Straße spürte sie ihren Puls im Kiefer hämmern. Ihr wurde einfach nicht warm.

Als sie die Grenze überquert hatten und wieder in Vermont waren, stellte Lucas das Radio auf einen Sender aus Burlington. Zwei Gäste diskutierten über die Änderungen an der städtischen Satzung, die ein Waffenverbot an Orten vorsah, wo Alkohol ausgeschenkt wurde. Die ganze Zeit redeten sie von dem Amoklauf Mitte Dezember an einer Schule in Connecticut. Ruby hielt sich das rechte Ohr. Der Amoklauf ließ sie an Frederick Douglass' Mutter denken, die über die Felder gelaufen war, nur um ihr Kind im Arm zu halten, und an all diese Eltern, die ihre Kinder nie wieder im Arm halten würden.

Man kann doch nicht zulassen, dass einzelne Bezirke das Staatsrecht außer Kraft setzen, sagte Lucas.

Das wäre aber mal ein gutes Gesetz, sagte Ruby.

Lucas ließ ein Lachen hören, das eigentlich kein Lachen war, sondern purer Sarkasmus.

Sie wollen doch bloß verhindern, dass Leute in Kneipen oder auf Spielplätzen und Schulhöfen Waffen tragen, brummte Ruby.

Sie wusste gar nicht, warum sie überhaupt etwas dazu sagte. Ihr Kopf hämmerte, und sie wollte Lucas auf keinen Fall in Rage bringen. Es war ermüdend, sich ständig überlegen zu müssen, was Lucas wütend machen konnte. Ihr schwirrte der Kopf von all dem, was er nicht leiden konnte: wie andere Leute angelten, wo sie angelten, was sie sich für Boote kauften, dass sie Wassersport machten, dass sie keinen Wassersport machten, die Landratten, deren Boote ständig Öl verloren, die Idioten, die nicht wussten, dass man in Sichtweite von Angelruten nicht reden darf. Und an Land war es noch viel schlimmer. Diese Arschlöcher, die nicht auf vereisten Fahrbahnen fahren konnten, Radfahrer, die in Rudeln auftauchten, Radfahrer in Lycrakleidung, eigentlich überhaupt alle Personen in Lycrakleidung, Leute, die ins Fitnesscenter gingen, die wie die Hamster auf ihren Laufbändern rannten, unsportliche Leute, Wanderer, Erwachsene in Birkenstock-Sandalen, erst recht, wenn sie dazu noch Socken trugen, Hippies, Feministinnen, scheinheilige Menschen, Liberale sowieso, Frauen, die Yogamatten mit sich herumschleppten, Frauen, die SUVs fuhren, Frauen, die ihn mit ihrem SUV auf der Route 2 überholen wollten, womöglich überhaupt Frauen am Steuer und alle, die ihn überholen wollten, alle, die *Hammer!* sagten, Leute, die ständig jammerten, Leute, die viel zu fröhlich waren, Freiwillige, Arbeitslose, übereifrige Kellnerinnen, zu wenig eifrige Kellnerinnen, Leute mit gelangweilter Miene, hässliche Leute, schöne Leute, Leute, denen beim Lesen oder Schreiben der Mund offen stand, Kinder, die Ritalin nahmen, Eltern von Kindern, die Ritalin nahmen, und alle, die nicht wussten, wie man einen Reifen wechselte.

Früher hielt Ruby sich immer für etwas Besonderes, war dankbar dafür, selbst auf der richtigen Seite zu stehen und besser zu sein als die anderen, aber inzwischen schämte sie sich in Grund und Boden, wenn Lucas seine Schimpftiraden anstimmte. Außerdem merkte sie, dass auch sie etwas davon in sich trug, unter der Haut – die raschen Urteile, die sie in der Schule über andere fällte. Bevor sie sich mit Sophie angefreundet hatte, war körperliche Schwäche ihr wie moralisches Versagen vorgekommen. Keine Ahnung von etwas zu haben oder sich nicht allein durchschlagen zu können zeugte von mangelndem Einsatz und fehlerhaftem Charakter. Sie tat jede Meinung ab, wenn sie nicht der Sichtweise entsprach, die sie und Lucas einnahmen. Ein paar Mal hatte Nathalie sie deshalb zur Ordnung gerufen. Einmal hatte Ruby die Augen verdreht und entnervt mit der Zunge geschnalzt, als ein anderes Mädchen in Bio erklärte, sie glaube nicht an Parthenogenese, ungeschlechtliche Fortpflanzung sei doch eklig.

Was bist du eigentlich immer so kritisch?, fragte Nathalie sie hinterher.

Bin ich doch gar nicht.

Bist du wohl. Du tust dann immer so, als wärst du sauer, weil jemand anders nicht versteht, was du längst kapiert hast. Und dann bist du auch noch arrogant.

Ist doch nur, weil sie jede Einzelheit aus *Keeping Up with the Kardashians* runterbeten kann, aber dann glaubt sie nicht an biologisch bewiesene Tatsachen.

Genau das meine ich.

Es war, als hätte jemand eine Tür in Rubys Inneres aufgestoßen. Und sie erkannte es sofort, weil es genau wie bei Lucas war. Es stimmte, was Nathalie sagte, das wusste sie. Dieser geringschätzige Unterton.

Lucas ließ noch einmal sein höhnisches Lachen hören, dann schaltete er das Radio aus. Was jetzt kam, wusste sie. Er fing wieder mit den Argumenten an, die er jedes Mal brachte. Mehr als siebzig Prozent der Gesamtbevölkerung von Vermont besitzen Schusswaffen. Es gibt keine Waffengesetze. Trotzdem sind wir der sicherste Bundesstaat im ganzen Land. Allein in diesem Jahr gab es nur acht Morde, und bloß zwei davon wurden mit Schusswaffen begangen; und das, obwohl wir mehr Waffen pro Kopf besitzen als alle anderen Staaten.

Das hast du mir schon tausend Mal gesagt. Und dann wiederholte sie etwas, das sie von Nathalie gehört hatte. Es ist aber nicht nur Menschen aus Vermont erlaubt, eine Waffe zu tragen, sondern auch allen anderen. Niemand braucht einen Waffenschein. Die Leute können von überall herkommen und mit Sturmgewehren durch unseren Bundesstaat laufen, ohne dass jemand was dagegen sagen könnte. Das ist doch Irrsinn.

An so etwas glauben wir nicht, sagte Lucas. Für uns ist das Freiheit, wir brauchen keinen Staat, der uns erklärt, was wir dürfen und was nicht.

Wer ist *wir*?, flüsterte Ruby. Sie wollte nur, dass es endlich aufhörte.

Wir. Du und ich.

Der Frust ballte sich in ihrer Brust, sie wollte wild um sich schlagen, sich gleichzeitig aber einfach ausstrecken und sagen: Ist ja auch egal. Stattdessen brummte sie: Ich nicht.

Sie konnte sich nicht davon abhalten, ihm zu widersprechen. Sie machte den ganzen guten Tag kaputt, den sie zusammen verbracht hatten.

Lucas ging aufs Gas. Draußen war es jetzt stockdunkel, und die Straßen hatten nur noch eine Fahrbahn pro Richtung.

Hier ist es nun mal so, dass man alles tun kann, was man tun will, sagte er, so bedächtig und langsam, wie er immer sprach, wenn er wütend war, weil die Leute hier sich nämlich einen feuchten Dreck darum scheren, was man treibt. Das ist unsere Kultur. Und das Problem mit Zugereisten wie diesen Hoags ist, dass sie sich für ach so anständig halten, weil sie ihren eigenen Grünkohl anpflanzen und einen Hybridwagen fahren, und deswegen glauben, sie könnten uns anderen ihre sogenannten Moralvorstellungen aufzwingen.

Vor ihnen auf der Straße trudelte ein kleiner Toyota-Kombi gemächlich durch die Dunkelheit. Lucas fing an, ihn zu drängeln. Sie waren so nah, dass Ruby den Aufkleber der University of Vermont an der Heckscheibe sehen konnte. Lucas bremste mehrmals knapp vor der Stoßstange des anderen Wagens ab, dann riss er das Lenkrad herum, um ihn zu überholen, doch die Hinterräder des Pickups glitten auf dem Eis aus, und sie schlitterten unkontrolliert nach links.

Lucas trat die Bremse durch, und sie holperten weiter in Richtung Straßenrand. Ruby presste die Füße in den Boden, als wollte sie selber bremsen. Sie hatten die Kontrolle über den Wagen verloren. Hier türmten sich keine Schneebänke auf, und Ruby sah die metallene Leitplanke vor ihnen aufragen, sah das blaugraue Tal kahler Baumwipfel inmitten der weiten, weißen Landschaft unter ihnen. Sie hielt den Atem an, rechnete schon damit, dass sie die Leitplanke durchbrechen und in die gewaltige Tiefe stürzen würden. Doch dann stand der Pickup auf einmal wieder gerade, Lucas drehte das Lenkrad, brummte leise, als die Reifen wieder Halt auf der Straße fanden, und schwenkte zurück in die Spur. Ruby löste die Hände vom Armaturenbrett, versuchte, ihren Körper zu entspannen, der sich immer noch für den Aufprall wappnete.

Lucas dozierte jetzt über das Fahren auf Eisflächen, dass man immer in die Rutschrichtung steuern und dabei die Bremse durchtreten müsse. Er benahm sich, als hätte er sie gerade aus einer hochgefährlichen Lage herausmanövriert. Was für ein Heuchler. Erst drängeln und auf der vereisten Fahrbahn überholen und dann mit seinem Können angeben. Ruby sagte überhaupt nichts mehr, und alles, was sie vorher an Zuneigung für ihn empfunden hatte, verpuffte.

Oben an der Straße ließ er sie aussteigen und schärfte ihr ein, direkt zum Haus zu gehen. Sie sah seinen Rücklichtern nach, rote Schlieren im weißen Schnee, bis sie verschwunden waren, dann ging sie im Dunkeln den Pfad hinauf. Die Luft war eisig, der Himmel klar. Der Mond, immer noch rund, ließ die Bäume Schatten auf die Felder werfen. Ein paar Tage zuvor war der dreizehnte Vollmond des Jahres gewesen. Und jetzt hatte Ruby bald Geburtstag. Ob ihre Mutter wieder versuchen würde, ihr ein Päckchen zu schicken? Ob Lucas es abfangen würde? Sie hielt sich die Hand ans Ohr. Der Weg den Pfad hinauf dauerte ewig. Irgendetwas stimmte nicht mit ihrem Kopf. Oder mit dem Ohr. Ihr Atem ging kurz und schnell, ihre Beine waren schwer. Das Wohnzimmerfenster, vom bläulichen Schein des Fernsehers erfüllt, kam näher. Dort saß Clover jetzt bestimmt. Ruby könnte sich aufs Sofa legen. Clover würde warme Decken über sie breiten. Sie war so müde, dass sie es kaum schaffen würde, wach zu bleiben und um Mitternacht den Ball Drop auf dem Times Square zu sehen. Oder die Treppe zur zur Veranda hochzusteigen.

Was ein Glück, dass du so ein Riesenbaby geworden bist. Sonst hätte ich am Ende gar nicht gehört, wie du gegen die Tür knallst. Du hättest da draußen erfrieren können.

Clover wuselte um sie herum. Ruby hatte keine Ahnung, wie sie ins Bett gekommen war. Schmerz bohrte sich in ihr Ohr. Sie drückte die Hand darauf, behielt sie dort.

Und ein Glück, dass Adelaide hier war und Arme wie Baumstämme hat und mir helfen konnte, dich zu tragen, sonst hätten wir dich gar nicht ins Haus gekriegt.

Falle ich?, flüsterte Ruby.

Der Arzt ist schon unterwegs. Du glühst ja.

Clover? Mein Ohr. Ruby zog die Hand weg. An ihren Fingern klebte eine zähe braune Masse.

Clover holte einen Waschlappen und säuberte jeden Finger einzeln, dann versuchte sie, Ruby die dickliche Substanz dicht am Gesicht und rund um das Ohr aus den Haaren zu wischen.

Der Arzt ist sicher bald da. Ich glaube, da ist was geplatzt.

Der Arzt war dann gar nicht Dr. Francis. Es war eine Frau. Jung. Sie hatte in der Praxis den Notdienst übernommen. Ihre Hand war kühl an Rubys Stirn, und als sie sich über Ruby beugte, duftete sie nach Zitronen. Ruby schloss die Augen, Tränen liefen ihr über die Wangen. Die neue Ärztin horchte Lunge und Herz ab. Ruby hatte hohes Fieber, an die vierzig Grad. Sie brauchte ein Antibiotikum.

Ich weiß, dein Ohr ist sicher empfindlich, aber ich werde mal ganz vorsichtig reinschauen.

Sie war wirklich vorsichtig. Nur ein leichter Druck. Ruby wusste schon nicht mehr, wie sie hieß.

Das Trommelfell ist geplatzt. Es hat sich entzündet. Und im anderen Ohr ist es ganz vernarbt. Du musst als Kind Probleme mit Perforationen gehabt haben. Bei uns bist du erst seit 2004 in der Kartei. Vielleicht kann die Praxis Auskunft geben, in der du früher behandelt wurdest.

Clover räusperte sich.

Die Ärztin redete weiter. Antibiotika. Nicht duschen, kein Wasser ins Ohr. Du musst dich ausruhen. Und viel trinken.

Ruby wollte nach Philadelphia fragen, brachte aber die Kraft nicht auf.

Später, als sie aufwachte, saß Clover an ihrem Bett und hielt ihr ein Glas Wasser an die Lippen. Trink ein bisschen was davon. Du hast ja gehört, was sie gesagt hat.

Ruby nippte am Wasser und ließ den Kopf wieder aufs Kissen sinken. Clover strich ihr das Haar aus dem Gesicht, und Ruby spürte ihre alte, pergamentene Haut an der heißen Wange.

Bin ich aus Philadelphia?

Du bist von hier. Fang nicht an, im Wespennest rumzustochern. Und jetzt schlaf.

War das mal das Zimmer deiner Mutter?

Clover stellte das Glas neben die Nachttischlampe. Ja, sagte sie.

Wie war sie?

Clover bedeckte die Augen mit der Hand, als könnte sie ihre Mutter so besser sehen. Sie hat ihr ganzes Leben lang hart gearbeitet. Sehr hart. Aber sie war wirklich witzig. Alle hatten sie gern. Ein bisschen wie bei dir. Ich habe nie gelernt, wie man das macht. Also, so gut mit anderen Leuten auskommen. Sie stand auf und strich Ruby über die Stirn. Und jetzt schlaf. Sie schaltete das Licht aus.

Ruby blieb liegen, betrachtete die Schatten an der Zimmerdecke und überlegte, warum Clover ihr nichts von Philadelphia erzählen, warum sie nicht einmal allzu lange über ihre eigene Mutter reden wollte. Im

Halbschlaf stellte sie sich ihre Urgroßmutter vor, die dieses Zimmer vor ihr bewohnt, im selben Bett gelegen, auf dieselben Schattenflecken geschaut hatte. Ob sie auch hier gestorben war? In diesem Bett?

Später wachte sie auf und hörte Streit. Lucas und Clover brüllten sich in der Küche an, wie fernes Grollen im Dunkeln.

Deena. Philadelphia. Es war, als wäre Rubys Trommelfell an diesem Abend von all den Geschichten geplatzt, die sie nie zuvor gehört hatte, als wäre das alles einfach zu viel gewesen. Sie war in Pennsylvania geboren, ihr Pass bestätigte das; sie war irischer Abstammung, *auf beiden Seiten*; Clover hatte eine Mutter gehabt, die hier im Haus gelebt hatte. Ruby hatte eine Vergangenheit.

Zurück in der Schule überlegte sie, Nathalie oder Sophie um ihr Smartphone zu bitten, aber sie wollte nicht, dass es eine von ihnen als Erste sah. Sie musste vor ihnen wissen, was sie war.

Ins Internet zu kommen war ein Leichtes. Die Logins der Schule bestanden aus dem Nachnamen, dem Vornamen und einem Punkt dazwischen. Ruby hatte selbst kein Login, wusste aber, dass Nathalie für alles dasselbe Passwort verwendete. In der Mittagspause behauptete sie, sie müsse noch mit einer Lehrerin reden, ging in den Computerraum, setzte sich an einen Rechner in der Ecke und loggte sich mit Nathalies Namen ein. Sie tippte *Deena*, *Philadelphia* und *Lucas Chevalier* in die Suchmaschine, hielt einen Augenblick inne und drückte die Return-Taste. Auf dem Bildschirm erschienen endlose Reihen von Zeitungsartikeln. *Mutter vermisst*, *Frau aus Fairmount verschwunden*, *Vermisste Krankenschwester früher psychisch krank*, *Ex-Partner im Vermisstenfall von Kinderkrankenschwester Deena Garvey von Polizei verhört*, *Vermisste Krankenschwester Ziel von Ermittlungen auf neonatologischer Intensivstation.* Ruby senkte den Kopf und krallte sich in die Tischplatte. Ihre Hand zitterte, als sie versuchte, weiter runter zu scrollen. *Nessa Garvey, Schwester der Vermissten, appelliert an Öffentlichkeit.* Nessa. Ein Schluchzen schnürte Ruby die Kehle zu. Nessa. Lachen. Autofahrten. Singen. Eine Wiese und Enten. Sie scrollte zu dem Artikel über den *Ex-Partner* zurück und klickte darauf. Die Wörter strömten über den Bildschirm, ihr Herzschlag pochte gegen das geplatzte Trommelfell, und sie hob unwillkürlich die Hand ans Ohr, wie um das alles gar nicht zu hören. *Häusliche Gewalt. Lucas Chevalier. Sorgerechtsstreitigkeiten.* Ruby schüttelte abwehrend den Kopf, bückte sich und zog den Stecker aus der Wand. Sie hätte gar nicht erst suchen sollen. Sie hatte etwas Furchtbares getan. Einen Moment lang blieb sie sitzen, rang nach Atem, als wäre sie gerannt. Die Tür ging auf, jemand kam herein. Ruby sah gar nicht hin. Immer und immer wieder sagte sie sich im Kopf den Namen vor. Deena Garvey. Deena Garvey.

12
RUBY

2014

Ein Flugzeug mit 239 Passagieren an Bord verschwindet spurlos vom Himmel. Keine Stunde nach dem Start verliert die Flugverkehrskontrolle den Kontakt zu ihm. Das Flugzeug fliegt weiter, weicht von seiner Flugbahn ab, fliegt erst ein Stück nach Westen, dann nach Süden. Jemand steuert es im Cockpit. Es fliegt weiter, bis ihm der Treibstoff ausgeht. Dann ist es auf einmal weg. Alle sagen, ein Flugzeug kann doch nicht einfach so verschwinden. Aber genau das passiert. Einen Monat später werden in Nigeria rund dreihundert Schülerinnen entführt und verschwinden im Wald. Einigen gelingt es, von der Ladefläche eines Lastwagens zu springen und nach Hause zurückzukehren. Die anderen verschwinden, werden als Ungläubige bestraft, weil sie Mädchen sind, die etwas lernen wollen.

Ruby kam es vor, als hätten all die Geschichten, die sie in letzter Zeit hörte, mit Verschwinden zu tun. Einschließlich der von ihrer Mutter. Seit mehr als einem Jahr schon erzählte sie niemandem, was sie gelesen hatte. Sie gab sich alle Mühe, nicht daran zu denken. Sie wollte nicht, dass Nathalie oder Sophie die Artikel über ihren Vater lasen. Oder über ihre Mutter. Über diese schlimme Vergangenheit. Vielleicht hatten sie sie auch längst gesehen und wussten Bescheid. Sie verbrachte weniger Zeit mit Lucas, zerbrach sich den Kopf, ob es stimmte, was die Zeitungen über ihn behaupteten. Verschwunden. Aber ihre Mutter war ja gar nicht fort. Sie hatte ihr das Päckchen mit dem Foto geschickt. Und es hatte noch andere Päckchen gegeben. Lucas hatte sie alle aufgehoben. Ihre Mutter war noch irgendwo. Ob Lucas das der Polizei gesagt hatte?

Das vermisste Flugzeug wurde nicht gefunden, doch von den Schülerinnen gab es Berichte. Sie waren von der Boko Haram entführt worden. Die Entführer gaben an, sie seien zu Sklavinnen gemacht, an Männer verkauft worden. Clover schüttelte den Kopf und meinte, Mädchen hätten es überall schwer, ganz gleich in welches Land oder welche Kultur sie hineingeboren würden.

Sie stand am offenen Küchenfenster und rauchte, weil Lucas nicht da war. Ruby stand an der Spüle und sah sie an. Sie hatte beim Abspülen nach dem Abendessen innegehalten. Dann sagte sie, ohne es geplant zu haben:

Meine Mutter wird seit 2004 vermisst.

Clover drehte sich nicht um. Sie hielt den Arm aus dem Fenster gestreckt, das Kinn noch draußen im Freien.

Sagt wer?

Ich hab's in einer Zeitung gelesen.

Ja. Clover zog das Kinn ein, die Zigarette noch in der Hand.

Ja? Was ja? Was ist da passiert? Hat Lucas ihr was angetan?

Clover beugte sich über das äußere Fensterbrett und warf die Zigarette in das Schraubglas, in dem sie ihre Kippen aufbewahrte.

Warum in aller Welt sagst du so was?

In der Zeitung stand, er wäre von der Polizei verhört worden.

Zeitungen schreiben allen möglichen Mist. Natürlich musste die Polizei alle befragen, sogar mich. Deine Mutter ist weggegangen. Sie hatte so ihre Probleme.

In der Zeitung stand was von Gewalttaten.

Was soll denn das heißen? Clover beugte sich zu ihr, die Schultern hochgezogen, die Augen zusammengekniffen.

Da war von allem Möglichen die Rede, anhaltende häusliche Gewalt, Kontaktverbote und ein Sorgerechtsstreit? Ruby versagte die Stimme. Sie hatte Seifenschaum an beiden Händen und strich sich mit dem Unterarm das Haar aus dem Gesicht.

Clover war ganz blass geworden. Sie erhob sich halb, sackte dann aber zurück auf ihren Stuhl, als hätte das, was Ruby sagte, ihr einen Stoß versetzt.

Was waren das für Zeitungen?

Von 2004. Aus Philadelphia. Ich habe alles gelesen.

Jetzt pass mal auf. Das sind haufenweise Lügen. Hast du verstanden? Es gab keine Gewalttat. Das darfst du nicht sagen. Niemals. Du warst bei deinem Vater, als deine Mutter fortgegangen ist. Sie lebt jetzt irgendwo anders. Ich war bei euch. Er hatte nichts damit zu tun.

In Philadelphia?

Ja.

Clover und Lucas hatten ihr nie davon erzählt. So viele Jahre lang.

Was war denn mit ihr? Was hatte sie für Probleme?

Clover hob ratlos die Hände. Keine Ahnung. Irgendwas mit den Nerven, glaube ich. Sie nahm Medikamente.

Dann stand sie auf, machte das Fenster zu und blieb so stehen, mit dem Rücken zu Ruby.

Kein Wort mehr darüber. Es regt nur alle auf.

Clover hatte sich irgendwie verändert. Sie widersprach Lucas häufiger, hörte ihm weniger zu. Frisierte sich nicht mehr. Ihre Arthritis machte sie reizbar. Sie hockte mit ihren Zigaretten draußen, rauchte auf der Treppe zur Veranda, ob Lucas nun da war oder nicht, oder auch aus dem Küchenfenster, wenn ihr gerade danach war. Sie zog sich nicht mehr richtig an, trug den ganzen Tag ihre Kittelschürzen, und wenn sie nicht gerade Kleinigkeiten im Haushalt erledigte oder kochte, saß sie in ihrem Sessel mit dem Schemel davor, die Beine lang von sich gestreckt, sah fern und hatte das Gerät dabei so laut gedreht, dass sie es auch sonst überall im Haus hören konnte.

Adelaide Puckett kam jetzt öfter. Früher war sie nicht mehr als ein Strohhut im Garten gewesen, wenn Ruby mit dem Boot vorbeikam, oder ein Flanellhemd auf dem Beifahrersitz von Ethans Pickup. Doch Clover und sie hatten sich gefunden und anscheinend beschlossen, doch noch Nachbarinnen zu werden. Adelaide brachte oft Mahlzeiten in mit Alufolie abgedeckten Schüsseln vorbei und wischte den Fußboden. Sie half Clover beim Kochen und tat auch immer mehr für Ruby, machte ihre Wäsche, kaufte ihr Binden und andere Dinge, um die sie Lucas nicht bitten wollte. Adelaide brachte Clover zum Lachen, nannte sie eine alte Kuh oder sagte, sie wäre noch grün hinter den Ohren.

Bitte?, fragte Ruby.

Sie ist aufsässig, sagte Adelaide. Völlig unreif.

Clover hörte sich das an und lachte. Die beiden alberten herum, flüsterten miteinander und schauten schlechte Sendungen im Fernsehen. In mancher Hinsicht war Ruby diese Clover lieber, die aufgehört hatte, Lucas immer alles recht machen zu wollen, und eine Freundin hatte.

Tagsüber guckte Clover Nachrichtensendungen und Western. Nach dem Abendessen waren es True-Crime-Dokus. Eines Abends schauten sie zusammen eine Folge von *Disappeared*, in der eine junge Frau aus einem Nightclub verschwunden war. Ruby fragte sich, ob man überhaupt als verschwunden galt, wenn man selbst wusste, wo man war, und nur die anderen einen nicht finden konnten. Konnte man ihre Mutter als Vermisstenfall bezeichnen, obwohl sie wusste, wo sie, Ruby, war? Sie sollte Clover nach den Päckchen fragen. Manchmal sah sie bis heute gelbe Umschläge zwischen den Briefen, die Lucas auf dem Postamt abholte.

Sie hörte den Pickup, sah, wie das Licht der Scheinwerfer über die Küchenfenster wanderte, als er in die Garage fuhr.

Er ist wieder da, sagte sie.

Aber Clover wandte keinen Blick vom Fernseher und schaltete auch nicht um. Sie zuckte nur mit den Schultern und schwieg.

Lucas kam herein, rief aus der Küche: Hallo! Ruby hörte erst das

Piepsen, dann das Rauschen der Mikrowelle. Er kam herein, lehnte sich an den Türrahmen.

Wie war's in der Schule?, fragte er.

Gut.

Gab's irgendwelche Tests zurück?

Zwei Plus in Bio, sagte Ruby.

Mach doch mal leiser. Er nahm die Fernbedienung, die auf der Armlehne von Clovers Sessel lag, und schaltete die Lautstärke herunter.

Was hattest du falsch?

Die Eukaryoten.

Lucas dachte einen Moment nach. Er trug ein blaues Button-Down-Hemd mit dezentem floralem Muster und eine helle Hose. Er zog sich nicht mehr so an wie früher, als sie noch zu dritt allein am See waren. Jetzt sah er mehr so aus wie andere Väter.

Das ist eine Grundlage der Zelltheorie, sagte er.

Ja. Weiß ich.

Im Fernsehen erzählte der Moderator weiter von der Nightclub-Frau, wie traumatisch das alles für die Eltern sei. Lucas sah kurz hin.

Lass nicht immer solchen Mist laufen. Wie oft soll ich dir das noch sagen. Wieder schnappte er sich die Fernbedienung und schaltete den Fernseher aus.

Clover sah nicht einmal auf, starrte nur weiter auf den schwarzen Bildschirm, als wäre der Fernseher noch an. Lucas wollte noch etwas sagen, da machte die Mikrowelle Ping.

Dein Essen ist fertig, sagte Clover.

Sie saßen in ihrer neuen Schulcafeteria, vor sich beigefarbene Kunststofftabletts, und blätterten die Broschüre mit den diversen Clubs und anderen Nachmittagsaktivitäten durch. Dieses Jahr machen wir mit, sagte Nathalie. Wir sind jetzt in der High School. Wir werden Mitmacherinnen.

Nathalie erklärte, sie wolle beim Diversity-Club mitmachen, bei der Gender and Sexuality Alliance und beim Umweltclub.

Sophie starrte sie mit offenem Mund über den Tisch hinweg an. In ihrer Cola-Flasche aus Plastik steckte ein Plastiktrinkhalm. Bist du lesbisch?

Nathalie starrte missbilligend zurück. Nein. Aber ich unterstütze die. Aus Solidarität. Sie ließ es wie eine Frage klingen, als wäre Sophie schwer von Begriff. Einen K-Pop-Club gibt's leider nicht. Pech für dich.

Ruby hielt sich raus. Sophie beschwerte sich, dass Nathalie immer automatisch auf Moralapostelin machte, auch online. Nathalie machte sich darüber lustig, dass Sophie von koreanischen Popgruppen besessen war und sich in Onlineforen mit anderen K-Pop-Fans, die, wie Nathalie betonte, allesamt weiß und amerikanisch waren, über Bands mit Namen wie Girls' Generation oder Wonder Girls austauschte.

Sophie wollte dem Kunstclub beitreten, um Aktzeichnen zu lernen, und dem Theaterclub, wo sie sich um die Kostüme kümmern wollte. Sie entwarf und nähte ständig Outfits und postete sie in den Sozialen Medien. Mit vier älteren Schwestern hatte sie das ganze Haus voller Klamotten, die umdesignt werden konnten. Sie war strikt gegen Wegwerfmode und hatte alles, was sie anzog, irgendwie neu gestaltet. Die meisten High-School-Kids trugen lässige Hoodies, Jeans oder Jogginghosen. Sophie trug Sattelschuhe aus dem Second-Hand-Laden und Kniestrümpfe, High Heels mit Söckchen und Wollröcke, die sie eigenhändig kürzte. Sie nähte sich Pudelröcke, wie sie sie nannte, und kombinierte Converse-Sneakers dazu. Manchmal trug sie auch Jeans mit Schlag und breiten Gürteln aus den Siebzigern. Und sie sah grundsätzlich so aus, als könnte sie in jede beliebige Epoche gehören, außer in die aktuelle. Am einen Tag erschien sie in einem Original-Cheerleader-Outfit mit allem Drum und Dran, das blonde Haar zu Kringellöckchen gedreht, am nächsten kam sie als Zwanzigerjahre-Goth im Vintage-Kleid.

Ruby studierte die Liste. Programmieren, Onlinesicherheit, Robotik und unzählige weitere Clubs, die sich alle mit Computern befassten. Sie spielte kein Instrument und konnte auch nicht singen. Und ihr wurde allein bei dem Gedanken schlecht, auf einer Bühne zu stehen. In einem Workshop in der Middle School hatten sie sich mal ein Alter Ego überlegen und das dann darstellen müssen. Ruby hatte sich als Muschel verkleidet und sich die ganze Stunde über nicht gerührt und kein Wort gesagt. Sie las weiter. Rudern. Das konnte sie. In einem Team war sie zwar noch nie gewesen, aber sie wusste, wie man ein Boot bewegte.

Lucas stieg in Wathosen aus dem Pickup und winkte ihr zu. Ruby hob kurz die Hand, blieb aber auf der Veranda stehen und sah ihm entgegen. Sie war sich nicht sicher, ob sie ihn direkt fragen oder noch abwarten sollte. Die Sonne schien ihr warm ins Gesicht, ein letzter Anflug von Sommer. Lucas hob eine Tasche von der Ladefläche und kam zu ihr.

Fangfrischer Quinnat. Er stellte die Tasche auf der Treppe ab.

Dann hatte er also auf der Rückfahrt von Montreal im Lake Ontario geangelt. Ein Samstagmorgen am See und ein guter Fang machten Lucas glücklich. Ruby verbrachte den Nachmittag damit, die Lachse auszunehmen und sie mit Ahornsirup und Sojamehl zu marinieren, wie er es am liebsten mochte. Sie buddelte die letzten Süßkartoffeln aus und schnitt zwei bildschöne Brokkoliköpfe. Clover saß am Küchentisch, sah ihr zu und blätterte in den Zeitungen, die Lucas mitgebracht hatte.

Was soll denn das alles werden?, fragte sie.

Gar nichts.

Beim Essen legte Ruby sich die Ansprache für Lucas im Kopf zurecht. Wie wichtig außerschulische Aktivitäten für ihre College-Bewerbung wären.

Lucas sagte, wie schön es doch sei, wieder zu Hause zu sein, und dass diese Mahlzeit das Beste sei, was er seit Ewigkeiten gegessen habe. Nichts aus dem Supermarkt.

Ich will beim Ruder-Team mitmachen. Der Satz brach einfach so aus ihr heraus, noch bevor sie die vielen Gründe anführen konnte.

Lucas lehnte sich auf seinem Stuhl zurück, aber noch bevor er etwas erwidern konnte, sagte Clover: Das sollte Ruby auf jeden Fall machen.

Aber ich bin bei der Arbeit. Wie willst du nach Hause kommen?

Ein paar aus dem Team wohnen auch auf den Islands, sie haben schon gesagt, dass sie mich mitnehmen würden. Trainiert wird hauptsächlich auf dem Lamoille. Der Coach fährt uns nach der Schule hin. Und im Winter findet alles auf Ergometern statt.

Lucas stellte seinen Teller auf den von Ruby. Gut. Okay. Solange die Hausaufgaben und deine Noten nicht drunter leiden.

Am liebsten wäre Ruby quer über den Tisch gesprungen und hätte beide umarmt. Sie konnte gar nicht fassen, wie einfach das gewesen war.

Lucas ging ins Wohnzimmer, um Nachrichten zu schauen. Ruby trocknete das Geschirr ab. Sie würde rudern. Clover schlurfte herum, verräumte die Teller, wischte den Tisch ab. Die Kartoffelschalen, die noch auf der Arbeitsfläche lagen, wischte sie in den Abfalleimer.

Er war früher auf der High School im Wrestling-Club. Sie hielt kurz inne, beide Hände flach auf der Arbeitsfläche. Hab's mir nur einmal angeschaut. Für mich war das alles nichts. Wie's gerochen hat in dieser Turnhalle und wie er da zu Boden gedrückt wurde und sich wehren musste. Sie nahm die Hände weg, wischte die letzten Schalen herunter. Ist ja auch egal. Früher haben wir die Schalen immer den Schweinen gegeben.

Auf dem Wasser bewegten sich die Mädchen aus der Abschlussklasse perfekt synchron, sie zogen die Ruder bis zum Anschlag durch und brachten sie dann kraftvoll und entschlossen wieder in die Endposition. Zusammen mit ein paar anderen Neuzugängen sah Ruby ihnen vom Ufer aus zu. Das Sausen des Wassers, das Geräusch, mit dem die Ruderblätter eintauchten, alles folgte einem Takt. Wind, Wasser, Laute, Körper, Ruder, Boote. Ruby war sofort begeistert. Das Tempo, das sanfte Platschen, das Einprägsame daran.

Coach Morgan trug eine Trillerpfeife um den Hals und hatte ein Clipboard in der Hand. Er ließ diejenigen, die am Ufer standen, einen Kreis um sich bilden. Ein paar der anderen hatten schon im Team gerudert, sie kannten sich, und sie kannten Morgan.

Ruby Chevalier, rief er auf.

Ruby hob die Hand. Das bin ich.

Hast du Erfahrung mit Riemenrudern?

Ruby schüttelte den Kopf. Bisher war sie immer allein gerudert. Und immer mit zwei Rudern, außer beim Paddeln mit dem Kajak.

Was ist mit Skullieren?

Ja, aber nicht in einem Club oder sonst wie im Team. Nur allein.

Coach Morgan sprach über Anrollen und Durchziehen, das Blatt abdrehen, den Takt halten. Dann verteilte er die Mädchen, die schon im Club gewesen waren, zusammen auf Boote. Du und du, sagte er und deutete auf Ruby und ein anderes Mädchen mit breiten Schultern und zwei Zöpfen, die sie im Nacken zusammengenommen hatte. Ihr nehmt die Einer.

Die nächsten anderthalb Stunden ruderte Ruby und befand sich zum ersten Mal, seit die High School begonnen hatte, in einem Element, das sie ganz und gar begriff: der Gegenwind, der sanfte Sprühnebel im Gesicht, der Rhythmus aus Anrollen und Durchziehen, die Wärme der Sonne auf ihren Schultern.

Zurück am Ufer zeigte Morgan ihnen, wie sie die Boote anheben und auf den Ständern befestigen sollten.

Kommst du wieder?, fragte er Ruby.

Ja.

Chevalier ... Hast du was mit Lucas Chevalier zu tun?

Das ist mein Vater.

Morgan schwieg kurz. Oft kam Rubys Vater nicht zur Sprache, aber wenn doch, war es immer von so einem unbehaglichen Zögern begleitet. Vor Jahren, noch an der Middle Lake, hatte Ben Peters etwas wiederholt, was er von seinem Vater gehört hatte. Lucas Chevalier sei schon auf der High School ein faules Ei gewesen. Seither fühlte Ruby sich immer irgendwie beschmutzt, wenn die Leute über Lucas redeten.

Du hast das offenbar im Blut. Und die richtige Größe hast du auch.

Während sie auf ihre Mitfahrgelegenheiten warteten, dehnten Ruby und die anderen aus der Neunten ihren Rücken und tauschten sich darüber aus, wie gut es tat, wieder gerade zu stehen. Sie lachten über zu tief eingetauchte Ruder, erzählten, wie sie aus dem Takt gekommen oder fast gekentert waren. Und waren sich alle einig, dass sie weitermachen wollten. Eine von den Seniors, die Ruby aus dem Schulbus kannte, begrüßte sie mit einem Faustcheck.

Wir Islands-Girls können halt rudern, sagte sie.

Ruby wurde von einer Sophomore nach Hause gefahren, die in North Hero wohnte. Sie war müde und glücklich. Vor dem Autofenster war die Sonne schon fast bis zum Röhricht gesunken, ließ es orange-golden erglühen und färbte die Schindelschuppen rosa.

Wieso hat dein Dad die eigentlich überall?

Sie standen unten am Pfad, wo früher der Briefkasten gewesen war, und Nathalie deutete auf die Kameras, die Lucas dort installiert hatte.

Keine Ahnung. Ruby war sich über den Grund nicht im Klaren. Vor etwa einem Jahr hatte Lucas angefangen, sie einzubauen. Rund um das Haus, an ihrem Uferstück, bei den Schuppen und dort, wo man aus der Einfahrt auf die Straße abbog.

Glaubst du, er beobachtet uns gerade?

Ruby zuckte mit den Schultern.

Gehen wir weiter, sagte Nathalie.

Sie gingen die Straße entlang bis zur Anlegestelle der Pucketts. Ethan und Adelaide störte es nicht, wenn Ruby ihren Steg nutzte. Nathalie und sie setzten sich vorn an den Rand und ließen die Beine über dem Wasser baumeln.

Unter ihnen, dicht an der Wasseroberfläche, schossen ganze Schwärme von Flussbarschen zwischen den Holzpfählen hindurch. Ruby war schweigsam. Sie hielt selbst nicht viel von den Kameras und konnte sie nicht ausblenden. Vergangenes Schuljahr, nach dem Anschlag auf den Boston-Marathon, hatten sie in Politik und Sozialwissenschaft das Thema Überwachung besprochen. Ein Schüler fand, die Kameras an öffentlichen Orten würden gegen die bürgerliche Freiheit verstoßen und hätten sowieso keine statistisch nachweisbaren Auswirkungen auf die Verbrechensrate. Die Regierung filmt uns ständig gegen unseren Willen, hatte er gesagt. Andere fanden das unamerikanisch. Mr. Polinski wandte ein: Aber mit Hilfe der Überwachungskameras konnten sie die Attentäter leichter festnehmen. Sofort schossen mindestens fünf Hände nach oben. Das sehe er doch ganz falsch. Die Kameras hätten den Anschlag schließlich nicht verhindert. Überwachung könne nicht ungeschehen machen, was passiert sei. Außerdem habe der ganze Medienrummel und das Teilen der vielen Videos nach dem Anschlag nur dazu geführt, dass Unschuldige in den Sozialen Medien verurteilt worden seien.

Ruby kannte dieses Gefühl, als würde ein tiefes Loch in ihr überquellen, ihr sein dunkles, betäubendes Gift in die Glieder träufeln, bis sie sich kaum noch bewegen konnte, geschweige denn Haushaltsarbeiten erledigen oder auch nur reden. Es war, als wäre sie bis in jede Zelle ihres Körpers müde, bis in den kleinsten Winkel ihres Gehirns. Am liebsten hätte sie sich einfach auf den Steg der Pucketts gelegt und geschlafen.

Später ging sie allein über die Route 2 zurück. Die Straße war staubig. An der Böschung blühten blaue Wegwarten, vereinzelt hing Abfall zwischen ihren langen, verästelten Stängeln. Ruby war noch etwa fünfzig Meter vom Pfad zu ihrem Haus entfernt, da sah sie es. Ein grünes Auto am Straßenrand, gleich hinter ihrer Abzweigung, ein Zweitürer. Ihr Herz schlug schneller. Sie hatte diesen Wagen schon einmal gesehen, als sie mit Sophie morgens auf den Schulbus wartete. Es war im Grunde nichts dabei gewesen, bis auf das untrügliche Gefühl, dass die Person am Steuer sie beobachtete. Ruby hatte nicht weiter darüber nachgedacht. War mit Sophie in den Bus gestiegen und hatte sich auf ihren Platz fallen lassen.

Auch jetzt saß jemand im Auto. Und schaute scheinbar woanders hin. Auch Ruby tat das – hinsehen, ohne hinzusehen. Verspiegelte Sonnenbrille, hellgraue Baseballkappe, womöglich dunkles Haar. Da war sie sich nicht sicher. Die Person war in ihrem Sitz weit nach unten gerutscht und nutzte Rück- und Seitenspiegel für ihre Beobachtungen. Ruby spürte ihren Blick. Ein Mann oder eine Frau? Ihr ganzer Körper bitzelte, als sie um die Ecke bog und sich schon zum Sprint bereit machte. Da tauchte unvermittelt von links ein lärmender Schatten auf und versperrte ihr die Sicht auf das Auto. Ruby sprang erschrocken zurück. Ein Pickup. Die Beifahrertür schwang auf, und Ethan Puckett grinste unter seiner Baseballkappe hervor zu ihr hinaus, klopfte auf den Platz neben sich und fragte: Soll ich dich mitnehmen? Noch einmal schaute Ruby die Straße entlang. Das grüne Auto fuhr schon wieder in Richtung Norden weiter.

Wie geht's denn unserer High-School-Schülerin? Ethan strahlte, und seine beiden Hasenzähne standen weiter vor, als Ruby es in Erinnerung hatte. Am liebsten wäre sie ihm um den Hals gefallen.

Bestens, Mr. Puckett.

Sie erzählte Lucas nichts von dem grünen Auto. Sie erzählte niemandem davon. Sich selbst überzeugte sie davon, dass es bloß Einbildung gewesen war oder Zufall. Aber dann, als sie mit ein paar anderen Teamkolleginnen aus der Schule kam, sah sie es dort am Stoppschild stehen. Sie war sich nahezu sicher. Als sie abends an der Route 2 abgesetzt worden war, rannte sie den ganzen Weg nach Hause.

Was hast du's denn so eilig?, fragte Clover, als sie ganz außer Puste in die Küche kam.

Ruby schüttelte den Kopf. Ach, nur so.

Clover stand an der Spüle, neben ihr reihten sich Weckgläser auf dem Abtropfgitter. Wenn sie doch bloß noch Auto fahren könnte und Ruby mit ihrem Pontiac abholen würde, wie früher von der Middle Lake, und dabei ihre Marlboros rauchen würde, während auf 98,9 WOKO, dem Country-Sender, Blake Shelton oder Garth Brooks liefen.

Clover, welche Farbe hatte das Auto meiner Mutter?

Clover hielt inne, drehte sich aber nicht um.

Was ist denn das für eine Frage? Woher soll ich das wissen? Sie sortierte die Weckgläser, die größeren nach hinten, die kleineren nach vorn.

War es grün?

Jetzt fang nicht wieder an mit dem ganzen Kram.
Welchem Kram?
Mit der Vergangenheit. Ich habe deine Mutter doch kaum gekannt.
Clover schüttelte die Hände über dem Spülbecken und ließ Ruby in der Küche stehen. Der Fernseher im Wohnzimmer wurde laut geschaltet. Ruby schluckte das Schluchzen in ihrer Kehle. Wie sollte sie von der Vergangenheit anfangen? Sie ließen sie ja gar nichts fragen. Vielleicht sollte sie Clover von dem grünen Auto erzählen.
Draußen vor dem Fenster, auf dem Vorhof, stand Clovers Pontiac. Obwohl sie ihn nicht mehr fuhr, ging sie manchmal nach draußen und startete den Motor. Dann saß sie da, ließ Radio und Heizung laufen und rauchte in aller Ruhe. Es machte Ruby traurig, dass Clover das Draußen vorzog, die weiße Winterlandschaft und die kahlen Bäume. Und den alten Pontiac, aus dessen Auspuff weiße Wölkchen kamen.

13

NESSA

2004

John Garvey würde sterben. Deena hatte das vermutlich längst geahnt, aber Nessa und Joey nicht. Eine Herzinsuffizienz, sagte der Arzt, die dazu führe, dass Flüssigkeit in seine Lunge dringe. Sie waren beide völlig überrumpelt. Joey kümmerte sich jetzt um alle Arzttermine und Medikamente, lagerte ihren Vater nachts mit Kissen hoch, damit er besser atmen konnte, und überwachte ihn mit dem Babyfon, das sie verwendet hatten, als Ruby klein war; der Empfänger stand auf Joeys Nachttisch. In manchen Nächten, hatte er Nessa erzählt, lag er wach und hörte zu, bis er das Husten nicht mehr ertrug. Dann ging er in das Zimmer seines Vaters und umrundete das Bett, während die gekrümmte Gestalt darin weiter von Krämpfen geschüttelt wurde.

Ich weiß nicht, was ich tun soll. Ihm auf den Rücken klopfen, noch mehr Kissen aufstapeln? Ich weiß es einfach nicht. Joey hatte den Kopf in die Hände gestützt und wischte sich mit den Fingern die Augen. Nessa, die ihm am Küchentisch gegenüber saß, bemerkte zum ersten Mal, wie erschöpft er aussah.

Irgendwann gehe ich dann einfach runter und gucke die ganze Nacht irgendwelchen Müll im Fernsehen.

Nessa hatte einfach ausgeblendet, unter welchem Druck Joey stand. Für alle Spannungen zwischen ihnen hatte sie ihm die Schuld gegeben. Wenn sie anfing, von Lucas, Ruby oder irgendwelchen Einzelheiten des Falls zu reden, reagierte Joey gereizt, sagte: Lass doch oder Kannst du nicht mal von was anderem reden? Aber das konnte sie nicht. Es fraß sie auf, das war ihr klar, aber ihr kam es so vor, als hätte er einfach aufgegeben. Er hielt es für möglich, dass Deena doch freiwillig fortgegangen war. Das hatte er schon durchblicken lassen. Nessa musste ständig wachsam bleiben. Es lag jetzt an ihr.

Joey starrte aus dem Fenster.

Ich übernehme die Wochenenden, sagte Nessa. Freitag bis Montag. Du schläfst dann bei Kate.

Joey und Kate hatten ihre Hochzeit verschoben, die für Juli geplant gewesen war. Sie waren schließlich seit der High School zusammen, da kam es auf ein, zwei Jahre mehr auch nicht an.

Ja. Danke.

Nessa schaute mit ihrem Vater *Dateline* auf NBC. Die Berichte über Ronald Reagans Beisetzung.

Sie kochte Hühnersuppe für ihn, von der er kaum etwas aß. Joey sagte: Apfelkuchen mit Vanilleeis. Und das war tatsächlich das Einzige, was ihr Vater noch aß – immerhin bekam er so ein paar Kalorien ab. Seine Hand zitterte, wenn er den Löffel zum Mund führte. Am Abend legte sie sich in dem Zimmer hin, das sie mit Deena geteilt hatte, als sie noch Kinder waren, auf dem Nachttisch stand das Babyfon. Beim Einschlafen lauschte sie den angestrengten Atemzügen ihres Vaters. Durch das Babyfon klang es, als kämen sie vom anderen Ufer eines Meeres, als wäre er unendlich weit weg.

Sie fühlte sich wie ausgehöhlt. Ihr Vater und ihr Bruder brauchten sie, aber sie hatte nichts zu geben. Nur der Fall hatte noch Bedeutung für sie: das Ritual des allabendlichen Anrufs bei Lucas – er nahm nie ab, aber wenn es soweit war, würde sie vor Gericht sagen können, sie habe jeden Tag versucht, ihre Nichte zu erreichen –, die Unterredungen mit Lynne, die Telefonate mit den zuständigen Polizeibeamten und zuletzt, vor dem Einschlafen, der Anruf bei Ronan in Irland, wo es dann früher Morgen war, um ihm von den Ermittlungen zu erzählen. Sie konnte ihre Gedanken nicht anhalten, und sie machten ihr Angst. Nichts auf der Welt war mehr gut. Wenn sie zum Arzt ging, würde Lucas davon erfahren. Er würde alles und jedes gegen ihren Antrag auf Umgangsrecht verwenden. Sie hatte das Gefühl, ständig unter Beobachtung zu stehen. Er wartete nur darauf, dass sie einen Fehler machte.

Frank Capione verströmte Fitness, als sollte er eigentlich einen Marathon laufen oder Rennrad fahren, Teil einer Herde Männer in bunten Lycratrikots. Aber er war Kettenraucher. Während sie auf ihren Kaffee warteten, zündete er sich eine Zigarette an der nächsten an. Er war einer der ernstesten Männer, denen Nessa je begegnet war. Vielleicht ja wegen seiner Arbeit bei der Mordkommission. Vielleicht war er aber auch schon vorher so gewesen. Er wirkte durch und durch unergründlich: die gleichmütige Miene, die aufrechte Haltung, die Reserviertheit. Gekleidet war er immer sehr gepflegt: gutsitzender grauer Anzug, neutrales blaues Hemd, schwarze Schuhe.

Das wird aber auch verdammt Zeit, hatte Nessa ausgerufen, als er das erste Mal bei ihr anrief und sich als Detective Capione von der Polizei Philadelphia vorstellte. Sie wollte gerade aus dem Haus, als das Telefon klingelte, und war noch einmal umgekehrt. Deena wurde bereits seit zwei Tagen vermisst. In den Zeitungen erschienen erste Artikel, und auf

KYW News hatte Nessa die Durchsage gehört, man suche nach Hinweisen über eine Frau aus Fairmount, die seit Sonntagmorgen vermisst werde. Trotzdem schienen die Ermittlungen nicht anzulaufen, und niemand von ihnen war bisher befragt worden. Ich habe allein heute schon zehn Mal auf dem Revier angerufen, hatte Nessa gesagt.

Ich gehöre nicht zum Revier. Aber meine Abteilung wird von jetzt an übernehmen.

Ihre Abteilung?

Wir sitzen im Roundhouse, dem Hauptquartier. Ich bin bei der Mordkommission.

Mord? Sie rutschte an der Wand entlang zu Boden, hatte ein Sausen in den Ohren. Haben Sie sie gefunden?

Nein. Bisher nicht. Und wir haben auch keine weitergehenden Informationen. Aber wir übernehmen häufig Vermisstenfälle, vor allem, wenn Gewaltdelikte vorausgegangen sind.

Genau das versuche ich ja schon die ganze Zeit zu erklären.

Er räusperte sich. Ich kannte Ihre Schwester. Ich kannte Deena. Von der St. Christopher's. Sie war drei Klassen unter mir, im selben Jahrgang wie meine Schwester Theresa.

Theresa Capione?

Genau.

Nessa erinnerte sich an Theresa. Sie hatte Basketball gespielt. Langes dunkles Haar, zu einem hochangesetzten Pferdeschwanz gebunden, der wippte, wenn sie den Ball von der Freiwurflinie feuerte. Sie bewegte sich athletisch. Die Capiones hatten auf der anderen Seite des Schulhofs gewohnt. Eine große italienische Familie.

Hat Theresa Sie verständigt?

Ja. Sie hat es im Viertel mitbekommen, aber ich hatte selbst auch schon den Bericht gesehen und den Namen erkannt. Ich habe mit den zuständigen Ermittlern gesprochen. Sie suchen weiter nach möglichen Kameraaufnahmen, prüfen die Anrufliste und das alles. Aber wir führen die Befragungen durch und werden die Ermittlungen künftig leiten.

Seitdem sprach Nessa fast jeden Tag mit Frank. Er nahm ihre Anrufe immer entgegen, auch wenn es sonst niemand tat. Um ihr dann immer wieder das Gleiche mitzuteilen: nach wie vor keine Spur, keine Sichtung des Wagens, keine Kontobewegungen.

Nessa pulte sich eine Zigarette aus seinem Päckchen. Darf ich?

Er nahm sein Feuerzeug, und sie beugte sich zu der Flamme hin.

Lucas lässt uns Ruby immer noch nicht sehen oder auch nur mit ihr reden.

Was sagt Ihre Anwältin?

Rein rechtlich kann er anscheinend machen, was er will. Wir haben Umgangsrecht beantragt, aber sie hat uns schon gewarnt, dass er jede Möglichkeit nutzen wird, dagegen vorzugehen. Einfach wird es nicht.

Nein. Sie hat sich auch bei uns gemeldet, um anzufragen, ob wir etwas hinsichtlich der Eignung des Vaters für seine Elternpflichten beitragen können. Die Kontaktverbote und die Aussage zu dem Angriff auf Deena im November 2002 hatte sie bereits vorliegen. Wir können aber bloß sagen, dass er für uns im Zusammenhang mit dem Verschwinden Ihrer Schwester von Interesse ist, sonst nicht viel.

So ein Bullshit! Das ist doch völlig eindeutig. Sie haben gesehen, was er getan hat. Die Bilder. Sie haben ihre Aussage gelesen.

Ich weiß, Sie haben gesehen, was er Ihrer Schwester angetan hat, aber vor Gericht gilt das als Hörensagen. Und wir dürfen auch ihre Vorstrafe nicht vergessen. Ungebührliches Verhalten, Widerstand gegen die Festnahme. Das dürfte es aus gerichtlicher Sicht weniger überzeugend machen.

Daran war *er* schuld. Sie ist verhaftet worden, weil sie so verzweifelt darüber war, was bei der Arbeit passiert ist. Und das ist nur passiert, weil sie ihre Medikamente nicht mehr nahm, wozu er sie gezwungen hat. Nessa sprach viel zu laut.

Frank antwortete leise. Er hat die ganze Zeit für ein gemeinsames Sorgerecht gekämpft, was ihm ja auch zu Teilen zugesprochen wurde, zusammen mit dem zeitweisen Wohnrecht.

Er trommelte mit Zeige- und Mittelfinger gegen seine Untertasse. Nessa wusste, dass er sie schonungslos und wahrheitsgemäß auf das vorbereiten wollte, was noch kommen würde, aber sie wollte, dass auch er Wut entwickelte.

Ruby hat das alles gesehen. Seine Gewaltausbrüche.

Aber es wird heißen, sie hätten sich ja nicht gegen das Kind gerichtet.

Ist Gewalt gegen die Mutter etwa keine Gewalt gegen das Kind? Das ist alles so krank.

Es gab nie Hinweise darauf, dass er seiner Tochter gegenüber gewalttätig geworden ist. Nur darauf wird geschaut. Auf seine Eignung als Elternteil, nicht als Ehemann oder als Mensch. Und da er jetzt der alleinige Elternteil ist, hat er auch die komplette Entscheidungsgewalt.

Das hatte Lynne ihr auch schon erklärt. Lucas stand unter dem Schutz des 14. Zusatzartikels, demzufolge er sein Kind frei von jeder ungerechtfertigten Einmischung durch den Staat erziehen konnte. Ständig zog Lynne den Fall Troxel gegen Granville heran – dass die Gerichte seit diesem Urteil von der Annahme ausgingen, Eltern seien grundsätzlich geeignet und hätten das Recht, die Entscheidung zu treffen, die sie als die beste für ihr Kind erachteten. Selbst, wenn das hieß, das Umgangsrecht anderer Familienmitglieder zu unterbinden. Lucas könne immer argumentieren, er wolle Ruby vor einer Retraumatisierung durch Besuche bei der Familie ihrer Mutter schützen. Dass dies ihr Gefühl des Verlassenseins nur verstärken werde.

Nessa musterte Franks Miene – die heruntergezogenen Mundwinkel, die Art, wie er immer wieder den Blick abwandte – und wurde das Gefühl nicht los, dass er das alles einfach hinnahm.

Und was ist mit Familien wie uns? Wir waren ihre ständigen Bezugspersonen, Ruby kennt uns, und jetzt sollen wir sie nie wieder sehen dürfen?

Sie musste ihre Kaffeetasse abstellen, weil ihre Hand so zitterte, und merkte, dass Frank es registrierte.

Was ist mit dem psychologischen Schaden, den das anrichtet? Dieses ganze System ist doch erbärmlich. Die Polizei. Die Gerichte. Alles.

Frank drückte seine Zigarette im Aschenbecher aus. Er zündete sich eine weitere an und schaute an ihr vorbei, während er einen langen Zug nahm.

Entschuldigung, sagte Nessa. Tut mir leid, Frank. Ich bin echt erschöpft.

Seit Monaten gerieten sie immer wieder in diese Sackgasse. Auf Schritt und Tritt schützte der Staat Lucas' Rechte – schützte ihn. Nessa war ununterbrochen zornig. Zornig, leer und giftig. Inzwischen wurde sie von den meisten Menschen gemieden. Wenn sie mit Ronan redete, ließ sie ihn ewig nicht vom Telefon und dachte gar nicht daran, dass er immer noch für sein Examen lernen musste und es bei ihm fünf Stunden später war.

Lucas hat nie nach ihren Sachen gefragt. Nach nichts. Ihre Kleider, ihre Spielsachen, ihr Fahrrad, ihre Bücher, ihr Fisch, das Aquarium. Nichts. Wer macht so was? Sehen Sie denn nicht, was er vorhat? Wer wird Ruby je von ihrer Mutter erzählen?

Er wird sagen, dass er es macht, um seine Tochter vor weiteren Verletzungen zu bewahren. Dass es zu ihrem Besten ist.

In der Bäckerei war inzwischen viel Betrieb. Sie hatten ihre Tassen ausgetrunken. Vor Nessa stand ein unberührter Blaubeer-Muffin. Frank bemerkte es.

Essen Sie auch mal was?

Nessa zuckte mit den Schultern. Es fällt mir schwer, überhaupt etwas Normales zu tun.

Was ist mit Schlafen?

Ich habe das Gefühl, ich muss immerzu voll da sein. Weil ich sonst vielleicht etwas verpassen, eine Chance, einen Hinweis, und dieser eine kleine Fehltritt, der Sekundenbruchteil, in dem ich nachgelassen habe, bedeutet dann, dass wir Ruby für immer verlieren und Deena niemals wiederfinden. Sie verschränkte die Arme. Dad hat längst aufgegeben. Sein Herz macht buchstäblich nicht mehr mit, und Joey ist einfach nur total durcheinander. Er will, dass ich aufhöre, ständig davon zu reden.

Für einen kurzen Moment spürte sie Franks Unbehagen. Er rutschte auf seinem Stuhl herum, seufzte.

Es ist frustrierend. Das weiß ich schon.

Lucas macht aber auch Fehler, sagte Nessa, wie um ihn zu ermuntern. Er ist jähzornig. Verliert die Kontrolle. Das haben wir alle schon erlebt – meine ganze Familie. Nicht nur ich. Mein Gott, diese eine Woche, als Deena und Ruby endgültig ausgezogen sind. Irgendwann baut er Scheiße, das weiß ich.

Ich übernehme das, sagte Frank, griff nach der Rechnung und zog seine Brieftasche hervor. Nessa wartete, während er an der Kasse zahlte. Er musste zur Arbeit. Und sie auch.

Wieder lief der Morgen, an dem Deena verschwunden war, vor ihrem inneren Auge ab. Das war längst zur Gewohnheit geworden, ein Gedankenstrom, der in jedem stillen Moment in Gang kam. Deena, wie sie sich für die Arbeit fertigmachte, aus dem Haus ging, und dann die vielen Fragen: Hat er sich den Sonntagmorgen ausgesucht, weil da nicht mit Staus zu rechnen war? Weil es weniger Zeugen geben würde? Hatte er sie an dem Morgen angerufen und behauptet, es sei etwas mit Ruby? Hatte er in ihrem Wagen auf sie gewartet? Oder vor der Haustür?

Der weiße Honda hatte monatelang auf der anderen Straßenseite gestanden. Jetzt war er weg. Vielleicht war es ja wirklich seiner gewesen. Sylvia hatte sich sehr daran gestört, ein Wagen, der sich nie vom Fleck rührt. Irgendwer lässt den da verkommen, hatte sie immer gesagt. Nessa hätte ihn melden sollen. Warum hatte sie das nicht gemacht?

Frank setzte sich wieder auf seinen Stuhl. Wann wird über den Antrag entschieden?

In zwei Wochen.

Sie schluckte, versuchte, sich auf die Menschen zu konzentrieren, die draußen auf dem Weg zur Arbeit waren. In ihr sinnerfülltes Leben.

Ich weiß, Sie haben das schon oft gehört, Nessa, aber es nützt wirklich niemandem, wenn Sie zusammenklappen oder krank werden. Und genau das wird passieren, wenn Sie weiter nichts essen, nicht schlafen und keinen Weg finden, auf sich aufzupassen.

Ja, ich weiß.

Ich wollte Sie nicht nur wegen der Anhörung treffen. Er sah auf die Tischplatte, und Nessa wusste, er würde ihr gleich etwas sagen, was sie nicht hören wollte, etwas, das er die letzte Dreiviertelstunde vor sich hergeschoben hatte.

Vor ein paar Tagen hat Lucas sich gemeldet. Er wird diesen Sommer aus Pennsylvania wegziehen. Wegen des offenen Ermittlungsverfahrens hat er uns seine neue Adresse mitgeteilt. Er zieht nach Vermont. Mit Ruby.

Irgendwo hatte sie gelesen, Flughäfen und Bahnhöfe seien die perfekten Beispiele extremer Modernität, die Reisenden in ihnen entwurzelt, zwischen zwei Orten. Im Nirgendwo. Aber für sie hatten sie immer das genaue Gegenteil bedeutet: Orte, an denen die Menschen wieder andockten, zurückkehrten, nach Hause kamen, Kinder, die in ausgebreitete Arme rannten, linkische Jugendliche, die ihre Mütter umarmten, Erwachsene, die beim Anblick des anderen von plötzlicher Scheu befallen wurden, Abschiede, Treffen an der 30th Street Station, am Engel, mit Deena und ihrer Mutter. Das alles. Früher hatte sie immer mit den Tränen gekämpft angesichts der schieren Schönheit von Menschen, die sich wiedersahen. Während sie jetzt in der Ankunftshalle des Philadelphia International Airport auf Ronan wartete, empfand sie gar nichts.

Er hatte schon seit Wochen zurückkommen, sein Examen verschieben wollen. Sie hatte ihn davon abgehalten. Zuletzt gesehen hatten sie sich wenige Tage, nachdem Deena verschwunden war. Ronan war Teil einer anderen Welt. Vor all dem. Dieser Raum in ihr war nicht mehr frei.

Jetzt sah sie ihn kommen, in dunkler Jeans und dunkelblauem Hemd. Auf seinen Wangen lag schon der Bartschatten des Reisetags. Er trug einen Tweed-Blazer, den er bei den Temperaturen in Philadelphia sicher bald ausziehen würde. Sie sah, wie er die Menge absuchte, wie dann sein Blick auf ihr ruhte. Ein Anflug von Besorgnis; vielleicht stand ihr die Verzweiflung ja ins Gesicht geschrieben, oder er war beklommen, weil er die Welt des Schmerzes, die er betreten würde, jetzt so deutlich vor sich sah. Er stellte seine beiden Taschen ab, schloss sie in die Arme und hielt sie fest. Nessas Gesicht landete unter dem Aufschlag seines Blazers, und zum ersten Mal seit Wochen spürte sie so etwas wie Trost. Sie brachte kein Wort heraus. Machte eine Bewegung, um ihr Schweigen zu erklären.

Schon gut, sagte er und drückte seinen Kopf an ihr Haar. So blieben sie einen Augenblick. Du wirst ja immer weniger, sagte er. Ich spüre jeden Knochen.

Genau so wollte sie bleiben, so eingehüllt, die Außenwelt weit weg. Zu Weihnachten hatte er ihr David Attenboroughs Dokumentarreihe *Das Leben der Säugetiere* auf DVD geschenkt. Die schaute sie jetzt immer abends, weil alles, was eine Geschichte oder Figuren beinhaltete, sie überforderte. Neulich hatte sie gesehen, wie ein kleines Känguru die Welt jenseits des Beutels seiner Mutter erkundete, sich durchkämpfte, ein paar Mal hinfiel und dann wieder zurück in den Beutel kroch, als wäre ihm die Welt da draußen viel zu anstrengend. So wollte auch sie in der Dunkelheit unter Ronans Blazer verharren, sein kratziges Kinn auf ihrem Kopf, sein breiter Oberkörper an ihrer Wange. Ein leichter Wollgeruch.

Der Antrag auf Umgang wurde abgelehnt. Er wird sie uns nicht mehr sehen lassen.

Ronan umfasste ihren Hinterkopf, strich ihr übers Haar. Es tut mir so leid. Das ist ...

Er brach ab, wusste nicht mehr, was er sagen sollte. Sie blieben weiter stehen, und Nessa wurde klar, dass er sie hier, mitten in der Ankunftshalle, so lange festhalten würde, bis sie losließ.

Ronan ging einkaufen und kochte für sie an diesem ersten Abend. Comfort-Food, sagte er, das sich leicht essen lässt. Kartoffelpüree, Erbsen. Ein Brathähnchen. Sie legte sich aufs Sofa und sah ihm dabei zu, wie er in der Küche herumfuhrwerkte, die er nur ein Jahr zuvor für sie entworfen hatte. Es war fast wieder wie früher, in der Kindheit, das Klappern von Töpfen und Pfannen, der murmelnde Fernseher, der Duft des Essens. Ronan stellte Teller auf den Couchtisch. Du brauchst dringend eine Soßenschüssel, sagte er. Jetzt muss erstmal dieser Becher reichen. Versuch, was zu essen, drängte er sie. Und sie versuchte es, aber selbst das mit Milch und Butter angereicherte Kartoffelpüree klebte ihr wie Pappe an der Zunge. Sie musste sich zwingen, die Muskeln in ihrem Mund zu bewegen, zu schlucken.

Später, als sie im Bett lagen, sagte sie ihm, dass sie sich zu Sex nicht in der Lage fühle. Mein Kopf ist dermaßen im Eimer, ich kann die Gedanken, die mir kommen, nicht mehr steuern. Nicht nur Deena selbst – das Bild, wie sie tot und nicht begraben irgendwo im Wald liegt und mich anschaut, oder notdürftig verscharrt auf einer Müllhalde oder einem verlassenen Grundstück –, sondern auch die Vorstellung, wie sie gestorben ist. Wie sie vielleicht gelitten hat. Ihre Angst, ihr Entsetzen, das schneidet mich jeden Tag tausend Mal in Stücke.

Sie hörte ihre eigene Stimme im Dunkeln und Ronans Atem neben sich. Es machte ihm Angst, wozu sie geworden war, das war ihr klar. Ihr ging es ja genauso.

Und alle möglichen anderen Sachen, fuhr sie fort, die Nachrichtenbilder aus Abu Ghraib zum Beispiel. Oder das Video, in dem dieser Mann geköpft wird. Ich habe die ganze Zeit die schrecklichsten Bilder im Kopf. Sie kommen einfach so. Ich kann sie nicht davon abhalten.

Sie wusste selbst nicht, warum sie so war, und auch nicht, wie sie es Ronan erklären sollte. Es kam ihr vor, als wäre alles zerstört und entwertet. Sie würde nie wieder normal, nie wieder berührbar sein.

Darum wollte ich auch nicht, dass du kommst. Ich habe das Gefühl, ich bin zur Zeit Gift. Einfach nur dreckiges, verseuchtes Gift. Für mich selbst. Für andere. Für dich.

Am nächsten Morgen kam Ronan mit einem Monatsvorrat Proteinshakes für Nessa an, um sie ein bisschen aufzupäppeln, und einer Tüte voller DVDs mit alten Filmen. Er ließ ihr mitten am Tag ein Bad ein, kochte für sie und legte erst *American Graffiti* und dann *Harry und Sally* ein. Sie sah ihm dabei zu, wie er sich durch ihr Haus bewegte. Er würde einen großartigen Ehemann und Vater abgeben; er umsorgte, ohne groß darüber nachzudenken. Nichts davon war noch für sie bestimmt.

In der Nacht vor seiner Abreise schliefen sie miteinander. Mitten in der Nacht, ohne nachzudenken, noch fast im Halbschlaf. Hinterher drehte Nessa sich zur Wand. Sie konnte nicht mehr aufhören zu weinen.

Lieber Himmel, Nessa. Was ist denn los? Es tut mir leid. Ich dachte, du willst es.

Wollte ich ja auch. Das ist es nicht.

Ronan sagte nichts weiter. Er zog sie eng an sich. Wiegte sie sanft. Sein nacktes Bein an ihrem, die Wärme seiner feuchten Haut, seine Brust an ihrem Rücken, die sich, immer noch außer Atem, hob und senkte. Sie wusste, es würde das letzte Mal sein. Sie war nicht fähig, das anzunehmen, was er zu geben hatte. Sie konnte nicht begreifen, dass ein so guter, schöner Mensch wie er sie halten wollte. Gleichzeitig grollte ihm ein Teil von ihr, gerade weil er so intakt und gut war mit seinen Soßenschüsseln und seinem Brathähnchen. Wie er von seinen jüngeren Geschwistern erzählte, während die ganze Welt doch so beschissen war. Immer wieder brach neues Schluchzen aus ihr heraus

Es war, als könnte er sie denken hören. Bitte, Nessa. Bitte sag jetzt noch nichts. Das ist jetzt nicht die Zeit, um Entscheidungen zu treffen. Ich schwöre bei Gott, ich bin hier. Ich warte. Wir können auch nach Jahren noch weitermachen. Jederzeit. Wenn du soweit bist.

Nessa sagte nichts. Es war bereits vorbei.

14

NESSA

2004

Sie hatte den ganzen Vormittag mit dem Grafik-Team zusammengesessen, um das Layout eines neuen Katalogs zu besprechen. Auf ihrem Schreibtisch klebte eine Reihe von Post-its.

Molly zurückrufen, so schnell wie möglich.
Molly bittet sofort um Rückruf.
Noch mal Molly.
Molly.

Nessa griff zum Handy.

Endlich, Nessa. Ich platze fast. Seit Stunden versuche ich schon, dich zu erreichen.

Was ist denn los?

Hast du's noch nicht gesehen?

Was denn?

Du wirst es echt nicht glauben. Die *Philadelphia Today* bringt diesen Monat eine Titelstory über Deena. Samt Suspendierung auf Station und ihren psychischen Problemen. Die haben sogar Sachen aus der College-Zeit wieder ausgegraben. Alles. Das konnten die doch niemals wissen, wenn ihnen nicht irgendwer Informationen gegeben hat.

Herrgott. Lucas. Aber Frank meinte doch, Lucas würde sicher nicht so blöd sein, mit der Presse zu reden. Ob das Krankenhaus was rausgegeben hat? Panik wallte in ihr auf. Jetzt würden alle einen ganz falschen Eindruck von Deena bekommen.

Hier sagen alle, sie hätten natürlich nichts erzählt. Er muss es gewesen sein. Wer sonst? Zitiert wird er nicht in dem Artikel. Aber woher sollten sie diese ganzen Infos sonst haben? Sogar ihr Selbstmordversuch am College kommt vor. Und dass sie ihre Medikamente abgesetzt hat. Die falsche Infusion für das Baby. Der Zusammenbruch. Die Festnahme. Alles da. Das muss also entweder die Polizei rausgegeben haben oder er.

Nessa hielt noch die Druckfahnen des Katalogs in der Hand, an denen sie den Vormittag über gearbeitet hatte; auf dem Cover war

Artemisia Gentileschis Gemälde *Judith und Holofernes* zu sehen. Sie wählte Franks Nummer und konzentrierte sich ganz auf das Bild, während sie dem Freizeichen lauschte. Gentileschi war von einem Maler, einem Freund ihres Vaters, vergewaltigt worden, es hatte einen Prozess gegeben. Sie schilderte, wie sie mit dem Mann gerungen hatte. Als er fertig war, schrie sie ihn an, sie wolle ihn umbringen, und er verhöhnte sie. Sie warf ein Messer nach ihm. Er erklärte, er werde sie heiraten, nachdem er sie entehrt habe, weigerte sich dann aber. Nessa stellte sich den Gerichtssaal vor. Das junge Mädchen im Zeugenstand. Ihr Vergewaltiger, der sie als Hure beschimpft und ein Komplott zur Ermordung seiner eigenen Frau geschmiedet hatte, im selben Raum.

Keine Reaktion.

Sie lief zur nächsten Wawa-Filiale, kaufte sich eine Ausgabe der *Philadelphia Today* und setzte sich zum Lesen nach draußen. Es ging ausschließlich um Deenas psychische Erkrankung und die Ermittlungen im beruflichen Umfeld. So etwas musste doch sittenwidrig sein. Es musste einen Weg geben, sie zu zwingen, den Artikel zurückzuziehen. Nessa notierte sich den Namen unter dem Text. Wie konnte dieser Mensch so viel von Deenas Geschichte ausgraben und dabei mit keinem Wort die Kontaktverbote und die Prügel erwähnen, die fürchterlichen Dinge, die sie erlebt hatte? Der Fehler auf der Arbeit war ihr nur unterlaufen, weil Lucas gewollt hatte, dass sie von einem Tag auf den anderen ihre Psychopharmaka absetzte. Davon war nicht einmal die Rede.

Nessa versuchte es noch einmal bei Frank. Keine Reaktion. Sie rief Lynne an und hinterließ eine Nachricht bei ihrer Sekretärin.

Zurück im Büro setzte sie sich an ihren Schreibtisch und blätterte in dem Katalog, an dem sie weiter arbeiten musste, ohne auch nur ein Wort zu begreifen. Sie suchte die Nummer der *Philadelphia Today* heraus und rief dort an. Am liebsten hätte sie losgebrüllt. Sie verlangte die Person, die den Artikel verfasst hatte. Und wurde zum Chefredakteur durchgestellt.

Wie konnten Sie so etwas veröffentlichen? Ist Ihnen eigentlich klar, wie sehr Sie damit den laufenden Ermittlungen um meine Schwester schaden? Und meiner ganzen Familie? Das ist Verleumdung. Meine Schwester wird vermisst. Ihr ist etwas zugestoßen, und Sie blasen die Tatsache, dass sie Antidepressiva genommen hat, zur Story auf?

Sie wollte ihn anbrüllen: Ihr Monster! Ihr gottverdammten unmoralischen Monster!

Der Chefredakteur blieb gelassen. Er bedauerte, dass sie das so empfinde. Ihnen sei sehr an fairer und ausgewogener Berichterstattung gelegen.

Alles, was wir veröffentlicht haben, entspricht den Tatsachen und lässt sich belegen. Wir haben auch Ihre Familie eingeladen, sich dazu zu äußern.

Wir stecken in laufenden Ermittlungen. Wir sind einem ständigen Medienrummel ausgesetzt. Interviews geben wir nicht, weil wir nichts sagen, ihn nicht einmal beim Namen nennen dürfen. Nessa wurde lauter. Wir gehen hier durch die Hölle! Wo ist Ihr Anstand? Sie knallte den Hörer zurück auf den Apparat.

Dann sprang sie auf und trat gegen den Schreibtisch. Der Schmerz schoss ihr bis ins Schienbein.

Sie hinterließ noch eine Nachricht für Lynne und versuchte es erneut bei Frank.

Im Zuge des Vergewaltigungsprozesses war Artemisia Gentileschi mit Daumenschrauben gefoltert worden, um sicherzustellen, dass sie die Wahrheit sagte. Es ist die Wahrheit, das wiederholte sie immer und immer wieder. Es fiel schwer, das Gemälde der Judith anzusehen, ohne dabei an den Prozess zu denken, an die Wut und den Schmerz, die die Malerin empfunden haben musste. Sie war gefoltert worden. Nicht er. Sie. Ein junges Mädchen. In der Kunst wurde weiblicher Zorn von jeher als hässlich dargestellt. Die Furien, die Gorgonen. Artemisia Gentileschi hatte ein Bild ersonnen, auf dem zwei Frauen sich zusammentaten, um ihren Unterdrücker niederzuhalten und ihm die Kehle durchzuschneiden, ihm den Kopf abzutrennen.

Nessa verließ das Büro am frühen Nachmittag. Weder Lynne noch Frank hatten zurückgerufen. Sie ging nach Center City, vorbei an Lucas' Straße, immer noch in der Hoffnung, dort vielleicht Ruby auf ihrem Dreirad den Gehweg entlangstrampeln zu sehen. Sie konnte an keinem Spielplatz in der Stadt vorbeigehen, ohne nach ihr Ausschau zu halten. In einer Bar bestellte sie sich einen Whiskey. Dann noch einen. Trank drei Bier. Schluckte zwei Xanax, die sie von Molly bekommen hatte, weil sie sich nicht getraut hatte, sich welche beim Arzt verschreiben zu lassen, solange der Antrag auf Umgang noch lief. Lucas hätte es ja herausfinden können. Es war später Nachmittag, und die Bar füllte sich zusehends. Nessa hatte nicht daran gedacht, dass Freitag war.

Ein Typ in einem etwas zu blauen, vielleicht auch etwas zu glänzenden Anzug setzte sich auf den Barhocker neben ihr. Wenn er lächelte, was er häufig tat, war er attraktiv. Perfekte weiße Zähne. Aber irgendwas an ihm war auch zwielichtig.

Vielleicht kommt diese Chance ja nie wieder, sagte er.

Eigentlich wollte sie ihm eine scheuern. Sagte aber nur: Von mir aus.

Er gab ihr einen Drink aus. Einen doppelten Whiskey. Dann zahlte sie ihm einen. So ging es hin und her. Er machte irgendwas mit Finanzen, trug einen dieser dicken goldenen Verbindungsringe mit einem grünen Stein. Auf seinen Knöcheln sprossen dichte dunkle Haare, und er tat Nessa fast ein bisschen leid. Er erzählte von seinem Leben. Sie hörte nicht zu. Vor den Fenstern ging der Tag ins Dunkel über. Die Zeit am Freitagabend, wenn die eine Sorte Mensch zu ihrer Familie nach Hause ging und die andere, Menschen wie sie, noch blieb.

Der Typ im Anzug hatte Koks dabei. Auf der Toilette zogen sie ein paar Lines von Nessas Katalogfahnen. Dann tranken sie weiter.

Koks bringt mich immer in Fahrt, sagte er.

Hast du noch mehr?

Das Licht auf der Toilette war schummrig. Nessa zerteilte die Lines auf dem Katalog-Cover, auf der roten Samtdecke von Holofernes, auf Judiths Haut.

Weißt du, Gentileschis Bild ist ganz anders als das von Caravaggio, sagte sie. Auf seinem sieht es aus, als gleite das Messer einfach wie von selbst durch den Hals, ohne jede Kraftanstrengung. Judith und ihre Amme sind praktisch meterweit weg, sie halten das Schwert kaum fest. Schau. Sie legte den Finger auf die Seite. Auf dem hier hält die Dienerin ihn total fest, das Blut spritzt. Judith hat sich in seine Haare gekrallt, nutzt sie als Hebel, um ihm die Arterien auch richtig durchtrennen zu können. Es ist anstrengende körperliche Arbeit, trotzdem bleiben sie ganz ruhig dabei. Entschlossen. Sie tun, was getan werden muss. Siehst du?

Redest du von dem Bild da? Der Typ im glänzenden Anzug beugte sich vor und zog seine Line durch.

Egal, sagte sie. Was zum Geier glaubte der, wovon sie sonst redete? Sie schnupfte das Koks, und als sie den Kopf wieder hob, sah sie sich im Spiegel. Ich seh ja ganz gelb aus. Sie wischte sich die Nase.

Er stellte sich hinter sie vor das Waschbecken, fuhr ihr mit seinen schauderhaften Händen vorn über die Bluse. Sein feuchter Mund sabberte an ihrem Nacken herum.

Sie zog den Kopf ein, duckte sich, damit er aufhörte.

Fass mich nicht an, verdammt.

Du bist doch mit mir hier reingekommen.

Weil du Koks hast.

Sie stemmte sich mit dem Rücken ans Waschbecken und schubste ihn weg.

Was zum …? Seine Miene verzerrte sich von erschrocken zu wütend. Durchgeknallte Schlampe. Er riss die Toilettentür auf und ging.

Wieder allein betrachtete Nessa ihr verschwommenes Spiegelbild. Irgendwann im Lauf des Abends musste sie wohl geheult haben – unter ihren Augen klebten Ablagerungen von Wimperntusche. Wie das Gemälde einer Geistesgestörten. Sie drängte sich durch die lärmende Bar und stolperte raus auf den Gehweg. An der Ecke zur Broad Street hielt sie ein Taxi an.

Sie nannte dem Fahrer ihre Adresse. Als sie in ihrer Straße waren, sagte sie: Können Sie kurz auf mich warten? Nur ein paar Minuten. Ich bin gleich wieder da.

Oben an der Treppe musste sie sich gegen die Haustür lehnen, um den Schlüssel herauszukramen. Sie brauchte den richtigen Schlüssel, den vom Haus. *Konzentrier dich.* So fest sie konnte, bohrte sie sich den Schlüssel ins Handgelenk. *Scheiße, Nessa, konzentrier dich.* Jetzt hatte sie ein Ziel. Das Küchenmesser aus dem deutschen Qualitätsset, das sie laut Ronan unbedingt brauchte. Auf dem Weg nach draußen entdeckte sie seinen komischen irischen Holzschläger. Sie hatte ihm nie gesagt, dass er ihn hier hatte stehen lassen. Zurück im Taxi gab sie dem Fahrer die Adresse, und sie schlängelten sich durch Nebenstraßen zurück nach Center City.

Hier, sagte sie. Vor dem Nissan Frontier. Sie zahlte und blieb neben dem Pickup stehen, wartete, bis das Taxi weggefahren und am Stoppschild abgebogen war. Das Messer hatte sie in der Handtasche. Den Schläger hielt sie in der Hand. Den ganzen Tag schon wollte sie etwas oder jemanden durchstechen, verletzen. Lucas, die Person, die den Text geschrieben hatte, den selbstgefälligen Chefredakteur, den Richter, der ihren Antrag auf Umgang abgelehnt hatte, den Typen aus der Bar. Sie torkelte an Lucas' Nissan vorbei, das Messer in ihrer Hand zog von Stoßstange zu Stoßstange einen Streifen durch den Lack, eine weiße Naht in der glatten schwarzen Oberfläche. Schluss mit der Perfektheit. Sie drückte fester, vertiefte den Kratzer. Fick dich, flüsterte sie. Fick dich, fick dich, fick dich. An der vorderen Stoßstange stellte sie sich direkt neben den Reifen, umfasste den Messergriff mit beiden Händen und stach zu, nach hinten oben. Beim zweiten Versuch drang das Messer tief ein, und Nessa verlor das Gleichgewicht und fiel auf die Straße, als sie die Klinge wieder herauszog. Sie ging auf den nächsten Reifen los, stach zu. Diesmal blieb das Messer stecken. Nessa knallte gegen den Wagen, und die Alarmanlage ging los. War ja klar, dass er eine Alarmanlage hat.

Scheiße, scheiße, scheiße. Sie hob den Schläger vom Boden auf und holte aus. Zertrümmerte einen Scheinwerfer. Brüllte sie wirklich, oder war das Brüllen in ihrem Kopf? Den anderen Scheinwerfer. Den Kühlergrill. Die Erschütterung fuhr ihr durch beide Arme. Lichter gingen an, Lucas' Türschwelle war hell erleuchtet. Sie machte weiter, ging nach hinten, zertrümmerte die Rücklichter. Sie musste fünf, sechs Mal zuschlagen, bevor das Fenster auf der Fahrerseite in viele tausend Stückchen zersplitterte, die noch zusammenhielten, als ginge ein unsichtbarer Draht durch sie hindurch. *Smithereens.* Ein irisches Wort, das sie mal von Ronan gehört hatte.

Jetzt war sie alles, was sie eigentlich nicht sein durfte: hässlich, außer sich vor Wut, besoffen, gewalttätig. Hinter Vorhängen tauchten Gesichter auf, beobachteten sie. Schatten hinter Scheiben. Durchgeknallt, hysterisch, am Arsch. Das war es, was sie sahen. Wahrscheinlich sah auch er von irgendeinem Fenster aus zu. Immer noch ganz beherrscht. Im

Augenblick hätte sie sich gewünscht, er würde einfach rauskommen und sie mit seiner Flinte abknallen. Das Messer steckte immer noch im Reifen, wenn sie es bloß herausbekäme und auf sich selbst einstechen könnte, dann wäre es wenigstens vorbei. Aber es rührte sich nicht vom Fleck. Geschlagen sank Nessa zwischen den Glasscherben auf die Knie und schaffte es irgendwie, Franks Nummer zu wählen. Diesmal reagierte er.

Ich hab seinen Wagen zertrümmert. Ich bin noch hier in der Straße. Alle gucken.

Während sie so im Dunkeln kniete, kam ihr ein entsetzlicher Gedanke: Was, wenn auch Ruby guckte? Wenn sie am Fenster stand und Nessa so sah, als durchgeknallte, gewalttätige Schlägerin. Wie er. Ihre Knie waren blutig. An einer Hand hatte sie einen tiefen Schnitt.

Das Roundhouse. Leuchtstoffröhren, ein Sessel aus rissigem schwarzem Lederimitat, Tinte an ihren Fingern, das Blitzlicht einer Kamera. Eine Polizistin, die immer wieder Versteh ich und Kann man wohl sagen murmelte, als wäre sie ganz einer Meinung mit Nessa, die schluchzend erklärte, es gebe keine Gerechtigkeit, zumindest nicht für Frauen, nirgends auf dieser Welt, nicht für Frauen. In der Damentoilette kniete sie vor der Schüssel und erbrach sich, während auf der anderen Seite der Kabinentür ein uniformierter Beamter wartete. Das Linoleum hatte ein paar Löcher, als hätten hier schon andere gekniet und sich in den Boden gekrallt. Es stank unerträglich. Der Sitz war hochgeklappt. Typisch Mann.

Das Schlimmste, erklärte sie dem Kerl vor der Kabine, als sie wieder rauskam, ist doch, wenn Männer in der Frauentoilette den Sitz und den Boden vollpissen. Wir machen so was nicht. Sie torkelte, zeigte auf sich. Warum können Männer nicht ihre eigene Toilette nehmen? Sagen Sie denen, sie sollen aufhören, sie sollen endlich damit aufhören, alles und jedes für sich zu beanspruchen. Sie sollen's einfach lassen. Herrgott.

Alles drehte sich. Sie schlief auf dem Fußboden ein. Irgendwer verfrachtete sie in einen Sessel.

Frank hatte wohl ein paar Strippen gezogen; jedenfalls brachte er sie am nächsten Morgen zurück nach Hause.

Keine Rachefeldzüge mehr, sagte er. Und was immer Sie da gestern intus hatten, Sie müssen mit dem Mist aufhören. Unverzüglich. Und essen Sie was.

Ja, sagte sie. Sie war in ihrem ganzen Leben noch nicht so müde gewesen.

Sie bekam eine einstweilige Verfügung ausgehändigt. Immerhin zu Hause und nicht im Büro. Die Rechnung wegen Sachbeschädigung kam per Einschreiben; sie musste den Erhalt auf dem Postamt quittieren. Lucas und Ruby waren längst nach Vermont gezogen.

Weißt du, dass sie hier im Zimmer ihre ersten Schritte gemacht hat? John Garvey bekam kaum mehr Luft, trotzdem verbrachte er seine letzten Tage damit, praktisch ununterbrochen zu reden. Hospizmitarbeitende hatten ihm ein Pflegebett ins Wohnzimmer gestellt.

Da drüben neben dem Sofa. Deine Mutter hat sie festgehalten. Ich saß im Sessel. Gleich hier.

Dann musste er pausieren. Nessa sah zu, wie sich sein Brustkorb hob und senkte, die Rippen drückten sich durch das Unterhemd. Er war dünn und aufgedunsen zugleich. Sein Bauch war geschwollen, genau wie seine Knöchel, während Arme und Brust verkümmerten. Das silberne Medaillon auf seiner fahlen Haut. *Heiliger Christophorus, behüte uns.* Ein Geschenk von seiner Mutter, als er von zu Hause fortgegangen war.

Ich habe die Arme ausgebreitet, und sie kam zu mir rübergewackelt. Auf ihren stämmigen kleinen Beinchen. Ganz allein.

Es war gar keine richtige Geschichte, aber er wiederholte sie jetzt endlos, durchsetzt von anderen Erinnerungen. Deenas erste Schritte. Ihr erster Schultag. Wie sie Nessa damals die Haare abgeschnitten und sie dann versteckt hatte. Wie Deena sang. Manchmal brachte er sie auch mit Ruby durcheinander.

Er röchelte, und Joey beugte sich vor und wischte ihm mit einem Taschentuch den Mund.

Wenigstens hat Maria nicht mehr erleben müssen, was mit unserem Mädchen passiert ist. Er weinte, dann schlief er ein. Ihr Vater starb und konnte über nichts anderes mehr reden als über die Toten. Es war nur noch eine Frage von Tagen. Die Hospizschwester hatte ihnen erklärt, das könne sie am Blutbild erkennen.

Draußen im Garten verfärbten sich schon die Bäume. Ihr Vater hatte zur Geburt jedes seiner Kinder ein Bäumchen gepflanzt. Eine Birke für Deena, einen Ahorn für Joey, eine Kirsche für Nessa. So viel war geschehen auf diesem kleinen Stück Land, diesem kleinen Stück Amerika. Die Iren, die jeden Sommer kamen, die Barbecues, die Geschichten, ihrer aller Kindheit, die Firma, Romanzen und Kummer.

Wenn sie jetzt meinen Herzschlag hören könnte, sagte er, aber er sagte es im Schlaf, und Nessa wusste nicht, wen von ihnen er damit meinte.

Dann fuhr er hoch, rang nach Luft.

Eure Mutter habe ich im Irish Club kennengelernt, sagte er, als er wieder sprechen konnte. Sie war mit einer Freundin da. Ich war fünfundvierzig. Ich hätte nie damit gerechnet, in dem Alter noch jemanden kennenzulernen. Eine fünfzehn Jahre jüngere Italienerin. Sie hat mich zum Lachen gebracht. Sie machte, dass ich mich wieder jung fühlte. Sie hätte noch viel länger leben sollen. Dann fiel es ihm wieder ein, und er sagte: Zum Glück hast du das nicht mehr erlebt, Maria.

Er redete weiter, bis er wieder einschlief; diesmal schlief er sehr lange, und weder Joey noch Nessa waren sich anfangs sicher, dass er tot war. In dieser Nacht wachten sie zu Hause bei ihrem Vater, nur sie beide, weil er ihnen gesagt hatte, dass er sich das so wünschte, und am nächsten Morgen riefen sie das Bestattungsunternehmen an.

Sie begruben ihn an einem schönen Herbsttag. Zusammen standen sie vor der Kirche, in der sie getauft worden waren, in der sie ihre erste Beichte abgelegt und ihre erste Kommunion empfangen hatten, in der sie gefirmt worden waren und Abschied von ihrer Mutter genommen hatten. Gleich neben der Kirche lag die Elementary School, die sie alle besucht hatten, auf der anderen Straßenseite der Friedhof. Keine zwei Jahre zuvor, als sie ihre Mutter begruben, standen auch Ruby und Deena hier bei ihnen in der bitteren Kälte, abgeschirmt von Joeys Freunden, für den Fall, dass Lucas auftauchte.

Die Reihe der Trauernden war lang. Alle hatten John Garvey gern gehabt, und alle hatten etwas über ihn zu sagen. Nessa und Joey schüttelten Hände und hörten zu. Nessa hatte nicht die Fassung verloren. Sie fühlte sich gar nicht dazu in der Lage. Rechts neben dem Leichenwagen stand ein Grüppchen Iren. Manche von ihnen hatten sich hier in der Gegend niedergelassen. Ganz am Rand entdeckte Nessa eine vertraute Gestalt, und ihr blieb das Herz stehen. Ronan war schon zur Beisetzung ihrer Mutter aus Irland gekommen. Jetzt war er zur Beisetzung ihres Vaters hier. Sie hatte ihm doch gesagt, es gebe nichts mehr zu retten. Sie hörte sich die Geschichte einer Frau aus Donegal an, die ihren Vater 1950 kennengelernt hatte. Vor einem halben Jahrhundert, im Irish Club, als sie selbst gerade erst hier angekommen war. Was war er für ein Gentleman gewesen! Nessa drückte ihr die Hand, ließ sich von ihr umarmen. Ronan drückte zuerst Joey die Hand, und Joey verlor die Fassung, lehnte den Kopf an Ronans Schulter. Ronan umarmte ihn, tätschelte ihm den Rücken. Nessa hatte ganz vergessen, wie eng die beiden schon befreundet gewesen waren, bevor sie überhaupt wusste, wer Ronan war. Ihr Vater hatte ihn ins Herz geschlossen und ihm vertraut, ihn mit dem Umbau ihres Hauses beauftragt.

Als er vor ihr stand, wollte sie ihm die Hand drücken.

Ach, Nessa. Doch nicht heute. Wieder verspürte sie beißende Scham, ließ die Hand sinken und umarmte ihn.

Du hättest nicht kommen sollen, sagte sie.

Wieso nicht?

Ich weiß nicht. Die weite Reise. Die Kosten. Eine Karte oder so was hätte doch auch gereicht.

Er legte den Kopf schief, fragend, vielleicht auch ungläubig. Du weißt schon, dass ich hier bin, oder?

Bitte?

Hier, in Philly.

Nein. Sie hatte das Gefühl, auf schwankendem Grund zu stehen. Weiß es Joey?

Klar. Ich habe euren Vater die letzten Wochen ein paar Mal besucht. Ich dachte, das weißt du.

Aber wieso? Hast du nicht dein Examen?

Längst bestanden. Ich habe ein Angebot von meinen alten Arbeitgebern hier bekommen. Sie haben sich auch um die Arbeitserlaubnis und alles gekümmert. Daher.

Und mir wolltest du davon nichts erzählen?

Nessa, liest du denn nicht mal mehr meine Mails? Ich hab's dir erzählt. Ich arbeite schon eine ganze Weile hier.

Sie nickte. Ja. Ja, verstehe. Joey war nicht mehr neben ihr; er stand mit Kate und ihren Eltern auf der anderen Seite des Kirchvorplatzes.

Hab gehört, du bist verhaftet worden.

Hat Joey dir das erzählt?

Ja. Ronan zuckte mit den Schultern. Er trug einen weichen braunen Pullover über einem weißen Hemd. Ein Teil von ihr wollte sich einfach in seine Geborgenheit sinken lassen. Er wirkte so gut.

Es wird dich freuen zu hören, dass du die Waffen gestellt hast.

Wie bitte?

Das Wüsthof, dieses edle Küchenmesser. *Wo zweihundert Jahre Fertigungstradition auf die moderne Küche treffen*? Und deinen Sportstock.

Du hast meinen Hurling-Schläger genommen?

Ja, den. Glaube ich. Sie haben ihn einbehalten.

Ronan zuckte wieder mit den Schultern und lachte leise. Den brauche ich hier eh nicht mehr.

Ich war ziemlich von der Rolle. Ganz schöner Scheiß. Das alles.

Sie sah Ronan an, dass er noch etwas sagen wollte, aber jetzt stand der Bestatter neben ihr.

Wir sollten jetzt hinübergehen, sagte er.

Gut.

Sie sah zu, wie sich Joey, Kates Bruder, Ronan, zwei ihrer Cousins und ein weiterer irischer Arbeiter den Sarg ihres Vaters auf die Schultern hoben, ganz altmodisch – genau so hätte er sich das gewünscht – und ihn über die Straße zu der Grabstätte trugen, die er längst bezahlt hatte. Und wo ihre Mutter auf ihn wartete.

Lang ausgestreckt auf dem Boden von Rubys Zimmer schaute Nessa zu den im Dunkeln leuchtenden Sternen empor, die sie an die Decke geklebt hatten, sah, wie der Schein der Straßenbeleuchtung auf Rubys Mondsessel fiel, auf ihre Bilderwand, ihre Bücherregale: *Das große Buch von Frosch und Kröte*, *Weißt du eigentlich, wie lieb ich dich hab?*,

Olivia und Rubys absolutes Lieblingsbuch, *Sharing a Shell*, das Ronan ihr aus Irland geschickt hatte; jeden Abend hatten sie es gemeinsam lesen müssen. Drei Mal hintereinander. Ruby hatte sogar angefangen zu reden wie in dem Buch. An einem der letzten Abende, bevor Deena verschwunden war, saßen sie zu dritt in Nessas Auto, als Ruby plötzlich aus ihrem Kindersitz auf der Rückbank sagte: Drei Freundinnen fahren dahin, unter dem Blau des Nachthimmels. Nessa wäre fast von der Fahrbahn abgekommen. Es war eine Abwandlung von *Sharing a Shell*.

Da hast du eine kleine Dichterin geboren, sagte Nessa.

Und Deena strahlte.

Auf dem Boden von Rubys Zimmer fing Nessa an zu schluchzen. Das Verlangen, Ruby im Arm zu halten, überwältigte sie.

Um zwei Uhr morgens brach sie nach Vermont auf. Unter dem Beifahrersitz ihres Wagens lag John Garveys Ausgabe von Rand McNallys *Straßenatlas der USA*. Sie wusste, in welcher Stadt sie wohnten, wusste, dass Lucas auf den Islands am Lake Champlain zu Hause war, aber die genaue Adresse kannte sie nicht. Sie informierte sich gar nicht erst, ob die einstweilige Verfügung auch in anderen Bundesstaaten gültig war. Sie fuhr einfach los. Ein paar Kilometer vor der Grenze von New York machte sie an einer Raststätte am New Jersey Turnpike halt. Sie trank ihren Kaffee draußen, rauchte eine Zigarette. Um vier Uhr früh, herrschte hier schon reger Betrieb, die Leute machten sich bereit, in ihren Arbeitstag zu starten. Hauptsächlich waren es Handwerker, Männer in schweren Arbeitsstiefeln mit Stahlkappen und farbbespritzten Hosen, Männer wie ihr Vater und ihr Bruder.

Hinter Albany, auf einem Streckenabschnitt, der Northway genannt wurde, sah Nessa zu, wie sich der Himmel änderte. Im Osten, am Ende der ansteigenden Straße, zeigte sich ein dunkelblauer Streifen, darunter ein tief indigofarbenes Meer aus Bäumen; sogar die Fahrbahn schimmerte blau im Licht der Scheinwerfer. Die blaue Stunde – den Ausdruck hatte sie irgendwo gelesen. Die Umrisse der Wälder, die Berge, dunkle Kolosse, nahmen immer mehr Gestalt an, je mehr der Morgen über den Adirondacks dämmerte. Als Nessa die Staatsgrenze nach Vermont überquerte, hing die Sonne schon wie ein glühend roter Ball vor ihr über den Feldern. So weit im Norden war Nessa noch nie gewesen. Kuhweiden, Schindelhäuser, rostrote Scheunen und leuchtende Herbstbäume, die ganze Welt erstrahlte im Tod: lodernde Hickorys, Amberbäume, Rotahorn. Kurz vor Burlington sah sie auch den See zu ihrer Linken. Auf der Route 7 hielt sie an, um eine Zigarette zu rauchen. Deena war nur einmal hier gewesen, während ihrer Schwangerschaft, sie hatte alles sehen wollen. Wie eine Touristin war sie aufgebrochen, mit Reiseführer und Fotoapparat, und als sie zurückkam, war sie sehr still und hatte keinen Film zu entwickeln. Die Reise hatte sie verstört.

Wusstest du, dass Robert Frost dort begraben ist?, sagte sie. Das hatte Nessa nicht gewusst. Sie wusste gar nichts über Robert Frost oder Vermont oder Lyrik im Allgemeinen.

Aber so ist es, sagte Deena. Auf seinem Grabstein steht der Satz: *In Liebe lag ich mit der Welt im Streit.*

Geht uns das nicht allen so?, kommentierte Nessa. Wie mit so vielen anderen Erinnerungsfetzen versuchte sie jetzt, in diesem Moment, nach seiner möglichen Bedeutung zu schürfen, nach dem, was Deena zu dem Dichter und seinem Grab gezogen haben mochte. Später, als Deena verschwunden war, fand Nessa ein weiteres Frost-Zitat in ihrem Tagebuch. *Ist meine Trauerigkeit bei mir, am dunklen Herbsttag voller Regen, gibt es für sie nichts Schöneres hier.* Der Eintrag stammte vom November 2003, ein Jahr, nachdem sie Lucas verlassen hatte, und wenige Monate, bevor sie verschwunden war. War sie wieder depressiv gewesen? *Meine Trauer.* Nessa hatte Deena nie gefragt, ob sie wirklich an Frosts Grab gewesen war. Sie hatten die verlorenen Jahre nie zurückbekommen, auch nicht die Tagebücher, die Deena während der Zeit mit Lucas geführt hatte. All die Dinge, die sie über Rubys erste Jahre notiert hatte. Über ihn.

Als sie über den Sandbar Causeway nach Grand Isle County kam, ließ Nessa das Fenster herunter. Nach Norden hin trudelten Fischerboote, wie Linien auf der stillen silbernen Wasseroberfläche. Auch die Straße krümmte sich wie ein Angelhaken nach Norden, und Nessa hielt vor einem Laden, den sie für einen größeren Supermarkt hielt. Am Rand einer Ortschaft. Große Pappkartons voller Kürbisse standen in der Mittagssonne. Daneben ein handgekritzeltes Schild: *Eigenanbau von den Islands, 3$ das Stück.* Nessa suchte sich einen aus, dick, makellos und glänzend. Ein Mitbringsel für Ruby, falls sie sie sehen würde. Drinnen gab sie dem Mann hinter der Ladentheke drei Dollar. Er trug ein Holzfällerhemd und einen Hut mit Camouflage-Muster, an dem Köder fürs Fliegenfischen hingen. Nessa gab sich Mühe, beiläufig zu klingen.

Kennen Sie zufällig die Chevaliers? Clover und Lucas?

Er sagte weder ja noch nein, sondern ging einfach zur Ladentür. Draußen deutete er nach Norden. Paar Kilometer noch, dann biegen Sie rechts ab. Können Sie gar nicht verfehlen, gleich bei der roten Scheune an der Ecke, wo die Holsteins grasen.

Nessa sah ihn verwirrt an.

Kühe. Solche wie auf den Ben-and-Jerry-Packungen.

Schwarzweiße?, fragte sie.

Genau, sagte er. Wenn Sie die sehen, biegen Sie rechts ab. Fahren noch ein Stück die Straße lang, bis sie sich gabelt. Da geht's dann nach links. Es ist nur eine Seitenstraße runter zum See. Die Chevaliers wohnen gleich auf der linken Seite. Er ist mit der Kleinen viel draußen auf dem See, aber Clover müsste da sein.

Nessa bedankte sich und spürte, wie sie Herzklopfen bekam. Sie hatte das alles nicht genügend durchdacht.

Steh mir bei, sagte sie laut, als sie den Gang einlegte, ohne zu wissen, ob sich das an ihre Mutter, ihre Schwester oder ihren Vater richtete. Sie fuhr langsam, folgte der Wegbeschreibung, sah das verblichene Rot der Scheune, die Kühe, die gemächlich davor umherwanderten, und bog ab. Es war eine Schotterstraße, zu beiden Seiten wuchsen Goldruten und Astern zwischen dürrem Gras. Wenn ihr ein anderer Wagen entgegenkäme, müsste sie an den Rand fahren. Läuft Ruby manchmal diese Straße entlang, mit ausgestreckter Hand, um die Wildblumen zu streifen? Ist sie fröhlich genug, um ein paar davon zu pflücken? Hat sie Lucas' Mutter so gern, dass sie ihr einen Strauß mitbringt? Als die Straße sich gabelte, hielt Nessa sich links. Jetzt kam in kleinen, schimmernden Stückchen der See in Sicht. Vor ihr war eine Lücke in der Hecke, ein Grundstück. Sie sah einen Briefkasten, verlangsamte auf Schrittgeschwindigkeit. C-H-E-V-A-L-I-E-R stand dort, in goldenen Buchstabenaufklebern. Nessa nahm ihre Kamera vom Beifahrersitz und fotografierte den Briefkasten, den Pfad, den See. Sie fuhr immer weiter die Einfahrt hinauf. Gemüsebeete, in kleine Quadrate unterteilt, dahinter Mais in langen Reihen, die einzelnen Stängel schon golden und verdorrt. Oben auf dem Hügel verschmolz der Giebel des Hauses mit den grauen Baumstämmen und dem Himmel ringsum. Nessa fühlte sich an ein Bild von Andrew Wyeth erinnert, *Autumn Cornfield*. Ländlich. Karg. An einem Ast schaukelte ein alter Autoreifen. Vielleicht hatte er den ja für Ruby aufgehängt. Sie machte noch ein Foto. Auf dem Rasen vor der Veranda stand ein blauer Pontiac, mindestens dreißig Jahre alt. Nessa parkte dahinter. Lucas' Pickup war nirgends zu sehen.

Ein zweistöckiges Farmhaus. Verwitterte Schindeln, von denen die weiße Farbe abblätterte, waldgrüne Fensterläden und eine umlaufende Veranda, die vorn bereits durchsackte. Eine breite Treppe führte zum Rasen hinunter. Nessa stieg aus, machte ein weiteres Foto, dann legte sie den Apparat zurück auf den Beifahrersitz und schloss die Tür. Das Ganze wirkte wie eine alte, bereits verblasste Postkarte von Vermont. Das Haus ging auf den See hinaus, und zwischen den Bäumen standen mehrere Schuppen, daneben, sorgfältig aufgeschichtet, mehrere Klafter grauer Holzscheite. Hinter einer offenen Scheunentür schweres Gerät: ein Traktor, ein Pflug, mehrere Rasenmäher. Ein paar Regale mit Kanus und Kajaks.

Noch ehe sie den Fuß auf die unterste Stufe setzen konnte, tauchte oben an der Treppe eine alte Dame auf. Um die siebzig vielleicht, ihre geblümte Kittelschürze erinnerte an die, die Nessas italienische Großmutter in South Philly immer getragen hatte, tagein, tagaus, es sei denn, sie wollte zur Messe oder zum Bingo. Die Frau rauchte. Das zarte Blumenmuster auf dem Kleid wollte nicht recht zu ihrem Umfang passen. Sie war breit, hatte die Stützstrümpfe bis zu den geschwollenen Knöcheln heruntergerollt und das Haar zu einem platten Knoten oben auf dem Kopf zusammengesteckt, der aussah, als hätte sie darauf geschlafen. Ihr Gesicht war faltig, doch Nessa erkannte Lucas darin. Die stahlblauen Augen, der entschlossene Kiefer. Das musste Clover sein. Deena hatte Lucas' Mutter als duckmäuserisch geschildert, aber diese Frau hier wirkte respekteinflößend.

Ja?, sagte sie, nahm einen Zug von ihrer Zigarette und kniff die Augen zusammen, um den Qualm abzuhalten. Kein *Hallo*, kein *Kann ich helfen?*

Ist Lucas da?

Wer sind Sie?

Nessa zögerte, wollte schon behaupten, sie sei eine Arbeitskollegin oder eine alte Freundin aus Philadelphia. Sie hatte sich nichts zurechtgelegt.

Ich bin aus Philadelphia hergekommen. Ich bin Nessa Garvey. Rubys Tante.

Clover fasste nach dem Treppengeländer.

Bitte. Nessa machte einen Schritt auf sie zu. Ich will sie einfach nur sehen. Sie spürte, wie ihre Stimme dünner wurde, weil ihr die Luft ausging. Bitte.

Sie begehen Hausfriedensbruch. Verlassen Sie dieses Grundstück. Der Kleinen geht's gut. Sie ist fröhlich.

Bitte. Ich habe doch nur noch sie.

Sie begehen Hausfriedensbruch, wiederholte Clover. Ich habe Sie aufgefordert, das Grundstück zu verlassen. Ich rufe jetzt die Polizei.

Lucas war nicht da. Er wäre sonst längst dazugekommen. Nessa schaute am Haus hinauf. Dunkle Fensterscheiben, die nur das Draußen spiegelten, den Himmel und die Bäume. Auf der Veranda standen Metallstühle mit Sitzpolstern und ein kleiner Beistelltisch. Sie überlegte, Rubys Namen zu rufen, damit sie ans Fenster kam.

Wo ist Ruby?, fragte sie.

Bei ihrem Vater.

Warten Sie, sagte Nessa, aber die Frau schlurfte schon wieder zurück zur Tür und schloss sie hinter sich.

Nessa setzte sich auf die unterste Treppenstufe. Vor ihr glitzerte der See, gesäumt von loderndem Herbstlaub am anderen Ufer. Sie wusste nicht recht, was sie machen sollte. Sah sich nach Hinweisen auf Ruby um, auf ihr Leben hier. Aber bis auf den alten Reifen an seinen Seilen war nichts zu sehen. Keine kleine Schubkarre, keine Bauklötze, kein Spielhaus aus Kunststoff. Nichts wies auf ein Kind hin. Sie erinnerte sich, dass Lucas immer schon eine kleine Erwachsene aus Ruby machen wollte. Altklug. Keine Kinder- oder Babysprache.

Ein paar Minuten später erschien die alte Dame wieder oben an der Treppe.

Ich habe die Polizei gerufen, sagte sie warnend.

Sie sind Clover. Sie kennen meine Schwester. Aber Sie haben sie nie mit Ruby erlebt. Sie hätte sie niemals einfach allein gelassen. Ruby ist alles, was ich noch habe, und er lässt mich nicht zu ihr. Bitte.

Nessa flehte, aber die Frau sah sie gar nicht an.

Die Polizei ist schon unterwegs.

Sie verharrte noch einen Moment auf der obersten Stufe. Hier, sagte sie und hielt Nessa ein Blatt Papier hin. Nehmen Sie das. Lassen Sie sie einfach in Ruhe. Sie ist hier glücklich.

In der Ferne war ein Martinshorn zu hören. Ein Wind kam auf, ein paar verstreute Blätter gerieten in Bewegung, trudelten durcheinander und wurden über den Rasen zum See hin gefegt.

Nessa schaute auf das Blatt. Sie erkannte sofort die Ruby-Menschen. Die halboffenen Kreise als Gesichter. Alle drei hielten sich an den Händen, ein Anblick, wie er auch an der Bilderwand in der Parrish Street immer wieder auftauchte. Im Hintergrund ein Haus mit lauter kleinen Kringeln drumherum. Nessa verstand. Ruby malte ihr Zuhause. Es war jetzt acht Monate her, dass Deena verschwunden war und Lucas Ruby mitgenommen hatte, trotzdem versuchte sie noch, es sich vorzustellen, sich zu vergegenwärtigen. Die Bootshäuser am Schuylkill mit ihren leuchtenden Silhouetten. Ruby war hier in Vermont und malte trotzdem noch Bilder von ihnen. Von ihrer Mutter, sich selbst und Nessa – zusammen in Philadelphia.

Clover hatte wohl angenommen, dass Ruby sie malte, Ruby, Lucas und Clover. Nessa drehte sich um, wollte ihr sagen: Das sind wir – sie malt uns, nicht Sie. Nicht Sie und Ihr Ungeheuer von Sohn. Sie verstehen sie nicht, Sie verstehen ja nicht mal, was sie mit ihren Bildern sagen will. Aber Clover war verschwunden, die Tür geschlossen. Und Nessa sah, wie ein weißer Streifenwagen zwischen den Bäumen über die Schotterstraße fuhr und dann langsam den Pfad hinaufkroch.

TEIL 3

15

NESSA

2008

Sieh dich nur an. Du bist spindeldürr und völlig ausgelaugt. Und, wenn ich ehrlich sein darf, du hast dich von allem zurückgezogen und wirst langsam seltsam. Du brauchst Hilfe. Professionelle Hilfe.

Hm – vielen Dank auch? Nessa versuchte, es ins Witzige zu ziehen, aber Molly lachte nicht mit.

Auf Station machen wir wöchentlich solche Überweisungen, sagte sie. Es gibt so viel Leid da draußen.

Das Stimmengewirr im Restaurant wurde immer wieder von Gelächter durchbrochen. Menschen, die ihr Leben lebten. Leinentischdecken, das Klappern von Besteck auf Tellern. Am liebsten hätte Nessa die Stopptaste gedrückt.

Molly redete weiter. Nessa, du hast innerhalb von zwei Jahren deine Mutter, deinen Vater und deine Schwester verloren und ... Ruby. Außerdem hast du einen Mann vertrieben, der dich wirklich geliebt hat, und die allermeisten Freundinnen und Freunde, wenn nicht sogar alle. Deine Schwester kann es dir nicht mehr sagen, darum mache ich es. Du brauchst wirklich Hilfe.

Sie legte eine Broschüre auf den Tisch.

Das hier ist keine Therapie. Nur eine Gruppe, die sich alle zwei Wochen trifft und mit Künstlerinnen und Künstlern arbeitet. Ich glaube, das könnte etwas für dich sein.

Molly war immer diejenige gewesen, die alles aussprach. Sie hatte von Anfang an gesagt, dass an Deenas Beziehung mit Lucas etwas faul war, dass sie es nicht gut fand, was da passierte. Sie war immer Deenas beste Freundin geblieben. Nessa liebte ihre Eindringlichkeit und Offenheit, ihre schwarz umrandeten Augen, den knallroten Lippenstift und die Fähigkeit, immer ganz und gar Molly zu sein. Wenn sie mit ihr zusammen war, kam sie Deena so nahe, wie es jetzt noch ging.

Und noch was, Nessa. Ich habe mit David über die Sache mit Ruby geredet, und er hat eine Idee, die dir vielleicht helfen könnte, zumindest halbwegs mitzubekommen, was in ihrem Leben vorgeht.

Molly war inzwischen mit einem Anwalt verheiratet. David war ein pragmatischer, ruhiger Mensch. Nessa mochte ihn, und sie genoss es, ihm dabei zuzuschauen, wie er Molly ansah. Er hing an ihren Lippen, betete sie regelrecht an, vor allem, wenn sie wieder mal unverblümt vom Leder zog.

Wie soll das gehen?

Durch einen Privatdetektiv. David kennt einen richtig guten. Wenn es dir so das Herz zerreißt, dass du nicht weißt, was mit Ruby ist, kannst du auf diese Weise immer noch irgendwie auf sie aufpassen. Zumindest aus der Ferne. Du würdest wissen, wie es ihr geht, ob sie einen stabilen Eindruck macht, ob du dir wegen irgendwas Sorgen machen musst, Missbrauch oder Vernachlässigung, ihre ganzen Lebensumstände.

Molly zog eine Visitenkarte aus der Handtasche. David kennt den Mann. Er war ein paar Semester unter ihm im Jurastudium.

Wenn von Ruby die Rede war, hatte Nessa immer noch das Gefühl, keine Luft mehr zu bekommen, als wäre jemand vom anderen Sitz einer Wippe gestiegen und hätte sie zu Boden knallen lassen.

Es muss was passieren, sagte Molly. Und diese beiden Dinge sind zumindest ein Anfang. Unterstütz sie aus der Ferne, und bitte, such dir um Himmels willen selbst Unterstützung.

Henry Crofton öffnete ihr die Glastür seines Büros. Er trug einen Nadelstreifenanzug, Manschettenknöpfe, eine Designerbrille. An der Wand hing sein Juradiplom, neben dem Nachweis über seine Mitgliedschaft in der Pennsylvania Association of Licensed Investigators.

Er gab Nessa die Hand: David und ich haben schon telefoniert. Es tut mir so leid, dass Sie Ihre Schwester verloren haben. Nessa wäre ihm am liebsten um den Hals gefallen. Generell neigten die Leute dazu, Deena ihr gegenüber gar nicht zu erwähnen, weil sie ja doch nicht wussten, was sie sagen sollten.

Bitte setzen Sie sich.

Er deutete auf zwei dunkelblaue Sessel, die ein Stück vom Schreibtisch entfernt am Fenster standen. Auf dem Tisch dazwischen waren eine Kaffeekanne und zwei Tassen bereitgestellt.

Fangen wir einfach mal an, sagte Henry. Ich habe mich mit den Unterlagen vertraut gemacht. Die Geschichte Ihrer Schwester mit Lucas Chevalier, die Kontaktverbote und Anzeigen. Ich habe mir auch Ihre Anträge auf Umgangs- und Besuchsrecht angeschaut. Ich weiß von der einstweiligen Verfügung gegen Sie und habe vermerkt, dass Sie jetzt vorbestraft sind.

Es lag kein Vorwurf in seiner Stimme. Es klang vielmehr so, als hätte er Verständnis.

Als Erstes stelle ich meinen Klienten immer dieselbe Frage: Was möchten Sie persönlich mit dieser Maßnahme erreichen?

David hatte ihr schon gesagt, dass er das fragen würde, ihr geraten, sich darauf vorzubereiten.

Auf lange Sicht möchte ich wissen, wie es Ruby geht. Wird sie gut versorgt? Gibt es Hinweise auf Vernachlässigung? Bekommt sie die Möglichkeit, Kontakte zu knüpfen? Gibt es etwas, das uns helfen könnte, falls wir erneut Umgangsrecht beantragen? Ich möchte eine dauerhafte Überwachung. Wenn das die einzige Möglichkeit für mich ist, sie aufwachsen zu sehen, dann ist das eben so. Ich habe eine Liste gemacht. Nessa zog das Blatt, das sie vorbereitet hatte, aus ihrer Tasche und las vor, was darauf stand:

Ich möchte sie sehen. Also Fotos.

Ich möchte sicher sein, dass sie immer noch mit Lucas und seiner Mutter zusammenlebt.

Ich möchte wissen, welche Schule sie besucht.

Falls möglich, möchte ich auch gern wissen, wie ihre schulischen Leistungen sind.

Vor allem bin ich in Sorge um ihre Sozialkontakte. Ruby war immer sehr gesellig und offen. Sie war Teil einer Großfamilie. Ich weiß nicht, wie sie jetzt ist, nach all der Zeit mit Menschen wie Lucas und Clover. Zwei Menschen, die sich sehr von allem zurückziehen.

Aber das ist jetzt Rubys Welt, und ich möchte wissen, ob sie Freundinnen hat, und am liebsten hätte ich auch ein paar Informationen über die, aber natürlich nichts, was ihre Persönlichkeitsrechte oder den Datenschutz verletzt. Nur allgemeine Dinge.

Sie sah Henry direkt an. Das finden Sie jetzt hoffentlich nicht ganz furchtbar, dass ich Kinder ausspionieren will?

Ausspionieren würden wir das nicht nennen. Informationen über das Wohlergehen einer Person zu sammeln fällt unter Wachsamkeit. Es ist Teil der Fürsorgepflicht, die Ihnen seitens des Staats verwehrt wurde. Wir sind häufig an Sorgerechtsfällen beteiligt. Wir werden mit einer Firma in Vermont zusammenarbeiten, damit wir jemanden einsetzen können, der vor Ort ist, der die Gesetzeslage in Vermont kennt, sich mit Ruby, ihren Freundinnen und Freunden und mit Mr. Chevalier und seiner Mutter vertraut machen kann, sie wiedererkennen wird und Sie beruhigen oder alarmieren und auch die Behörden verständigen kann, falls Anlass zur Sorge bestehen sollte.

Das machen also nicht Sie?

Nein. Ich habe dort keine Lizenz. Aber es ist ohnehin besser für uns, mit jemandem vor Ort zusammenzuarbeiten, vor allem bei einem langfristigen Einsatz. Jemand, der die Gegend kennt und die Gesetzeslage, der die Zielpersonen kennenlernen kann. Jemand mit Erfahrung im Beobachten.

Nessa hatte ihn noch nicht nach seinem Honorar gefragt. Sie wollte einen langfristigen Einsatz, hatte aber keine Vorstellung, was sie das kosten würde.

Während er redete, musterte sie ihn. Er konnte nur wenige Jahre älter sein als sie, ein aufrechter, ernsthafter Mensch, der vorgebeugt im Sessel saß.

Haben Sie sonst noch Anliegen?

Oh. Ja, tut mir leid. Ich würde gern wissen, ob er Bekannte hat, die ins Haus kommen. Menschen, die Ruby womöglich gefährden könnten oder aber sich als potentielle Verbündete eignen. Ich möchte wissen, ob er eine Freundin hat, und falls ja, dann möchte ich wissen, wer sie ist, damit wir sie vor ihm warnen, ihr sagen können, wie er ist. Dabei geht es nicht um Rache. Aber wenn uns vorher jemand erzählt hätte, dass er eine Vorgeschichte hat – also, vor meiner Schwester –, dann wäre es uns vielleicht leichter und früher gelungen, Deena zu überzeugen, sich von ihm zu trennen.

Bevor sie zum Ende kamen, sprach Henry selbst die Kosten an.

Wir schließen langfristige Verträge ab, was die Gesamtkosten tatsächlich senkt. Es kann vorkommen, dass Sie sich eine Intervention von uns wünschen, dass wir Staats- oder Bezirksbehörden informieren müssen. Das sind dann zusätzliche Kosten, vor allem, wenn wir Rechtsberatung in Vermont hinzuziehen müssen. Aber allein für die Überwachung, damit Sie Ruby vier bis fünf Mal im Jahr sehen können und nicht bloß Fotos bekommen, sondern auch umfassende Informationen über Kontakte, Aktivitäten, Mitgliedschaften etcetera, berechnen wir eine Pauschale von rund zehntausend Dollar pro Jahr. Wir können auch Ratenzahlung vereinbaren.

Nessa überschlug im Kopf. Zehn Jahre, bis Ruby achtzehn war: einhunderttausend Dollar. Nach dem Tod ihres Vaters hatte Joey die Firma und das Haus übernommen und ihr fünfundsiebzigtausend ausgezahlt, die zwischen Nessa und Ruby aufgeteilt werden sollten, wie auch das Privatvermögen von John und Maria Garvey. Nessa war die Testamentsvollstreckerin gewesen. Insgesamt belief sich der Betrag für jede von ihnen auf hundertfünfundzwanzigtausend.

Die Dienste dieser Detektei waren weit mehr als bloße Nachforschungen über Ruby; sie umfassten auch eine ständige Überprüfung von Lucas Chevalier, Dokumentenabfragen und dergleichen mehr.

Das ist in Ordnung, ich kann das zahlen, sagte sie.

Als sie Henrys Büro wieder verließ, fühlte sie sich zum ersten Mal seit Ewigkeiten wieder richtig gut. Sie wurde aktiv. Henry Crofton hatte ihr sehr klar gesagt, dass es das Richtige für Rubys Wohlergehen war. Sie tat, was Deena nicht mehr konnte. Ihr blieb keine andere Wahl.

Joey und Kate wohnten jetzt im *Zuhause-Haus*, wie ihr Vater immer gesagt hatte, dem Haus, in dem sie alle aufgewachsen waren. Vor der Hochzeit der beiden hatte Nessa das Zimmer ausgeräumt, das Deena und sie sich als Kinder und Jugendliche geteilt hatten. Sie hatte es nicht über sich gebracht, die Sachen einzeln durchzusehen. Sie hatte einfach alles in Kisten und Koffer gepackt und in die Garage geschleppt. Irgendwann würde sie es sich anschauen, all die Fotos, Urkunden, Bilder, Eintrittskarten. Sie wollte sie für Ruby aufheben. Jetzt hatte Joey sie gebeten, die Kisten abzuholen. Kate und er wollten die Garage renovieren, und vielleicht war es ja auch an der Zeit, dass Nessa alles durchschaute. Nessa wusste nicht recht, ob sie Joey erzählen sollte, dass sie eine Privatdetektei beauftragt hatte. Er wollte nur noch über Deena reden, wenn es um die Zeit ging, bevor sie Lucas kennengelernt hatte, um die Schule oder frühere Nachbarn. Wenn Nessa die Ermittlungen erwähnte oder Frank Capione oder Ruby, regte er sich auf. Als sie jetzt in die Einfahrt einbog, kniete Kate auf der anderen Seite des Rasens vor einem Blumenbeet.

Nessa stellte den Wagen ab und ging zu ihr. Kate stand auf, das T-Shirt spannte bereits über ihrem immer runderen Bauch. Sie streifte die rosa Gartenhandschuhe ab.

Ich weiß, sagte sie lachend. Joey besteht darauf, dass ich die trage. Er ist felsenfest überzeugt, dass sämtliche Katzen hier aus der Gegend in unseren Garten machen. War wohl ein Fehler, ihm die ganzen Schwangerschaftsbücher zu lesen zu geben. Jetzt macht er sich ständig Sorgen, wegen Softeis, Quecksilber im Fisch, Käse. Echt allem.

Sie verdrehte die Augen, war aber sichtlich selig. Und für einen Sekundenbruchteil sah Nessa Deena, als sie mit Ruby schwanger war, lachend, hier auf dem Rasen vor dem Haus.

Nessa umarmte ihre Schwägerin. Inzwischen sieht man's ja auch richtig. Wie fühlst du dich denn?

Ja, das stimmt. Mir geht's gut.

Wie war's in Irland?

Wunderschön. Bis auf Joeys Fahrkünste. Diese ganzen Kurven.

Nessa musste an eine Reise mit Ronan denken, an abgelegene Straßen, auf denen nur ein Auto Platz hatte, wie sie zurücksetzen mussten.

Und dann wollte er auch noch unbedingt einen Mietwagen mit Gangschaltung! Als ob er sich sonst vor den Iren was vergibt. Er hat also quasi neu Autofahren gelernt, während mir auf dem Beifahrersitz kotzübel wurde.

Wo wart ihr denn überall?

Ach, das waren so viele Orte. Das musst du Joey fragen. Er ist drinnen.

Kate zog ihre Handschuhe wieder über, und Nessa wurde klar, dass sie ihr gerade im Grunde gesagt hatte: Über Irland musst du mit deinem Bruder reden, nicht mit mir. Warum nur?

Joey saß am Küchentisch, und vor ihm stapelten sich Briefumschläge und Papier.

Hey, Joey.

Er stand auf und schloss sie so fest in die Arme, dass es sie halb vom Boden hob.

Wie geht's, Schwesterchen?

Wie war eure Reise?

Gut. Prima. Hast du die Hitze gut überstanden?

Kennst mich doch. Ich bleib dann einfach drinnen.

Hast du Kate gesehen?

Ja, gerade draußen. Wieder hatte Nessa das Gefühl, dass ihren Fragen über die Irlandreise ausgewichen wurde. Wo wart ihr denn genau? Hast du mir nie erzählt.

Ach, überall. Wir haben den ganzen Touri-Kram gemacht, die Cliffs of Moher und das alles. Und was hast du so getrieben?

Wart ihr auch in Clare?

Ja, und in Galway und Dublin.

Wart ihr länger in Clare?

Joey schwieg einen Moment. Hat Kate was zu dir gesagt?

Herrgott, Joey! Muss ich dir jetzt alles aus der Nase ziehen? Ist doch nur eine Frage.

Joey wandte den Blick ab.

Okay, dann habt ihr also Ronan gesehen. Lebt er jetzt dort oder was?

Ich wollt's dir eigentlich nicht erzählen.

Du wolltest mir nicht erzählen, dass Ronan in Clare wohnt?

Nein. Tut er auch gar nicht. Er wohnt immer noch hier, in der Stadt. Wir sind zu seiner Hochzeit hingeflogen. Er wollte mich gern dabei haben.

Was? Nessa spürte einen plötzlichen Druck in der Stirn. Das Denken setzte aus.

Ja. Ich weiß. Ich hätt's dir sagen sollen.

Und warum hast du nicht?

Ich wollte dich nicht zusätzlich aufregen – wo du sowieso schon so warst.

Wie war ich denn?

Nessa. Bitte nicht. Ich will da jetzt nicht drüber reden.

Doch, Joey, du hast davon angefangen. Also, wie war ich?

So wie jetzt, Nessa. Irgendwie komisch und durchgeknallt wegen allem.

Du findest mich also gerade durchgeknallt? Im Ernst?

Scheiße. Nein. So hab ich das doch nicht gemeint.

Zeig mir die Fotos.

Nein. Nessa, lass das doch.

Ist es diese Architektin, mit der er zusammengelebt hat? Aisling?

Wie? Nein.

Joey. Bitte zeig mir die Fotos. Oder hat Ronan dir das verboten?

Ronan hat seit Dads Beerdigung nicht mehr von dir gesprochen. Nie auch nur ein Wort.

Es tat ihr weh, wie endgültig das klang. Kälte durchströmte sie, als wäre die Sonne hinter Wolken verschwunden.

Dann frage ich Kate ... wenn du so verdammt arschig sein musst.

Jetzt war sie sicher, dass sie ihm nichts von dem Auftrag an Henry erzählen würde. Er würde es doch nur als weiteren Beweis dafür sehen, dass sie besessen und wahnsinnig war.

Draußen war Kate immer noch beim Unkrautjäten.

Kate, rief Nessa von der Veranda aus. Zeigst du mir die Fotos von Ronans Hochzeit?

Kate wirkte kein bisschen überrascht.

Ja, mach ich.

Nessa blätterte sich durch die Fotos. Die grüne Landschaft, das Grau von Stein und Himmel, in der Ferne das Meer. Sie wollte Eifersucht empfinden, gemeine Kommentare machen, aber stattdessen betrachtete sie Ronan in seinem schwarzen Anzug, umringt von seinen jüngeren Geschwistern, sah das Lächeln, das sein Gesicht erhellte, die Zärtlichkeit, mit der er alle ringsum bedachte, und sie empfand nichts als ein überwältigendes Gefühl von Verlust. Sie versuchte, sich auf die Braut zu konzentrieren, schaffte es aber nicht, ihre Züge zu einem schlüssigen Bild zusammenzusetzen. Sie registrierte, dass sie schön war, dunkles Haar und dunkle Augen hatte, aber sie sah sie nicht. Nicht richtig.

Aus welchem Teil von Irland ist sie?

Kate lachte. Sinead ist aus Morristown in New Jersey. Sie hat irische Eltern – die Mutter stammt auch aus Clare. Deswegen wollten sie auch dort heiraten. Und wegen Ronans kleinen Geschwistern. Es wäre ein Riesenaufwand gewesen, die alle herzubringen.

Ja, sagte Nessa und spürte einen Stich der Reue. Sie erinnerte sich an Ronans Geschwister, von dem Weihnachten, bevor Deena verschwunden war. Wie sie Ronan anhimmelten, der einen anderen Vater hatte und um einiges älter war als sie. Wie sie immer wieder ankamen, obwohl sie längst im Bett sein sollten, um neben ihm auf dem Sofa zu sitzen oder auf seinem Schoß. Er wollte bestimmt auch Kinder.

Dann haben sie sich hier kennengelernt?

Ja. Sinead macht irgendwas mit Finanzdienstleistung, Anlagen, Kredite, solche Sachen. Sie hat einen MBA von der Wharton.

Es fiel Nessa schwer, sich Ronan mit einer Investmentbankerin vorzustellen. Jemandem mit Geld. Nessa selbst schaffte es immer nur gerade so, jeden Monat ihre Hypothek abzuzahlen. Joey lag ihr ständig in den Ohren, die Zimmer von Deena und Ruby auszuräumen und unterzuvermieten. Aber das brachte sie nicht über sich. Einmal im Monat staubsaugte sie beide Zimmer. Sie hatte sogar einen neuen Nemo besorgt, nachdem der erste gestorben war. Die Zimmer waren Orte, an denen sie den beiden nahe sein konnte. Und was, wenn Ruby wiederkäme?

Magst du sie?

Sie ist nett, sagte Kate. Aber anders. Also, anders als wir zumindest, Joey und ich. Gesellschaftlich gesehen. Wir passen nicht so richtig zu ihren ganzen Freunden. Ronan und Joey sind immer noch sehr eng, aber bei ihr haben wir das Gefühl, wir bräuchten erst noch ein paar Master-Abschlüsse und so.

Das passte gar nicht zu Ronan. Kriegen sie ein Kind oder was? Das kommt mir alles doch sehr plötzlich vor.

Eigentlich nicht, nein. Sie sind schon mindestens zweieinhalb Jahre zusammen. Schwanger sind sie nicht, glaube ich. Ich war bei der Hochzeit die einzige, die keinen Alkohol getrunken hat. Kate nahm Nessa die Fotos aus der Hand und schob sie wieder in den Umschlag zurück. Und sie sind auch mehr die Planer. Du weißt schon. Erstmal muss alles andere stimmen.

Stimmt, sagte Nessa, als hätte sie die beiden schon als Paar erlebt. Tief in ihrer Brust drängte ein Schmerz nach draußen, wollte ihr die Rippen zerquetschen. Ronan war verheiratet.

Sie hatte mit etwas wie den Treffen der Anonymen Alkoholiker gerechnet, die man oft in Fernsehserien sah: ein schmuddelig-düsterer Kellerraum, starker, bitterer Kaffee in Styroporbechern, im Kreis aufgestellte Metallstühle und darüber eine nackte Glühbirne, die von der Decke baumelte. Aber der Raum lag im ersten Stock und hatte helle hohe Wände mit deckenhohen Fenstern und einem Blick in einen Garten auf dem Campus der Penn University.

Das ist der Geologie-Garten, sagte eine Frau, die neben sie getreten war. Sie bot Nessa Kaffee in einem blaugrün lasierten Keramikbecher an.

Nessa bedankte sich bei ihr. Ich habe hier studiert, aber der ist mir nie aufgefallen.

Ich habe zweiundzwanzig Jahre lang hier gearbeitet. Gebäudewartung und Außenanlagen. Ich kenne diesen Garten in- und auswendig. Zehn Felsbrocken, einer für jede geologische Periode.

Das ist mir jetzt richtig peinlich, dass ich ihn nicht kenne.

Eigentlich müsste es für alle Studierenden verpflichtend sein, solche Dinge zu wissen. Ich kann dich ja mal rumführen. Ich heiße Jessie. Mein Sohn ist vor ein paar Jahren gestorben. Sie drückte Nessa den Arm. Gut, dass du hier bist.

Der Autor war Südstaatler. Er sprach langsam und bedächtig. Nessa war so sehr daran gewöhnt, wie die Menschen in Philly redeten, ihre Familie – wie sie schnell und gedankenlos alles raushauten. Dieser Mann wog jedes Wort ab. Er war vielleicht Anfang vierzig. Attraktiv. Er las einige seiner Gedichte vor. Es ging darin um seinen Bruder. Warum hatte Deena nicht jemanden wie ihn kennenlernen können? Nach der Lesung erklärte er, worum es in dem Workshop gehen sollte. Sie sprachen über Erinnerung. Was wir uns merken, was wir vergessen. Eine Frau, etwas jünger als Nessa, sagte, sie habe das Gefühl, sich gar nicht mehr richtig an ihren Sohn erinnern zu dürfen. Sie fürchtete, ihr Umfeld sei es längst leid, dass sie über ihn redete. Dabei wollte sie nichts anderes als das. Nessa ertappte sich dabei, wie sie nickte. Die Schreibaufgabe bestand darin, konkrete Details aus der Zeit davor aufzulisten, Dinge, die sie von der verschwundenen Person in Erinnerung behalten wollten, die ihnen ein gutes Gefühl gaben. Und jeder Punkt auf der Liste sollte mit den Worten *Ich erinnere mich ...* anfangen. Vielleicht, sagte der Autor, lasst ihr für diese Übung die Erinnerungen weg, die zu schmerzlich sind.

Er las ihnen ein paar Beispiele vor, die frühere Gruppen mit anderen Trauernden hatten teilen wollen. Nessa hörte zu. Es waren poetische Texte; der Autor las sie langsam, diese Auflistungen flüchtiger Momente. Das formelhaft wiederholte *Ich erinnere mich*, die konkreten Details. Nessa musterte die anderen im Raum und überlegte, ob sie wohl die Einzige war, die keinen Leichnam zu betrauern hatte. Sie fand es selbst merkwürdig, dass sie sie um die Endgültigkeit beneidete, das unwiderrufliche Totsein der Person, um die sie trauerten. Seit dem Artikel über Deenas psychische Gesundheit erzählte sie nicht mehr, was geschehen war, weil sonst womöglich jemand glaubte, dass es stimmte, dass Deena tatsächlich aus eigenem Antrieb verschwunden war und Nessa gar kein Recht hatte, sich als Trauernde auszugeben.

Es fiel ihr schwer, an die Zeit zurückzudenken, die Lucas vorausging, an die Erinnerungen, die er nie erreichen konnte, die Dinge, die nur ihr und Deena gehörten. Der Autor hatte gesagt, sie sollten sich eine halbe Stunde dafür nehmen. Nessa zog ihren Stuhl ans Fenster und konzentrierte sich auf die kahlen Äste, die Laubhaufen am Fuß der Baumstämme, das Herbstlicht, das seitlich auf einen grauen Felsbrocken fiel. All ihre frühesten Erinnerungen waren Deena. Um sich herum hörte sie Kugelschreiber und Bleistifte auf Papier kratzen. Irgendwo musste sie ja anfangen.

Ich erinnere mich, das Herbstlaub lag auf dem Boden, und du standest Hand in Hand mit deinen Freundinnen auf der anderen Seite des Schulhofs, und ich war einfach froh zu wissen, dass du da drüben bist.

Ich erinnere mich, dass ich auf allen Kindergartenfotos einen Vokuhila habe, weil du mir für meinen ersten Tag dort die Haare geschnitten hattest. Ich erinnere mich, wie du die abgeschnittenen Haare in der untersten Schublade deiner Kommode versteckt hast.

Ich erinnere mich, wie du mich in Ocean City im Sand eingegraben und mir Algen um den Kopf gelegt hast, als lange Haare, weil ich so aussehen wollte wie du.

Ich erinnere mich an den Lichtschimmer in unserem Zimmer, wenn du nachts noch mit der Taschenlampe unter der Bettdecke gelesen hast. Ich erinnere mich, dass Geborgenheit war, zwischen dir und der Zimmerwand zu schlafen. Ich erinnere mich jetzt, dass ich öfter neben dir geschlafen habe als neben jedem anderen Menschen in meinem Leben.

Ich erinnere mich, wie du mir zum Üben die Beine rasieren wolltest und mir am Schienbein ein Stück Haut abgeraspelt hast. Ich erinnere mich, wie du mich mit Mull verbunden hast wie einen verwundeten Krieger.

Ich erinnere mich, dass du ein leidenschaftlicher Bon Jovi-Fan warst und das später genauso leidenschaftlich abgestritten hast.

Ich erinnere mich an heiße Tage, an denen wir uns bei Rita's Wassereis geholt und uns im Park auf die Schaukeln gesetzt haben, während uns der rote Sirup über die Hände tropfte.

Ich erinnere mich, wie du geweint hast, als Mom sagte, jetzt würde es mal Zeit für den ersten BH.

Ich erinnere mich an dein Lachen, wie es aus dir heraussperlt und wie du dabei den Kopf zur Seite drehst, als wäre es dir unangenehm, diesen Teil von dir so enthüllt zu sehen.

Ich erinnere mich an deine Hand auf meinem Kopf, wenn du mir französische Zöpfe geflochten hast, und daran, wie fest mich deine Hand gehalten hat, als wir am ersten Schultag die Treppe raufgegangen sind.

Ich erinnere mich, wie du für mich und meine Freundinnen aus alten Jeans Handtaschen genäht und sie mit Perlen und Blumenflicken verziert hast.

Ich erinnere mich, dass es zu jedem Foto von dir auch ein Foto von mir gibt, ein paar Jahre später im selben Outfit.

Ich erinnere mich, wie du mich abgeholt hast, als ich mich bei Anna Murphy zu Hause betrunken hatte, und dich mit mir in den Park gesetzt hast, bis ich wieder nüchtern genug war, um ins Haus zurückzuschleichen.

Ich erinnere mich, wie ich dich das erste Mal mit Ruby im Arm gesehen habe, und wenn ich daran denke, erinnere ich mich, dass ich zwei Menschen betrauere.

Ich erinnere mich an uns drei, wie wir zusammen im Auto am Fluss entlang fahren und »Kiss Me« von Sixpence None the Richer singen und Ruby den ganzen Text konnte oder zumindest das, was sie dafür hielt.

Ich erinnere mich, dass ich dich nicht wiederhaben kann und sie auch nicht.

Ich erinnere mich jeden gottverdammten Tag, für immer, dass ich ihr helfen muss, sich an dich zu erinnern.

Nessa legte Papier und Stift beiseite und stützte den Kopf in die Hände, konzentrierte sich ganz darauf, dass ihr nicht vor lauter Leuten, die sie gar nicht kannte, die Tränen kamen. Sie biss sich so fest auf die Unterlippe, dass sie Blut schmeckte.

Am späten Nachmittag rief Henry Crofton sie im Büro an und sagte, er habe Bilder. Und Informationen.

Ruby geht nicht zur Schule. Rein rechtlich hätte sie mit sechs eingeschult werden müssen.

Sie ist im Januar acht geworden, sagte Nessa. Sie müsste jetzt in die dritte Klasse kommen.

Das ist noch nicht alles. Bisher hat Lucas Chevalier keinen Lehrplan für den Heimunterricht bei der Schulbehörde von Vermont eingereicht. Hier können Sie Ihre Fürsorgepflicht geltend machen. Wir melden den Fall der Jugendschutzbehörde und sorgen dafür, dass sie entweder eingeschult oder der Behörde ein Lehrplan vorgelegt wird, der alle offiziellen Anforderungen erfüllt. Es gäbe hier auch den Spielraum, Bedenken hinsichtlich Rubys sozialer und emotionaler Entwicklung zu Protokoll zu geben, damit sie die Möglichkeit zum Kontakt mit Altersgenossen bekommt.

Sie braucht uns, sagte Nessa. Wir tun alles, was nötig ist.

Gut, sagte Henry. Wir können das Ganze gleich in Gang bringen. Es ist ein zweiteiliger Vorgang. Wir legen Beschwerde ein und melden den Verdacht auf Vernachlässigung des Bildungsauftrags, und anschließend melden wir beim Jugendamt, dass Rubys Recht auf Spielgefährten und Sozialkontakte nicht erfüllt wird. Diese zweite Beschwerde kann die erste noch verstärken und ihn zusätzlich unter Druck setzen. Wenn er sie auf die Schule schickt, schlägt er zwei Fliegen mit einer Klappe, und auf lange Sicht ist das auch für Ruby das Beste.

Ja, sagte Nessa. Ich will das umgehend machen.

Gut. Dann müssten wir einen Termin vereinbaren, damit Sie alles unterschreiben können.

Henry?

Ja?

Kann ich die Fotos sehen?

Die liegen schon bei Ihnen zu Hause im Briefkasten.

O Gott. Ich bin gerade etwas überwältigt. Ich habe sie seit mehr als vier Jahren nicht mehr gesehen.

Ich weiß.

Nessa legte auf und ging zu Fuß nach Hause. Ruby ging nicht in die Schule. Was war in all der Zeit mit ihr passiert? Sie musste sie sehen, den greifbaren Beweis in Händen halten, dass es sie gab.

In dem Umschlag steckten zwei großformatige Fotos zwischen zwei Pappblättern. Das eine wirkte, als wäre es vor einer roten Ampel aufgenommen worden: Ruby auf dem Beifahrersitz eines Autos – Nessa erkannte den alten Pontiac, den sie vor dem Haus in Vermont hatte stehen sehen –, am Steuer die Großmutter, aber halb verdeckt und kaum zu erkennen. Auf dem Bild ist das Fenster heruntergekurbelt und Ruby im Profil zu sehen, von einem anderen Wagen aus aufgenommen. Ruby erzählt, ihre Miene ist lebhaft, der Mund weit offen, vielleicht, weil sie gerade Luft holt, lacht oder beides. Sie hält die Hand aus dem Fenster, ist braungebrannt und sieht genauso aus wie die Ruby von vor vier Jahren. Quirlig und redselig. Das zweite Foto nahm Nessa den Atem. Ruby und Lucas in einem Boot. Lucas dreht der Kamera den Rücken zu und steuert das Boot anscheinend gerade von einer Tanksäule am Anlegesteg weg. Ruby blickt zum Ufer hin, direkt in die Linse. Sie sieht viel älter aus als acht. Dunkle Schatten um die Augen. Offenes Haar. Ein ernstes Gesicht. Nachdenklich. Irgendwie verhärmt oder resigniert, eine Miene wie die einer alten Frau.

16

RUBY

2016

Wie hieß deine Mom mit Nachnamen?, raunte ihr Nathalie zu, als sie vor ihren Spinden standen.

Ruby erstarrte. Seit sie ihre Mutter gegoogelt hatte, vermied sie jedes Gespräch mit Nathalie über sie. Es war jetzt drei Jahre her, und sie hatte eigentlich gehofft, Nathalie würde nicht mehr daran denken, wenn sie nicht darüber redeten.

Wieso?

Wegen Google.

Lass es.

Hieß sie Chevalier?

Ich glaube, sie waren nicht verheiratet.

Rubys Herz raste. Sie wollte nicht, dass Nathalie nach ihrer Mutter suchte. Aber anstatt ihr das zu sagen, drehte sie sich einfach um und ging.

Den ganzen Rest des Tages schnürte die Angst ihr die Brust zu, wann immer sie daran dachte. Jetzt würde Nathalie die ganzen Sachen über ihre Mutter und Lucas lesen. Und noch mehr. Ruby hatte selbst nicht weiter nachgeforscht. Was, wenn es da noch Schlimmeres gab, das sie nicht gelesen hatte? Sie wollte es gar nicht wissen. Was, wenn Nathalie ihre Mutter fand? Erfuhr, wer sie heute war, ohne Ruby?

Am nächsten Morgen saß Nathalie nicht im Schulbus. Sie stand auch nicht vor der ersten Stunde an den Spinden. Als sie schließlich viel zu spät ins Klassenzimmer kam, setzte sie sich nicht auf den Platz neben Ruby, wie sonst immer. Beim Mittagessen ging Ruby auf die andere Seite der Cafeteria, weit weg von ihren gewohnten Plätzen. Sophie und Nathalie standen zusammen an der Essensausausgabe, aber Ruby tat, als sähe sie die beiden nicht. Sophie entdeckte sie trotzdem und glitt neben sie. Nathalie setzte sich Sophie gegenüber und brummte nur *Hey*.

Sophie bekam gar nichts mit.

Guck dir das an, Nathalie. Sie drückte Rubys Bizeps. Ruby wird eine richtige Sportlerin. Sie klang, als fände sie das enttäuschend. Seit sie auf der High School waren, verging kaum ein Tag, an dem Ruby nicht irgendwie im Zusammenhang mit dem Ruderteam aktiv war. Sie trainierte auf dem Fluss, und wenn das Wasser zu kalt oder zu wild war, ruderte sie auf dem Ergometer und stemmte Gewichte. Sie hatte auch mit Laufen angefangen. Und heute setzt sie sich sogar in der Cafeteria zu den Sportskanonen, sagte Sophie.

Alles Nathalies Schuld, sagte Ruby. Sie wollte, dass wir Mitmacherinnen werden.

Nathalie lachte nicht und erwiderte auch nichts. Ruby und sie aßen schweigend, während Sophie redete. Dann schob Ruby ihren Stuhl zurück und hob das beigefarbene Plastiktablett vom Tisch. Sie sagte, sie müsse noch ein paar Bücher holen, und verschwand. Nathalie kam ihr nach.

Draußen auf dem Flur drehte Ruby sich abrupt zu ihr um. Was denn?

Hier. Nathalie stellte ihren Rucksack auf den Boden, öffnete das Reißverschlussfach und zog einen Umschlag hervor. Ich gebe dir das jetzt zurück. Ich kann es nicht mehr bei mir im Zimmer aufbewahren.

Du kannst den Brief meiner Mutter nicht mehr aufbewahren?

Nein. Ich sollte das nicht bei mir haben. Und außerdem ist es gar kein Brief. Es ist nur ein Foto. Das kann dir sonst wer geschickt haben. Nathalie klang vorwurfsvoll, als hätte Ruby von ihr verlangt, eine Lüge zu glauben. Sie schaffe es nicht einmal, ihr ins Gesicht zu sehen.

Ruby sagte nichts, nahm nur den Umschlag und schob ihn zwischen die Seiten ihres Chemiebuchs.

Am Nachmittag, als sie allein über das Fußballfeld zum Fitnessraum ging, drehte Ruby sich mehrmals um, weil sie überzeugt war, dass ihr jemand folgte. Vielleicht ja Nathalie, die sich entschuldigen wollte. Aber da war niemand, nur das kurzgeschnittene Gras und eine Wolke Vögel, die aus den Büschen am Rand des Schulgeländes aufflatterte. Sie spürte einen Schmerz in der Brust. Es kam ihr so unfair vor. Sie hatte Nathalie gesagt, dass sie nicht nachforschen sollte. Sie hatte ihr den Nachnamen ihrer Mutter verschwiegen. Ruby wusste nicht, was genau Nathalie gelesen hatte, war sich aber sicher, dass sie recherchiert hatte und jetzt nichts mehr mit Ruby zu tun haben wollte, weil ihre Mutter krank gewesen war oder auch wegen der Dinge, die über Lucas behauptet wurden. Dabei hatte doch Nathalie das Erinnerungsspiel gestartet, hatte Ruby dazu gedrängt, sich zu erinnern.

Mehrere Tage lang setzte Nathalie sich im Schulbus von Ruby und Sophie weg.

Was ist denn mit euch zweien los?, fragte Sophie.

Ruby zuckte mit den Schultern. Ich will nicht drüber reden.

Okay. Mir soll's recht sein, sagte Sophie. Du weißt ja, ich hasse Dramen.

Fast hätte Ruby doch noch gegrinst. Es gab nichts, was Sophie mehr liebte.

Lucas war erbarmungslos. Ruby sollte in einer Woche ihre Führerscheinprüfung machen, und da spielte es keine Rolle, dass sie praktisch von klein auf Auto gefahren war – auf Feldwegen und Holzfällerpfaden – und zahllose Sonntagmorgenrunden auf Parkplätzen gedreht hatte; sie würden trotzdem alles daran setzen, sie durchfallen zu lassen, sagte er. Zu baldiges Wiederanfahren vor einem Stoppschild, fehlender Blick in den Rückspiegel, zu dichtes Auffahren auf den Wagen vor ihr – jede Kleinigkeit könne denen einen Vorwand liefern, damit sie noch einmal Geld beim Staat für eine weitere Prüfung abdrücken müsse. Er hatte bereits Längsparken mit ihr geübt, Spurwechsel und das Verhalten an Kreuzungen. Jetzt flehte Ruby förmlich um eine Pause. Lucas rang sich ein Lächeln ab, und sie hielten kurz für Kaffee und süße Stückchen. Danach ging es sofort weiter mit Wenden in drei Zügen, rückwärts Einparken und in den Verkehr einfädeln. Ruby war gerade in die Route 2 eingebogen, als Lucas' Smartphone piepste. Er beugte sich darüber, hob die Hand, um die Sonne abzuhalten.

Herrgott, stieß er hervor. Herrgott noch mal. Fahr, Ruby. Gib Gas. Wir müssen sofort heim.

Ist was mit Clover?

Da ist jemand vor dem Haus.

Und Ruby wusste, dass die Überwachungskameras ihn über sein Smartphone alarmiert hatten. Nathalie hatte ihr erklärt, wie das funktionierte.

Sie trat aufs Gas. Sie fuhr bereits sechzig und damit am Tempolimit. Jetzt sah sie zu, wie sich der Tacho den achtzig näherte.

Schneller, Ruby, schneller. Gib Gas, hab ich gesagt. Lucas drückte den Handballen gegen das Armaturenbrett, als könnte er den Pickup so noch weiter beschleunigen.

Ruby beschleunigte auf über neunzig. Dann auf über hundert. Ihre Hände am Lenkrad wurden feucht und glitschig, und sie musste vom Gas gehen.

So ein verdammter Scheißkerl!

Ruby bog in die Seitenstraße ein, die zum Haus führte, und warf automatisch einen Blick in den Spiegel, bevor sie die Kurve nahm, obwohl Lucas sie gar nicht mehr kontrollierte. Sein Blick hing am Telefon. Hinter ihr stieg eine Staubwolke auf, als der Motor wieder hochschaltete, und sie trat das Gaspedal bis zum Anschlag durch. Lucas drehte sich zu der Halterung hinter ihnen um und griff nach seiner Flinte.

Schneller, sagte er.

An den Rändern von Rubys Blickfeld verschwamm alles. Sie spürte Panik in sich aufsteigen, als käme unweigerlich der Unfall, wenn sie auch nur den Kopf drehte oder den Griff um das Lenkrad lockerte. Lucas griff unter den Sitz, zog eine Schachtel Munition hervor und legte drei Schuss ein.

Was ist denn?, fragte Ruby. Was?

Fahr einfach.

Sie bog in ihre Stichstraße ein. War Clover in Gefahr? Jetzt waren sie nur noch wenige hundert Meter vom Haus weg.

Der Pickup holperte über den Pfad. Normalerweise würde Lucas jetzt wegen der Achse meckern. Die Flinte lag in seiner Armbeuge, der Lauf war zu Boden gerichtet. Rubys Fuß berührte schon die Bremse; sie musste bald langsamer werden.

Stopp!, schrie Lucas.

Ruby trat die Bremse durch. Der Pickup kämpfte sich noch ein Stück weiter, knirschte über Staub und Asche, bis sie schließlich leicht schräg zum Stehen kamen.

Raus. Steig aus, geh in den Wald und halt den Kopf unten. Hast du verstanden? Bleib unten, bis ich dir sage, du kannst wieder rauskommen.

Ruby öffnete die Fahrertür, stolperte durch das Gestrüpp und eine kurze Böschung hinunter zwischen die Bäume. Lucas rutschte ans Steuer hinüber und gab Gas.

Sie taumelte vielleicht hundert Meter durchs Unterholz, dann hockte sie sich keuchend hin. Hier konnte man sie nicht sehen. Sie war ringsum von sprossenden Springkrautblättern umgeben. Im Spätsommer würden sie zu einem feurig orangeroten Dickicht erblühen. Ihr Herz hämmerte, sie zog sich das T-Shirt über die Knie und versuchte, sich zu einer kleinen Kugel zusammenzurollen. Sie strich über ein Blatt. Damals, die erste Woche in Miss Bukowskis Klasse an der Middle Lake. Sie hatten einen Erkundungsspaziergang an den See gemacht, über einen Pfad, der ganz von Springkraut gesäumt war. Es war Oktober gewesen. Miss Bukowski erzählte ihnen, die Pflanzen würden auch Rühr-mich-nicht-an genannt, weil die Samenkapseln gleich explodierten, sobald man sie auch nur streifte. Sie waren alle in den Hecken herumgekrabbelt, hatten Samenkapseln von den hellgrünen Stängeln gerupft, sie sich in die flache Hand gelegt und mit ihren dicken Fingerchen daran gestupst, um zu sehen, wie ihnen die Samen aus den Händen sprangen. Ruby rieb sich die Handfläche, legte das Kinn auf die Knie und wiegte sich leicht.

Ein Wagen raste die Straße entlang. War das Lucas? Sie kauerte sich noch fester zusammen. Der Wagen war ganz nah und fuhr sehr schnell, ein grünes Aufblitzen im Staubnebel. Ruby hielt sich völlig still. Hörte ihn auf die nächste Straße abbiegen. Sie rührte sich nicht, bis sie Lucas rufen hörte. Ihre Beine waren ganz zerkratzt, kleine Rinnsale aus Blut sickerten von den Oberschenkeln bis zu den Knöcheln hinunter. Die Knie zitterten ihr. Sie ging in die Richtung, aus der seine Stimme kam, und er kam ihr entgegen, die Flinte noch in der Hand.

Hat er dich gesehen? Lucas packte sie am Arm. Hat er dich gesehen? Ruby. Antworte!

Ruby wollte nein sagen, aber ihr blieb die Luft weg. Lucas war wütend. Die Adern an seinem Hals waren angeschwollen, pulsierten sich unter der Haut.

Nein. Ruby schüttelte den Kopf, versuchte, den Satz herauszubekommen: Er hat mich nicht gesehen. Doch das schwarze Loch, das aus ihrem Magen aufstieg, verschluckte die Worte. Lucas war außer sich vor Zorn. Seine Miene gewittrig dunkel. Nein, stieß sie wieder hervor.

Hast du ihn schon mal gesehen? Ein grünes Auto, irgendwo beim Haus? Lucas brüllte jetzt.

Nein! Es war nur ein halb ersticktes Schluchzen. Sie konnte es ihm niemals erzählen.

Lucas ließ ihren Ellbogen los. Strich sich mit der Hand über das Hemd. Wischte sich die Stirn.

Ruby wich ein paar Schritte vor ihm zurück und verschränkte die Arme.

Schluss jetzt. Schluss damit. Er ist ja weg. Es nervte ihn, dass sie so verstört war. Er wollte auf sie zu. Sie zuckte zusammen. Er holte tief Luft, ging ein paar Schritte zurück und sicherte seine Flinte wieder. Beruhig dich. Ist ja nichts, sagte er. Nur so ein Auswärtiger, der über die Seitenstraßen brettert. Ich werde mit Ethan reden, dass wir beide nach ihm Ausschau halten. Aber ich glaube gar nicht, dass er noch mal kommen wird. Aber wenn du dieses Auto siehst oder irgendein anderes, musst du mir das sofort sagen.

Sie nickte. Lucas musterte sie, als wollte er sich vergewissern, dass sie es auch ernst meinte.

Du brauchst ein Mobiltelefon. Nach dem Mittagessen fahren wir nach Burlington. Du fährst, und wir besorgen dir eins. So kannst du mich immer anrufen, wenn du mit dem Ruderteam unterwegs bist oder mal mit dem Wagen liegen bleibst. Und wenn du irgendwen siehst, der hier nichts verloren hat.

Ist gut, sagte Ruby.

Na dann. Er tätschelte ihr den Rücken. Jetzt sieh mal zu, dass du ins Haus kommst. Und Clover brauchst du damit nicht zu belasten.

Lucas setzte sie um fünf Uhr morgens vor der Schule ab. Als sie auf den Parkplatz fuhren, stand dort bereits ein Reisebus mit offener Gepäckklappe. Die Schülerinnen und Schüler luden ihre Reisetaschen ein.

Ganz schön großer Bus für euer kleines Team, sagte Lucas. Wo ist denn der Minivan?

Das Schwimmteam fährt auch mit. Sie haben einen Wettkampf in Boston.

Die Schwimmer waren laut. Sie erzählten Geschichten, johlten, sangen, witzelten herum, zeigten sich gegenseitig Sachen auf ihren

Smartphones. Ruby kannte ein paar von ihnen aus dem Unterrichte, hatte aber mit keinem je richtig geredet. Ein paar Reihen hinter ihr saß Wyatt Smith; er war auch auf der Middle Lake gewesen, in der Klasse über ihr. Einer von den Jungs, die mit ihr und Nathalie Engel des Todes und Tribute von Panem gespielt hatten.

Der Bus setzte das Ruderteam am See in Worcester ab und fuhr dann weiter nach Boston. Ruby hatte ihr Rennen erst spät am Nachmittag. Hinterher konnte sie sich nie im Einzelnen erinnern, was sie getan oder nicht getan hatte. Beim Start konzentrierte sie sich ganz auf das Wasser direkt vor ihr. Dann kam der Adrenalinschub der ersten paar Sekunden, schnell, aber kontrolliert, keine verrückten Manöver, bis sie in den Rhythmus fand, die Bojen im Blick behielt, um sicherzugehen, dass sie auch auf Kurs blieb. Bei den Rennen zählte sie immer ihre Ruderschläge, weil sie das beruhigte und ihr half, genügend Sauerstoff in den Körper zu kriegen. Aber die Einzelheiten zogen einfach an ihr vorbei. Das Boot neben ihr, die Leute, die sie vom Ufer aus anfeuerten, ein Vogel. Ruby merkte, wenn sie gut ruderte, wenn alles flüssig ging, nicht in Einzelbewegungen zerfiel – Anrollen, Auslegen, Durchziehen, Abdrücken –, sondern eine große, weite Bewegung war und jeder Ruderschlag in den nächsten überging, ohne Pause. Sie merkte, dass sie einen Abstand zwischen sich und die anderen Ruderinnen brachte, bekam aber nicht mit, wie viel. Dass sie gewonnen hatte, wurde ihr erst klar, als sie sich umschaute und jemand es ihr sagte.

Am Abend hockte sie allein auf ihrem Hotelzimmer und schaute mit halbem Auge eine Neunzigerjahre-Sitcom, von der sie nicht mal den Titel wusste, da klingelte das Telefon auf dem Nachttisch. Sie war sich nicht sicher, ob sie abnehmen sollte.

Hallo?

Hi. Ist Ruby da? Eine Jungenstimme. Die sie kannte.

Ich bin am Apparat.

Hier ist Wyatt. Von der Middle Lake, weißt du noch? Aus dem Schwimmteam? Ein paar von uns hängen gerade bei mir auf dem Zimmer ab, und wir finden, du solltest auch kommen.

Oh.

Ja, du musst kommen und deinen Sieg mit uns feiern.

Ich weiß nicht, sagte Ruby.

Sie war noch nie bei anderen auf dem Zimmer gewesen, obwohl sie wusste, dass viele das machten. Es war neun Uhr abends, seit einer halben Stunde hatten sie alle auf ihren Zimmern zu sein. Ruby wollte schon sagen, sie könne nicht, entschied sich dann aber spontan dagegen. Sie unternahm nie etwas. Ging nicht auf Partys. Nathalie redete kaum noch mit ihr. Und Lucas war weit weg. Er würde nie davon erfahren.

Ach, komm schon. Nur kurz.

Welche Zimmernummer?

Zweihundertdrei.

Okay.

Sekunde, Ruby. Ähm, kannst du dein Glas aus dem Bad mitbringen? Wir haben keine Becher.

Sie zog den Schlafanzug aus und ihre Jeans wieder an, dazu ein grünes Neckholdertop mit Paisley-Muster, das Sophie ihr aus ein paar Schals genäht hatte. Ihre Nase und ihre Wangen waren leicht gerötet, weil sie den ganzen Tag im Freien gewesen war. Sie ließ die Haare offen und legte die Choker-Kette um, die Sophie für sie gehäkelt hatte.

Sicherheitshalber nahm sie die Treppe, um nicht Coach Morgan oder einer der mitreisenden Aufsichtspersonen in die Arme zu laufen, hielt sich mit einer Hand am Geländer fest, das Zahnputzglas aus dem Bad in der anderen. Vor Zimmer 203 hörte sie Stimmen und Gelächter. Sie klopfte. Niemand öffnete. Als sie noch einmal klopfte, wurde es mucksmäuschenstill. Jemand raschelte auf der anderen Seite der Tür herum, und Ruby trat einen Schritt zurück, damit man sie durch den Spion sehen konnte. Dann ging die Tür auf, und Wyatt stand vor ihr, eine Flasche Wodka in der Hand.

Schnell, rein mit dir.

Im Zimmer saßen fünf Leute. Niemand aus dem Ruderteam. Ruby erkannte ein Mädchen aus dem Jahrgang über ihr, wusste aber ihren Namen nicht. Im Zimmer standen zwei Doppelbetten, darauf hockten oder lagen die anderen, bis auf einen Typen, der am Fenster stand. Aus einem kleinen Lautsprecher auf dem Nachttisch kam leise Musik. Und einen unbehaglichen Moment lang starrten alle Ruby an.

So siehst du irgendwie ganz anders aus, sagte das Mädchen, das ihr auf dem Bett am nächsten saß. Mit offenen Haaren und ohne Sportklamotten.

Ruby wusste nicht, wo sie hinschauen sollte.

Gebt ihr was zu trinken, sagte jemand anders. Und macht ihr Platz.

Mit ihr waren sie drei Mädchen und drei Jungs. Ruby hatte alle schon im Bus gesehen, bis auf den Typen am Fenster. Er sah sie an, als würde er auf irgendetwas warten, dass sie ihn begrüßte oder ihn erkannte. Er hatte längere Haare als die anderen, war groß, vielleicht eins fünfundachtzig, und blass. Er trug schwarze Stecker in den Ohren und eine schwere silberne Kette um den Hals. Irgendwie sah er ganz anders aus als Wyatt und dessen Freunde. Und überhaupt nicht wie jemand, der mit dem Schwimmteam abhing.

Tolles Rennen heute, Ruby, sagte er.

Danke? Sie hatte keine Ahnung, woher er sie kannte.

Erinnerst du dich nicht an mich?

Sie schüttelte den Kopf. Sorry. Haben wir irgendeinen Kurs zusammen?

Nein.

Gib ihr doch erstmal was zu trinken, Butler, sagte Wyatt.

Butler ... Ruby überlegte. War das Tim Butler von der Middle Lake?

Du bist Tim Butler?

Ja. Genau. Er lachte. Etwas unsicher. Daran konnte sie sich noch gut erinnern. Witzig und selbstsicher, aber nicht übertrieben.

Mensch. Hallo. Du bist in der dritten Klasse weggegangen. Du siehst so anders aus. Oder warte, eigentlich siehst du immer noch genauso aus. Nur älter.

Er sah tatsächlich noch genauso aus mit seiner verwaschenen, etwas zu weiten Jeans und dem Green Day-T-Shirt. Dieser zusammengewürfelte, fast ein bisschen nachlässige Look, wie früher, als er in einer mehrere Zentimeter zu kurzen Trainingshose und einem Pulli, der offensichtlich von seiner Mutter war, in Miss Bukowskis Klassenzimmer schlurfte.

Ja. Du hast dich auch verändert.

Wieso bist du hier?

Ich wohne hier. Keinen Kilometer entfernt. Ich habe mir Wyatts Wettkampf angeschaut, und danach sind wir zusammen zum Rudern.

Es war seltsam, so vor allen anderen zu reden, und Ruby umrundete die Betten und stellte sich zu ihm ans Fenster.

Willst du was trinken?, fragte er. Oder lieber nur Cola? Wo du ja Sportlerin bist und so.

Nein. Sie hielt ihm ihr Glas hin. Wodka Cola.

Das Waschbecken im Bad war voller Eis. Obenauf lagen die Wodkaflasche und eine Plastikflasche Cola.

Tim schenkte ihr Glas zu etwa einem Drittel mit Wodka voll und füllte es dann mit Cola auf. Nicht zu schnell trinken, ja? Nur falls du noch nie Alkohol getrunken hast.

Sehe ich so aus?

Vielleicht?

Sie setzten sich auf die breite Fensterbank, lehnten sich an die Scheibe und schwelgten in Erinnerungen an die Zeit bei Miss Bukowski, die Schlachten, die sie ausgefochten hatten. Tim erzählte von seiner High School in Massachusetts, wie riesig sie war. Von den Bands, die ihm gefielen, den Konzerten, auf die er ging. Er spielte Gitarre.

Ruby nahm einen Schluck aus ihrem Glas. Einen Moment lang brannten ihr die Augen, aber es schmeckte gar nicht schlecht. Sie mochte die Hitzespur, die der Drink durch ihre Kehle zog.

Im Sommer bin ich immer ein paar Wochen auf den Islands, sagte Tim, und oft auch in den Ferien, um meinen Dad zu besuchen. Der wohnt noch da. Ein paar Mal habe ich dich auch gesehen.

Ruby war sich sicher, dass er sich täuschen musste. Sie hatte nichts mit Wyatts Leuten zu tun, und sie und ihre Freundinnen unternahmen so gut wie nichts.

Wo denn?

Auf dem See. Hin und wieder, wenn du allein unterwegs warst. Und einmal habe ich dich auch in der Co-Op-Filiale in Burlington gesehen.

Oh. Auf dem Bett an der Wand knutschte Wyatt jetzt mit dem Mädchen aus dem Jahrgang über Ruby. Die anderen beiden zeigten sich irgendwas auf ihren Smartphones und lachten.

Hatten sie sie eingeladen, damit es mit den Pärchen aufging? Ruby verspürte Unbehagen und trank ihr Glas in einem Zug leer. Tim bemerkte es.

Ich muss mich entschuldigen. Also, für Wyatt. Willst du noch einen?

Ja, bitte.

Sie gingen wieder ins Bad.

Fühlst du dich unwohl?

Ein bisschen. Ich kenne ja niemanden.

Ich auch nicht, sagte er. Außer Wyatt. Er goss ihr noch einen Drink ein. Reden wir doch hier drinnen weiter.

Sie klappte den Toilettendeckel herunter und setzte sich darauf. Er setzte sich auf den Boden und lehnte sich an den Fuß des Waschbeckens. Er erzählte von Worcester und Boston, davon, was er vermisste.

Vermont. Also, nicht meinen Dad. Aber das Leben auf den Islands. Das Abgelegene. Zu den paar wenigen zu gehören, die das aushalten.

Ruppig und robust. So sind wir. Das war Lucas' Spruch, und Ruby musste an ihn denken, als sie es sagte. Einen Moment lang war da ein Anflug von Schuldbewusstsein.

Tim lachte. Ja, genau, das sagen die Landratten auch über euch. Uns. Er nahm einen Schluck aus seinem Glas. Ich weiß auch nicht. Mir hat's gefallen, wie zugehörig ich mich dort gefühlt habe. Hier hatte ich das nie so.

Ruby hörte ihm zu. Der Wodka wärmte ihr Brust und Bauch. Sie war nicht mehr befangen. Sie genoss es.

Wie spät ist es eigentlich?, fragte sie mit dem Gefühl, dass es ziemlich spät sein musste.

Tim schaute auf sein Smartphone. Fast Mitternacht.

Wie kommst du nach Hause?

Zu Fuß. Oder mit einem Uber.

Das Zimmertelefon klingelte, und Ruby hörte, wie Wyatt ranging. Dann sagte er, so laut, dass auch sie es hören konnten: Die Party ist vorbei. Die Aufpasser sind wieder da.

Als Ruby wieder ins Zimmer kam, waren die anderen beiden Mädchen schon weg.

Ich bringe Ruby noch in ihr Zimmer, sagte Tim. Danke, Mann. Er klopfte Wyatt auf die Schulter.

Bis in ein paar Wochen, sagte Wyatt.

Zusammen mit Tim ging Ruby den Flur entlang. Er blieb vor den Aufzügen stehen.

Nein, Treppe, sagte Ruby. Aufpasser nehmen nie die Treppe. Als sie auf ihrer Etage waren, blieben sie einen Moment an der Tür stehen. Ruby spürte die Wirkung des Wodkas, aber nur ganz leicht. Betrunken war sie nicht. Du kommst besser nicht mehr mit raus, sonst sieht dich noch jemand.

Da hast du recht.

Na dann. Danke.

Meinst du, wir könnten uns diesen Sommer mal treffen? Wenn ich wieder bei meinem Dad bin?

Ruby ließ den Blick auf sein T-Shirt sinken. Sah die rote, blutende Herzgranate in der weißen Hand.

Ich weiß nicht, sagte sie. Lucas würde ihr vermutlich nicht erlauben, sich mit Tim Butler zu treffen; sie durfte ja schon kaum Zeit mit den Freundinnen verbringen, die sie seit der dritten Klasse hatte. Sie fühlte sich gleichzeitig großartig und kurz vorm Losheulen. Vielleicht?

Ja. Du hattest heute jedenfalls einen Wahnsinnstag.

Das ist wohl so, sagte sie.

Wäre der im Eimer, wenn ich dich jetzt küsse?

Sie brauchte einen Moment, um zu registrieren, was er da gerade gefragt hatte.

Nein? Sie hob den Kopf, und Tim Butlers Lippen senkten sich sanft auf ihre. Er legte beide Hände an ihr Gesicht. Ruby schloss die Augen, sie glaubte, er würde sie jetzt weiterküssen, so wie die Pärchen hinten im Schulbus oder Wyatt vorhin mit dem Mädchen auf dem Bett. Aber er ließ sie wieder los.

Also, sagte er, dann sehen wir uns irgendwann im Sommer.

Ja, vielleicht im Co-Op.

Und das war's.

17

RUBY

2016

Donnerstags hatten sie in der letzten Stunde Chemie. Ruby überprüfte zwei Mal, dass der Gashahn am Bunsenbrenner auch zugedreht war, und legte ihre Schutzbrille in die Kiste zurück. Als sie gerade ihr Laborbuch im Rucksack verstaute, sah sie durchs Fenster Nathalie und tat gleich so, als hätte sie sie nicht gesehen, beschäftigte sich intensiv mit ihren Büchern, räumte sie im Rucksack um. Der Klassenraum hatte sich schon geleert, aber sie spürte, dass Nathalie vor ihrem Pult stand.

Hey.

Ruby zog den Reißverschluss am Rucksack zu. Hi.

Es tut mir leid, platzte Nathalie heraus.

Ruby sah sie nicht an. Sie zerrte am Reißverschluss herum, der sich im Innenfutter verhakt hatte.

Du willst ja nicht, dass ich mit dir über deine Mom rede, und meine Eltern meinen, ich soll dir auch nicht erzählen, dass ich über sie recherchiert und was ich gelesen habe.

Ruby spürte ein Kribbeln am ganzen Körper. Aus dem Lautsprecher kam eine Durchsage, irgendwas mit Fußball, doch das Rauschen in ihren Ohren übertönte es.

Bitte?

Ich musste es ihnen erzählen. Es tut mir leid, aber ich habe nicht gewusst, was ich sonst tun soll.

Was musstest du ihnen erzählen?

Dass deine Mom verschwunden ist.

Aber das wissen sie doch längst.

Nein. Dass sie richtig verschwunden ist. Ich habe sie gegoogelt. Deena Garvey. Sie wird seit Februar 2004 vermisst. Seit dem achten Februar. Sie ist gar nicht fortgegangen. Sie ist verschwunden. Und alle Welt hat nach ihr gesucht. *In Philadelphia.*

Nathalie verschwamm vor Rubys Augen, wie sie da vor ihr stand, die dunklen Haare zurückgekämmt, die Augen riesig hinter den dicken Brillengläsern. Sieht aus, als würde man von unten in zwei Cola-Flaschen schauen, sagte Lucas immer. Ruby konzentrierte sich auf das Periodensystem an der Wand. *Borgruppe 13. Ga – Gallium. Ein Element, das wie Metall aussieht, aber schon in der Handfläche oder in lauwarmem Wasser schmelzen kann.*

Ich habe doch gesagt, du sollst nicht googeln. Ich weiß das alles längst.

Tut mir leid, dass ich's dir nicht gesagt habe und dir aus dem Weg gegangen bin. Ich wusste nicht, was ich tun soll. Meine Eltern bringen mich um, wenn sie erfahren, dass ich mit dir darüber rede.

Warum sollten die Hoags sich denn aufregen, wenn Nathalie Ruby etwas erzählte, was die längst wusste? Ob ihre Mutter sie verlassen hatte oder verschwunden war, lief doch aufs Gleiche hinaus.

Sie wollen nicht, dass ich mich einmische. Sie haben Angst, dein Dad könnte irgendwas tun, und wollen nicht, dass er erfährt, dass ich mit dir darüber gesprochen habe.

Dass die Hoags sich wegen Lucas so seltsam benahmen, löste wieder dieses schleichende, minderwertige Gefühl in Ruby aus, als wäre sie beschmutzt.

Nathalie sah sich nach allen Seiten um, dabei war sonst niemand im Raum, und sagte ihren nächsten Satz im Flüsterton: In manchen Artikeln standen nämlich auch Sachen über deinen Dad.

Sie hielt Ruby ihr Smartphone hin.

Ruby spürte, wie ihre Wangen heiß wurden. Ich will das nicht lesen. Ich weiß es schon. Meine Oma war mit mir und meinem Dad zusammen, als meine Mom verschwunden ist. Er hatte nichts damit zu tun. Außerdem lebt sie doch noch. Sie schickt mir ständig Päckchen. Nicht nur das eine Foto. Lucas hebt die alle auf. Außerdem hat sie mich beobachtet.

Nathalie starrte Ruby an, als hätte sie gerade gesagt: *Ich sehe tote Menschen.*

Das stimmt. Ich bilde mir das nicht nur ein. Sie ist mir gefolgt. Also, jemand, den sie kennt, ist mir gefolgt. Mindestens zwei Jahre lang. Es war ein grünes Auto. Erst war ich mir nicht sicher, aber inzwischen schon.

Sie wollte schon sagen, dass Lucas auch davon wusste, hatte aber keine Lust, Nathalie zu erzählen, wie Lucas den Mann mit seiner Flinte verscheucht hatte.

Nathalie glaubte ihr nicht. Das war offensichtlich. Sie wollte noch etwas sagen, entschied sich dann aber dagegen. Immer wieder schob sie ihre Brille zurecht, eine nervöse Angewohnheit, die sie immer schon gehabt hatte. Ruby war klar, dass Nathalie schon wieder bereute, überhaupt etwas gesagt zu haben. Auch Ruby wünschte sich, sie hätte es gelassen.

Okay. Egal. Ich will nur einfach nicht, dass wir Stress haben. Sag Lucas nicht, dass ich dir das erzählt habe. Und auch sonst keinem.

Nein.
Versprochen?
Ja. Ruby meinte das völlig ernst. Warum sollte sie auch? Die Reaktion der Hoags verletzte sie, auch die von Nathalie, und ihr fiel wieder ein, dass Lucas die Familie nie sonderlich gemocht hatte. Autoaufkleber und Plakate, um aller Welt zu zeigen, wo sie politisch standen und wie aufrecht sie waren. Im Grunde hatte er den richtigen Instinkt gehabt. Sie hielten sich wirklich für was Besseres. Der Bus fährt gleich, sagte sie.
Gemeinsam gingen sie zur Haltestelle. Nathalie war immer Rubys beste Freundin gewesen, aber sie hatte ihr nicht einmal von Worcester und Tim erzählt. Es war in letzter Zeit so komisch mit ihr. Außerdem wollte Ruby sich nicht dafür rechtfertigen müssen, dass sie zu Wyatt aufs Zimmer gegangen war und Alkohol getrunken hatte. Nathalie würde ihr doch nur einen Vortrag halten, irgendwas Richtung: Hast du nicht genug Episoden von *Junge Schicksale* gesehen, um es besser zu wissen?
Die Sonne warf ihre Schatten auf die Straße. Lang und kurz. Der von Ruby sah verzerrt und übertrieben aus. Es machte sie traurig, die beiden Schatten, ihren und Nathalies, zu sehen, wie sie gemeinsam über den Boden wanderten, sich manchmal überlappten und dann wieder trennten, als liefe ihre Vergangenheit noch einmal vor ihnen ab, in dem Moment, in dem sie auseinanderdrifteten.

Die ersten Juni-Wochen waren ungewöhnlich kühl, viel zu kalt, um Samen zu setzen. Nachdem die Sonne ein paar Tage in Folge recht warm gewesen war, meinte Lucas, es sei Zeit, den Garten zu bestellen. Ruby könne das doch am nächsten Tag erledigen. Das Wetter solle schön werden.
Okay.
Ich habe die Samen alle schon beschriftet, sagte Clover.
Am Abend bekam sie eine Nachricht von Tim Butler: *Bin in Vermont. Lust, nach Knight Island zu paddeln? Treffen @ North Hero um 1?*
Ruby wusste nicht, was sie antworten sollte. *Okay*, schrieb sie schließlich zurück. Sie würde einfach früh aufstehen und den Garten machen. Was sie Lucas sagen sollte, wusste sie noch nicht, aber dann war er sowieso schon weg, als sie aufstand. Um halb acht war sie bereits an der Arbeit, grub die Erde um, verteilte Mulch und brachte dann die Samen aus, die in kleinen braunen Umschlägen steckten, alle sorgfältig in Clovers zittrigem Gekrakel beschriftet. Möhren, Buschbohnen, Gurken. In den jeweils letzten Reihen pflanzte sie die Setzlinge aus, die sie seit ein paar Wochen in Kästen zogen. Kurz vor zwölf war sie mit allem fertig. Unter der Dusche schrubbte sie sich die Erde unter den Fingernägeln weg. Sie zog Badeshorts an, dazu das hochgeschlossene

Bikinioberteil, das sie immer beim Training trug. Das Haar nahm sie zu einem lockeren Dutt oben auf dem Kopf zusammen und schnappte sich ihren Rucksack. Clover saß im Wohnzimmer vor dem Fernseher.

Ich gehe ein bisschen paddeln, Clover. Hast du gefrühstückt?

Ja.

Fackel nicht das Haus ab.

Ach, hör schon auf. Und nimm bloß dein Telefon mit, wie's dein Vater immer will.

Ruby war als Erste an der Anlegestelle. Ein paar Boote schaukelten an ihren Tauen, das Wasser schlug mit sanftem Plätschern gegen sie. Es war der erste heiße Sommertag. Ruby wartete im Kajak und gab sich alle Mühe, nicht zu entgeistert zu schauen, als ein weißer SUV auf den Parkplatz fuhr. Eine Frau stieg aus und trat auf den Steg, sie schaute zu Ruby hinüber, schob sich die Sonnenbrille ins Haar und schirmte die Augen mit der Hand ab, um besser sehen zu können. Tim hievte sein Kajak vom Gepäckträger. Die Frau winkte, und Ruby winkte andeutungsweise zurück, vertiefte sich dann aber wieder in die Narbe, die sie am Schienbein hatte.

Schreib mir, wenn ihr wieder aufbrecht, ja?, rief die Frau Tim nach, der schon die Rampe hinunterlief.

Die Freundin von meinem Dad, sagte er, als er sein Kajak neben das von Ruby brachte. Er trug eine abgeschnittene Jeans, seine Beine waren bleich und dünn. Sie schaute auf ihre eigenen Beine, die dicken Muskeln. Überlegte, sie zu verstecken.

Wirkt ziemlich jung für eine Stiefmutter.

So sehe ich sie irgendwie auch gar nicht.

Sie paddelten in Richtung Insel. Ruby blieb ein kleines Stück hinter Tim zurück, betrachtete seinen Rücken, der sich unter dem T-Shirt abzeichnete, sein Profil, wenn er ihr etwas über die Schulter zurief. Manchmal glitten sie auch einfach nur dahin, ließen ihre Kajaks sanft in der Strömung trudeln.

Auf Knight Island zogen sie die Kajaks bis zur Baumgrenze hoch und warfen ihre Schwimmwesten hinein.

Ich muss jetzt unbedingt schwimmen, sagte Ruby. Sonst gehe ich noch ein.

Ich auch.

Am Wasser streifte Tim seine Paddelschuhe ab und watete langsam hinein, mit ausgestreckten Armen, um das Gleichgewicht zu halten; trotzdem schwankte er noch und fiel fast hin. Ruby lief barfuß direkt hinein.

Angeberin, rief er.

Großstadtjunge.

Tim lachte. Stimmt. Das macht mich echt fertig.

Gemächlich schwammen sie ins Tiefere hinaus, traten Wasser, ließen sich auf dem Rücken treiben. Ruby atmete tief durch. Alle Geräusche auf der Welt waren jetzt gedämpft. Schwerelos. Die Anstrengung der morgendlichen Arbeit verflog, und alle Sorgen wegen Nathalie, Lucas und dem grünen Auto schienen weit weg.

Tim zog sie am Fuß. Wer zuerst da an der Boje ist, sagte er.

Vielleicht hundert Meter vor ihnen schwamm eine kleine, orangefarbene Markierung.

Okay?

Sie ließ ihn loslegen. Er schwamm hektisch, plantschte herum wie ein Wilder. Ruby schwamm mit langsamen Zügen hinterher. An der Boje machte er Halt und klammerte sich daran fest. Auch Ruby griff danach.

Warum schwimmst du denn nicht um die Wette? Er war ganz außer Atem, brachte es nur keuchend heraus.

Du weißt schon, dass ich viel schneller bin als du?, sagte sie.

Klar.

Zurück am Ufer sammelte Tim mit gesenktem Kopf Blausteinsplitter auf, während sie sich unterhielten. Er erzählte ihr, wie seine Eltern sich getrennt hatten und seine Mutter mit ihm aus Vermont weggezogen war.

Meine Mom ist deswegen richtig durchgedreht. Kann aber auch sein, dass sie das vorher schon war. Und ich mir nur einbilde, dass es einen direkten Zusammenhang gibt.

Er ließ den Stein, den er in der Hand hielt, über die Wasseroberfläche flitschen, und der Stein hüpfte zwei Mal.

Wenn ich hier bin, wohne ich bei den beiden in unserem alten Haus.

Magst du sie?

Sarah? Sie ist ganz okay. Also, ja. Eigentlich mag ich sie deutlich lieber als meinen Dad. Sie ist es auch immer, die mich hierher einlädt, was echt komisch ist, weil sie mich ja in das Haus einlädt, das früher mal unseres war.

Ruby betrachtete die Haarsträhnen an seinem Hals, sein Kinn. Er tat ihr leid, und gleichzeitig zog er sie an. Sie saßen in der Sonne und redeten nicht mehr, ließen sich einfach von der Wärme trocknen. Nach einiger Zeit breitete Tim ein Handtuch aus, öffnete seinen Rucksack und zog eine Vorratsbox heraus, randvoll mit Wraps, belegten Pita-Broten und kleinen Sandwiches ohne Kruste.

Das ist ja wie in einer Folge von *MasterChef*, sagte Ruby.

Alles von Sarah. Sie gibt sich echt Mühe.

Ich könnte nicht mal sagen, womit die gefüllt sind, sagte Ruby, nachdem sie abgebissen hatte.

Ich auch nicht, sagte Tim. Aber alles, was sie macht, schmeckt super.

Nach dem Essen blieben sie noch ein Weilchen in der Sonne liegen. Dann stupste Tim sie an.

Lust auf einen Spaziergang?

Ja. Ruby griff nach ihren Schuhen und folgte ihm. Sie gingen am Ufer entlang, weiter nach Norden.

Warst du schon mal hier?

Mindestens hundert Mal, sagte Ruby. Ich habe auch schon hier gezeltet. Oft.

Mit Freundinnen?

Nein. Mit meinem Dad. Als ich noch klein war.

Klingt gut. So was hätte ich auch gern gemacht.

Ja, sagte sie. War auch gut.

Ein Schnellboot mit einem Tube im Schlepptau raste vorbei und legte sich weit in die Kurve. Die Person auf dem Reifen kreischte, als der sich einen Moment lang aus dem Wasser hob.

Das habe ich noch nie gemacht, sagte Ruby.

Ich schon, sagte Tim. Das sind genau die Sachen, auf die mein Dad steht.

Und genau die Sachen, die mein Dad hasst.

Sie setzten sich auf ein riesiges Stück Treibholz, das im Sonnenlicht fast silbern schimmerte, und schauten aufs Wasser hinaus.

Weißt du eigentlich, dass ich Wyatt gesagt habe, er soll dich in sein Hotelzimmer einladen?

Okay?

Ich hatte dich ein paar Wochen vorher hier gesehen. Im Co-Op. Ich war mit Sarah da, sie wollte, dass ich das Essen aussuche. Meine Mom kocht nicht, zumindest nicht richtig. Wir machen uns immer was aus der Dose, aber Sarah macht alles von Grund auf selbst. Mom sagt, mein Dad wollte immer so eine Martha Stewart, und jetzt hat er eine. Ist wohl auch so.

Ruby nickte, hatte aber keine Ahnung, was das mit ihr zu tun haben sollte.

Sie hat mich dauernd gefragt, worauf ich Lust habe, ich wusste aber nicht mal, wie die ganzen Sachen heißen, die da vor uns lagen. Sie war schon voll gestresst, also meinte ich, für mich tut's auch eine Pasta mit einer Dose Tunfisch. Das war, als hätte ich gesagt: Spielen wir doch mal Kannibalen. Sie hat gedacht, ich bin sarkastisch.

Tim zog einen dünnen Streifen Rinde von einem Ast ab, der unter ihnen aus dem Holz ragte.

Wir stehen also mitten in der Gemüseabteilung, sie kurz vorm Ausrasten, weil sie unsicher ist, und ich kurz vor der Panikattacke, weil ich nicht sagen kann, was ich gern esse. So ein blöder Zufall. Und dann sehe ich plötzlich dich. Mit deinem Einkaufswagen, wie du Obst und

Gemüse aussuchst, haufenweise, als ob du ganz genau weißt, was du da machst. Du hattest die Haare offen. Ich wusste sofort, dass du es bist. Und am liebsten hätte ich dich gefragt: Hilf mir, ihr zu sagen, was ich essen will. Im Ernst. Du hast so gelassen gewirkt und weise. Ich dachte, wenn ich dich einfach frage, wirst du mich gleich verstehen.

Weichei, würde Lucas jetzt sagen. Sobald jemand von Beklemmungen oder Panikattacken sprach oder sonst etwas sagte, was auf psychische Labilität hindeutete, nannte er die Person Weichei. Und Ruby war sich sicher, dass auch etwas von ihrer Mutter mitschwang, wenn er das sagte. Tim schaute immer noch auf den See hinaus. Er war einfach nur ehrlich und offen gewesen, und sie schämte sich, weil ihr als erstes Lucas' Ausdruck in den Kopf kam.

Dann ist mir wieder alles Mögliche über dich in der dritten Klasse eingefallen. Dass deine Mom weg ist. Dass du so traurig warst. Ich kannte dich ja kaum, tu ich immer noch nicht, aber irgendwie dachte ich, du kannst mir helfen, weiterzuatmen. Mein Dad hat mir erst vor ganz kurzem erzählt, letztes Jahr oder so, dass deine Mom vermisst gemeldet wurde, als du klein warst. Das habe ich nicht gewusst.

Da war es. Alle wussten davon. Sophie bestimmt auch. Wahrscheinlich waren Ruby und Nathalie die allerletzten, die davon erfahren hatten. Nathalies Eltern mussten es auf jeden Fall gewusst haben, weswegen Nathalie auch nie zu ihr kommen durfte. *Dass du so traurig warst.* Sie hatte ewig nicht mehr an die Zeit gedacht, als sie immer in dem Sessel geschlafen hatte. Vielleicht hatte sie damals ihre Mutter vermisst. Alle anderen wussten Bescheid. Sogar Miss Bukowski musste es gewusst haben. Tim redete immer noch.

Na jedenfalls, ich hatte das alles vergessen, sagte er. Dann habe ich Sarah gesagt, dass mich Essensentscheidungen stressen und mir sowieso alles schmeckt, was sie macht. Ich habe nicht mal mehr gesehen, wie du aus dem Co-Op raus bist. Und als Wyatt erzählt hat, dass du ruderst, habe ich ihn überredet, auf deinem Zimmer anzurufen.

Er stand auf, streckte ihr die Hand hin und zog sie auf die Füße.

Als wir uns an dem Abend dann tatsächlich gesehen haben, war es so leicht, mit dir zu reden. Irgendwie sofort von dem Moment an, als du ins Zimmer gekommen bist.

Er umfasste ihr Handgelenk. In der Ferne hörte sie einen Bootsmotor. Er hatte ihr alles gesagt, was er über sie wusste, trotzdem schämte sie sich gar nicht. Sie küssten sich. Anders als beim letzten Mal, ein richtiger Kuss; seine Zunge berührte ihre Lippen, ihre Zunge. Seine Hand wanderte zu ihrem Bikinioberteil, streifte den Stoff. Sie spürte, wie ihr Bauch sich mit Hitze füllte. Seine Lippen lagen an ihrem Hals.

Der Bootsmotor kam näher.

Scheiße, sagte Tim und wich zurück.

Hier sieht uns doch keiner, sagte sie. Aber dann kam das Boot in Sicht und hielt stotternd an. Lucas? Unwillkürlich duckte sie sich. Nein. Die Leute von vorhin, mit dem Tubing-Reifen.

Komm, sagte Tim. Wir gehen zurück zu unseren Sachen.

Sie sprangen noch einmal kurz ins Wasser und setzten sich dann auf ihre Handtücher. Zwischen den Steinen krabbelte ein Käfer hindurch, überwand gemächlich alle Hindernisse, die ihm im Weg lagen. Ruby wollte weiter küssen.

Alles okay?, fragte Tim. Sollen wir lieber gehen?

Noch nicht. Sie zog den Rand ihres Handtuchs zur Seite, um den Käfer durchzulassen. Hattest du schon mal Sex?

Was? Er musste lachen. Ernsthaft?

Ja.

Okay. Ja.

Oft?

Wie meinst du das? Wie viele Male?

Ja, und auch mit wie vielen Personen.

Mit zweien. Mit dem ersten Mädchen war ich ein Jahr zusammen. Bis vor kurzem. Mit ihr war's ein paar Mal. Aber gar nicht so oft. Und dann noch ein Mal mit jemand anders. Da war ich betrunken. War ziemlich peinlich.

Dann warst du beim ersten Mal fünfzehn?

Sechzehn. Ich habe ja eine Klasse wiederholt.

So alt wie ich jetzt.

Ja.

Tim legte sich auf den Bauch und drehte das Gesicht zu ihr. Sie legte sich ebenfalls hin, ließ die Wange an den warmen Steinen ruhen.

Du hast Sommersprossen auf der Nase, sagte er.

Wie meine Mom.

Sie wusste nicht, warum sie das gesagt hatte. Es kam einfach so. Außer Nathalie hatte sie nie irgendwem erzählt, dass sie wusste, wie ihre Mutter aussah.

Tim wollte etwas sagen, ließ es dann aber.

Ruby schloss die Augen. Das Wasser schwappte sanft ans Ufer. Ganz weit weg brummte ein Motorboot. Die Sonne wärmte ihre nackte Haut. Sie wünschte sich, sie könnten einfach hier bleiben.

Es wurde bereits dunkel, als das Licht von Lucas' Scheinwerfern über die Küchenfenster wanderte. Reifen schlitterten über den Kies, und noch bevor Ruby seine schweren Schritte auf der Veranda hörte, wusste sie schon, dass er wütend war. Alles in ihr zog sich zusammen, presste das Gute dieses Tages aus ihr heraus. Clover rührte hochkonzentriert in einem Topf, unter dem das Gas längst abgeschaltet war.

Lucas strafte mit Schweigen; sie verzehrten fast ihr ganzes Abendessen, ohne ein Wort zu sagen.

Ruby wartete, dass es kam. Was immer es sein würde.

Er deutete mit der Gabel auf sie. Wo warst du heute?

Hier, sagte sie. Ich habe Clover geholfen. Den Garten fertig gemacht, wie du gesagt hast, und dann war ich noch ein bisschen paddeln, weil es so heiß war.

Wo? Die Gabel lag weiter fest in seiner rechten Hand, sein ganzer Körper war angespannt; er ließ die Augen nicht von ihr, und ihr wurde klar, dass er wusste, dass sie weiter draußen auf dem See gewesen warst.

Panik durchfuhr sie. Irgendwer musste sie gesehen haben. Das Boot mit dem Tubing-Reifen?

Sie gab sich Mühe, beiläufig zu klingen. Ich bin mit dem Kajak nach North Hero.

Und dann? Er wusste es.

Nach Knight Island.

Allein?

Ja, log sie und hielt den Atem an.

Lucas ließ die Gabel sinken. Ich habe dir dieses Handy gekauft, damit du mich vorher fragen kannst, wenn du so etwas machen willst. Damit ich immer genau weiß, wo du bist.

Ruby atmete aus. Clover schob mit dem Löffel Erbsen auf ihrem Teller herum, dann sagte sie: Wir hatten auch keine Handys, als wir jung waren.

Lucas beachtete sie gar nicht, er war immer noch ganz auf Ruby konzentriert. *Hast – du – das – verstanden?* Seine Worte waren wie Schläge.

Ja, sagte Ruby.

Nach dem Essen ging sie zu den Hühnern. Es war stockdunkel, die Nacht knisterte vom Zirpen der Zikaden und Heupferdchen, dem Ruf der Frösche. Lucas wusste, dass sie weiter als bis nach North Hero gepaddelt war. Dabei waren sie auf dem See keinen anderen Booten begegnet. Und sie war sich sicher, dass Lucas und Sarah sich nicht kannte. Die Leute aus dem Boot mit dem Tubing-Reifen hatte wiederum Ruby nicht gekannt. Sie ging in die Hocke, um eine Rhode Island Red hochzuheben, die bisher noch keine Eier legte, und das Handy, das in der vorderen Tasche ihrer Shorts steckte, drückte sich an ihr Bein. Ob Lucas das Telefon nutzte, um sie zu überwachen?

Am Nachmittag, als sie mit Tim im Wasser gewesen war und sie schon wieder zurück ans Ufer wollten, war sie plötzlich durch eine Stelle im See geschwommen, wo das Wasser eisig war. Sie hatte gelacht und Tim zugerufen: Achtung, da ist es kalt, aber sie hatte sich auch von etwas durchspült gefühlt. Etwas, das sie innehalten ließ. Eine unsichtbare Düsternis. Die spürte sie auch jetzt wieder: Verzweiflung war ein ganz konkreter Ort.

18

NESSA

1999

Bei den Seepferdchen werden die Männchen trächtig. Das Weibchen legt seine Eier in die Bruttasche des Männchens, wo sie befruchtet werden und heranwachsen, bis das Männchen sie gebiert. Mit jeder Wehe kann es bis zu eintausend Junge zur Welt bringen.

Nessa war schon drauf und dran, den Artikel Deena zu zeigen, entschied sich dann aber doch dagegen. Seit sie dort saßen, hatte Deena kein Wort gesagt. Eine Lampe auf dem niedrigen Tisch zwischen ihnen warf ihr Bernsteinlicht an die Wände. Es gab keine Fenster und auch sonst nichts, wo man hinschauen konnte, deshalb hatten sie sich beide in Zeitschriften vertieft. Nessa wusste nicht, wie sie das Schweigen brechen sollte. Sie hatten sich zwar nicht gestritten, trotzdem war da ein Bruch.

Wie läuft's auf der Arbeit?, fragte sie schließlich. Um wenigstens irgendwas zu sagen.

Gut. Viel los. Deena schaute nicht auf.

Und wie geht's Lucas? Deena wusste, dass ihr nichts egaler war, als wie es Lucas ging. Sie zögerte, wie um das Feindseligkeits-Level einzuschätzen. Nessa gab sich Mühe, interessiert zu schauen.

Gut.

Jedes Mal, wenn Nessa versuchte, ernsthaft mit Deena über Lucas zu reden, wurde Deena trotzig und herablassend, als könnte Nessa das erst verstehen, wenn sie selbst eine Beziehung hätte. Sie konnte schließlich nicht wissen, wie das zwischen einem Paar war, was für Opfer man füreinander bringen musste. Jedes Mal, wenn Deena *wir* sagte oder *Lucas findet …*, konnte Nessa sich das Augenverdrehen nicht verkneifen. Er war so eindeutig ein Arschloch. Deena hatte ihr ganzes bisheriges Leben buchstäblich in die Tonne getreten, weil er es nicht wertzuschätzen wusste. Und Nessa konnte nicht begreifen, wie dieser Mann einen Keil zwischen sie hatte treiben können. Auch jetzt wären sie sicher nicht hier, im selben Zimmer, wenn ihre Mutter sie nicht beide gebeten hätte, sie zu begleiten. Sie wollte anschließend mit ihnen frühstücken gehen, *nur wir Mädels*.

Nessa las weiter. Seepferdchen blieben außerdem ein Leben lang zusammen, und wenn sie morgens aufwachten, vollführten sie einen Tanz füreinander, der mehrere Stunden dauern konnte. Sie schaute auf die Uhr, seufzte vernehmlich. Deena sah nicht mal auf.

Ich bin schwanger, sagte sie, ohne den Blick von ihrer Zeitschrift zu heben.

Nessa spürte Enge in der Brust. Sie hatte so ein Teenagergefühl, als würden sie jetzt Riesenärger kriegen.

Bist du sicher?

Natürlich bin ich sicher.

Und was willst du tun?

Wie, was will ich tun?

Ich meine, willst du es behalten? Nessa überschlug im Kopf. Deena kannte Lucas gerade mal ein halbes Jahr. Was dachte sie sich bloß?

Was ist denn das für eine Frage?

Eine berechtigte?

Ich kann nicht fassen, dass ich dir so was erzähle und du es nicht mal fertig bringst, dich für mich zu freuen.

Ich wollte erstmal wissen, ob *du* dich freust. Deswegen frage ich ja. Meine Güte. Also gut, herzlichen Glückwunsch. Ich freu mich für dich.

Allen anderen erzähle ich es erst in einem Monat. Wenn ich in der zwölften Woche bin. Um sicherzugehen und so.

Danke, dass du es mir erzählt hast. Nessa gab sich Mühe, aufrichtig zu klingen.

Ich erzähle es dir nur, weil mir immer noch schlecht wird und das nicht nur morgens. Nur falls ich plötzlich aufspringe und aufs Klo renne.

Okay. Nessa schwirrte der Kopf. Deena war jung, hatte ihre Stelle noch nicht sehr lange. Sie kannte Lucas erst so kurz. Wie viel wusste er über sie?

Weiß Lucas eigentlich, was du durchgemacht hast, die Depressionen und das alles?

Was glaubst du denn? Wir leben zusammen. Ich bekomme ein Kind mit ihm. Natürlich weiß er das. Warum fragst du mich das ausgerechnet jetzt?

Nessa schaute wieder auf ihre Zeitschrift. So hätte sie nicht reagieren dürfen. Sie versuchte, das Gespräch von einem besseren Ausgangspunkt neu anzufangen.

Ist dir wirklich die ganze Zeit schlecht?

Meistens.

Und wie geht das dann mit der Arbeit?

So schlimm ist es nicht.

Deena las weiter.

Wolltest du denn schwanger werden?, fragte Nessa, obwohl sie viel lieber gefragt hätte: Hast du sie eigentlich noch alle?

Na ja, ich habe zumindest nicht mehr verhütet. Lucas möchte gern eine Familie. Er fühlt sich bereit dazu.

Und du? Nessa konnte einfach nicht anders.

Klar, fauchte Deena. Wir fühlen uns beide bereit. Was ist eigentlich los mit dir?

Eine Schwester kam ins Wartezimmer. Sind Sie die Begleitung von Maria Garvey? Sie ist jetzt wach und möchte Sie sehen.

Nessa konnte sich nicht davon abhalten, Deena zu mustern, als sie aufstanden, ihren flachen Bauch unter der Jeans. Da wuchs ein Baby. Das erste Enkelkind ihrer Eltern. Seit Deena zu Lucas gezogen war, hatte sie abgenommen. Sie meinte, das komme vom vielen Laufen auf der Arbeit, sie lege pro Schicht ja locker zehn, zwölf Kilometer zurück und habe meistens auch keine richtige Pause und wenig Zeit zum Essen. Nessa gab Lucas die Schuld, sie stellte sich vor, dass er beim Essen sehr streng war. Aber vielleicht kam es ja auch vom vielen Erbrechen wegen der Schwangerschaft. Sie wollte Deena zuflüstern: O mein Gott, ein Baby. Dein Baby. Ich werde es lieben wie mein eigenes und alles für euch beide tun. Aber Deena war bereits an ihr vorbei und folgte der Krankenschwester.

Maria Garvey lächelte ihren Töchtern entgegen. Sie sah klein aus in dem blauen Krankenhaushemdchen, wie geschrumpft. Deena setzte sich auf den Bettrand, und der Arzt kam herein, um mit ihnen zu sprechen. Sie hätten eine große Wucherung gefunden, sagte er. Das müsse operiert werden. Wegen des aggressiven Wachstums vermute er Krebs, aber dafür müssten sie erst die Laborergebnisse abwarten. So oder so müsse sie es aber entfernen lassen.

Was?, sagte Nessa. Die Stimme des Arztes klang sehr weit weg. Sie setzte sich auf der anderen Seite neben ihre Mutter und legte den Arm um sie. Maria drückte ihre Hand. Aber meine Mutter ist doch kerngesund.

Ihre Symptome passen zu dem, was wir gefunden haben, sagte der Arzt.

Was denn für Symptome? Nessa hatte ihre Mutter nie über irgendetwas klagen hören.

Blut im Stuhl. Blähungen. Sie hätte schon längst den Hausarzt aufsuchen sollen.

Zum ersten Mal an diesem Morgen suchte Deena Nessas Blick. Sie schüttelte leicht den Kopf. Auch sie hatte nichts davon gewusst.

Der Arzt händigte Deena Visitenkarten von zwei Chirurgen aus, die er empfehlen konnte. Maria saß einfach nur da und hörte sich alles an, verblüfft und leicht verängstigt, tat aber ihr Bestes, um weiterhin zu lächeln. Sie wollte es allen leichter machen, dem Arzt und ihren Töchtern.

Draußen schien die Sonne grell. Maria war noch schlapp von der Narkose, hatte aber seit drei Tagen nichts gegessen und sagte, sie gebe alles für einen Kaffee und ein ordentliches Frühstück.

Aber irgendwo, wo es ruhig ist, sagte Deena.

Und wo es guten Kaffee gibt, sagte Nessa.

Nein, sagte Maria. Wir gehen ins Diner. Ich möchte irgendwo sein, wo es laut und hell ist und wo viele Leute sind. Sie wollte auch nicht darüber reden, was weiter kommen würde. Wir klären das mit der OP, dann frühstücken wir und ihr bringt mich noch nach Hause. Dann sage ich es Dad und Joey.

Sie setzten sich in eine Nische mit Blick auf die Route 1. Deena hing bereits am Handy, um einen Termin bei einem der Chirurgen zu vereinbaren. Sie hatten so viele Erinnerungen an dieses Diner – Sonntagvormittage nach der Messe, späte Abende nach Schulaufführungen, als sie hier, noch in Kostüm und Schminke, große Eisbecher verzehrt hatten. Spätnachts nach langen Besäufnissen, um bei Kartoffelpuffern, Toast und Kaffee auszunüchtern, bevor sie wieder nach Hause gingen. Hier hatte sich nichts je verändert. Die Neuigkeiten ihrer Mutter waren ein Ding der Unmöglichkeit.

Als das Essen kam, hatte Deena bereits einen OP-Termin vereinbart. Sie wird eine gute Mutter werden, und dieses Kind ist uns gerade jetzt geschickt worden, um uns zu helfen, dachte Nessa. Etwas, worauf sie sich alle gemeinsam freuen konnten. Sie aßen kaum etwas. Nessa betrachtete die sechs Hände auf der Resopal-Tischplatte, darunter auch ihre, und sie spürte den Drang, die Hände ihrer Schwester und ihrer Mutter zu ergreifen, von Deenas Neuigkeiten zu berichten, zu erzählen, dass ein weiteres Paar Hände heranwuchs, das ihnen helfen würde, diese Last zu tragen, und sie wusste schon jetzt, dass es auf dieser Welt nichts gab, was sie nicht für dieses Baby tun würde.

Nessa stand bei ihren Eltern in der Waschküche und legte die Wäsche zusammen. Deena kam herein, in Arbeitskleidung, bereit für die Nachtschicht. Trotz des lockeren Oberteils sah man ihr die Schwangerschaft schon an.

Sie schläft jetzt, sagte sie. Sie hatten alle nicht damit gerechnet, wie heftig die Chemotherapie sein würde, und die Steroide, die ihre Mutter bekam, halfen nicht ausreichend gegen Übelkeit und Erschöpfung. Deena griff nach einem Hemd und faltete es. Sie standen nebeneinander da und machten Stapel. Für Joey. Für Dad. Für Mom.

In Vermont war es seltsam, sagte Deena. Lucas und sie waren für eine Woche hingefahren. Nessa war immer noch sauer. Das Timing war denkbar schlecht: Ihre Mutter brauchte Deena. Aber Lucas hatte seine Mutter besuchen wollen, also war Deena mitgefahren. Nessa nahm ihr das übel, gab sich aber alle Mühe, keinen Streit anzufangen, nicht jetzt, wo sie so viel durchmachten. Deena faltete weiter Wäsche und erzählte, ohne Nessa anzusehen: Seine Mutter, Clover, war die ganze Zeit da, aber sie haben überhaupt nicht geredet oder Erinnerungen rausgekramt, so, wie es bei uns immer war, wenn wir Besuch hatten und Mom und Dad dabei waren. Weißt du noch, wie wild sie immer darauf waren, alle möglichen Geschichten von uns zu erzählen, und sich gegenseitig an Sachen erinnert haben ... und maßlos übertrieben, gelacht und sich gegenseitig widersprochen haben. Wie laut sie waren. In Vermont war bloß – ich weiß auch nicht. Stille. Leere.

Vielleicht ist sie ja nicht mehr an Gesellschaft gewöhnt, weil sie so lange allein gelebt hat? Nessa achtete sehr darauf, nichts zu sagen, was das Gespräch zum Erliegen bringen würde. Es war das erste Mal, dass Deena im Zusammenhang mit Lucas von etwas Negativem berichtete.

Ich weiß nicht. Diese Stille ... Die Stille war belastend. Als wäre da noch was anderes. Es war auch nicht wegen mir. Ich glaube, seine Mutter mochte mich. Eher was zwischen ihnen. Vielleicht fehlt ihr bloß die Sozialkompetenz, mit Gästen umzugehen, oder so was. Es gab nur einfach ... gar keine Witze, keine Neckereien.

Vielleicht sind die eben so in New England – mit ihrer puritanischen Strenge, sagte Nessa. Sie wusste gar nicht, warum sie Rechtfertigungen suchte. Lucas war ganz offensichtlich genau wie seine Mutter.

Deena schüttelte den Kopf. Ich glaube, das ist nur bei denen so. Es war auch niemand sonst da. Keine Freunde, die vorbeikamen, keine anderen Verwandten. Nur eine Nachbarin haben wir gesehen, die in ihrem Pickup vorbeikam.

Sie schwieg ein paar Minuten. Nessa klappte das Bügelbrett auf, und Deena faltete weiter.

Und dann ist noch was Komisches passiert. Oder ich weiß gar nicht, ob es wirklich so komisch war oder nur mir irgendwie komisch vorkam. Mir ging's nicht gut. Mir war nach wie vor die ganze Zeit schlecht. Die Armbänder helfen nicht. Deena streckte die Arme aus. An beiden Handgelenken trug sie rote Gummiarmbänder, die einen Akkupressurpunkt aktivieren und so gegen die Übelkeit wirken sollten. Es war einfach alles zu viel für mich, die Atmosphäre im Haus, die Hitze. Ich weiß auch nicht. Lucas sollte einen neuen Zaun um eins der Felder anbringen, wo die Nachbarn ihre Kühe stehen hatten. Er brauchte Hilfe. Jemand musste die Zaunpfähle festhalten, während er sie einschlug. Es war wirklich heiß, ungewöhnlich heiß für Vermont, über dreißig Grad.

Deena hatte aufgehört, Wäsche zu falten, und lehnte sich an die Waschmaschine.

Ich musste mich auf den Boden knien und die Zaunpfähle festhalten, und Lucas stand oben auf der Böschung. Er schlug richtig hart zu, schwang den Vorschlaghammer weit hinter den Kopf, um auszuholen, und warf sich dann mit seinem ganzen Gewicht nach vorn. Mir war das unheimlich. Wir hatten schon fünf Pfähle eingeschlagen, und mir war wirklich richtig unbehaglich, ich wollte aufhören. Ich sagte, ich will das nicht mehr machen, und er sagte: Was soll denn das heißen? Ich schlage ja nicht dich. Außerdem sind wir gleich fertig. Es sind nur noch ein paar. Also hielt ich auch den nächsten Pfahl fest. Und habe mein Gefühl einfach als Blödsinn abgetan. Aber als er wieder so weit mit dem Hammer ausgeholt hat, habe ich den Pfahl plötzlich losgelassen und geschrien: Ich kann das nicht. Es platzte einfach so aus mir raus, ich bin zurückgesprungen, und der Metallkopf des Hammers sauste dicht an meinem Gesicht vorbei und prallte auf den Boden, genau da, wo ich gekniet hatte. Und als ich hochschaute, sah ich Lucas mit dem zersplitterten Holzgriff in der Hand.

O Gott, sagte Nessa.

Ich begreife ja, was da passiert ist. Es war keine Vorahnung – das lässt sich alles erklären. Lucas meint, das kennt man auch vom Jagen, dass man seinem sechsten Sinn vertrauen muss. Und mein sechster Sinn hat mich und das Baby beschützt, weil ich vielleicht den veränderten Klang des schwächer werdenden Holzgriffs gehört habe, aber auf einer unbewussten Ebene. Mein Körper wusste, dass da was nicht stimmt, auch wenn es meinem Kopf nicht klar war.

Das ist aber doch gut, oder?, fragte Nessa, obwohl es sich alles andere als gut anhörte. Sie hatte das Gefühl, dringend etwas tun zu müssen, um Deena zu helfen – nur was?

Ja, sagte Deena. Sie griff nach einem Hemd ihres Vaters und drückte es an die Brust. Es ist nur so, dass ich dieses Gefühl die ganze Reise über hatte, die ganze Zeit in diesem Haus.

Wie eine Vorahnung?

Ich weiß auch nicht, sagte Deena. Sie schüttelte das Hemd aus und legte es auf das Bügelbrett. Ich glaube, ich bin einfach nur erschöpft. Aber lass uns mal sehen, dass wir hier fertig werden. In ein paar Stunden muss ich schon zur Nachtschicht.

Ja. Nessa hob einen Wäschekorb auf, um ihn nach oben zu tragen.

Ich hab's übrigens Mom erzählt, sagte Deena, als sie schon halb aus der Waschküche war.

Das mit dem Hammer?

Nein. Das mit dem Baby. Gerade eben. Ich hab's ihr erzählt.

Nessa stellte den Wäschekorb wieder ab. Was hat sie gesagt?

Sie hat geweint. Vor Freude. Und dann hat sie mich gefragt, ob ich glaube, dass sie noch lange genug leben wird, um das Baby zu sehen.

19

NESSA

2000

Mit dem Neugeborenen darin war das Haus zum Kokon geworden. Alles verfiel in einen sanften Rhythmus aus Stillen, Wickeln, Schlafen. Ruby hatte das Haus verwandelt, es zum Zuhause gemacht. In dieser ersten Zeit war Lucas bei der Arbeit, und Maria kam mehrmals die Woche, um voller Ehrfurcht über ihre Enkelin zu wachen. Nessa schaffte es nicht ganz so häufig, zwischen zwei Seminaren, wann immer sie die Zeit fand. Doch wenn sie da war, war auch sie gefesselt: die leisen Atemzüge, ein Dehnen der Glieder, ein Seufzen, das Flattern von Gedanken hinter den geschlossenen Lidern.

Das Baby war zu früh gekommen, wenige Tage nach Neujahr, als Lucas gerade in Washington war. Nessa, Maria und Molly waren während der Geburt bei Deena. Ein Mädchen für das neue Jahrtausend, sagte die Hebamme, und sie jubelten alle. Da sind wir. Zusammen. Willkommen. So viele Frauen, sagte Maria mit einem Blick durch den Raum.

Ruby, sagte Deena und streckte die Arme nach dem kleinen Wesen aus, das man ihr auf den Bauch gelegt hatte.

Nessa hatte sie nie gefragt, warum sie den Namen Ruby gewählt und welche Bedeutung er für sie hatte. Er war einfach nur richtig. Eine pulsierende Kraft fand ihren Platz in ihrer Mitte. Deena drückte Ruby nackt an die nackte Brust – sie muss Ihre Haut spüren, sagte die Hebamme –, und Molly machte ein Foto.

Es war wie ein Wunder, dass das Baby in Lucas' Abwesenheit gekommen war, als hätte es beschlossen, ihnen diese gemeinsame Zeit zu schenken. Deena meinte, Lucas würde ihr das garantiert nachtragen, als hätte sie sich mit ihrer Mutter, ihrer Schwester und ihrer Freundin verschworen. Das Baby ohne ihn zu bekommen. Als wären sie alle Hexen mit der Fähigkeit, so etwas zu beeinflussen.

Maria saß mit Ruby im Arm auf dem Sofa. Deena war völlig erschöpft eingenickt. Wie würde sie bloß damit klarkommen, wieder zur Arbeit zu gehen?

Bekommst du auch genug Schlaf?, fragte Maria, als Deena sich wieder regte, gähnte, sich reckte.

Ja. Schon. Aber nach dem Stillen kann ich oft nur schwer wieder einschlafen. Ruby schreit.

Vielleicht hat sie ja noch Hunger?

Nein. Sie ist satt. Sie will nur nicht wieder hingelegt werden.

Auch nicht, wenn du dich mit ihr hinlegst?

Sie schläft allein in ihrem Zimmer.

Maria war gerade dabei gewesen, Rubys Finger zu küssen. Jetzt drehte sie sich zu Deena um.

Was? Sie ist doch erst ein paar Wochen auf der Welt; sie braucht ihre Mutter. Ihr habt alle bei mir im Bett geschlafen.

Lucas hat viel darüber gelesen und nachgeforscht. Es ist gut für Babys, wenn sie lernen, sich selbst zu trösten. Dann geht es ihnen auf lange Sicht besser.

Und das hat er aus einem Buch? Maria schüttelte den Kopf. Gibt es irgendein anderes Lebewesen, das so was macht? Ein Junges zur Welt bringt und es dann in der Höhle oder im Bau nebenan allein lässt? Und sich sagt: Sind wir nicht toll, dass wir ihm beigebracht haben, unabhängig zu sein, obwohl es erst ein paar Tage alt ist?

Deena zuckte nur mit den Schultern. Nessa sah ihr an, dass sie nicht darüber reden wollte, wie immer, wenn es um Lucas ging.

Was möchtest du denn?, fragte Maria. Was wünschst du dir, tief drinnen? Sag's mir. Maria sah ihre Älteste direkt an, und ihr Ton klang, als würde sie jede Antwort akzeptieren.

Ich möchte sie bei mir im Zimmer haben. Ihr Bettchen auf meiner Seite neben dem Bett.

Deena sprach es einfach aus. Ihre ehrliche Antwort. Nessa betrachtete ihre Mutter, den kahlen Kopf, den sie gesenkt hielt – die Ohrringe, die angedeutet nachgezogenen Brauen, der zart violette Lippenstift –, und das Baby in ihren Armen. Wie viel Mühe sie sich gab, obwohl sie keine Haare mehr hatte und die Behandlung ihr alle Kraft geraubt hatte. Ihre Mutter besaß Eleganz, Weisheit und Mut. Und gerade hatte sie Deena zu einem Zugeständnis gebracht, dazu, ein kleines Stück von Lucas abzurücken.

Maria vergrub das Gesicht am Hals des Babys, und Nessa fotografierte die beiden kahlen Köpfe, Rubys kleine Hand an der nackten Kopfhaut ihrer Großmutter; es war, als hielte sie Marias Kopf, als wollte sie ihr Zuspruch geben.

Die Haustür wurde aufgeschlossen, und Lucas kam herein, in Schneemütze und Daunenjacke. Er hielt eine Einkaufstüte unter jedem Arm.

Hallo, Maria. Nessa.

Nessa rang sich ein halbherziges Hallo ab, und Maria blieb mit der Aufmerksamkeit ganz bei Ruby und sagte: Schau, da kommt dein Daddy nach Hause. Ist das dein Daddy? Das murmelte sie in dem Singsang, den sie oft bei Kindern verwendete.

Kurz war Nessa etwas genervt, dann wurde ihr klar, dass ihre Mutter es einfach noch nicht fertig brachte, ihn direkt anzusprechen. Nach dem, was Deena ihr gerade erzählt hatte, musste sie sich erst sammeln, darum sprach sie durch Ruby.

Ich geh dann mal auspacken, sagte Lucas.

Warte, sagte Maria, und es klang wie ein Befehl.

Er blieb stehen.

Lucas, ich war gerade dabei, Deena daran zu erinnern, dass sie mit Säuglingen arbeitet, sämtliche Statistiken kennt und weiß, wie wichtig Körperkontakt ist. Sie hat so viel Erfahrung. Wenn es um Neugeborene geht, weiß sie ganz genau, was sie tut. Das ist ihr Beruf. Außerdem ist sie Mutter. Es setzt sowohl sie als auch das Baby unter Stress, wenn das Baby nachts allein in seinem Zimmer schreit.

Lucas sah zu Deena hin. Deena blickte in Richtung Flur.

Wir probieren eben etwas, wir wollen Ruby einen verlässlichen Rhythmus schaffen, sagte Lucas. Mir ist klar, dass diese Erziehungsmethoden nicht überall populär sind, aber wir halten es so für das Beste.

Maria nickte, als würde sie das Ganze abwägen. Lucas war es sichtlich unbehaglich. Er ruckelte die Tüten zurecht, wie um zu signalisieren, dass er jetzt gehen musste.

Maria ignorierte das und sprach weiter. Aber es ist doch nicht das Beste, für keine von beiden, oder? Ruby schreit, und ihre Mutter kann nicht schlafen, weil sie sich so danach sehnt, die Kleine zu halten. Sie liegen beide in getrennten Zimmern wach und wollen zueinander. Ruby ist erst ein paar Tage alt. Deena ist ganz frisch Mutter. Das ist Instinkt. Und es ist ganz natürlich. Stell dich nicht dazwischen.

Lucas wusste offensichtlich nicht, was er sagen sollte. Bei Maria war er immer vorsichtig.

Als er dann doch antwortete, klang es ruhig und höflich, wie auswendig gelernt. Vielen Dank für deinen Rat. Wir wollen nur das Beste für unsere Tochter und werden deine Worte auf jeden Fall bedenken. Und jetzt räume ich mal die Einkäufe weg.

Als er aus dem Zimmer war, holte Nessa tief Luft und merkte da erst, dass sie den Atem angehalten hatte. Wenn ihrer Mutter etwas wirklich wichtig war, wurde sie zur regelrechten Naturgewalt. Auf ihre Art hatte sie gerade vor Lucas zu ihrer Tochter gesagt: Scher dich nicht darum, was er meint. Du weißt es besser. Du bist Mutter und hast den richtigen Instinkt. Und einen kurzen Moment hatte Nessa das Gefühl, als hätten sie ihm alle zusammen einen Dämpfer verpasst.

Wenn dieser Sessel bloß am Fenster stünde.

Ruby war beim Stillen eingeschlafen, und Deena wiegte sich sanft mit ihr vor und zurück; sie sprach gedankenverloren, den Mund am Kopf des Babys.

Nessa stand in der Tür des kleinen Kinderzimmers, ein Glas Wasser in der Hand, das sie für Deena geholt hatte.

Dann stell ihn da doch hin. Ich helfe dir mit dem Wickeltisch.

Nein, sagte Deena und schaukelte weiter mit Ruby. Das ist zu kompliziert, es geht ja nicht nur darum, die Sachen umzustellen.

Wie meinst du das?

Vergiss es.

Nein. Was soll daran kompliziert sein? Es ist ganz einfach. Ich mach dir das in zwei Minuten.

Lucas will es so nicht haben.

Na und?

Ich hab's ja schon probiert. Ein paar Wochen vor Rubys Geburt. Lucas musste länger arbeiten, und ich habe die Möbel alle selbst zusammengebaut. Das Bettchen, den Schrank, den Wickeltisch. Der Sessel stand am Fenster, der Wickeltisch da, wo jetzt der Schrank ist. Es war genau richtig, und ich habe mich in den Sessel gesetzt und aus dem Fenster geschaut. Ich sah es schon genau vor mir, wie ich da sitze, mein Baby stille und mir das Leben draußen anschaue. Jedenfalls bin ich dann ins Bett, und als Lucas nach Hause kam, habe ich ihn oben an der Treppe gehört. Er ist als erstes ins Babyzimmer gegangen, nicht in unser Schlafzimmer. Als ob er es wüsste. Als ob er gewusst hätte, dass ich etwas gemacht habe, ohne es vorher mit ihm abzuklären.

Deena stand auf, nahm Nessa das Wasserglas ab und gab ihr Ruby. Sie befestigte den Träger ihres Still-BHs wieder an der Schulter.

Noch in der Nacht hat er alles neu gemacht, alles umgestellt. Ohne ein Wort darüber zu verlieren. Danach ist er zu mir ins Bett gekommen, und ich lag wach, bis es Zeit war, zur Arbeit zu gehen.

Nessa spürte, wie ihr das Gesicht heiß wurde.

Das ist doch Irrsinn. Im Ernst, lass uns die Möbel einfach umstellen.

Aber das war die falsche Reaktion, und sie sah förmlich, wie Deena sich zurückzog.

Es ist wichtig, den Vater auch einzubeziehen, sagte Deena, damit er sich nicht ausgeschlossen fühlt.

In letzter Zeit war Nessa sehr bemüht, ruhig und wertfrei zu bleiben, wenn Deena so etwas sagte. Für Männer sei es schwer, fuhr Deena fort, sie seien ja an so vielem nicht beteiligt. Es habe Lucas verletzt, dass er die Geburt verpasst habe, und entsprechend viel bedeute es ihm, in alle Entscheidungsprozesse einbezogen zu sein.

Nessa versuchte noch, sich zurückzuhalten, konnte aber dann doch nicht anders.

Dann habt ihr euch also darüber ausgetauscht und gemeinsam

beschlossen, dass seine Lösung die beste ist? Sie konnte die Schärfe nicht aus ihrer Stimme halten.

In Beziehungen muss man eben Kompromisse eingehen, Nessa. Man kann nicht immer den eigenen Kopf durchsetzen.

Am liebsten hätte Nessa sie angebrüllt: Ach, leck mich doch! Vor zwei Minuten, als du dich darüber aufgeregt hast, da warst du echt, damit konnte ich umgehen. Aber dieser Mist von wegen Paare und Beziehungen? Soll das ein Witz sein? Das alles wollte sie Deena entgegenbrüllen, aber Ruby war ja da, ihr kleiner Körper lag in Nessas Arm, sie hatte die Augen geschlossen und den Mund leicht geöffnet.

An den Tagen, an denen Deena nicht arbeitete, kam sie manchmal mit Ruby, um Nessa in ihrer Wohnung in der Pine Street zu besuchen. Dann setzten sie sich auf das Sofa mit den grünen Samtbezügen, das ihre ganze Kindheit hindurch im Wohnzimmer gestanden hatte. Nessa hielt Ruby stundenlang im Arm. Sie hatte angefangen zu lächeln. Unvermittelte Anfälle von Erkennen und Freude zogen über ihr kleines Gesicht, und Nessa konnte sich nicht sattsehen.

Das klingt jetzt vielleicht komisch, aber manchmal habe ich das Gefühl, Lucas ist eifersüchtig auf Ruby und mich, sagte Deena.

Weil du weniger Zeit mit ihm verbringst?

Nein, das ist es nicht. Es ist das Stillen. Dass mein Körper so etwas kann. Als würde ich damit seine Position schwächen.

Das ist jetzt aber echt krank, sagte Nessa.

Ich weiß auch nicht. Ich bin müde. Ich glaube, ich deute viele achen falsch.

Ein paar Wochen später machte Deena auf Nessas Herd Wasser warm und gab ein paar Löffel Pulver in ein Fläschchen. Sie goss das heiße Wasser darüber, schraubte den Sauger auf und schüttelte die Flasche.

Huch. Bist du ins feindliche Lager übergelaufen?

Deena knallte die Besteckschublade zu, warf den Löffel in die Spüle, nahm ein Glas vom Abtropfbrett und pfefferte es hinterher. Scherben sprangen in alle Richtungen.

Nessa fuhr zusammen.

Herrgott, Deena. Was zum Geier. Rasch schaute sie zu Ruby, die neben ihr im Kinderwagen lag. Sie machte ihre Babyverrenkungen, gluckste zufrieden und hatte gar nichts mitbekommen.

Deena drehte sich zu ihr um. Entschuldigung. Es tut mir so leid. Ich mache das gleich weg. Und das Glas ersetze ich dir. Sie machte sich daran, die Scherben vom Boden aufzulesen.

Lass, Deena. Ich habe doch einen Handfeger. Das sollte ein Witz sein. Ich weiß gar nicht, was daran so schlimm war. Nessa kehrte die Glasscherben auf.

Lucas hatte Ruby an Milchpulver aus dem Fläschchen gewöhnt. Hatte die Muttermilch, die Deena für ihn eingefroren hatte, einfach ignoriert.

Ich platze fast, um sie endlich zu stillen. Wenn meine Schicht anfängt, pumpe ich noch mal ab, mit der elektrischen Pumpe im Krankenhaus, jeden einzelnen Tropfen hebe ich für sie auf. Und wenn die Schicht dann vorbei ist, bin ich so randvoll, dass ich nur noch nach Hause renne. Die Stilleinlagen total durchgeweicht, das ganze Programm. Ich rede mit niemandem mehr, weil ich nur noch nach Hause will. Und dann stürme ich ins Haus, so nach dem Motto: Her mit ihr, und er hat ihr gerade ein komplettes Fläschchen gefüttert. Aber nicht mit meiner Milch. Nicht mit der Milch, für die ich mich halbtot gepumpt habe, damit auch immer genug da ist. Nein. Säuglingsnahrung. Irgendwelchen biologisch abbaubaren Scheiß, den er sich mit der Post schicken lässt. Und ich muss dann mechanisch abpumpen, damit die Schmerzen nachlassen, weil sie schon satt ist und nicht mehr trinken will. Und dann fängt er auch noch an, nachts aufzustehen und sie zu füttern. Er weckt sie, um sie zu füttern. Ganz still und heimlich, und tut dann so, als ob er's macht, damit ich ein bisschen Schlaf kriege.

Nessa hatte Deena noch nie so zornig gesehen. Ihr fiel nichts ein, was sie sagen konnte. Jede Kritik an Lucas ging grundsätzlich nach hinten los.

Ich bin einfach so scheißmüde, sagte Deena.

Vielleicht macht er sich Sorgen wegen dem Sertralin? Aber der Arzt hat doch gesagt, es ist beim Stillen völlig unbedenklich.

Ach, er findet eh, ich soll gar nichts mehr nehmen, erst recht nicht, solange ich Ruby stille.

Nessa formulierte bewusst vorsichtig. Aber es waren sich doch alle einig, die Hebamme und die Ärzte auf der Neonatologie, dass du deine Medikamente weiter nehmen sollst. Das ist wichtig. Sie gab sich alle Mühe, nicht besorgt zu klingen. Du nimmst sie doch noch, oder? Sie legte Handfeger und Schaufel beiseite und sah Deena an.

Darf ich jetzt nicht mal mehr wütend werden, zutiefst und völlig berechtigt wütend, ohne dass ich gleich verrückt bin und womöglich meine Medikamente nicht mehr nehme? Deena hielt inne. Klar nehme ich sie weiter.

Nessa erzählte ihrer Mutter nichts davon, weil sie sie nicht aufregen oder unnötig in Sorge bringen wollte, und auch Molly erzählte sie nichts, weil Molly Lucas nicht ausstehen konnte und auf jeden Fall Stress machen würde. Und Joey war einem Gespräch darüber, ob seine Schwester ihr Kind stillte, nicht gewachsen. Also beließ Nessa es dabei. Sie ärgerte sich über sich selbst, dass sie die Medikamente überhaupt erwähnt hatte. Erst sehr viel später wurde ihr richtig klar, wie grausam und krankhaft zugleich Lucas sich da verhalten hatte.

Deena veränderte sich. Sie verlor all ihre Schwangerschaftskilos und noch etliche mehr. Sie war fahrig. Sie fing mit dem Rauchen an, tat es aber seltsamerweise heimlich, wie ein Teenager, gab Nessa die angebrochenen Päckchen zum Aufbewahren, zog sich um und verwendete Mundspülung, bevor sie nach Hause ging.

Es war ebenso kindisch wie traurig. Aber immerhin redete sie mit Nessa. Sie war aufrichtig. Und sie nahm weiter ihre Medikamente.

Sie tranken Alkohol. Auch eine Art, Lucas zu trotzen. Wenn Deena an den Tagen, an denen sie frei hatte, vorbeikam, sagte sie immer: Mach einen Wein auf. Dabei war es gar nicht so, dass sie sich betranken. Nur ein, zwei Gläser am späten Nachmittag mit einer Portion Junk-Food. Reese's Peanut Butter Cups. Doritos.

Ich habe eh keine Milch mehr, da ist es auch schon egal.

Allmählich kommt's mir vor, als wäre die Pine Street dein regelmäßiger Freigang, und anschließend muss du wieder zurück in die Betty-Ford-Klinik ein paar Straßen weiter, sagte Nessa.

Einmal, als Ruby im Buggy eingeschlafen war, zogen sie jede eine Line Koks. Nur eine, weil Nessa gerade Koks im Haus hatte, es erwähnte und Deena Lust bekam. Es war kaum der Rede wert, und Nessa hatte es längst vergessen. Eine gute Woche später wollte sie Deena zu Hause abholen. Sie waren mit Molly verabredet. Nessa klingelte, und als niemand öffnete, betätigte sie den Türklopfer. Nichts. Dann hörte sie Lucas' Stimme. Laut. Als sie erneut klingelte, öffnete er die Tür. Hinter ihm stand Deena in Sweatpants und einem alten Pulli. Nessa wollte schon fragen: Bist du noch gar nicht fertig?, da sah sie Lucas' Miene.

Du bist hier nicht willkommen. Er brüllte nicht. Nur sein Ton verriet ihn. Er schäumte vor Wut. Ich verbiete dir, dieses Haus noch einmal zu betreten. Du hast ihr Kokain gegeben? Und unsere Tochter lag schlafend daneben? Von jetzt an bist du aus unserem Haus verbannt. Und komm mir ja nicht wieder in die Nähe meiner Tochter.

Deena stand einfach nur da. Teilnahmslos. Gar nicht aufgebracht. Es sah aus, als hätte sie den ganzen Tag nur herumgegammelt. Sie war ungeduscht. In ihrer Miene lag keine Entschuldigung, sie versuchte nicht einmal, Nessas Blick aufzufangen. Ihr Gesicht war völlig ausdruckslos, und Nessa begriff, was da passierte: Die beiden schlossen die Reihen. Sie, Nessa, war jetzt der Feind. Deena versuchte, sich wieder ganz auf ihn einzunorden, und ließ Nessa dabei über die Klinge springen.

Gleich danach rief sie Molly an, noch von der Straße aus, noch zittrig und bleich bis in die Haarspitzen. Nicht wegen Lucas oder dem, was er gesagt hatte; der eigentliche Schock war Deenas teilnahmsloses, fügsames Gesicht.

Klassischer Fall von Traumabindung, sagte Molly. Er hat sie komplett an der Kandare. Ich frage mich, ob wir sie jemals wiederkriegen.

20

RUBY

2016

Rubys Mutter beugt sich herab, um Ruby einen Kuss zu geben, und sagt, sehr förmlich: Leb wohl, Ruby. Sie trägt weiße Handschuhe und ein Reisekostüm, wie in einem dieser Vierzigerjahre-Filme, die Clover immer guckt und in denen die Kleider maßgeschneidert, die Haare akkurat frisiert und alle Äußerungen seltsam knapp sind. Rubys Mutter lächelt und hebt die Hand wie die Schaufensterpuppe in Burlington vor ein paar Jahren, die ständig auf die Straße hinaus winkte, fest fixiert in dieser Pose, ununterbrochen lächelnd. Aber sie ähnelt auch einer anderen Person, die Ruby vom Sehen kennt. In der vierten Klasse hat sie eine Sendung über John F. Kennedy angeschaut, in der auch seine Frau Jackie zu sehen war, in der Fahrzeugkolonne in Dallas, und Rubys Mutter sieht genauso aus wie Jackie Kennedy, die aus dem offenen Wagen winkt, während sich zu beiden Seiten die Massen drängen. Vielleicht trägt sie auch deshalb so ein Chanel-artiges Kostüm und Handschuhe. Ihre Mutter geht fort, aber in der Erinnerung sitzt sie oben auf dem Dach des Autos, mit dem Gesicht zu Ruby, sie lächelt, fährt rückwärts davon und winkt ihr zum Abschied, winkt sie aber vielleicht auch zu sich, in Pastellfarben gekleidet, wie bei einer Parade, dabei ist es nur der unbefestigte Pfad, der vom Haus wegführt. Ruby empfindet nichts. Sie steht nur da und schaut ihr nach, auch noch, als das Auto längst verschwunden ist.

Hatte ihr jemand eine falsche Erinnerung eingepflanzt? Ruby hatte immer geglaubt, der Abschied von ihrer Mutter sei ihre erste bewusste Erinnerung. Er hatte vor dem Haus stattgefunden, unten an der Treppe.

Sie hatte sich diese Erinnerung bewahrt, auch noch, als sie eigentlich längst hätte wissen müssen, dass sie nicht stimmen konnte. Hatte sie sie von Clover oder von Lucas? Zusammen mit Sophie schaute sie *Blade Runner*, weil Sophie meinte, das sei ein Klassiker, und sich, wie sie sagte, verpflichtet fühlte, Rubys erbärmlichen kulturellen Referenzraum zu ergänzen. Die Erinnerungsimplantate der Replikanten erschienen Ruby gar nicht wie Science-Fiction. Es war ganz leicht, jemanden glauben zu machen, dass in der eigenen Vergangenheit etwas Bestimmtes passiert war. Sie wusste, dass Lucas sie über ihren Geburtsort ebenso belogen hatte wie über die Umstände und den Zeitpunkt des Verschwindens ihrer Mutter. Alles, was ihren eigenen echten Erinnerungen vorausging, war ein potentielles Implantat. Nichts war real. Ihr war klar, dass eine Erinnerung an ihre Mutter, in der diese so leer und mechanisch wirkte wie eine Schaufensterpuppe, von ihm stammen musste. Auf dem realen Foto sah sie ja ganz anders aus.

Einmal, es war ein paar Jahre her, war Ruby nach dem Duschen mit nassen Haaren in die Küche gekommen, und Clover hatte, den Schwamm noch in der Hand, einen Schritt von der Spüle weggemacht und gesagt: Kind, du bist die Wiedergängerin deiner Mutter. Es wäre Ruby lieber gewesen, sie hätte das nicht so ausgedrückt. Aber als sie dann nachfragte: Was an mir ist denn wie sie?, war nichts mehr aus Clover rauszukriegen. Sie hatte die Lippen zusammengepresst und mit den Töpfen geklappert, die sie gerade spülte. Ruby wusste, dass es keinen Sinn hatte. Damals hatte sie sich gedacht, dass Clover sie vielleicht schützen wollte. Sie hatte mal erwähnt, dass Rubys Mutter Medikamente nahm. Und dann die Sachen aus der Zeitung. Die wenigen Kleinigkeiten, die Lucas manchmal äußerte. Inzwischen war Ruby sich mit alldem nicht mehr so sicher. Sie wollte wissen, was in den Umschlägen gewesen war. Was hatte ihre Mutter zu sagen, das Ruby nicht hören durfte?

Ruby goss gerade Milch in ihr Müsli, als Adelaide zu Clover sagte: Ich hab ja immer gedacht, du bist ein hundsgemeines Aas.

Ruby fuhr herum, die Milch schwappte über den Tisch.

Adelaide!

Die beiden Frauen prusteten los.

War ich wohl auch, sagte Clover.

Adelaide war jetzt praktisch ständig bei Clover, sie pellten zusammen Erbsen, redeten, tranken Kaffee. Die Pucketts hatten keine Kinder. Das machte Ruby traurig, weil sie sich das ja vielleicht gewünscht hatten. Adelaide und Ethan wären bestimmt gute Eltern geworden. Sie kümmerten sich gern um andere.

Du solltest dir mal das Schlürfen abgewöhnen, sagte Adelaide zu Ruby.

Ruby stellte die Müslischachtel beiseite, in deren Rückseite sie sich vertieft hatte. Adelaide trug ein Männerjeanshemd und eine Jagdhose.

Gehst du heute wieder mal als Ethan?

Adelaide lachte. Ich mag ein freches Mundwerk, sagte sie. Ethan kauft immer alles mehrfach. Wenn ihm ein Hemd gefällt, holt er sich gleich fünf davon. Und mir passen sie prima.

Stimmt, sagte Clover. Du kannst das tragen.

Obwohl sie so raubeinig war und für ihr Leben gern in der Erde wühlte, hatte Adelaide Eleganz. Sie band sich das silbergraue Haar zu einem kurzen Pferdeschwanz und trug immer ein Paar türkisfarbene Ohrringe.

Kaffee ohne Zigarette ist einfach nichts, sagte Clover, stand auf und ging auf die Veranda hinaus. Adelaide und Ruby blieben zusammen am Tisch sitzen.

Hungrig auf das volle Korn, sagte Ruby laut, *und dann mit voller Kraft nach vorn*. Adelaide las weiter Zeitung. *Das Müsli für alle, die richtig hungrig sind. Hungrig aufs Leben.* Viel Leben gab es nicht hier in der Küche. Sie musterte Adelaide, die konzentriert las, mit Ethans Drogeriemarktbrille auf der Nase. Die Pucketts, Ethans Familie, lebten seit Generationen hier. Seit Ewigkeiten. Irgendwas musste Adelaide doch wissen.

Rubys Herz klopfte schneller. Sie würde sie einfach fragen.

Adelaide, kanntest du meine Mutter?

Sie ließ den Blick nicht von Adelaides Gesicht, sah sie ganz leicht zucken.

Ich habe sie nie richtig kennengelernt. Das eine Mal, als sie hier zu Besuch war, habe ich sie gesehen. Da bin ich auf der Straße an ihr vorbeigefahren. Kurz vor deiner Geburt.

Rubys Gedanken flogen. Sie nickte, als wüsste sie über diesen Besuch Bescheid.

Hat sie nicht mit mir zusammen hier gewohnt, bevor sie in Philadelphia verschwunden ist?

Adelaide beugte sich vor, die Kaffeetasse in den großen Händen, und sprach sehr deutlich, als könnte sie gar nicht begreifen, wie Ruby so falsch liegen konnte.

Ihr habt nie hier gewohnt, deine Mutter und du. Du bist erst danach mit deinem Vater hergekommen.

Sie rutschte ein wenig auf ihrem Stuhl herum, schaute zur Tür.

Aber darüber solltest du lieber mit deiner Großmutter reden, glaube ich. Nicht mit mir.

Am liebsten hätte Ruby gebrüllt, dass sie es bei Clover und Lucas ja schon probiert hatte, die ihr aber immer nur das Falsche erzählten oder gar nichts.

Sie blieben schweigend am Tisch sitzen.

Clover kam wieder hereingestapft und setzte sich auf ihren Platz. Sie spürte die veränderte Atmosphäre.

Welche Laus ist euch denn über die Leber gelaufen?, fragte sie.

Vom See her hörte Ruby Stimmen und stützte sich auf die Ellbogen, um aus dem Fenster zu schauen. Lucas stand in Wathosen mehrere Meter vom Ufer weg im Wasser, ein anderer Mann ihm gegenüber an Land, und zwischen ihnen schlängelte sich ein langer schwarzer Schlauch über die Oberfläche des Sees. Sie maßen den Wasserstand. Clover war bereits auf. Ruby roch den Speck, der in der Pfanne briet. Draußen auf dem Flur drehte sie den Türknauf an Lucas' Zimmertür. Sie ließ sich öffnen.

Seit Ruby denken konnte, war Lucas' Zimmer stets abgeschlossen gewesen, und Clover und sie gingen nie hinein. Sein Bett und sein Kleiderschrank standen darin, aber auch ein Schreibtisch, Regale, Aktenschränke und mehrere Rechner. Ruby war praktisch nie länger dort gewesen, nur, wenn sie ihm einen Kaffee brachte, und das eine Mal, als er Grippe hatte und sie ihn mit Wasser und Hühnerbrühe versorgte. In letzter Zeit drehte sie immer wieder probehalber den Knauf, wenn sie an der Tür vorbeikam. Sie wusste, dort drinnen waren die gelben Umschläge.

Jetzt hielt sie inne, lauschte auf den Klang der Stimmen draußen. Dann betrat sie das Zimmer. Ein langer weißer Vorhang am Fenster bewegte sich leicht im Luftzug, blieb dann aber wieder still. Auf den Holzdielen am Boden kräuselte sich ein Dreieck aus Licht.

Die Regale waren sehr ordentlich. Dokumente mit Spiralbindung in säuberlichen Stapeln. Genauso hielt er es auch im Geräteschuppen. Alles war an seinem Platz: Hammer, Schraubenzieher, Nägel, nach Größe sortiert, Bohrmaschinen, Spaten, Schaufeln, Handschuhe. Hier waren die Berichte und Handbücher alphabetisch geordnet, mit dem Rücken nach vorn. Eine Cybersecurity- und Computersprache, die Ruby nicht entschlüsseln konnte. Drei schwarze Bildschirme starrten ihr entgegen, fingen ihr Spiegelbild mit ihren dunklen Oberflächen ein. Ob er unten am See auf sein Smartphone schauen und sie hier sehen konnte, in seinem Zimmer, wo sie nicht sein durfte, wie sie ihm entgegenblickte? Sie schob sich wieder zurück zur Tür, lauschte erneut auf die Stimmen und suchte gleichzeitig mit dem Blick den Raum nach einem Stapel gefütterter gelber Umschläge ab. Nichts. Sie versuchte, einen der Aktenschränke zu öffnen. Abgeschlossen, wie die anderen auch. Ruby drehte sich einmal um sich selbst, dann ging sie in die Hocke und spähte unter das Bett. Dort standen mehrere Lagerkisten aus Plastik in einer Reihe. Sie streckte die Hand nach einer aus. Fast schnürte es ihr den Atem ab. Sie zog die Kiste zu sich heran und hob den Deckel ab. Die Kiste war randvoll mit spiralgebundenen Notizbüchern. Ruby zog das oberste heraus und blätterte es durch, ließ den Daumen über die Seiten wandern. Blaue Tinte und eine Handschrift, die sie nicht kannte. Schreibschrift. Nicht die von Lucas. Er benutzte nur Blockbuchstaben. Noch einmal wandte Ruby den Kopf zur Tür, horchte und fing an zu lesen. Eine To-Do-Liste. Eine Seite über einen kranken Säugling mit lauter medizinischen Begriffen und Dosierungen. *Die Mutter hat sich bisher nicht blicken lassen. Vater nicht vorhanden.* Viele Seiten, auf denen die Schrift größer und unordentlicher wurde, einzelne Buchstaben unverbunden blieben. Auf einer hielt Ruby inne.

Nachtdienst. In drei Stunden fängt die Schicht an. Kein Auge zu. Wieder ein Ausraster, als ich den Familienurlaub im Juni an der Küste erwähne. Bild zertrümmert. Das ist alles so kaputt. Bin doch noch grün und blau vom letzten Mal. So müde. Und Mom geht es furchtbar schlecht.

Alle Muskeln in Rubys Körper spannten sich an, kalte Angst durchfuhr sie. In der Tür stand immer noch niemand.

Ruby!

Sie erschrak fast zu Tode, aber es war nur Clover, die aus der Küche nach ihr rief. Ruby legte das Notizbuch wieder in die Kiste, schloss den Deckel und schob sie unter das Bett zurück. Im Flur zog sie die Tür so langsam zu, wie es nur ging, und drehte den Knauf dann ganz sacht zurück, bis sie ihn lautlos einrasten spürte. Danach musste sie sich erstmal auf die oberste Treppenstufe setzen.

Clover kam zur Treppe, um noch einmal nach ihr zu rufen, und sah sie dort sitzen.

Was ist denn mit dir los?

Mir war nur gerade ein bisschen schwindelig. Ihre Stimme klang zaghaft.

Komm runter und sieh zu, dass du was in den Magen kriegst. Der Vormittag ist ja schon halb rum.

Sie musste wieder in dieses Zimmer. Jedes Mal, wenn sie daran vorbeiging, probierte sie den Knauf. Aber die Tür war immer abgeschlossen. An dem Tag, als sie drinnen gewesen war, erstarrte sie jedes Mal, wenn Lucas auf sein Telefon schaute, weil sie sicher war, er werde sie dort vor der Kiste hocken und das lesen sehen, was sich da unter seinem Bett befand. Sie konnte sich keinen Reim darauf machen. War das von ihrer Mutter?

Kann man eigentlich googeln, wie man ein Schloss aufbricht? Ruby schaute durch die Spalten eines Picknicktischs zu Boden. Auf der anderen Tischseite schmierte Sophie sich die blassen Arme und das Gesicht mit Sonnenschutz ein. Sie hatte einen Hut mit breiter Krempe auf und trug eine große schwarze Sonnenbrille.

Wen willst du denn ausrauben?

Nein, ernsthaft. Kann man das googeln? Es geht um ein Zimmer bei uns im Haus.

Komm, wir setzen uns in den Schatten, sagte Sophie. Dann sehen wir auch was.

Ruby setzte sich neben sie unter die Apfelbäume hinter dem Parkplatz von Schneider's General Store. Sophie fand auf Anhieb ein paar Videos auf YouTube.

Was für ein Schloss ist es denn? Schließzylinder oder Aufschraubschloss?

Ihre Zimmertür und das Bad hatten Schließzylinder. Ruby hatte keine Ahnung, ob das Schloss an Lucas' Tür sich davon unterschied.

Sie schauten sich das Video für die Zylinderschlösser an, das es ganz leicht aussehen ließ. Danach ging Ruby noch mal in den Laden, um ein paar Haarnadeln zu kaufen.

Nachdem Lucas nach Montreal aufgebrochen war, sie sicher sein konnte, dass er nicht noch einmal umkehren würde, und Clover im Wohnzimmer einen Western schaute, kniete Ruby sich im Flur auf den Boden und bog zwei Haarnadeln auf. Eine für die Hebelwirkung, die andere zum Knacken. Aber Lucas hatte ein anderes Schloss als das an Rubys Tür, im Bad oder an Clovers Zimmer. Er hatte sich ein anderes Schloss an seine Zimmertür montieren lassen.

Sie hockte immer noch vor der Tür auf dem Boden, als ihr Handy piepste. Eine Nachricht von Tim. Er musste nach Hause zurück. Seiner Mutter ging es nicht gut. *Sie leidet*, schrieb er. Die verschlossene Zimmertür würde sich nicht öffnen. Ruby las Tims Nachricht noch einmal. Kälte drang ihr bis ins Mark. Sie wusste nicht, was sie antworten sollte. Sie wusste nicht, was die richtigen Worte waren. Ihr fiel nichts ein. Und so schrieb sie ihm nicht, auch nicht am nächsten Tag oder am Tag danach. Die ganze Zeit musste sie an die verschlossene Tür denken, an all die Informationen, die sich dahinter verbargen. Und dann war zu viel Zeit vergangen. Eine Woche später schrieb er wieder: *Ruby? Schreib mir oder ruf an oder so*. Wenn sie über das alles nachdachte – ihre Mutter, seine Mutter, Lucas –, hatte sie das Gefühl, keine Luft mehr zu kriegen. Sie antwortete ihm nicht.

Dieser ganze Sommer vor dem Junior-Jahr fühlte sich an, als stünde die Welt Kopf. Trump wurde als Präsidentschaftskandidat der Republikaner nominiert. Alle redeten von Politik. Ruby sah Nathalie kaum noch. Seit dem Gespräch im Chemieraum waren sie auf Distanz gegangen, und Ruby verbrachte zunehmend Zeit mit Sophie.

Ich habe Nathalie gefragt, was eigentlich los ist mit euch beiden, sagte Sophie zu ihr, als sie vom Schwimmen im See zurückliefen. Und sie hat gesagt: Ach, nur auseinandergelebt. Ruby zuckte mit den Schultern und sagte nichts.

Nathalie und ihre Mutter hatten sich als freiwillige Wahlhelferinnen für Hillary Clinton gemeldet, obwohl sie eigentlich für Bernie Sanders gewesen waren. Der Wahlkampf nahm Nathalies ganze Zeit in Anspruch, und sie kriegten sie kaum noch zu Gesicht. Lucas weigerte sich, von

Hillary oder *Clinton* zu sprechen. Er sagte immer *Mrs. Clinton.* Ruby spürte die schwelende Geringschätzung darin. Die gelben Umschläge, die unter dem Bett versteckten Notizbücher, all die Geheimnisse wurden zu einer schweren Last, die sie tagtäglich mit sich herumschleppte. Eine unsichtbare Kraft, die sie zu Boden zog. Auf Tims Nachrichten antwortete sie nie. Sie wusste nicht warum. Ihre Tage verbrachte sie bei Adelaide und Clover in der Küche und quälte sich mit der Frage, was die beiden wussten und ihr nicht sagten.

Die Schule hatte schon ein paar Wochen wieder angefangen, als Sophie schließlich doch etwas sagte. Ruby stand vor ihrem Spind und kramte ihre Bücher heraus, da lehnte Sophie sich mit der Schulter an den Spind daneben und sah sie an.

Wir können drüber reden, wenn du willst.

Über was denn?

Was mit dir los ist. Warum du so komisch bist. Und ständig heulst?

Ruby gab keine Antwort.

Dich, die Tochter, die du nichts von dem weißt, was du bist, rief Cody Evans Ruby entgegen. Sie sackte auf ihrem Stuhl in sich zusammen, spürte, wie die ganze Klasse sie ansah.

Noch bevor Ms. Barrett die Rollen verteilt hatte, wusste Ruby schon, dass sie sie aufrufen würde, um Miranda zu lesen. Ein Mädchen, das auf einer Insel aufwuchs, beim Vater und ohne Mutter. Sie sah die Wörter vor sich, doch als sie sie vorlesen wollte, fiel es ihr schwer, sie in Laute umzusetzen. Sie brachte kaum mehr als ein Flüstern zustande: *Mehr zu wissen kam mir nie in den Sinn.*

Der Klang ihrer eigenen Stimme – weinerlich, passiv und unwissend – machte sie wütend. Diese beschissene Miranda, die keinen eigenständigen Gedanken hat und immer nur wissen will, was ihr Vater ihr erzählt. Die folgsam vergisst. Das würden die anderen jetzt auch von ihr denken: dass sie leer war, die schlaksige Marionette ihres seltsamen Vaters. Und ihrer verschwundenen Mutter.

Sie lasen weiter, und Cody übertrieb maßlos mit theatralischen Gesten und lauter, dröhnender Stimme. Obwohl Ruby wusste, dass es nicht so war, hatte sie doch das Gefühl, dass er sie direkt ansprach und die ganze Klasse Bescheid wusste, eingeweiht war. Er sah sie unverwandt an, verhöhnte sie. *Kannst du dich noch einer Zeit erinnern, eh wir hier zur Zelle kamen?* Prospero wartet die Antwort gar nicht ab. Er sagt es ihr selbst: Sie kann es nicht. Sie war ja erst drei. Ruby wäre am liebsten im Boden versunken.

Am Ende der gemeinsamen Szene versetzt Prospero Miranda einfach in Schlaf: *Du kannst nicht anders,* erklärt er ihr. Ms. Barrett unterbrach.

Vielen Dank, Cody und Ruby, sagte sie und wandte sich dem Rest der Klasse zu. Dann wollen wir das mal besprechen.

Caliban und Miranda sind beide Kinder der Insel und Gegensätze. Gut und Böse. Nein, widersprach jemand, Prospero und Caliban seien die Gegensätze. Prospero stehe für Kunst, Kultur und Intellekt und Caliban für Körper und Begierden. Alles genau so, wie es im Vorwort stand. Sie wiederholten es einfach nur.

Miranda ist unschuldig, sagte jemand.

Miranda ist langweilig, sagte Cody. Ruby rutschte auf ihrem Stuhl herum. Er drehte den Kopf wieder weg. Hatte er sie gerade angeschaut, als er das sagte? Sie hatte die Verachtung in seinem Ton gehört.

Kein Mensch stellte in Frage, was Prospero seiner Tochter antat. Ruby hörte sich an, was sie sagten, wie sie alle ganz selbstverständlich davon ausgingen, dass Prospero für das Gute eintrat. Dabei kontrollierte er doch alles, ihre Geschichte, ihren Körper, sogar ihre Erinnerungen. Und Ariel war wie die Kameras. Prosperos Überwachungssystem.

Ruby? Ms. Barrett sah sie an. Möchtest du noch etwas beitragen?

Nein, brummelte sie.

Gar nichts?, fragte Ms. Barrett.

Eigentlich nicht.

Bist du mit den anderen einer Meinung?

Nein.

Dann sag es uns doch.

Na ja, ich finde nicht, dass Prospero so ist. Man braucht sich doch nur anzuschauen, was er tut. Er spioniert, versklavt, lässt Menschen in dem Glauben, dass sie ihre Familie verloren haben, und er lässt seine Tochter einschlafen, wenn es ihm gerade nicht in den Kram passt, dass sie wach ist und etwas mitbekommt. Er verbietet ihr und den anderen ständig den Mund. Er steuert, was sie weiß. Wen sie heiratet. Und das findet niemand von euch wenigstens ein bisschen daneben?

Alle sahen sie an. War sie laut geworden? Hatte sie den letzten Satz verächtlich klingen lassen? Sie hatte Emotionen zugelassen. Schon spürte sie, wie die Tränen herausdrängten, und sie hielt den Kopf auch noch gesenkt, als es längst geklingelt hatte, damit sie niemanden ansehen musste.

21

RUBY

2017

Es roch nach Raumspray und Urin. Im Zimmer waren sicher fünfzehn Leute; die beiden Einzelbetten waren zur Seite geschoben worden. Worcester. Dasselbe billige Hotel, in dem das Ruderteam schon letztes Jahr gewesen war. Sie trank Tequila-Shots mit dem Schlagmann des Teams aus Virginia, das am Nachmittag gewonnen hatte. Attraktiver Typ, was er auch wusste. Ruby war in ihrem Rennen Zweite geworden. Er leckte sich die Hand zwischen Daumen und Zeigefinger, schüttete etwas Salz darauf, und Ruby leckte es ab, weil er ihr gesagt hatte, so müsse man sie trinken, dann würde es nicht so brennen. Sie hatte sich nichts dabei gedacht, aber dann brachte er etwas Komisches rein, indem er mit dem Finger auf sie zeigte und nickte.

Sie hatte zu viel getrunken. Wodka-Cola, danach die Shots. Wieso war ihr vorher nicht aufgefallen, wie hässlich dieses Zimmer war und wie hässlich sie darin. Der Teppichboden, die Polyesterbettwäsche mit blauem Blumenmuster, die schmucklosen braunen Vorhänge. Und sie, die hier tat, als wäre sie irgendwer. Ein paar andere aus dem Vermonter Ruderteam machten Selfies, und Ruby fand sie alle plötzlich nur noch widerlich, wie sie da posierten und so komisch den Mund verzogen. Ihr war nicht gut. Ihre Schlüsselkarte musste irgendwo hier sein. Aber sie brauchte dringend frische Luft. Die anderen verschwammen, ihre Konturen verwaschen und unscharf, dann teilten sie sich unvermittelt, wurden ihre eigenen Doppelgänger. Womöglich wurde ihr übel. Sie musste hier raus. Auf dem Flur lehnte sie sich an die Wand, versuchte, tief durchzuatmen.

Die Tür ging auf, und der Typ aus Virginia kam heraus.

Guter Move, sagte er, stellte sich vor sie und legte die Hände rechts und links von ihr an die Wand.

Dann wollte er sie küssen, schob ihr sofort die Zunge rein.

Nein. Sie drehte das Gesicht weg.

Er drückte sich an sie, versuchte wieder, sie zu küssen.

Lass mich los.

Komm schon. Er grinste und stieß sie leicht mit dem Ellbogen an, als könnte sie das nicht ganz ernst meinen. Du hast mir gerade die Hand abgeleckt.

Du hast gesagt, so trinkt man Tequila-Shots.

Du hast geleckt, weil du es wolltest. Ich hab dich nicht dazu gezwungen.

Ruby konnte nicht mehr richtig denken. Sie wusste noch, dass sie sich wegen Salz und Zitrone ein bisschen geschüttelt hatte, und trotzdem hatte es ausgesehen, als ob ihr das gefiel? Er glaubte es offenbar.

Ich wollte gar nicht. Lass mich los. Sie schubste ihn mit beiden Händen von sich. Mit Kraft. Wenn du mich noch mal anfasst, schrei ich.

Er wurde ganz bleich um den Mund, fast weiß. Und Ruby sah plötzlich, wie unfassbar hässlich er war.

Komm mir nicht zu nahe.

Scheiße, bist du durchgeknallt. Er verschwand wieder in dem Zimmer.

Ruby konzentrierte sich auf das lebhafte Muster des Teppichbodens, und dabei drehte sich ihr fast der Magen um. Unten im Treppenhaus entdeckte sie eine Tür nach draußen. Es war kühl, sie trug nur ein dünnes Oberteil. Sie stellte sich ganz hinten auf den Parkplatz neben ein paar abgestorbene Büsche, weil sie nicht wusste, ob sie sich nicht doch übergeben musste. Erst jetzt fiel ihr auf, dass sie weinte. Am Zaun rund um den leeren Pool setzte sie sich im Schneidersitz auf den Boden, schaute durch den Maschendraht auf dieses Loch im Boden, sah Laub und etwas Abfall im Flutlicht.

Durch den Haupteingang konnte sie nicht zurück. Sie hätte längst auf dem Zimmer sein müssen, außerdem war sie betrunken. Und sie musste sich ja an der Rezeption eine neue Schlüsselkarte aushändigen lassen. Sie warf einen Blick auf ihr Handy. Halb zwölf. Obwohl sie wusste, dass sie es besser lassen sollte, rief sie ihn an.

Hallo?

Ich bin's. Ruby Chevalier. Von der Middle Lake.

Ich weiß, wer du bist. Schweigen. Und auf welcher Schule du warst.

Kannst du mich abholen kommen?

Was ist passiert?

Ich bin total betrunken.

Ich soll bis nach Vermont kommen, weil du betrunken bist?

Nein. Hier. In Worcester. Glaub ich. Bitte, Tim. Ich weiß nicht weiter.

Wo bist du denn? Weißt du das?

Im selben Hotel wie letztes Mal. Draußen. Auf dem Parkplatz. Beim Pool.

Himmel, Ruby. Ich dachte, du stehst irgendwo draußen auf der Straße und hast dich verlaufen. Geh halt wieder rein.

Kann ich nicht. Dann fliege ich von der Schule.

Wieder schwieg er. Sie hörte ihn seufzen, als wäre sie ihm lästig.

Ich bin in zehn Minuten da.

Alles an ihm war noch gleich und trotzdem anders. Ohrstecker und Kette. Die müden Augen. Er hatte abgenommen. Am Daumen trug er zwei dicke Silberringe. Sie sahen neu aus. Ihr fiel wieder ein, dass er im Februar achtzehn geworden war.

Du bist achtzehn, sagte sie.

Ja.

Siebzehn. Sie deutete auf sich.

Weiß ich.

Auf dem Beifahrersitz stapelten sich Hefte mit Spiralbindung und Lehrbücher. *The SAT Prep Black Book*. Vorbereitungen für die Uni-Zulassungsprüfung. Tim warf alles auf den Rücksitz und beugte sich dann vor, um ihren Gurt zu befestigen. Sie gab ihm ihr Mobiltelefon.

Kannst du den Akku rausnehmen? Es ausschalten, damit mein Dad mich nicht findet?

Am nächsten Morgen war nicht viel Verkehr. Am frühen Sonntagmorgen wirkte Worcester wie eine beliebige Kleinstadt in Vermont. Sie schwiegen beide. Ruby hatte auf dem Sofa geschlafen, und Tims Mutter hatte sie begrüßt, als sie auf dem Weg zur Arbeit durchs Wohnzimmer kam. Ruby war das alles furchtbar peinlich, sie konnte sich nicht einmal mehr erinnern, wie sie ins Haus gekommen war. Tim hielt ein paar hundert Meter vor dem Hotel.

Du willst ja sicher nicht, dass dein Coach dich aus dem Auto steigen sieht.

Nein. Danke für die Rettung. Ruby wischte sich die Nase.

Ruby. Du solltest dir vielleicht Hilfe holen. Psychologische Beratung an der Schule oder so was.

Es war seine längste Äußerung seit dem Abend zuvor, und so, wie er es sagte, fühlte sie sich kritisiert.

Okay. Vielen Dank auch, und dabei hatte ich dich gar nicht um eine Diagnose gebeten. Sie klang wütend und sarkastisch. So was kommt sicher nicht noch mal vor.

Na, zumindest nicht in Worcester.

Jetzt hatte sie ihn verärgert.

Sie wollte noch etwas sagen, wusste aber, dass es von einem Schluchzen begleitet würde. Also öffnete sie nur die Autotür, stieg aus und knallte sie zu.

Dein Dad hat eine Freundin.

Einen Moment lang schwankte alles. Sie standen an der Bushaltestelle, und Ruby setzte einen Fuß nach vorn, um das Gleichgewicht zu halten.

Was?

Sie hörte das gereizte Fauchen in ihrer Stimme, als wäre sie anderer Ansicht. Sophie schob sich das Haar hinters Ohr und vergewisserte sich, dass sie sonst niemand hören konnte. Zu ihrem Achtzigerjahre-Outfit gehörte auch ein übergroßes Brillengestell ohne Gläser. Es wirkte riesig vor ihrem schmalen, blassen Gesicht.

Meine Mom hat ihn in Montreal mit ihr gesehen.

Ruby wurde es heiß am Hals. Sie blickte starr auf die Straße. Noch so etwas, wovon sie nichts wissen durfte.

Die unter dem Bett ihres Vaters versteckten Worte hallten ihr durch den Kopf: *Ausraster, zertrümmert, kaputt, grün und blau.*

Er hat auch Kolleginnen.

Richtig mit ihr, Ruby. Abends, im Restaurant.

Sophie sah sie eindringlich an, wie um zu sagen: Jetzt komm schon.

Die Bustüren öffneten sich vor ihnen, und Ruby zuckte zusammen. Sie hatte ihn gar nicht kommen sehen.

Wahrscheinlich sollte das helle Licht die Stimmung heben, doch Ruby fühlte sich vor allem desorientiert und ungeschützt. Alles in diesem Raum war grell: bunte Sofas, Kissen in Neonfarben, Plakate, Smileys. Sie setzte sich in einen Sessel und wäre am liebsten wieder gegangen.

Hast du einen Termin?

Die Frau am Empfang redete mit ihr.

Bist du mit Termin hier?

Ruby schüttelte den Kopf und stand auf. Die Frau drehte einen Bleistift zwischen den Fingern. Ihre Augenbrauen waren nicht echt, sondern aufgemalt.

Was ist denn dein Anliegen?

Beratung?

Schulberatung, Uniberatung, Berufsberatung, Selbsthilfegruppe, psychologische Beratung ... Sie ratterte es regelrecht herunter.

Ruby trat näher heran. Brachte kein Wort heraus. Die Frau hatte grüne Acryl-Fingernägel. Die Tränen liefen bereits. Sie wandte sich ab.

Bleib stehen. Rühr dich nicht vom Fleck. Kleinen Augenblick. Helen hat immer kurzfristig was frei. Sie drückte einen Knopf und sprach in ihr Headset.

Ein Arm legte sich um Ruby, eine Stimme sagte: Schon gut, schon gut, es wird alles gut. Sie wurde in ein Zimmer geführt, wo sie lange sitzen blieb. Sie weinte und weinte, vermied jeden Blickkontakt mit der Frau, die ihr gegenüber saß.

Tut mir leid. Sie putzte sich erneut die Nase.

Gar kein Problem. Lass dir Zeit.

Okay. Jetzt geht's wieder, sagte Ruby.

Sie hatte die Frau schon auf dem Gang gesehen. Manchmal stand sie draußen und redete auf der Treppe mit einer Schülerin oder einem Schüler. Sie war jung. Hatte lange, zu Zöpfchen geflochtene Extensions, die sie zum lockeren Pferdeschwanz gebunden trug. Dazu ein dunkelblauer Anzug mit feinen, weißen Streifen. Kein Make-up, kein Schmuck. Auch sonst war hier alles ziemlich minimalistisch. Keine Plakate mit Motivationssprüchen, kein grelles Deckenlicht wie draußen im Empfangsbereich. Nur ein Regal mit Büchern, ein Schreibtisch und ein großes, offenes Fenster, das auf eine baumumstandene Wiese hinausging. Hier drinnen hörte man weder den Lärm vom Gang noch den aus der Cafeteria.

Ich heiße Helen.

Ruby.

Helen schob ihr den Abfalleimer hin, und Ruby beförderte die vielen Taschentücher hinein, die auf ihrem Schoß lagen.

Entschuldigung. Das ist ein bisschen eklig.

Schon gut. Helen beugte sich ein wenig vor. Ehe wir anfangen, möchte ich dir noch einmal versichern, dass alles, was du in diesem Raum sagst, absolut vertraulich behandelt wird, es sei denn, du erzählst mir, dass du dich in akuter Gefahr befindest oder ein Missbrauch stattgefunden hat. In dem Fall bin ich gesetzlich verpflichtet, das anzuzeigen.

Ruby erklärte ihr Einverständnis. Blickkontakt zu halten fiel ihr schwer, deswegen schaute sie zum Fenster. Dann fing sie an zu reden, anfangs über gar nichts. Nach dem Motto: Eigentlich weiß ich gar nicht, warum ich hier bin oder warum ich so heule, ist ja blöd und voll peinlich. Helen machte keinen Versuch, ihr zu widersprechen. Sie hörte einfach schweigend zu. Dann brach alles in einem ewig langen Schwall aus Ruby heraus. Zum ersten Mal in ihrem Leben erzählte sie einer Person, die nicht Nathalie war, von ihrer Mutter, von den Unsicherheiten rund um ihr Verschwinden, von ihrer eigenen Unfähigkeit, sich zu erinnern. Von den Zeitungsschlagzeilen, die sie gesehen hatte. Sie erzählte Helen von den gelben Umschlägen, von dem Foto und davon, wie das alles sie ihrer besten Freundin entfremdet hatte. Beim Reden wackelte sie mit dem Bein und versuchte, es mit einer Hand still zu halten. Sie erzählte Helen auch von Lucas' Freundin. Die Notizbücher unter seinem Bett erwähnte sie nicht. Das erfüllte sie immer noch mit abrupter Angst, wie ein Schlag in die Magengrube. *Grün und blau*. Ihr fiel wieder ein, wie Ben von der Middle Lake Lucas als *faules Ei* bezeichnet hatte. Daran versuchte sie sonst nach Möglichkeit nie zu denken.

Helen saß da, die Beine übereinander geschlagen, die Hände im Schoß. Sie machte sich keine Notizen und unterbrach auch nicht. Sie hörte einfach zu, mit leicht schiefgelegtem Kopf.

Es ist, als dürfte ich gar nicht wissen, wer er ist oder wer ich bin. Als wäre ich einfach in der Middle Lake angespült worden und hätte mein Gedächtnis verloren oder so was, wie im Kino. Und ich komme mir vor wie ein Nichts. Irgendwann werden alle rausfinden, dass ich eigentlich leer bin. Keine Persönlichkeit, keine Geschichte, keine Familienanekdoten. Ich bin nichts, bis auf das, was mir erzählt wurde.

Ruby hielt inne, holte tief Luft und atmete dann wieder aus. Auf einmal hatte sie nichts mehr zu sagen. Helen beugte sich vor, legte die Hände um die Knie und fragte: Und wer erzählt dir das?

Weiß ich nicht. Wahrscheinlich mein Vater.

Helen wollte noch eine Frage stellen, aber da klingelte es zum Schulschluss. Sie vereinbarten einen weiteren Termin ein paar Tage später.

Draußen schien die Sonne, und Ruby fühlte sich gut. Leichter, als bekäme sie endlich wieder frische Luft. Zum ersten Mal seit vielen, vielen Monaten glaubte sie, dass alles besser werden könnte. Helen würde ihr helfen.

Mr. Schneider hatte zwei künstliche Hüftgelenke und marschierte durch die Gänge wie die Cowboys aus Clovers Filmen, mit gebeugten Knien und wiegendem Gang, als müsste er mit jedem Bein erst einmal ausholen, um sich fortzubewegen. Trotz seiner Arthrose und den künstlichen Hüften brachte er es fertig, überall im Laden gleichzeitig zu sein und sämtliche Leitern zu erklimmen. Sein Laden hieß Schneider's, und er verkaufte praktisch alles: Benzin, Lebensmittel, Angelzubehör, Köder, Souvenirs, Haushaltswaren, Feinkost, Gartengeräte und Creemees. Ruby überragte ihn um einen ganzen Kopf und gab sich alle Mühe, sich kleiner zu machen, während sie über einen Aushilfsjob redeten.

Helen hatte angeregt, dass ein Nebenjob Ruby mehr Freiheit verschaffen könnte und ihr die Möglichkeit bot, aus dem Haus zu kommen, und Ruby hatte sofort an Mr. Schneiders Laden gedacht. Er lag nicht weit weg von zu Hause, und sogar Lucas mochte Mr. Schneider. Er fand es eine gute Sache, Verantwortung zu übernehmen, und sie könne selbst entscheiden, wie sie sich ihre Zeit einteile, solange sie weder das Rudern noch die Schule vernachlässige. Mr. Schneider sagte, Ruby könne noch diesen Donnerstagnachmittag anfangen, dann werde er sie einlernen. Das Memorial Day-Wochenende stand bevor, da konnte er Hilfe brauchen. Mit den Touristen. Er zeigte ihr, wie die Kasse funktionierte und wie man Creemees machte. Die Kunst, Softeis auf Vermonter Art zu servieren, wie er sagte.

Als Erstes kam Wyatt herein und wollte ein Eis.

Genau die Zukunft, die du erwarten kannst, wenn du wirklich Englisch studieren willst, kommentierte er. Hier oder wahlweise bei Starbucks.

Verpiss dich doch, brummte Ruby leise, während sie ihm mit aufgesetztem Lächeln das Eis reichte. Den ganzen Tag füllte sie Eiswaffeln, verzierte sie mit Streuseln oder Sirup und kassierte. Am späten Nachmittag, als der Andrang allmählich nachließ, war sie ganz verschwitzt, einzelne Haarsträhnen klebten ihr am Gesicht, und ihre Füße schmerzten. Sie roch nach sauer gewordener Milch. Die Atmosphäre bei Schneider's war angenehm und unaufgeregt. Ganz anders als zu Hause, wo sie ständig diesen Eiertanz um Lucas aufführen musste und über all das nachdachte, was er hinter der verschlossenen Tür vor ihr versteckte.

Überall Schwestern, Hunde und Klamotten. Ruby liebte es, Sophie zu besuchen. Hier eine Schwester im Sessel, die Beine über die Lehne gehängt und mit Kopfhörern auf den Ohren. Da eine Schwester mit Freundinnen am Küchentisch. Schwestern im Bad, wo sie sich gegenseitig schminkten. Schwestern, die sich von Zimmer zu Zimmer zuriefen und Sophie triezten. Und Hunde, auf dem Sofa, auf Sophies Bett. Die Wände in Sophies Zimmer waren ganz hinter Postern und den Textilprojekten verschwunden, die sie im Kunstunterricht anfertigte. Sie teilte sich das Zimmer mit einer ihrer vier Schwestern, und es sah aus, als wäre ein Tornado hindurchgefegt. Sophies Mutter war geschieden. Der Vater lebte in Burlington, es war also ein reiner Frauenhaushalt.

Sogar die Hunde sind weiblich, sagte Sophie.

Als es allmählich Zeit zum Aufbruch wurde, übernahmen Sophies Schwestern. Sie setzten Ruby vor den Schminkspiegel. Goldglitzernder Lidschatten. Dicke Schichten Eyeliner und Mascara. Glanzpuder. Sie ließen Musik laufen und riefen »Uuuh!« und »Aaah!« Ruby trug ein Crop Top, dazu eine Schlaghose von einer der Schwestern.

So ein U-Boot-Ausschnitt steht dir, sagte Sophie.

Ruby hatte nicht die leiseste Ahnung, was das sein sollte. Als sie in den Spiegel schaute, erkannte sie sich kaum wieder. Ihre Lippen waren dunkel geschminkt. Lucas hatte eine Bezeichnung für Frauen, die zu viel Make-up trugen: Zombies mit Kriegsbemalung.

Sophie hielt ihr einen Joint zwischen Daumen und Zeigefinger hin, und nach kurzem Zögern zog Ruby daran. Lucas war in Montreal, und Clover würde längst schlafen, wenn sie nach Hause kam.

»Crank That« dröhnte aus voll aufgedrehten, riesigen Lautsprechern, als sie bei Wyatt über die Wiese gingen, und Sophie fing bereits an zu tanzen, noch ehe sie bei den anderen waren. Kurz darauf standen sie zwischen mindestens hundert anderen Teenagern.

Ruby! Du bist hier!, brüllte Wyatt, als er sie sah.

Ruby lachte, und sie tanzten weiter. Alles war so viel besser als sonst. Der Himmel, der Abend, die Musik, die Leute.

Als Sophie sie abgesetzt hatte, blieb Ruby kurz draußen vor dem Haus stehen. Nachdem der Wagen weggefahren war, drangen die Laute vom See herüber – Zikaden und Frösche. Das sonore Zirpen der Zikaden hob sich ab vom helleren Gesang der Frösche. Frühlingspfeifer, sagte Ruby sich im Stillen. Ihr Ruf war besonders durchdringend. Sie öffnete die Tür und trat in die Küche. Noch ehe sie das Licht anmachen konnte, flüsterte eine Stimme aus dem Dunkel.

Was habe ich dir über das Telefon gesagt?

Lucas. Sie hatte seinen Pickup gar nicht bemerkt.

Was habe ich dir gesagt?

Alles an ihm stand unter Hochspannung, die Stimme, die mühsame Beherrschung.

Ich habe es heute Morgen vergessen. Ich habe Clover aus dem Laden angerufen und ihr Bescheid gesagt. Sie meinte, es ist in Ordnung, wenn ich mit Sophie ausgehe.

Stell dich vor die Spüle, sagte er.

Zitternd stellte sie sich direkt vor das dunkle Fenster.

Ausatmen.

Sie ließ Luft aus ihrem Mund strömen und spürte einen Würgereiz, während Lucas in ihren Atem schnupperte. Der Joint vor der Party. Sie konnte sein Gesicht in der Dunkelheit nicht erkennen, spürte nur seinen Atem.

Ich habe nichts getrunken, sagte sie und wollte an ihm vorbei zur Tür.

Er packte sie an beiden Oberarmen. Mit aller Kraft. Ihr Atem stockte. *Hör auf!*, wollte sie brüllen, brachte aber keinen Ton heraus. Sie bekam die Arme nicht mehr frei, weil seine Finger weiter zudrückten.

Du gehst nie wieder ohne dieses Telefon aus dem Haus. Ich habe schon genug andere Sorgen im Leben, ich will mich nicht auch noch fragen, wo im verdammten Vermont du dich gerade rumtreibst.

Er verstärkte den Griff.

Und wenn du was unternehmen willst, fragst du mich, nicht deine Großmutter. Ist das klar?

Ja. Sie konnte es nur flüstern, und ein halb erstickter Laut entfuhr ihr.

Hör auf damit, fauchte er. Ich habe dir nichts getan. Ich tue dir nicht weh. Niemals.

Er drückte noch fester zu, und Ruby spürte den Zorn in seinen Händen, seine Fingernägel, die sich in ihre Haut gruben. Sie sah ihn nur als dunklen Umriss, aber seinen Mund konnte sie erkennen, dünn und verkniffen. So hatte sie Lucas noch nie erlebt.

Jetzt tust du mir gerade an den Armen weh. Sie stieß es hervor. Sagte es viel zu laut, vielleicht würde Clover sie ja hören. Lucas nahm die Hände weg und trat zurück.

Ich hatte vergessen, dass ich sie noch festhalte.

Ruby blieb stehen, wartete.

Geh schlafen, sagte er.

TEIL 4

22

NESSA

2000

Molly sagte, sie müsse auf der Stelle kommen. Es geht um deine Schwester, sagte sie. Vollkatastrophe.

Unterwegs malte Nessa sich das Schlimmste aus. Deena war mit einem Säugling ein Fehler unterlaufen, sie hatte falsch intubiert, ein Baby war gestorben ... Alles, was auf so einer neonatologischen Intensivstation passieren konnte. Alles, was Deena passieren konnte, wenn sie sich nicht im Griff hatte.

Es war dunkel im Dante's, aus den Lautsprechern schallte »Iris« von den Goo Goo Dolls. Nessa schob sich zwischen den Leuten durch, die die Bar bevölkerten, hauptsächlich Master-Studierende von der Penn und der Drexel.

Molly saß in einer Nische ganz hinten, noch im Mantel, an dessen Kragen Buttons steckten: *Gore 2000*, darunter einer mit der Aufschrift *Bush Cheated*. Die Wahl lag schon fast einen Monat zurück. Mollys Eltern hatten immer noch ihren *Bush/Cheney*-Aufsteller im Garten. Nessa rutschte auf die Sitzbank gegenüber; auf dem Tisch wartete bereits ein Krug Ale mit zwei Gläsern.

Was ist los? Nessa zog die Jacke aus und rubbelte ihre Hände, die von der Kälte draußen ganz steif waren. Molly war sichtlich aufgelöst. Durch das Make-up in ihrem Gesicht zogen sich helle Schlieren. Molly, du machst mir Angst.

Deena braucht Hilfe. Ich mein's ernst. Echt. Sie braucht Hilfe.

Was ist denn passiert?

Vor einer Stunde, wir waren gerade dabei, uns umzuziehen. Es war ein langer Tag. Eine harte Schicht. Wir waren unterbesetzt. Und ich hatte zwei Untröstliche.

Nessa kannte den Code, den Deena und Molly verwendeten. Untröstliche – süchtige Neugeborene, die immerzu schrien, egal, wie viel man sie herumtrug, wiegte, fütterte. Sie konnten keinen Trost finden.

Seit Monaten sage ich schon zu Deena, lass uns mal wieder was trinken gehen, und ich wusste, weil heute Freitag ist, kann Lucas bei Ruby zu Hause sein. Anfang der Woche hat sie mir versprochen, dass wir heute hier hingehen. Wie früher. Ist ja auch ganz in der Nähe vom Haus, Ruby wäre also gar nicht weit gewesen.

Wir stehen also vor unseren Spinden, ziehen uns um und sind beide richtig schlecht drauf. Ich wegen der Schicht, die ich hinter mir hatte – Morphinentzug, ein Baby den ganzen Tag echt auf der Kippe –, und Deena, weil sie eigentlich gar nicht ausgehen wollte und ich sie zwang. Ständig machte sie so Andeutungen, wie müde sie ist, wie ausgelaugt, aber ich wollte sie nicht vom Haken lassen, weil sie das immer macht, wenn wir verabredet sind. Das geht mir auf den Senkel. Weißt du noch, wie Deena sich auf der Schule immer in der Kabine umgezogen hat? So macht sie es auch auf der Arbeit. Immer geht sie in die Kabine, die anderen Schwestern machen sich drüber lustig, spielen Flitzer und so – ärgern sie halt, weil sie so leicht in Verlegenheit zu bringen ist, du kennst das. Aber heute waren wir nur zu zweit und haben kein Wort geredet. Die Umkleide wird gerade renoviert, es gibt also keine Tür, die man beim Umziehen zumachen kann. Ich stand bei den Bänken, sie dreht mir den Rücken zu. Ich habe überhaupt nur hingeschaut, weil ich wusste, dass sie abgenommen hat, aber so in Unterwäsche sieht man es auch richtig. Ihr Rücken sieht aus wie der von meiner Oma, als sie schon ganz alt war, jeder Wirbel steht raus.

Molly schwieg kurz, und Nessa nickte. Es stimmte. Deena war spindeldürr.

Sie hatte so einen gelblich-blauen Fleck am Arm. Richtig groß. Ich habe draufgezeigt und sie gefragt: Was hast du denn da gemacht?, und sie hat ihn mit der Hand verdeckt und sich weggedreht. Und am anderen Arm hat sie genau den gleichen Fleck noch mal. Genau den gleichen. Wie kriegt man zwei identische blaue Flecken? Molly riss die Augen auf. Woher, wollte ich von ihr wissen. Deena, was zum Teufel sind das für Flecken an deinen Armen? Dann habe ich sie ganz direkt gefragt: War das Lucas? Da wurde sie sauer: Ich hab dir doch gerade gesagt, es ist nichts, überhaupt nichts. Und dann erzählt sie mir irgendeinen Mist über eine neue Kommode in Rubys Zimmer, an der sie sich dauernd stößt, wenn sie im Dunkeln rein und raus geht, um sie zu füttern. Und ich sage: Ich glaube, das ist Bullshit. Ich sage: Wenn Lucas gewalttätig ist, dann müsst ihr da weg, du und Ruby. Du kannst jederzeit zu mir oder zu deinen Eltern. Oder geh zu Nessa ... Da hat sie sich zu mir umgedreht und etwas ganz Seltsames gesagt. Sie hat gesagt: Wenn ihr mich nur alle endlich in Ruhe lassen würdet, dann würde so was auch nicht passieren. Richtig wütend war sie. Auf mich. Als hätte ich ihr das angetan. Und dann hat sie einfach aus vollem Hals gebrüllt: Und ich will nicht mit dir ausgehen, Scheiße noch mal! Warum lasst ihr mich nicht endlich alle in Ruhe? Sie hat geheult, und dann hat sie einfach nur die Jacke über den BH gezogen. Kein Oberteil drunter, immer noch in der Krankenhaushose, alles andere hat sie in die Tasche gestopft und mich einfach nackt da in der Umkleide stehen lassen. Ich wusste gar nicht, wie mir geschieht.

Molly standen Tränen in den Augen. Sie schob sich die Finger unter die Brille und wischte sie langsam weg.

Was da in dem Haus passiert, das ist total kaputt.

Nessa wartete, bis Deena ihren nächsten freien Tag hatte, dann fragte sie, ob Deena nicht mit Ruby zu ihren Eltern kommen und Weihnachtsbaumschmuck basteln wolle. Sie hatte Kupferdraht, Geschenkband und Notenblätter besorgt, um Engel daraus zu basteln. Einen für Ruby hatte sie bereits fertig. Sie saßen vor dem Couchtisch auf dem Boden, Ruby auf ihrer Meerestiere-Spielmatte, wo sie mit der kleinen Faust nach Tintenfischen und Delfinen patschte. Nessa zeigte Deena, wie sie den Draht zurechtbiegen musste, dann kam sie beiläufig auf das zu sprechen, was Molly beobachtet hatte. Sie hatte es einstudiert.

Molly hat erzählt, du hast ein paar ordentliche blaue Flecken.

Es blieb kurz still, aber schon als Deena zur Antwort ansetzte, merkte Nessa, dass auch sie vorbereitet war. Sie lachte leicht und schüttelte den Kopf.

Ich habe mich an der neuen Kommode an der Tür in Rubys Zimmer gestoßen. Die ist so breit, ich renne beim Rein- und Rausgehen ständig dagegen. Da hatte ich eben ein paar blaue Fleckchen am Arm.

Sie hielt den nackten Drahtengel hoch, an dem sie arbeitete, um Nessa zu zeigen, dass sie es richtig machte.

Molly ist eben immer noch die Alte. Eine blühende Phantasie, und alles geht immer gegen Männer und das System – nieder mit dem Patriarchat. Du weißt doch, wie sie ist.

Deena klang fast schon abfällig. Nach dem Motto: Molly, unser Schafskopf.

Nessa sprach weiter, ganz auf ihren eigenen Engel konzentriert und ohne Deena auch nur anzusehen. Ihren Ton hielt sie weiter beiläufig, damit Deena sich nicht angegriffen fühlte.

Molly war sich doch ziemlich sicher, dass die Verletzungen von Lucas stammen müssen, und weil du dich dann so aufgeregt hast, fühlt sie sich jetzt darin bestätigt.

Deenas Stimme blieb ruhig. Sie war kein bisschen verunsichert. Ich habe mich aufgeregt, sagte sie, weil Molly so völlig danebenlag und ich das übergriffig fand. Sie unterstellt Lucas andauernd alles Mögliche. Das mit den blauen Flecken war die totale Projektion. Manchmal habe ich fast das Gefühl, sie möchte, dass es zwischen Lucas und mir schlecht läuft.

Nessa war klar, dass nichts, was sie sagen würde, noch etwas ausrichten konnte, aber versuchen musste sie es trotzdem: Molly ist doch deine beste Freundin, seit der dritten Klasse.

Ich weiß. Und ich bin diesen ganzen Mist endgültig leid. Seit Jahren geht das so. Ich will Molly nicht mehr in meinem Leben haben.

Deena machte sich an einen weiteren Engel, hantierte sorgsam mit der Schere, während sie den Kopf formte.

Nessa hätte noch mehr sagen müssen. Sechzehn Jahre später, auf der Treppe vor ihrem Haus in der Parrish Street, ging sie das Gespräch mit Deena zum hundertsten Mal in allen Einzelheiten durch und überlegte, ob es wohl etwas geändert hätte, wenn sie damals noch mehr gesagt oder getan hätte. Sie hatte neue Fotos bekommen, die im selben Monat in Montreal aufgenommen worden waren. Lucas Chevalier mit einer Frau. Auch in den Berichten davor war schon von einer Freundin die Rede gewesen, aber jetzt sah Nessa sie zum ersten Mal. Lange rotbraune Haare, blasser Teint, ein bisschen rundlich, was ihr gut stand. Sanfte Miene. Und etwas in ihrer Art erinnerte an Deena. Als Nessa Deena zum ersten Mal nach den Verletzungen fragte, hatte sie Angst gehabt, wenn sie zu sehr insistierte, würde Deena Ruby an ihrem ersten Weihnachtsfest womöglich nicht ins Zuhause-Haus kommen lassen. Oder sich noch weiter von Nessa zurückziehen. Ihr Ruby vorenthalten. Ihr sich selbst vorenthalten. Inzwischen waren sie alle übervorsichtig, um weiter an Deenas und Rubys Leben teilzuhaben. Vor allem Nessa, die ja Hausverbot bekommen hatte. Schon da war sie in Sorge gewesen, ob Deena ihre Antidepressiva weiter nahm. Mach was, hatte Molly an dem Abend im Dante's zu ihr gesagt. Aber sie hatte nichts gemacht. Warum? Sie hätte Joey davon erzählen können. Oder ihrer Mutter. Wenn sie sofort eine Intervention organisiert hätte, wäre alles womöglich nie so derartig aus dem Ruder gelaufen.

Auf der anderen Straßenseite stand ein schwarzer SUV an der Stelle, wo in dem Sommer vor Deenas Verschwinden der weiße Honda geparkt hatte. Auch da hatte Nessa nichts gemacht. Oder nicht genug. Sie betrachtete das Foto in ihrer Hand; sie musste etwas unternehmen. Am Haus nebenan ging die Tür auf, eine Frau in cremefarbenem Leinenkleid und übergroßer Sonnenbrille kam heraus. Nessa hatte sie erst ein paar Mal gesehen. Sie wollte sie schon grüßen, aber die Frau nahm überhaupt keine Notiz von ihr, ging die Stufen hinunter und drückte die Fernverriegelung ihres Autos. Noch ein SUV. Die säumten die schmale Straße inzwischen auf beiden Seiten. Komisch, so einen Panzer zu fahren, wo sie doch alle mitten in der Stadt wohnten. Als Sylvia von nebenan gestorben war, hatten ihre Kinder das Haus verkauft. Jetzt saß niemand mehr draußen auf dem Gehweg und unterhielt sich mit allen. Sie fehlte Nessa.

Mit ihrem Metallstuhl und ihrem Goldschmuck. Der Wert der Häuser hatte sich verdoppelt, aber seit die alten Leutchen verschwanden, war es eigentlich kein Viertel mehr. Kein richtiges zumindest.

Es war so viel passiert in diesen Wochen, nachdem Molly die blauen Flecken entdeckt hatte. Marias Krebs kam zurück. Ihre Haare waren nachgewachsen, drahtig und grauer als vorher, aber doch voll; sie hatte wieder Farbe im Gesicht. Nessa hatte sie zu der Kontrolluntersuchung begleitet. Am Tag zuvor war Maria mit Ruby durch die Küche getanzt, hatte für die ganze Familie gekocht und vor Gesundheit gestrotzt. Aber das CT sprach eine andere Sprache. Die Leber war befallen. Gleich im neuen Jahr wurde sie operiert. Als sie sie aus dem Krankenhaus abholten, wurde gerade George W. Bushs Amtseinführung live im Fernsehen übertragen. Maria saß auf dem Bett, die Hände im Schoß gefaltet, neben ihr stand das Gepäck bereit. Deena setzte sich zu ihr. Nessa lehnte sich an die Fensterbank, von der aus man über die ganze Stadt schauen konnte. Die Skyline von Philadelphia wirkte kreideweiß im Januarlicht. Als die Schwester mit dem Entlassungsprotokoll ins Zimmer kam, war es Deena, die mit ihr sprach. Eine weitere Chemotherapie. Sie waren alle erschöpft. Auf dem Fernsehbildschirm erschien Dick Cheneys Gesicht in Großaufnahme.

Nessa hatte die blauen Flecken nicht wieder erwähnt. Molly meinte, in ihrer Familie litten alle unter pathologischem Vermeidungsverhalten.

Sie betrachtete noch einmal das Foto auf ihrem Schoß, Lucas im Profil, die bekannte Hand unten am Rücken, diese Ich-bin-hier-zuständig-Geste, und neben ihm diese schöne junge Frau. Mathilde Lavoie stand in säuberlicher Handschrift auf einem weißen Aufkleber an einer Ecke des Fotos. Irgendwer musste sie warnen, ihr alles erzählen. Nessa konnte das, was Deena passiert war, kein zweites Mal zulassen. Warum hatte sie nichts unternommen?

Aber das hatte sie ja – sie hatte etwas unternommen. Oder nicht? Sie hatten doch alle getan, was sie konnten.

Es war das Frühjahr nach Rubys erstem Geburtstag. Nessa bereitete eine weitere ortsgebundene Ausstellung in West Philly vor. An dem Tag, als die Anrufe kamen, war sie gerade dort. Der Künstler, mit dem sie arbeitete, malte mit Zeichenkreide Portraits auf Gebäude, die für den Abriss vorgesehen waren. Portraits aus dem alten Viertel: ein junger Mann, der erschossen worden war, ein junges Mädchen, an einer Überdosis gestorben, eine Frau, die sich ihr Leben lang für ihre Nachbarn eingesetzt hatte und für viele wie eine Mutter gewesen war. Die großformatigen Portraits nahmen ganze Giebelwände ein. Sie waren nicht von Dauer. Darum ging es ja. Nichts ist von Dauer. Die Kreide verblasste hier und dort, vor allem, wenn es geregnet hatte. Je weiter die

Gentrifizierung voranschritt, desto weniger Spuren würden noch von ihnen bleiben und auch nicht von den Gebäuden. Sie sahen sich die Häuser an, machten Fotos. Nessas Handy brummte immer wieder. Sie achtete nicht darauf, versuchte, dem Künstler und dem Fotografen ihre volle Aufmerksamkeit zu schenken. Wahrscheinlich war es sowieso nur jemand aus dem Büro.

Als sie das Handy schließlich aus der Tasche zog, saß sie schon in der Market-Frankford Line und fuhr zurück in den Ostteil der Stadt. Fünf verpasste Anrufe.

Deena.
Deena.
Deena.
Deena.
Deena.

Sie rief sofort zurück. Keine Reaktion. Sie versuchte es noch einmal.

Hallo?

Ich bin's. Was ist denn?

Oh, hi. Es war Deena, aber gewissermaßen die öffentliche, höfliche Deena, die so tat, als würde sie Nessa nicht erkennen.

Du hast fünf Mal hintereinander bei mir angerufen. Ist alles okay?

Ach, das tut mir leid. Die Schicht kann ich leider unmöglich tauschen. Da bin ich schon verplant.

Was? Du weißt, dass ich es bin, oder? Nessa.

Ja. Sicher.

Ist Lucas gerade bei dir?

Dummerweise ja.

Deena? Was ist los?

Genau. Sie ist schon fast anderthalb.

Nessa überlegte fieberhaft. Sie musste die richtigen Fragen stellen.

Deena, ist alles okay mit dir? Bist du in Sicherheit?

Ein kurzes Schweigen. Jetzt ja, glaube ich. Sie wird so schnell groß.

Geht es Ruby gut?

Ja.

Soll ich die Polizei rufen?

Ach nein, bitte nicht, sagte Deena und streute ein künstliches Lachen in dieses künstliche Gespräch.

Ich komme dich und Ruby jetzt holen.

Nein. Auf keinen Fall. Aber vielen lieben Dank für das Angebot.

Deena, ich komme jetzt vorbei.

Ach, lieber nicht. Versuchen Sie es doch mal bei der Nachtschicht.

Soll ich dich heute Abend noch mal anrufen?

O ja, danke. Ist gut. Bis dann.

Und sie beendete das Gespräch. Nessa erinnerte sich noch genau an die Fahrgäste, die an dem Tag in ihrer Nähe saßen: ein junger Mann mit Kapuze, ein Mann im Anzug, dem die Augen zufielen, ein kleines Mädchen neben seiner Mutter, das Nessa ansah, als wüsste es um die Scharade, die da gerade stattgefunden hatte, das fieberhafte Nachdenken. Nessa hatte sich so auf das Gespräch konzentriert, dass sie gar nicht mehr wusste, wo sie war und ob sie ihre Station nicht längst verpasst hatte. Es war drei Uhr. Die Bahn hielt, die Frau mit dem kleinen Mädchen stieg aus, auch der müde Mann stand auf. Center City. Nessa stieg aus. Und rief Joey an.

Sie erzählte ihm von dem Anruf, sagte ihm, was Molly beobachtet hatte und wie Deena sich verhielt.

Joey sagte anfangs gar nichts. Er hörte nur zu.

Dann: Ich fahre hin.

Ich weiß nicht, Joey. Sie klang, als sollte ich sie einfach heute Abend noch mal anrufen. Aber wenn sie nicht will, dass ich was unternehme, warum hat sie dann so getan, als wäre nicht ich am Telefon? Offensichtlich soll Lucas nicht wissen, dass sie mich angerufen hat. Aber ich habe mehrfach gesagt, ich würde sie abholen, und sie hat nein gesagt.

Ich gehe nachsehen.

Ich komme mit.

Hast du da nicht Hausverbot?

Dann bleibe ich eben im Wagen. Bitte.

Gut. Kann ja sein, dass sie gesagt hat, es soll niemand kommen, aber ich habe noch ein paar Sachen für ihren Garten, die Dad bestellt hat. Die muss ich ihr sowieso vorbeibringen. Gartenmöbel und ein Spielhaus für Ruby. Da kann ich gut einfach so vorbeischneien.

Die Magnolien waren in voller Blüte, und drei Blütenblätter landeten auf Joeys Windschutzscheibe, während Nessa im Wagen saß und zusah, wie Joey die Kartons rübertrug und dann klopfte. Lucas würde vermutlich nicht aufmachen. Er würde einfach tun, als wären sie nicht zu Hause. Joey setzte sich auf einen Karton und entfernte etwas Schmutz unter seinen Fingernägeln. Er gab sich alle Mühe, normal zu wirken. Etwa eine Minute später ging die Tür auf. Lucas. Ganz wie immer. Er begrüßte Joey, kam nach draußen auf die oberste Stufe. Joey ging eine Stufe tiefer und deutete auf die Kartons, erklärte Lucas etwas, sah ihn dabei aber nicht an. Nessa merkte, dass er nervös war. Lucas und er griffen sich jeder eine Seite des Kartons und gingen damit ins Haus. Die Tür blieb angelehnt. Nessa wusste nicht genau, was sie tun sollte – im Wagen bleiben oder ins Haus gehen, solange die beiden hinten im Garten waren? Sie stieg aus und rannte los, vor lauter Angst, die Tür könnte zuknallen. Draußen im Garten hörte sie Joey und Lucas. Hörte Joey sagen, wie sehr ihr Vater Ruby verwöhne. Küche und Wohnzimmer waren leer. Sie rannte nach oben.

Deena? Sie flüsterte unwillkürlich; es war so still im Haus.

Keine Antwort.

Deena? Jetzt rief sie lauter, aber ihre Stimme versagte.

Ruby lag in ihrem Bettchen und schlief. Nessa hob sie hoch, und sie wachte auf, jammerte kurz, schlief dann aber an Nessas Schulter wieder ein. Auf dem Flur vor dem Schlafzimmer blieb sie stehen.

Deena?, flüsterte sie so laut, wie es ging, und betete, dass Ruby nicht aufwachte.

Unten waren Joey und Lucas jetzt wieder im Haus, ihre Stimmen bewegten sich Richtung Haustür, um die anderen Kisten zu holen.

Auch das Schlafzimmer war leer. Die Badezimmertür war geschlossen. Nessa drehte den Türknauf. Abgeschlossen. Sie klopfte leise.

Deena, hier ist Nessa, mach auf. Ich habe Ruby bei mir. Mach die Tür auf.

Scheiße, Nessa. Ich hab doch gesagt, du sollst nicht kommen. Was soll das denn? Weiß Lucas, dass du hier bist? Ihre Stimme klang dumpf, und Nessa hörte ihr an, dass sie geweint hatte.

Mach die Tür auf, Deena. Joey ist mit Lucas unten, sie bringen Kisten in den Garten. Er weiß nicht, dass ich hier bin.

Geh weg. Du machst alles nur noch schlimmer.

Deena, du machst jetzt diese gottverdammte Tür auf, sonst nehme ich Ruby mit. Ich weiß nicht, was hier los ist, aber ich rufe den Kinderschutzdienst, darauf kannst du dich verlassen.

Deena schloss die Tür auf, öffnete sie aber nicht. Das tat Nessa.

Deena drehte sich weg, sie stand mit dem Rücken zu Nessa, ihr Gesicht war nur im Spiegel zu sehen. Ihre Nase war blutig. Die Oberlippe lila verfärbt und grotesk verschwollen.Ach du Scheiße!

Sieht schlimmer aus, als es ist, sagte Deena. Mach da kein Riesending draus, Nessa. Ich kann gerade kein Drama von dir brauchen.

Wir gehen.

Nessa, das ist doch nichts. Es ist alles gut. Lucas würde mir nie ernsthaft wehtun.

Deena. Komm mit mir zum Wagen. Joey ist hier. Es ist alles gut. Lucas hat dir schon wehgetan. Das ist krank. Wir gehen.

Nessa gab sich weiterhin Mühe zu flüstern. Deena weinte jetzt, ein frisches Rinnsal Blut floss ihr aus der Nase.

Herrgott, Deena. Bitte. Schau dich doch nur an. Schau dir deine kleine Tochter an. Wenn du nicht mitkommst, rufe ich auf jeden Fall die Polizei.

Die Haustür fiel ins Schloss. Nessa erstarrte. War Joey gegangen? Dann hörte sie seine Stimme, lauter, um ihretwillen.

Das ist die letzte Kiste, Mann. Ich schwör's.

Jetzt, Deena. Nessa fasste sie an der Schulter.

Meine Tasche. Deena keuchte.

Nessa sah sie auf dem Bett liegen und griff danach, Ruby immer noch auf dem Arm. Sie ging als Erste aus dem Zimmer, Deena war direkt hinter ihr. Die Treppe hinunter, zur Haustür hinaus. Als sie auf dem Gehweg waren, zögerte Deena.

Geh einfach weiter, Deena. Bitte.

Als sie vor dem Wagen standen, sagte Nessa: Du steigst zuerst ein. Nimm Ruby. Setz dich in die Mitte.

Deena stieg ein und drückte das Gesicht an Rubys Hals, wiegte sich hin und her. Nessa schloss die Heckklappe, stieg auf der Beifahrerseite ein und verriegelte die Tür. Wenn Joey die geschlossene Klappe sah, würde er wissen, dass er einfach nur einsteigen und losfahren musste.

Joey kam aus dem Haus, gemächlich wie immer, nach wie vor bemüht, ganz locker zu wirken. Deena schaukelte immer noch. Joey hob noch einmal den Arm und winkte, während er weiter auf sie zukam, weg von Lucas, der in der Haustür stand.

Kopf runter, sagte Nessa und rutschte auf dem Sitz etwas tiefer. Die letzten paar Meter legte Joey im Laufschritt zurück, dann stieg er ein, schlug die Tür zu und fuhr los.

Sie fuhren bis zum Ende der Straße, und Nessa versuchte die ganze Zeit, im Seitenspiegel zu erkennen, ob Lucas ihnen folgte. Dann bog Joey rechts ab.

Nimm die Schnellstraße, sagte Nessa. Falls er uns doch folgt. Dann hängen wir wenigstens an keiner roten Ampel.

O Gott, o Gott, o Gott, jammerte Deena ununterbrochen. Er bringt mich um. Ich kriege so einen Riesenärger.

Als sie das Zuhause-Haus betraten, schaffte Deena es kaum, ihrer Mutter ins Gesicht zu sehen.

Maria war geschwächt von fünf Monaten Chemotherapie, ihr Kopf war wieder kahl, die Haut teigig und bleich, trotzdem übernahm sie das Kommando. Sie breitete eine Decke für Ruby auf dem Boden aus, führte Deena zum Sofa und redete leise und beruhigend auf beide ein. Alles gut, alles gut, ihr seid jetzt zu Hause. Dann wollte sie von Deena wissen, ob sie noch an anderen Stellen geschlagen worden sei. Deena schüttelte den Kopf.

Dad soll mich so nicht sehen.

Er ist gar nicht da.

Maria ließ Deena den Pullover hochziehen und begutachtete sie von vorn und von hinten. Ein Eisbeutel für ihren verschwollenen Mund. Ein warmer Waschlappen, um das getrocknete Blut an der Nase zu entfernen. Nessa ertrug den Anblick kaum. Die hinfällige Mutter, die ihre misshandelte Tochter umsorgte.

Schließt alle Türen ab, sagte Deena. Bitte.

Nessa kontrollierte die Hintertür zur Küche und ging dann vors Haus. Wo war Joey? Er war noch nicht hereingekommen. Sie ging nach draußen, auf den Rasen. Sein Pickup stand immer noch in der Einfahrt. Nessa schaute genauer hin. Joey saß noch im Wagen, hatte den Kopf auf das Lenkrad gelegt und weinte.

23

NESSA

2017

Auf dem Foto stehen drei Kinder am Strand und blinzeln in die Augustsonne. Hinter ihnen brechen die Wellen, und irgendjemand wurde mitten im Sprung festgehalten, die Arme auf ewig in die Höhe gereckt. In der Ferne ist im sommerlichen Dunst der Umriss eines Segels auszumachen. Die Kinder stehen vorn im Bild. Sie haben ein Loch gegraben, aber die Flut ist noch nicht da. Die beiden Älteren, ein Junge und ein Mädchen, schon fast im Teenageralter, haben Schaufeln in der Hand; die Jüngste, die zwischen ihnen steht, hat ihnen die Arme um die Schultern geschlungen. Es sieht aus, als würde sie *Meer!* oder *Eis!* rufen. Sie ist noch nicht alt genug, um befangen zu sein, und ruft alles laut, was sie zu sagen hat. Die Nase krausgezogen, die Augen fast völlig zugekniffen, sonst nur Lachen und Zähne. Sie glaubt an das hier, ist ganz und gar im Moment. Die anderen, älteren, der Junge und das Mädchen, sind da anders; sie schauen die Person, die das Foto macht, nicht an, sondern an ihr vorbei, zum Draußen hin. Das war 1988, in Ocean City, New Jersey.

Nessa saß im Schneidersitz auf dem Boden in Deenas Zimmer und betrachtete das Foto. Sie sah sich selbst mit elf, in ihrem orange-rosa gestreiften Tank-Top-Bikini, zu einer Zeit, als sie nicht mehr von der Welt brauchte, als an einem sonnigen Tag mit diesen beiden, Deena und Joey, am Strand zu sein. Wie verzweifelt sie die Arme um sie schlingt, als wollte sie sie festhalten, bevor sie ihr entgleiten, hinein in ihre Eigenständigkeit. Das Foto schien ihr alles zu enthüllen, was damals noch vor ihr lag. Dort saß Nessa für immer fest, das Kind in der Mitte, das alles zusammenhalten wollte.

Um sie herum standen Schachteln voll unsortierter Fotos, Dokumente, Papiere, Zeichnungen, Eintrittskarten, Briefe. Sie hatte nie Alben oder Fotobücher zusammengestellt. Sie war nicht in der Lage gewesen, ihrer aller Geschichte zu erzählen. Seit Jahren kuratierte sie tagtäglich visuelle Erzählungen, aber mit ihrer eigenen konnte sie nicht einmal anfangen. Der Brief, den sie Mathilde schreiben wollte, kam dem noch am nächsten. Sie legte das Foto aus Ocean City zur Seite, um einen Abzug davon zu machen. Sie würde es mitschicken.

Immer noch suchte sie Deenas Zimmer akribisch ab, als könnte sich auch so viele Jahre später noch irgendetwas darin finden, um das Rätsel, was mit ihr passiert war, zu entschlüsseln. Das Zimmer war zur Chiffre geworden, zum Raum, der geheime Informationen barg. Jeder Gegenstand war ein Hinweis, aber eigentlich wusste Nessa nicht einmal mehr, wie die Fragen lauteten. An der Wand standen die Kisten aus dem Haus ihrer Eltern gestapelt. Joey hatte alles ihr überlassen. Die Familienfotos und auch sonst alles. Das Zimmer selbst sah noch genauso aus wie an dem Tag damals. Nessa hatte sich jedes Ding darin eingeprägt, wusste, wie sich jedes Kleidungsstück im Schrank anfühlte, konnte die Reihenfolge der Bücher im Regal herunterbeten, hatte Deenas Tagebücher gelesen. Lucas hatte alles behalten, was sie in der Zeit, als sie noch mit ihm zusammenlebte, aufgeschrieben hatte. Vier Jahre ihres Lebens. Das hatte Deena in Panik versetzt.

Dass er jetzt all meine Gedanken hat – das ist schlimmer, als geschlagen oder getreten zu werden, sagte sie.

Lynne hatte in Deenas Namen eine offizielle Forderung an Lucas' Anwälte gestellt und die Herausgabe der Tagebücher verlangt. Er hatte behauptet, gar nicht zu wissen, wovon sie redeten. In seinem Haus sei nichts mehr von Deena.

Na, wenn er sie nicht hat, kann er sie zumindest auch nicht für den Sorgerechtsstreit verwenden, sagte Lynne.

Deena hatte weiter Tagebuch geschrieben, nachdem sie zu Nessa gezogen war. Sie schrieb alles auf, was sie tat, worüber sie nachdachte, was sie las. Immer wieder zitierte sie Strophen aus Gedichten, die ihr gefielen. Und Ruby, Ruby, Ruby. Was Ruby gesagt, was Ruby gemacht hatte, wie Ruby schlief, wie sie lachte, was sie aß, wie sie herumtobte. Sie gab ganze Ruby-Gespräche wieder, klebte Rubys Zeichnungen ein.

Deenas Abwesenheit steigerte die Bedeutung der Dinge in diesem Zimmer. Dem letzten Ort, an dem sie gewesen war. Jahrelang war Nessa wie besessen von dem Buch, das Deena zuletzt gelesen hatte, bevor sie verschwand. Ein Band mit Gedichten von Adrienne Rich. Das einzige Buch, das quer lag. Das erste Gedicht darin hatte Deena in ihr Tagebuch übertragen. »Was sind das für Zeiten«, ein Gedicht über das Verschwinden, das Auslöschen. Deenas allerletzter Eintrag. Wie ein Befehl an Nessa. Hör zu. Erinnere dich. Sprich darüber. Nimm es nicht hin, dass Menschen einfach so verschwinden.

Ob Mathilde auch Geschwister hatte? Im Grunde wusste Nessa nichts über sie. Dass es sie gab, hatte sie vor über einem Jahr erfahren, aber jetzt hatte sie Fotos, das ganz konkrete Bild von Lucas' Hand an ihrem Rücken, so, wie er es auch bei Deena gemacht hatte; Nessa hatte sich immer daran gestört. Der Privatdetektiv war nicht der Ansicht, dass Ruby und Mathilde sich kannten. Lucas hielt seine Welten getrennt.

Joey konnte sie nicht erzählen, was sie vorhatte. Er würde doch nur sagen: Fang jetzt bloß nicht wieder damit an. Du brauchst Hilfe. Mach keine verrückten Sachen. Davon hatten wir alle mehr als genug. Als sie ihm die ersten Fotos von Ruby aus Vermont gezeigt und ihm gestanden hatte, wie sie daran gekommen war, hatte er gesagt, allmählich werde sie ihm unheimlich. Dieses Spionieren. Ich will damit nichts zu tun haben, hatte er erklärt.

Als Deenas Sterbeurkunde ausgestellt worden war, hatten sie sich richtig gestritten. Nach der Anhörung waren sie noch zusammen Kaffee trinken gegangen, Joey, Kate, Molly, Lynne und Nessa. Sie hatten alle ihre Aussage gemacht, und dem Antrag zur Ausstellung einer Sterbeurkunde auf Grundlage der Todesvermutung war stattgegeben worden. Während sie auf ihren Kaffee warteten, erwähnte Nessa, Frank Capione habe sich bei ihr gemeldet. Deenas Fall werde womöglich wieder aufgerollt.

Und Joey explodierte.

Ist das jetzt echt dein Ernst? Da sitzen wir hier, haben sie gerade für tot erklären lassen und das noch gar nicht richtig verarbeitet, und du laberst immer noch von den Ermittlungen und von Lucas und Ruby. Scheiße noch mal, Nessa, du raubst mir echt den letzten Nerv. Ich für meinen Teil habe gerade meine Schwester begraben. Es ist vorbei. Zeig mal ein bisschen Respekt und sei still. Verhalt dich endlich mal wie ein normaler Mensch. Krieg dein eigenes Leben auf die Reihe. Ich halt's echt nicht mehr aus.

Joey ... Kate versuchte einzugreifen, aber er schnitt ihr das Wort ab.

Nein. Ich will nichts mehr davon hören. Wir gehen. Er griff nach seinem Mantel. Komm mir nie, nie wieder mit Lucas und Ruby. Damit stürmte er aus dem Café. Kate murmelte eine Entschuldigung und ging ihm nach.

Mit dem Teil, dass du dein eigenes Leben auf die Reihe kriegen musst, hat er ja recht, sagte Molly.

Lynne, die Molly kaum kannte, beäugte sie misstrauisch.

Schon okay, sagte Nessa. Sie darf so mit mir reden.

Sie versuchte, es wegzulachen, dabei zerbrach sie fast daran – wie Joey sie sah. Nicht loyal, nicht wachsam, sondern fehlgeleitet und peinlich. Respektlos.

Sie fühlte sich gedemütigt. Lynne machte den Versuch, etwas Hilfreiches dazu zu sagen: Das zeigt doch nur, wie Ihr Bruder damit umgeht. Nicht Sie.

Bitte nicht, sagte Nessa. Sie wollte keine Nettigkeiten. Sie war nicht der Ansicht, das zu verdienen.

Wenn er das jetzt wüsste. An Lucas' Freundin zu schreiben sprengte aus Joeys Sicht bestimmt jeden Rahmen. Seit Wochen rang sie schon damit, war aber inzwischen überzeugt, dass es das Richtige war. Es ging ihr gar nicht darum, Lucas damit zu strafen. Aber diese Frau musste wissen, was er war. Sie hatte Mathildes Büroanschrift und machte einen Kurierdienst ausfindig, der den Brief persönlich übergeben und sich die Annahme bestätigen lassen würde. Man hatte ihr erklärt, dass die Person, die es überbrachte, zu diesem Zweck warten würde, bis die Empfängerin den Brief geöffnet und gelesen hatte. Dann würde diese eine Bestätigung unterschrieben, dass sie den Brief gelesen hatte, die dann wiederum Nessa zugestellt werde. Sie hatte die Sache mit der Privatdetektei besprochen, und es bewegte sich alles im gesetzlichen Rahmen.

Die ersten paar Sätze hatte sie schon geschrieben:

Philadelphia, 17. Mai 2017

Liebe Mathilde,
ich schreibe Ihnen heute, weil ich die Schwester von Deena Garvey bin. Vor dreizehn Jahren ist Deena spurlos verschwunden. Bis heute sind wir überzeugt, wie wir es immer waren, dass Lucas Chevalier dafür verantwortlich ist. Ich bin mir sicher, er wird Ihnen erzählt haben, sie sei depressiv, selbstmordgefährdet und labil gewesen. Vermutlich hat er Ihnen auch erzählt, dass sie aus freien Stücken verschwunden sei und sich das Leben genommen habe. Kein Mensch, der sie gekannt hat, glaubt das. Auch die Polizei glaubt es nicht. Zum Zeitpunkt ihres Verschwindens hat Deena mit Ruby bei mir gewohnt. Sie hatte große Angst vor Lucas und war sich sicher, dass er ihr etwas antun würde, womit er bereits gedroht hatte. Sie hätte ihre Tochter niemals allein gelassen. Anbei schicke ich Ihnen Fotos, Krankenhaus- und Polizeiberichte, einstweilige Verfügungen und Kontaktverbote, Anträge auf Umgang mit meiner Nichte Ruby Chevalier sowie Beschwerden, die während der vergangenen zehn Jahre eingereicht wurden, um Rubys Wohlergehen zu sichern. Ich möchte, dass Sie erfahren, wer meine Schwester war und wer der Mann ist, mit dem Sie eine Beziehung begonnen haben.

Nessa sah mehrere hundert Fotos durch. Weihnachten, die verschiedenen Sakramente, denen sie alle unterzogen worden waren – Taufen, Erstkommunionen, Firmungen –, Sommerurlaube am Meer, Schulfotos von der St. Christopher. An einem Bild blieb ihr Blick hängen.

Das war in der zweiten Klasse, als Deena an der St. Christopher's Elementary School in der Klasse von Mrs. Mueller war. Sie ist sieben und hat noch eine Zahnlücke. Ihre Sommersprossen sind ausgeprägter, ihr Haar ist heller, als es dann später sein sollte. Ich kann mich noch gut an die Haargummis mit den Schmetterlingen erinnern, mit denen ihre Zöpfe zusammengebunden sind. An das gelbe Schulhemd und die rote Krawatte. Auf diesem Bild hat sie so eine unbändige Zuversicht. Die ist ihr später abhandengekommen. Auf der High School wurde sie sehr scheu. Ich glaube, Lucas hat ihre Verletzlichkeit gespürt. Das möchte ich Ihnen gern erklären. Ich habe auch eine Kopie vom Bericht nach Deenas Festnahme beigefügt. Ich möchte, dass Sie begreifen, was geschehen ist und warum sich die Presse nach ihrem Verschwinden so auf alles rund um ihre psychische Erkrankung und die Ermittlungen wegen eines beruflichen Fehlers gestürzt hat. Bedenken Sie, dass das Gericht ihr trotz allem, was passiert war, zwei Jahre später das Wohn- und Sorgerecht für ihre Tochter zugesprochen hat. Ja, meine Schwester Deena hatte mit Depressionen zu kämpfen. 1995, noch am College, hat sie eine Überdosis Schlaftabletten geschluckt. Ihre Mitbewohnerin fand sie, und sie konnte glücklicherweise reanimiert werden. Und Hilfe bekommen. Bis dahin waren ihre Depressionen nicht diagnostiziert worden. Sie bekam Medikamente, und das hat ihr ganzes Leben komplett umgekrempelt. Sie wurde von einer praktisch teilnahmslosen zu einer hochgradig lebenstüchtigen Person. Ihre Krankenpflegeausbildung hat sie als Jahrgangsbeste abgeschlossen. Und sie bekam die Stelle auf der neonatologischen Intensivstation, eine Arbeit, die sie sich immer gewünscht hatte und in der sie ausgesprochen gut war. Für Lucas waren Antidepressiva gleichbedeutend mit Schwäche. Über Jahre hat er meiner Schwester in den Ohren gelegen, sie solle die Medikamente absetzen. Er wusste das natürlich besser als all ihre Ärzte. Er würde ihr helfen. Als sie schwanger wurde und später gestillt hat, musste sie die Präparate ändern, aber sie hat sie immer weiter genommen. Sie wusste ja Bescheid. Aber Ende 2001 hat er es doch geschafft, sie ihr auszureden. Zu diesem Zeitpunkt nahm sie SNRIs, und ein abruptes Absetzen solcher Medikamente hat grauenhafte körperliche Auswirkungen. Sie litt an Empfindungsstörungen, Brain Zaps, an Muskelkrämpfen und niederschmetternder Verzweiflung. Sie war zerstreut, und so ist ihr bei der Arbeit ein ernsthafter Fehler unterlaufen. Die falsche Infusion für das falsche Baby. Das Baby, das nur 1500 Gramm wog, bekam eine Morphindosis, die für einen deutlich größeren Säugling im Entzugsstadium bestimmt war. Das Baby erlitt einen Atemstillstand, weil das Morphium den Atemantrieb dämpft, die Fähigkeit, automatisch Luft zu holen. Es musste intubiert werden. Es war ein ernsthafter medizinischer Fehler und eindeutig Deenas Schuld. Ermittlungen folgten, und sie wurde für ein halbes Jahr suspendiert. In der Aufregung direkt nach dem Vorfall hat sie jede Kontrolle verloren. Man fand sie in ihrer alten College-Gegend unweit der Drexel University. Sie war betrunken, kaum ansprechbar und ganz allein. Sie wehrte sich gegen jede Hilfe und wurde wegen Ruhestörung und ungebührlichen Verhaltens festgenommen. Vom Polizeirevier aus hat sie mich angerufen, nicht Lucas. Und trotzdem ging sie wieder zu ihm zurück.

Sie griff nach einem Umschlag mit Bildern, die sie sich seit 2004, als sie Abzüge für die Ermittlungen machen musste, nicht mehr angeschaut hatte. Es war nötig, dass Mathilde sie sah.

Dieses Foto wurde am Abend des 28. November 2002 aufgenommen, als wir in der Notaufnahme saßen und darauf warteten, dass ihr Kiefer geröntgt wird. Sehen Sie, Mathilde, sie hat dabei einen Zahn verloren. Es fällt mir schwer, hier keinen Vergleich mit der Zahnlücke aus der zweiten Klasse zu ziehen, die sie so stolz trug, weil sie ihr ganzes Leben noch vor sich hatte. Das ist das Werk von Lucas Chevaliers Faust.

Nessa presste die Handflächen gegen die Holzdielen. Hier saß sie, auf dem weißgestrichenen Holzboden in Deenas Zimmer, in ihrem eigenen Haus. Das körperliche Aufwallen von Entsetzen war die konkreteste Erinnerung, die sie von jenem Abend zurückbehalten hatte, viel konkreter als die genaue Abfolge der Ereignisse. Deena, die sie von draußen auf der Straße anrief, im Hintergrund Rubys Stimme: Mommy blutet, Nessa, Mommy blutet. Die Fahrt ins Krankenhaus, Nessa am Steuer. Sie musste den Wagen wohl abgestellt haben, konnte sich aber nicht daran erinnern. In der Notaufnahme verlangte eine Frau ununterbrochen nach ihrer Mutter, wahrscheinlich im Behandlungszimmer nebenan, aber der Stimme nach musste sie schon sehr alt sein. Holen Sie meine Mutter, das ist meiner Mutter bestimmt nicht recht.

Später dann telefonierte Deena mit der Hospizpflegerin ihrer eigenen Mutter, um den Wechsel von der oralen zur parenteralen Gabe von Opioiden zu besprechen. Maria Garvey würde sterben. Bis heute hatte Nessa Deenas Stimme im Ohr, die nach ihr klang und doch nicht nach ihr, wegen des geschwollenen Kiefers und des ausgeschlagenen Zahns, und Arrangements für die Pflege ihrer Mutter traf. Wie ihre Zunge an den Zahnstumpf stieß. Irgendwer, eine Schwesternhelferin vielleicht, hatte Deena etwas Kaltes in einem Styroporbecher gebracht. Eiskaltes Jell-O oder so etwas, damit sie ein paar Kalorien in den Körper bekam, vielleicht auch gegen die Schwellungen im Mund. Es war rot, ein Löffel steckte darin, und obwohl Deena scheinbar ganz beherrscht blieb, schaffte sie es nicht, den Löffel zum Mund zu führen. Ihre Hand zitterte wie verrückt. Ein kleines Rinnsal floss ihr aus der Nase. Sie wollte keine Aussage gegen Lucas zu Protokoll geben. Dann bringt er mich um. Hol uns einfach da raus, hatte sie zu Nessa gesagt. Hilf uns.

Das sind Deena und Ruby an Rubys viertem Geburtstag, auf den Tag genau fünf Wochen, bevor Deena verschwunden ist. Sehen Sie. Die beiden halten sich richtig fest umschlungen. Falls Lucas Ihnen Dinge über meine Schwester erzählt hat, in denen er sie als krank hinstellt, oder falls er Ihnen erzählt hat, sie habe Ruby einfach im Stich gelassen, dann schauen Sie sich dieses Foto an.

Sie legte auch die verschiedenen Anträge auf Umgangsrecht bei, die sie gestellt hatte, und die Beschwerden, die sie eingereicht hatte, weil Ruby nicht zur Schule ging.

2008 konnten wir mit Hilfe einer Privatdetektei in Erfahrung bringen, dass Ruby keine Schule besuchte und der Heimunterricht, sofern er stattfand, nicht offiziell angemeldet war. Sie nahm an keinerlei Aktivitäten teil, die sie mit anderen Kindern in Kontakt gebracht oder ihr Gelegenheit zum Spielen gegeben hätten. Ich habe alles getan, was mir aus der Ferne möglich war. Wir sehen auch mit einer gewissen Sorge, dass Sie offenbar keinerlei Kontakt oder Verbindung zu Ruby haben, und fragen uns, was der Grund dafür sein könnte? Sie braucht Unterstützung.

Joey und Molly sagten beide, Nessa habe kein eigenes Leben. Vielleicht hatten sie ja recht. Ihr Leben steckte immer noch in diesen Fotos, die da in willkürlichen Stapeln vor ihr auf dem Boden lagen. Sie hatte sich nicht weiterentwickelt. Oben auf dem Stapel mit Bildern von Nessa und Ruby lag eines von ihr, Ruby und Ronan an dem Tag, als sie zusammen an die Küste gefahren waren. Ruby hatte im Schlick einen Pfeilschwanzkrebs gefunden. Ronan hatte so etwas noch nie gesehen und konnte gar nicht fassen, dass ein solches prähistorisches Geschöpf einfach so an der Küste von New Jersey lag, zwischen Liegestühlen, Sonnenschirmen, Plastikeimern und Schäufelchen. Nessa hatte ihm erklärt, dass die Krebse älter als die Dinosaurier waren und neun bis zehn Augen besaßen. Sie hatte ihren Fotoapparat einer Frau in die Hand gedrückt, die ein Stück weiter im Sand saß, und sie gebeten, ein Foto von ihnen zu machen.

Ronan und Nessa knien darauf im Sand, und Ruby streckt den Pfeilschwanzkrebs Ronan entgegen, der ganz verängstigt tut. Nessa krümmt sich vor Lachen. Sie hat das Gesicht zur Kamera gedreht. Blonde Strähnen kleben ihr im gebräunten Gesicht. Ihre Hand liegt auf Ronans Arm. Und sie sind alle wunderschön.

24

RUBY

2017

Clover machte Würstchen mit Ahornsirup. Ruby roch sie vom Bett aus, und für einen Augenblick fühlte sie sich geborgen. Dann fiel ihr der Abend zuvor wieder ein – Lucas im Dunkeln an der Küchenspüle –, und Düsternis senkte sich über das Zimmer. Warum war er so viel früher zurückgekommen? Sie schaute aus dem Fenster. Da stand sein Pickup, gleich bei den Bäumen. Wieso hatte sie den nicht gesehen?

Morgen, sagte Clover und sah sich vom Herd aus nach ihr um. Sie musterte Ruby, las sie. Ob sie gestern etwas gehört hatte?

Morgen.

Ich dachte, ich mach mal Frühstück, wo du ja eine Menge Denkarbeit vor dir hast. Clover hatte ihre Kittelschürze noch nicht an und war ungekämmt.

Ruby drehte den Wasserhahn auf, um sich ein Glas mit Wasser zu füllen, zog die Hand dann aber so plötzlich zurück, dass es sich auf den Boden ergoss. Sie hatte tieflilafarbene Male an beiden Armen; Blutergüsse, die unter der Haut lauter kleine Fleckchen bildeten.

Tut mir leid, murmelte sie, wischte das verschüttete Wasser auf und gab sich Mühe, dabei außerhalb von Clovers Sichtachse zu bleiben. Keine Ahnung, wie das jetzt passiert ist. Bin gleich wieder da.

Sie kramte in ihrer Kommode, bis sie ein Baumwoll-T-Shirt gefunden hatte, dessen Ärmel bis zum Ellbogen gingen.

Clover erwähnte die Party mit keinem Wort und fragte auch nicht, ob es schön gewesen sei. War Lucas auch auf sie wütend gewesen, weil sie Ruby erlaubt hatte, hinzugehen? Warum war Lucas mitten in der Nacht nach Hause gekommen?

Am Frühstückstisch setzte er sich neben sie und krempelte die Ärmel hoch; sein Laptop hatte er bereits aufgeklappt. Es wurde Zeit für die College-Bewerbungen. Ruby diktierte ihm den Link, und gemeinsam erstellten sie ein Konto für sie. Alle Universitäten, an denen sie sich bewerben wollte, musste sie in das Formular eintragen.

Gut, recherchieren wir erstmal, sagte Lucas. Division-1-Ruderteams für Frauen.

Sie taten beide so, als ob nichts wäre, und Ruby beteiligte sich aktiv an dieser Verschleierung. Sie machte es Lucas leicht. Auch Clover machte mit. Würstchen in Ahornsirup. Lucas hatte eine Liste mit Platzierungen, Sport-Rankings und benötigten SAT-Punkten gefunden. Ruby saß mit ihrem Notizbuch neben ihm und schrieb sich die Namen der in Frage kommenden Unis auf. Sie fühlte sich unwohl dabei, mit Lucas vor einem Rechner zu sitzen. Das war es doch, was er ihr immer vor allem verboten hatte, und es war seltsam, ihn jetzt hier vor- und zurückscrollen und Websites aufklicken zu sehen, als ob sie das selbst tagtäglich machen würde.

Lucas wollte, dass Ruby sich nur an Ivy-League-Universitäten bewarb; Ruby bezweifelte, dass sie dort angenommen würde. Die paar Leute an ihrer High School, die das anstrebten, verbrachten ihre Sommerferien auf Model United Nations-Konferenzen, machten Praktika bei Kongressabgeordneten oder besuchten Accelerated-Learning-Camps. Ständig verglichen sie ihre Noten, sagten Sachen wie: Oh, ich bring's ja grad mal so auf einen Einser-Schnitt oder gaben sich pseudo-bescheiden, nach dem Motto: Ich hab's kaum geschafft, den Nagel mit dem Hammer zu treffen, als ich den ganzen Sommer Häuser für Obdachlose gebaut habe. Mit denen wollte Ruby nicht studieren. Es gab genügend andere gute Universitäten in Connecticut und Massachusetts. Sie notierte sich die Rankings und die nötigen SAT-Punkte.

Lucas stand auf, um sich Kaffee nachzuschenken, und Ruby scrollte weiter. Pennsylvania. University of Pennsylvania. Philadelphia. Beim Rudern hatte sie ein paar Mädchen von der Penn kennengelernt und sich gut mit ihnen verstanden. Sie könnte Philadelphia kennenlernen, wo ihre Mutter herkam. Außerdem war es eine Ivy-League-Uni, damit würde auch Lucas zufrieden sein.

Er setzte sich wieder. Was ist das bestplatzierte College, das du bisher auf der Liste hast?

Ruby fuhr mit dem Finger ihre Liste entlang. Ich glaube, die University of Pennsylvania. Die steht auf Rang 6 oder 7.

Was?

Ja. Rang 6, sehe ich gerade. Sie bewegte die Maus und zeigte auf den Bildschirm.

Die Penn?

Ja, in Philadelphia.

Wer hat dir gesagt, du sollst dich da bewerben?

Sie steht auf der Division-1-Liste. Ich habe auch bei Wettkämpfen schon Mädchen kennengelernt, die dort rudern. Es ist eine gute Uni. Und sogar Ivy League, wie du es wolltest. Wahrscheinlich nehmen sie mich sowieso nicht.

Lucas war aufgestanden. Hat dir irgendwer gesagt, du sollst es da versuchen? Er stand viel zu nah bei ihr.

Was? Nein. Sie steht auf der Liste, die du eben im Internet gefunden hast. Da habe ich sie mir notiert.

Lucas! Clovers Stimme klang schneidend. Sie stand in der Tür. Das reicht jetzt.

Er trat vom Tisch weg. Streich sie wieder, sagte er. Dann stürmte er nach draußen, und kurze Zeit später hörte Ruby, wie er den Pickup anließ.

Sie legte den Kopf auf die Tischplatte, ihr Atem ging schnell. Er wollte sie nicht dort haben, wo ihre Mutter herkam. Warum?

Du bewirbst dich, wo immer du willst, sagte Clover. Hast du gehört? Bewirb dich bei dieser Uni. Kümmer dich gar nicht um ihn. Das ist nur gut für dich. Ich werd schließlich nicht ewig hier sein.

Ruby stand auf und umarmte sie, was sie sonst nie taten. Clover tätschelte ihr mit sanftem Klapsen den Rücken.

Später, als sie gerade den Hühnerstall verschloss, hörte sie den Pickup zurückkommen. Seine Stimme und die von Clover schallten durch die offenen Fenster, als sie über die Wiese zum Haus zurückging. Sie stritten. Ruby war gerade an der untersten Stufe, als sie Clover Lucas ins Wort fallen hörte. Sie war zornig. Ruby hatte sie noch nie so laut gehört.

Hör auf! Du bist hier in meinem Haus, und ich erlaube das nicht.

Lucas' Stimme war leise. Sie hörte, wie er geiferte. Irgendwer mischte sich ein. Sie bekam nur Wortfetzen mit: Eine Bombe ... Meine Beziehung. Eine gottverdammte Bombe hat sie gezündet ... Und irgendwer folgte Ruby.

Dann brüllte er Clover an: Wag es nicht, mit ihr zu telefonieren. Sie darf sich niemals hier am Haus blicken lassen. Niemals. Kapiert?

Ruby kehrte wieder um und setzte sich in den dunklen Hühnerstall. Die leisen, murmelnden Schlafgeräusche der Hennen beruhigten sie. Sprach er über ihre Mutter? Was, wenn es stimmte, dass ihre Mutter wirklich vermisst wurde? Vielleicht sogar tot war? Aber wer versuchte dann, über Clover mit ihr in Kontakt zu kommen?

Mathilde wartete schon an einem Ecktisch auf sie. Unsicher stand sie auf und setzte sich dann wieder. Sie war schön, dabei aber sehr nervös und angespannt. Die rotbraunen Haare reichten ihr über den halben Rücken. Sie war deutlich jünger als Lucas. In den Ohren trug sie goldene Creolen, und wenn sie lächelte, erschienen auf beiden Wangen zwei Grübchen. Ihre Brauen hatten den gleichen Farbton wie ihre Haare. Sie war ganz anders, als Ruby erwartet hatte. Noch ehe Lucas sie vorstellen konnten, hatte Mathilde schon Rubys Hand ergriffen und hielt sie mit beiden Händen fest.

Ruby, ich bin Mathilde. Ich habe schon so viel von dir gehört.

Lucas wandte den Blick ab. Ruby wusste nicht, was sie sagen sollte. Sie kannte nicht einmal Mathildes Namen.

Geht mir auch so, schwindelte sie.

Lucas hatte ihr nur eine Stunde Vorlauf gelassen. Als sie mit Coach Morgan und ein paar anderen vom Training zurückpaddelte, ging er am Ufer auf und ab.

Da will dich jemand kennenlernen, sagte er. Wir müssen dafür nach Montreal, kriegst du's hin, in einer Stunde geduscht und fertig zu sein?

Wer denn?

Sie heißt Mathilde. Sie will dich kennenlernen. Ich treffe mich seit einer Weile mit ihr.

Und warum kommt sie dann nicht her?

Darauf hatte er nicht mehr geantwortet, und sie legten die Fahrt schweigend zurück.

Jetzt setzten sie sich alle. Plauderten über das Restaurant und vertieften sich dann in ihre Speisekarten. Das Licht war schummrig. Ein Kellner zündete die Kerzen auf dem Tisch an.

Sie haben sehr schöne Haare, sagte Ruby.

Mathilde lächelte. Danke. Du auch. Ich komme gar nicht darüber weg, wie sehr du deiner Mutter ähnelst ... Sie brach ab und merkte gleichzeitig, für was für einen Schockmoment sie gesorgt hatte. Entschuldigung. Das hätte ich vielleicht nicht ... Wieder brach sie ab und ließ den Satz einfach so verklingen.

Hatte Mathilde das absichtlich gesagt? Lucas war aufgebracht, er rutschte auf seinem Stuhl herum, versuchte, den Kellner heranzuwinken.

Kannten Sie meine Mutter?, fragte Ruby.

Beim Sprechen sah Mathilde Lucas an. Nein. Nein. Ich hätte das nicht sagen sollen. Es tut mir wirklich leid. Ich habe ein Foto gesehen.

Ruby fiel das Atmen schwer. Ihr hatte Lucas nie Fotos gezeigt. Er hatte immer behauptet, ihre Mutter habe alle mitgenommen, als sie fortgegangen sei. Sie hob ihr Wasserglas hoch, musste es dann aber wieder abstellen, weil ihre Hand so zitterte. Mathilde bemerkte es. Sie griff nach Rubys Hand.

Alles in Ordnung?, fragte sie. Ruby nahm beide Hände vom Tisch und legte sie in den Schoß.

Irgendwas lief schief an diesem Tisch, etwas zwischen Lucas und Mathilde. Ruby hätte sich am liebsten in Luft aufgelöst. Lucas war zornig. Das spürte sie, obwohl er versuchte, ein Gespräch über ihr gemeinsames Leben am Laufen zu halten, das Leben mit Ruby am See.

Bist du gern draußen am See aufgewachsen?, fragte Mathilde.

Ruby wusste nicht, was sie auf diese Frage antworten sollte. Na ja, ich kannte es nicht anders. Also ja. Schon. Alles, was mir wirklich wichtig ist, hängt mit den Islands zusammen und mit meiner Kindheit dort. Rudern, Schwimmen, Vermont, Zelten, Angeln, der Wald. Lucas ergänzte noch, wie gesund es für Kinder sei, im direkten Kontakt mit der Natur aufzuwachsen, und wie gut Ruby in der Schule sei.

Ruby konnte sich nicht richtig auf die Speisekarte konzentrieren. Sie las die Wörter, mit denen die einzelnen Gerichte beschrieben wurden, registrierte sie aber nicht. Als der Kellner kam, um die Bestellungen aufzunehmen, war sie ganz verwirrt, und Lucas bestellte für sie. Rinderfilet, Medium Rare, und nein, nur Wasser.

Mathilde fragte, an welchen Unis sie sich bewerben wolle.

Ruby erzählte ihr, wie sie mit Lucas die Liste durchgegangen war. Sie würde voraussichtlich sechs Bewerbungen losschicken. Zwei unwahrscheinliche, zwei, an denen sie gute Chancen hätte, und zwei zur Sicherheit. Die Penn erwähnte sie nicht.

Sie redeten übers Studieren und die Umstellung. Darüber, dass Ruby in ein paar Monaten achtzehn wurde. Wie viele Veränderungen vor ihr lagen. Das Essen kam. Rubys Filet lag in einer kleinen Blutlache, wie sie es normalerweise mochte. Sie schnitt ein Stückchen ab, doch das Kauen und Schlucken fiel ihr schwer. Das Ganze kam ihr vor wie ein Bewerbungsgespräch, für das Lucas sie benutzte. Sie musste bei Mathilde irgendeinen Test bestehen, der ihm dann zugute kam.

Und dein Vater hat dich tatsächlich zu Hause unterrichtet, bis du acht warst? Das muss ja toll gewesen sein.

Ruby gab sich Mühe, weiterhin tief zu atmen. Eigentlich konnte sie sich an diese Zeit ihres Lebens kaum erinnern. Sie fühlte sich unwohl. Als wäre sie hier, um Lucas in seiner Rolle als Vater zu bestätigen.

Ja. Ich war auf jeden Fall bestens auf die normale Schule vorbereitet, und ich habe auch richtig von Dads Unterricht profitiert, weil ich die abenteuerlichsten Sachen wusste.

Ach, was denn? Mathilde war von allem hingerissen, was Ruby sagte.

Ruby erzählte ihr vom Pilzesammeln, vom selbstgezogenen Gemüse, von der Kükenaufzucht, vom Jagen und Angeln. Sie erzählte, wie Lucas im Winter mit dem Schneepflug Schneisen auf dem See gezogen hatte, damit sie Schlittschuhlaufen konnte. Dass er mit ihr Artikel aus *Discover* und *National Geographic* gelesen hatte. Lucas freute sich. Das machte ihn alles sehr zufrieden. Genau so hatte es laufen sollen.

Und willst du das dann auch studieren?

Was?

Umwelt- und Naturwissenschaften?

Über ihr mögliches Studienfach hatte Ruby noch nie mit Lucas gesprochen.

Nein. Ich überlege mir, Englische Literaturwissenschaft zu studieren.
Mathilde wäre fast von ihrem Stuhl gesprungen. Ich habe auch Englisch studiert!
Tja, meine Freundinnen und Freunde sagen alle, dass ich mich mit einem Abschluss in Englisch darauf freuen kann, auch in Zukunft Böden zu wischen und Softeis zu verkaufen. Was ich beides jetzt schon mache.
Ganz unrecht haben sie nicht, sagte Lucas. Aber du hast ja noch jede Menge Zeit, dich umzuentscheiden.
Mathildes Lachen klang gezwungen. Sehr witzig, sagte sie und sah dann wieder Ruby an. Hat dein Vater dir nicht erzählt, dass ich Lektorin bin?
Fast hätte Ruby losgeprustet. Das Ganze war dermaßen absurd. Am liebsten hätte sie gerufen: Bis vor ein paar Stunden wusste ich ja nicht mal, dass es dich gibt! Es störte sie, dass Mathilde alles Mögliche von ihr wusste, sie aber bisher nichts von Mathilde hatte wissen dürfen.
Ich weiß gerade nicht mehr, sagte sie. Lektorin für was noch gleich?
Nachdem die Teller abgeräumt worden waren, ging Ruby auf die Toilette. Sie wusch sich gerade das Gesicht mit kaltem Wasser, da kam Mathilde herein.
Ruby, es tut mir so leid, dass ich deine Mutter erwähnt habe. Dein Vater hat mir erzählt, wie schmerzlich das alles für dich ist und dass du eigentlich nicht darüber reden möchtest. Ich möchte keinen falschen ersten Eindruck hinterlassen. Sie gab Ruby eine Visitenkarte. *Mathilde Lavoie.* Steck sie ein. Falls du mal irgendetwas brauchst, egal was, dann ruf mich an. Dein Vater braucht nichts davon zu wissen. Das bleibt völlig unter uns. Versprochen. Ich finde es wirklich schön und beruhigend, dich kennenzulernen. Er hat dich bestens großgezogen.
Ruby wollte etwas sagen, widersprechen, und schüttelte den Kopf. Aber Mathilde hielt das für Bescheidenheit, und ehe Ruby ein Wort herausbekam, war sie schon in einer der Kabinen verschwunden.
Als der Pickup wieder vor dem Haus hielt, stieg Ruby aus und knallte die Tür zu. Sie hatte eine Show für ihn abgezogen, für ihn gelogen, und davon war ihr richtig schlecht. Seit sie denken konnte, wollte sie nichts mehr, als über ihre Mutter zu reden. Suchte verzweifelt nach jedem kleinsten Informationsschnipsel, jedem kleinsten Detail über sie. Ihr hatte er jedes Foto von ihrer eigenen Mutter vorenthalten, und dann zeigte er es seiner Freundin?

Sophie und Ruby saßen mit zwei von Sophies Schwestern bei Sophie im Wohnzimmer und schauten ein paar Folgen *Breaking Bad*. Die Schwestern kannten die Serie alle schon. Ruby nicht, trotzdem konnte sie sich nicht darauf konzentrieren und der Handlung kaum folgen. Ständig musste sie daran denken, dass Mathilde ein Foto ihrer Mutter gesehen hatte, und an die gelben Umschläge, die irgendwo in Lucas' Zimmer sein mussten. Sie hatte es immer noch nicht hineingeschafft, obwohl sie alles Mögliche ausprobiert hatte, von der Büroklammer bis zum hauchdünnen Schraubenzieher.

Sophie, kann ich mir mal dein Telefon ausleihen und eine Nachricht schicken?

Sophie verdrehte die Augen und warf es ihr zu. Spioniert dein durchgeknallter Dad dich immer noch aus?

Mathilde glaubte, sie wolle nichts über ihre Mutter wissen. Von den Lügen, in die sie sich gefügt hatte, war das die einzige, mit der sie sich nicht abfinden konnte.

Sie wollte ihr eine Nachricht schicken, zuerst aber googelte sie den Namen ihrer Mutter und klickte auf *Bilder*. Da waren sie, die Fotos ihrer Mutter. Zahllose. Beim Schlittenfahren. Als junges Mädchen mit einem Basketball in den Händen. Mit Talar und Doktorhut beim Studienabschluss. In Krankenhauskleidung. Auf einer Schaukel im Park. Ihre Mutter war schön. Mitten in einem Haufen zusammengekehrter Herbstblätter, die sie in die Luft war, das ganze Foto ein einziges Gold. Ihre Mutter, wie sie mit glücklicher Miene nach unten schaute, und Ruby wusste, was auf dem Bild nicht zu sehen war: sie selbst. Ihre Mutter schaute sie an.

Mathildes Visitenkarte war in ihrem Portemonnaie versteckt, und sie zog sie hervor, tippte die Nummer ein und dann eine Nachricht, über die sie nicht weiter nachgedacht hatte, bis sie sie schrieb:

Hallo Mathilde, hier ist Ruby Chevalier. Wir haben uns vor ein paar Wochen kennengelernt. Für mich ist es gar nicht schmerzlich, über meine Mutter zu reden. Ich möchte unbedingt mehr über sie wissen. Immer schon. Mein Vater weigert sich, mit mir über sie zu reden, und hat mir auch das Foto nicht gezeigt, dass er Ihnen gezeigt hat. Ich kenne keine Fotos von ihr, bis auf die im Internet und eins, das mir geschickt wurde. Sie haben gesagt, ich könnte mich jederzeit melden. Und dass das unter uns bleibt. Ich möchte, dass Sie wissen, wie sehr ich mir wünsche, mehr über sie zu erfahren.

Energisch tippte sie die Buchstaben, einen nach dem anderen. Auch ihre Finger konnten wütend sein. Sie las die Nachricht nicht noch einmal durch, sondern drückte nur auf *Senden*. Sie hörte die anderen im Zimmer lachen und reden, empfand sich selbst aber als weit weg von ihnen. Bei Sophie zu Hause fühlten sich alle wohl miteinander, lümmelten entspannt zusammen herum. Bei Ruby saßen alle einzeln und stocksteif auf ihren Stühlen oder hinter verschlossenen Türen. Wenn sie bloß hier bei ihnen im Wohnzimmer bleiben könnte. Ihr eigenes Telefon piepste mehrmals. Lucas wahrscheinlich. Sie schaute gar nicht drauf.

Später bot Sophie ihr an, sie nach Hause zu fahren. Sie saßen im Auto, warteten, dass es sich aufheizte, und hörten »Writer in the Dark« von Lorde. Zwischendurch nur einzeln angeschlagene Töne auf dem Klavier.

Und?, fragte Sophie.

Ja, sagte Ruby. Gefällt mir.

Sophies Nachbarn hatten die Bäume vor dem Haus mit Lichterketten geschmückt, die mit den großen Lämpchen, die Ruby am liebsten mochte. Sophie legte den Gang ein und sang mit, während sie die Einfahrt entlangrollten. Lorde sang von Müttern und Töchtern, ihrer Verbindung. Ruby dachte an die vielen Bilder von ihrer Mutter, Reihe um Reihe. Sie waren erst ein paar Meter weit gekommen, als ihnen von der Straße, mehrere hundert Meter vor ihnen, Scheinwerfer entgegenkamen.

Vielleicht Cecilia, die von der Arbeit kommt.

Das Auto fuhr schnell.

Sophie blendete ein paar Mal auf. Warum fährt sie nicht zur Seite?

Das Licht der entgegenkommenden Scheinwerfer füllte Sophies Wagen, blendete sie.

Was rast sie denn so?

Unwillkürlich drückte Ruby die Hände ans Armaturenbrett, als könnte sie damit aufhalten, was da in sie hineinrasen würde. Sophie beschleunigte zur Ausfahrt hin, holperte über den Randstein. Die Räder rutschten auf dem vereisten Untergrund. Auch der andere Wagen schlingerte.

Da will uns ernsthaft einer rammen!, rief Sophie.

Ruby schrie auf, da drehten die Scheinwerfer vor ihnen zur Seite ab.

Sophie trat auf die Bremse. Ein Pickup versperrte ihnen den Weg.

Lucas. O Gott, das ist mein Dad.

Noch bevor Ruby selbst die Tür öffnen konnte, zerrte Lucas sie schon an der Kapuze ihrer Jacke nach draußen. Sie fiel auf den harten Boden, und er zog sie weiter.

Sophie war aus dem Auto gesprungen und rief nach ihrer Mutter. Ein paar ihrer Schwestern standen bereits draußen.

Holt Mom! Ruft die Polizei!, brüllte Sophie.

Nein!, schrie Ruby. Nein. Nicht.

Wo ist es?, brüllte Lucas sie an.

Ruby sah ihn nur entgeistert an.

Wo ist es? Er schnappte sich ihre Tasche und leerte sie aus. Hob das Handy auf, das er ihr gekauft hatte, und schmiss es wieder zu Boden. Fasste in ihre Jackentaschen, klopfte ihre Jeans ab. Ruby blieb einfach stehen, während er ihren ganzen Körper nach einem zweiten Telefon absuchte, und schaute zu Sophies Schwestern hin, die sich das ansahen.

Aufhören. Hören Sie sofort auf! Sie verlassen auf der Stelle mein Grundstück. Das Licht auf der Veranda ließ Mrs. Dragans blondes Haar von hinten erstrahlen. Lucas hatte sich gebückt, um etwas vom Boden aufzuheben, und fuhr im selben Moment zu Mrs. Dragan herum, als Ruby nach ihrer Tasche greifen wollte. Seine beiden Arme prallten ihr seitlich gegen das Gesicht.

Ruby ging zu Boden.

Sophies Mutter beugte sich über sie. Sie sagte Lucas, er solle verschwinden.

Sophie hatte sich hingekniet.

Sie sagte die ganze Zeit: Alles gut ..., aber es schien von weit her zu kommen.

Die Weihnachtsbeleuchtung vor dem Haus der Nachbarn blinkte.

Am Himmel etwas wie eine Wolke, obwohl es dunkel war.

Das war ein Unfall, sagte Lucas. Er hockte sich hin, wollte Ruby auf die Füße ziehen.

Bewegen Sie sie nicht. Sie muss ruhig liegen bleiben. Ruft einen Krankenwagen. Mrs. Dragans Stimme hatte das Kommando übernommen.

Bitte, Mrs. Dragan, sagte Ruby. Nicht.

Sophie hatte angefangen, Rubys Sachen vom Boden aufzusammeln und in die Tasche zurückzustecken.

Lucas riss ihr die Tasche aus der Hand und schaltete die Taschenlampe an seinem Smartphone ein, leuchtete den Boden ab. Er ging zu der offenen Beifahrertür hinüber und leuchtete hinein.

Lassen Sie die Finger von meinem Wagen, sagte Mrs. Dragan. Ihre Stimme zitterte vor Wut. Und verschwinden Sie von meinem Grundstück.

Ruby setzte sich auf.

Langsam, sagte Mrs. Dragan. Warte noch einen Moment.

Bitte. Ich gehe einfach nach Hause. Bitte. Es tut mir alles so leid.

Lucas kam zurück. Nicht einmal eine Jacke trug er. Er beugte sich herunter und zog Ruby auf die Füße.

Steig ein.

Mrs. Dragan hielt sie an der Hand fest und legte ihr einen Arm um die Taille. Bleib bei uns, Ruby. Bleib die Nacht hier, bis sich alles wieder beruhigt hat.

Ruby sah Sophies Gesicht im Scheinwerferlicht des Autos ihrer Mutter, ihre weit aufgerissenen Augen in der Dunkelheit. Auf der Veranda standen Sophies Schwestern. Sophie weinte. Das alles hatte sie ihnen angetan, Ruby.

Nein. Ich will nach Hause.

Noch ganz benommen humpelte sie zum Pickup. Als sie vor der Beifahrertür stand, musste sie sich ins Gras knien und sich übergeben. Sie wischte sich nicht einmal den Mund ab, hatte keine Energie mehr, sich gegen irgendwen zu wehren, wollte keine Polizei, wollte nicht, dass noch mehr Menschen verletzt wurden. Sie wollte nur nach Hause zu Clover und Adelaide und sehr, sehr lange schlafen. Irgendwie wuchtete sie sich in den Pickup und lehnte die Stirn ans Armaturenbrett.

Sie hielten vor einem Laden, und Lucas stieg aus und holte einen großen Beutel Eis.

Leg das Gesicht da drauf.

Ruby packte das Eis ans Fenster, lehnte ihr Gesicht dagegen und schloss die Augen. An der Abzweigung von der Hauptstraße hielt Lucas und rief Ethan an.

Ethan, kann ich dich um einen Gefallen bitten? Kannst du Adelaide bei mir zu Hause abholen? Ich bin schon fast da, es wäre also toll, wenn du sie gleich holen könntest.

Ein paar Minuten lang blieben sie so sitzen.

Dann sagte Lucas: Ruby, wir müssen die Geschichte klar kriegen, weil wir ja beide wissen, dass es ein Unfall war. Aber wir müssen erklären können, was passiert ist. Ich wusste nicht, wo du bist, du bist nach der Arbeit nicht nach Hause gekommen und auch nicht ans Handy gegangen. Da habe ich mir Sorgen gemacht und war wütend. Ich bin zu den Dragans gefahren, du bist aus ihrem Auto gestiegen, hast versehentlich deine Tasche umgekippt, und dann hast du einen Schritt nach vorn gemacht, als ich mich gerade wieder aufrichten wollte.

Ruby hörte ihm nur halb zu. Es kam ihr alles so sinnlos vor. Sie spürte, wie das Eis an ihrem Gesicht schmolz und ihr ein paar Tropfen den Nacken entlang rannen.

25

RUBY

2017

Ruby kniete vor der Badewanne, und Clover goss aus einem Messbecher warmes Wasser über ihren Kopf, verteilte das Shampoo, wusch ihr sanft das Erbrochene aus den Haaren und passte auf, dabei nicht an ihre rechte Gesichtshälfte zu kommen. Die Finger ihrer Großmutter an ihrer Kopfhaut, das warme Wasser, ihr gesenkter Kopf, ihre Haare ein feuchter Vorhang. Fast wie eine Erinnerung. So hatte ihr vor langer Zeit jemand die Haare gewaschen. In ihrem Kopf drehte sich alles, das Gesicht pochte. Clover brachte sie ins Bett, wickelte ihr ein Handtuch um die nassen Haare und legte ihr einen Beutel tiefgefrorene Erbsen an die Wange. Ruby schloss die Augen, jetzt war alles wieder ganz sauber. Sie schlief unruhig, wachte manchmal auf und war noch ganz vom Traum umfangen, jemand hockte an der Decke und redete, in der Zimmerecke war ein Wald, Schatten, Geflüster. Immer, wenn sie die Augen aufmachte, saß Clover neben ihr und hielt Wache, stellte ihr Fragen nach aktuellen Fakten und Matheaufgaben.

Mir geht's gut, Clover. Ich habe keinen Gehirnschaden.

Aber vielleicht eine Gehirnerschütterung. Oder innere Blutungen.

Du schaust zu viel fern.

Ruby ging nicht zur Schule. Ihr Gesicht war grün und blau verschwollen, und sie hatte ein blaues Auge, zwei breite, tiefviolette Streifen gleich unterhalb des Lids. Lucas konnte sie kaum ansehen, und Ruby hatte fast schon wieder Mitleid mit ihm. Er fuhr nicht nach Montreal. Adelaide hatte er erzählt, sie hätten alle eine Magen-Darm-Grippe. Ruby vermutete, dass sie so tun sollte, als hätte sie Bauchschmerzen, falls Adelaide doch auftauchte. Er übernahm Rubys Aufgaben im Haushalt, und wieder verlor niemand von ihnen ein Wort über das, was passiert war. Lucas schickte Ruby ein Bild von den Hennen aus dem Stall aufs Telefon, aber sie wechselten kein Wort.

Die Woche verging wie im Nebel. Sogar das Wetter schien wie betäubt. Umhüllt von eisigem Dunst krochen sonnenlose Tage der längsten Nacht des Jahres entgegen. Niemand wagte sich über die

Grenzen des Grundstücks hinaus; Ruby und Clover verließen kaum je das Wohnzimmer. Sie verbrachten ihre Tage im Schlafanzug und schauten alte Filme, ohne dass Lucas etwas dagegen sagte.

Ruby stand gerade an der Spüle, als sie eine Autotür knallen hörte. Aus einem Kleinwagen stiegen ein Mann und eine Frau. Draußen war alles grau, braun und diesig, die kahlen Äste, der vereiste Boden.

Da kommt jemand, rief sie.

Dann ging sie ins Wohnzimmer und setzte sich zu Clover. Als geklingelt wurde, zuckte sie zusammen; sie hatte ganz vergessen, dass sie überhaupt eine Klingel besaßen. Clover blieb sitzen. Noch während Lucas die Treppe herunterkam, wurde erneut geklingelt.

Erst schloss er die Tür zwischen Wohnzimmer und Küche, dann besann er sich anders und ließ sie einen Spalt offen.

Die Frau stellte sich und den Mann vor. Lucas Chevalier? Wir kommen vom Jugendamt, Abteilung Familienbetreuung. Clover und Ruby saßen ganz still und lauschten. Uns wurde eine Meldung gemacht, und Ruby Chevalier war die ganze Woche nicht in der Schule.

Oh, sagte Lucas, sie ist krank. Ich hätte natürlich in der Schule Bescheid geben müssen. Mein Fehler. Nach den Ferien schicken wir gleich ein ärztliches Attest.

Ruby konnte ihn nicht sehen, hörte aber an seiner Stimme, dass er sich locker und freundlich gab, den Lucas zeigte, den unweigerlich alle mochten.

Nein, sagte die Frau, es geht nicht darum, dass sie gefehlt hat. Uns wurde ein Verdacht auf möglichen Kindesmissbrauch und Vernachlässigung zum Schaden von Ruby Chevalier gemeldet. Wir sind hier, um eine Begutachtung durchzuführen.

Ich kann Ihnen versichern, nichts Derartiges ist hier der Fall. Können wir für die kommende Woche einen Termin vereinbaren, dann kann Ruby Ihnen das auch selbst bestätigen? Wie gesagt, sie ist noch nicht wieder hundertprozentig auf dem Damm.

Ruby spürte eine Enge in der Brust. Clover verzog keine Miene. Sie hörte alles, sagte aber nichts.

Es handelt sich aktuell nur um eine Begutachtung, Mr. Chevalier, nicht um Ermittlungen. Wir möchten diese Begutachtung heute durchführen. Wenn Sie uns daran hindern, werden wir offizielle Ermittlungen aufnehmen. Die Begutachtung dient nur dazu, die Sicherheit und das Wohlergehen der Minderjährigen festzustellen.

Ruby war in großer Sorge gewesen, was Sophies Mutter und ihre Schwestern jetzt wohl von ihr denken würden. Schließlich hatte sie ihnen all diesen Ärger ins Haus geschleppt. Sie befürchtete, Sophies Mutter würde sie in Zukunft nicht mehr dahaben wollen und Sophies

Schwestern könnten sich von ihr abwenden, aber sie war nie auf den Gedanken gekommen, dass sie den Vorfall melden würden.

Die Frau verlangte die Erlaubnis, allein mit Ruby zu sprechen, ohne Lucas. Sie würden auch ihn und die Großmutter allein befragen. Lucas blieb anscheinend keine Wahl, er ließ sie herein. Als sie ins Wohnzimmer traten, meldete sich als erstes Clover zu Wort.

Können Sie meine Nachbarin Adelaide Puckett herholen? Ich möchte sie gern bei mir haben. Sie wohnt nur ein Stück die Straße runter. Ruby gibt Ihnen die Telefonnummer.

Ruby hielt den Kopf gesenkt, verdeckte mit der Hand ihre rechte Gesichtshälfte. Die Frau hatte sich mit ihr an den Küchentisch gesetzt.

Lässt du mich bitte dein Gesicht ansehen, Ruby?

Sie hatte eine sanfte Stimme. Ihr dunkles Haar trug sie kurz, mit einem Undercut hinten und an den Seiten, und sie hatte ein Piercing in der Nase. Sie sah überhaupt nicht aus wie eine Vertreterin des Staates Vermont. Jetzt wartete sie.

Ruby ließ die Hand sinken, und die Frau machte sich ein paar Notizen auf ihrem Formular.

Kannst du mir sagen, was zu diesen Verletzungen geführt hat?

Lucas hatte ihr genau erklärt, was sie sagen sollte, und das entsprach ja auch weitestgehend dem, was passiert war. Er hatte sich abrupt umgedreht, genau in dem Moment, als sie sich bücken wollte, um die Sachen wieder aufzuheben, die aus ihrer Tasche gefallen waren.

Warst du bewusstlos, als du hingefallen bist?

Nein.

Auch kein kurzes Blackout?

Ich war etwas benommen, aber bei Bewusstsein.

Musstest du dich übergeben?

Ja.

War dein Vater mit dir beim Arzt?

Nein. Es ging mir dann wieder besser.

Die Frau ging eine Reihe weiterer Fragen von dem Formular durch. Warst du an dem Abend in der Einfahrt körperlicher Gewaltanwendung ausgesetzt? Wurdest du gewaltsam zu etwas gezwungen? Hat dein Vater dich schon einmal geschlagen oder zu etwas gezwungen?

Er hat mich nie geschlagen. Das war ein Unfall.

Hast du Angst, dass es Folgen für dich haben könnte, wenn du mit uns redest? Wird dein Vater dich bestrafen?

Nein.

Bist du in Gefahr? Fühlst du dich sicher?

Nachdem die beiden vom Jugendamt gegangen waren, setzten sich Adelaide und Clover an den Küchentisch, und Lucas ging zurück nach oben. Ruby verkroch sich wieder in ihren Kokon aus Decken auf dem Sofa im Wohnzimmer, zog sie sich über den Kopf. Sie hatte alles so gesagt, wie es richtig war. Lucas hatte keinen Grund, wütend zu werden. Sie hörte seine Schritte auf der Treppe, hörte an seinem Seufzen, dass er ins Zimmer gekommen war. Sie blieb unter der Decke liegen. Dann ertönte von der Küche her Adelaides Stimme.

Ich gehe jetzt, Lucas. Aber gleich morgen früh komme ich wieder. Clover hat mich darum gebeten. Sie braucht Hilfe. Sie ist meine Nachbarin, und sie hat mich darum gebeten.

Adelaides Stimme klang angespannt. Im Grunde war sie eigentlich nur hier, wenn Lucas nicht da war. Seit er die Stelle in Montreal hatte, war sie immer öfter vorbeigekommen. Sie kannte Lucas sein Leben lang.

Ein faules Ei.

Dieses schleichende, abscheuliche Gefühl. Ruby hielt die Luft an. Lucas erwiderte nichts, aber sie hörte ihn deutlich atmen.

Und du, Ruby ... Adelaides Ton war immer noch streng. Morgen ziehst du dich an.

Sophies Schwester Cecilia hatte einen Schminktisch in ihrem Zimmer, mit runden weißen Lampen um den Spiegel. Er erinnerte Ruby immer an eine Theatergarderobe aus einem Vierzigerjahre-Film. Es gab Unmengen Töpfchen und Tiegelchen mit Pinseln, Puder, Foundation, falschen Wimpern. Kleine Tuben mit Glanzcreme und Stifte zum Highlighten, Konturieren, Umranden. Von den meisten wusste Ruby gar nicht, wofür sie gut waren. Sie war überglücklich, wieder hier zu sein. Als sie mit Sophie durch die Tür gekommen war, hatten die Schwestern sie gleich umringt, und keine tat, als ob Rubys Gesicht nicht grün und blau wäre. Sie murmelten Mitleidsbekundungen, sagten O weh. Es war viel einfacher gewesen als in der Schule, wo alle sie angestarrt, dann aber so getan hatten, als ob ihnen gar nichts auffiele. Cecilia drehte Rubys Gesicht ins Licht, dann sagte sie: Komm mit in mein Zimmer. Die Schwellungen an der Wange waren zu einem gelblichen Ton mit einer Spur Lila darin verblasst, aber sie hatte immer noch die dunklen Streifen unter dem Auge. Kein Mensch wird noch was davon sehen.

Cecilia tupfte Ruby mit den Fingerspitzen Foundation ins ganze Gesicht und verwischte sie dann vorsichtig mit einem Pinsel.

Tut's weh?

Nein. Gar nicht. Sieht nur so aus.

Es war Rubys achtzehnter Geburtstag, und die Dragans schmissen ihr eine Party. Sophie meinte, ihre Mutter habe praktisch darauf bestanden, obwohl die Szene vor dem Haus mit Lucas erst zwei Wochen her war. Nathalie und Wyatt würden kommen. Die Juniors und Seniors aus dem

Ruder-Team. Ein paar andere aus der Schule. Sophie hatte sie vor zwei Tagen an der Bushaltestelle regelrecht dazu genötigt.

Du musst ja sagen. Nathalie und ich haben alle eingeladen, und meine Mom hat schon die Zutaten für den Kuchen gekauft.

Eine ihrer Schwestern würde auflegen.

Ruby hielt sich die Hand über die Wange und das rechte Auge. Ich kann nicht.

Doch, du kannst. Das lässt sich alles überschminken. Und du feierst gefälligst deinen Achtzehnten.

Ist deine Mom denn nicht wütend?

Wie eine Furie. O mein Gott, Ruby, nicht auf dich! Dein Dad war voll übergriffig, wie er dich abgetastet und deine Tasche ausgekippt hat.

Weiß Nathalie davon?

Ja. Ich hab's ihr erzählt. Nicht konkret das mit dem Telefon, aber dass dein Dad ausgerastet ist und es einen Aufstand gegeben hat.

All diese Wörter. *Ausraster, zertrümmert, kaputt, grün und blau.*

Als Cecilia fertig war, forderte sie Ruby auf, sich umzudrehen und in den Spiegel zu schauen.

Mein Gott, ich sehe ja besser aus als vorher!

Keine Spur war mehr auf ihrer Haut zu sehen. Cecilia hatte ihr dichte Wimpern gezaubert, schön geformte Brauen, alles, was dazu gehörte.

Moment, sagte sie jetzt. So als Geburtstagskind. Sie klebte ihr je ein Strasssteinchen innen in die Augenwinkel. Ruby tippte einen davon mit dem Finger an, rechnete damit, dass er abfiel.

Wimpernkleber, sagte Cecilia. Du siehst hammer aus.

In Sophies Zimmer tranken sie Wodka Cola.

Runter damit, bevor Nathalie kommt, sagte Sophie. Unsere Moralpolizei.

Ruby musste lachen und griff sich an die Wange. Das tat immer noch weh.

Sie würde über Nacht bleiben. Das hatte sie Lucas einfach so mitgeteilt: Sophie macht am Freitag eine Party für mich zu meinem Achtzehnten, und ich übernachte bei ihr.

Sie wusste, dass er nichts dagegen sagen würde. Es war der erste Tag, an dem sie wieder zur Schule ging, ihr Gesicht war immer noch grün und blau, und sie war achtzehn. Sophies Mutter hatte ihn angezeigt, und Ruby war klar, dass er das als Loyalitätsbruch sehen würde, aber sagen würde er nichts.

Die Mädchen aus dem Ruder-Team schenkten ihr ein gerahmtes Schwarzweißfoto, das nach einem Rennen aufgenommen worden war. Es war auch schon im Sportteil einer Burlingtoner Zeitung erschienen: Ruby, das Gesicht zur Kamera gedreht, mit strahlender, erleichterter Miene.

Von Nathalie bekam sie alle *Tribute von Panem*-Bände in einer Kassette.

Weil du ja immer meine gelesen hast.

Oooh. Danke schön! Ich werde sie jedes Jahr lesen.

Nathalie wich ihr den ganzen Abend nicht von der Seite, und Ruby verstand, dass sie die letzten anderthalb Jahre bedauerte, die Distanz, die sich wie ein Keil zwischen sie geschoben hatte. Irgendwann, beim Tanzen, umarmte Ruby sie. Mir geht's gut. Mach dir nicht so viele Sorgen. Nathalie sah aus, als würde sie gleich losheulen.

Sophie schenkte ihr einen selbstgestrickten Pulli im gleichen Farbton wie die Halskette, die sie ihr im Jahr zuvor gehäkelt hatte.

Du bist waldgrün. In der Farbe sehe ich dich immer.

Ich kann nicht fassen, dass du noch nie bei irgendwem übernachtet hat, sagte Sophie später, als sie im Bett lagen.

Ich auch nicht.

Lola, Sophies King-Charles-Spaniel, lag zwischen ihren Betten auf ihrem eigenen Hundebett und schnarchte, und sie mussten beide lachen.

Lola ist mein persönlicher ASMR-Soundtrack.

Ich finde das auch sehr beruhigend. Vielleicht kannst du sie ja für mich aufnehmen.

Ist bei dir zu Hause alles okay, mit deinem Dad und so?

Ruby zog die Decke bis zum Kinn. Glaub schon. Aber ich weiß auch nicht. Niemand von uns spricht darüber. Lucas ist jetzt wieder öfter da, arbeitet teilweise von zu Hause aus. Er ist nur noch zwei Nächte die Woche in Montreal, ich denke also, Mathilde und er haben sich getrennt.

Sie hätte ihm deine Nachricht nicht zeigen dürfen. Da sagt sie, du kannst dich jederzeit bei ihr melden, und dann zeigt sie ihm gleich alles und antwortet dir nicht mal.

Irgendwie kann ich nicht glauben, dass sie das gemacht hat, sagte Ruby.

Muss sie aber. Woher hätte er das sonst wissen sollen?

Im Bruchteil einer eisigen Sekunde wurde Ruby klar, woher. Sie wusste, dass sie richtig lag und dass sie Sophie nichts davon sagen konnte. Er spionierte auch Mathilde aus.

Als die Temperatur unter fünfundzwanzig Grad minus sank, traute Ruby sich nicht mehr, die Hühner nach draußen zu lassen. Adelaide hatte ihr gesagt, sie solle ihnen die Kämme und die Kehllappen mit Vaseline einreiben, damit sie keine Frostbeulen bekämen. Sophie und Nathalie fanden das irrsinnig komisch, als Ruby ihnen im Bus davon erzählte. Sie legten eine Liste mit Adelaides Life-Hacks an, auf der auch stand, dass man Batterien springen lassen solle, um zu sehen, ob sie noch gut waren, und eine Strumpfhose über den Staubsauger ziehen, wenn eine Nadel heruntergefallen war. Adelaide war jetzt fast täglich im Haus, saß mit Clover in der Küche und kümmerte sich immer mehr um die Wäsche und das Kochen.

Ist dir aufgefallen, dass Clover viel mehr schläft als sonst?, fragte Ruby sie.

Deine Großmutter ist müde. Sie will, dass du auf eine gute Uni gehst und dir ein Leben weit weg von hier aufbaust.

Ist Clover krank?

Nein, sagte Adelaide. Aber sie ist alt und macht sich Sorgen.

Diese Äußerung klang irgendwie verhängnisvoll.

In letzter Zeit musste Clover sich immer öfter hinsetzen, wenn sie Möhren schnippelte oder im Rindergulasch rührte; dann stützte sie die Ellbogen auf den Tisch und sagte: Ich bin erledigt oder Ich bin groggy. Adelaide fand, Clover habe sich viel zu lange im Haus vergraben. Sie komme ja gar nicht mehr raus. Das stimmte, und es machte Ruby traurig. Sie hatte einen Führerschein, war aber ständig in der Schule, beim Rudern oder bei der Arbeit. Und Lucas hatte sowieso den Pickup. Adelaide fing an, mit Clover kleine Ausflüge zu machen. Einfach eine Spritztour, ein bisschen Natur sehen oder shoppen gehen, manchmal auch nur auf einen Kaffee nach Burlington. Lucas gefiel das nicht. Er meinte, Clover solle bei der Kälte nicht über die vereisten Gehwege laufen. Das sei gefährlich. Adelaide ignorierte ihn.

Sie fragt mich nicht mal mehr – sie nimmt sie einfach mit. Das sagte Lucas in einem *Ist es zu fassen?*-Ton. Ruby erwiderte nichts. Sie vertiefte sich weiter in ihr Geschichtsbuch. Warum sollten zwei Frauen, die eine über siebzig, die andere über achtzig, ihn überhaupt wegen irgendwas um Erlaubnis fragen?

Zwei Banditen beobachten eine Frau beim Haarekämmen, man sieht sie von der Seite, in einer Einstellung, die ihre Kurven zur Geltung bringt. Ihr Mann ist kürzlich gestorben. Der ältere Bandit sagt zum jüngeren, sie werde bald einen anderen Mann finden. Dann fügt er noch etwas in der Art hinzu, sie sei genau die Sorte Frau, die ein so tiefes, einsames Verlangen in sich trage, dass nur ein Mann es stillen könne.

Also ehrlich, Clover. Ruby hob fassungslos die Hände. Echt jetzt?

Die Szene war so schlecht, dass Clover lachen musste. Ruby auch. Clover lachte richtig, so sehr, dass Ruby Angst bekam; so lachte sie sonst nie. Sie rang nach Luft und hielt sich den Bauch. Bekam sie gerade einen Herzinfarkt? Aber dann putzte sie sich die Nase, wischte sich die Augen und setzte sich, immer noch kichernd, wieder aufrecht hin.

Die Küchentür fiel knallend zu.

Sie hatten ihn nicht kommen hören.

Ruby, komm her. Die Stimmung erstarb. Lucas war wütend.

Er hielt einen Umschlag und einen Brief in der Hand. Du hast dich an der Penn beworben, obwohl ich dir ausdrücklich verboten hatte, das zu tun? Hinter meinem Rücken?

Auf ihren Bewerbungen hatte sie die Adresse der Schule angegeben. Wie war Lucas an den Brief gekommen?

Antworte! Er schlug mit der Faust auf den Tisch.

Der Brief ist für mich. Du hättest ihn nicht öffnen dürfen.

Du bist hier in meinem Haus, und solange das so ist, tust du, was ich sage.

Sie ist in *meinem* Haus, sagte Clover, die jetzt neben Ruby stand. Ich habe ihr gesagt, sie soll sich bewerben.

Halt dich da raus, sagte Lucas. Ich rede mit meiner Tochter über Disziplin, Respekt und dass sie tun soll, was man ihr sagt. Ich werde dafür nicht zahlen, und sie bekommen auch keine Bankverbindung von mir.

Du willst sie daran hindern, aufs College zu gehen?

Ich will sie daran hindern, auf dieses College zu gehen. Sie hat mich hintergangen.

Sie ist achtzehn. Lass sie.

Halt dich da raus, Clover.

Nein. Wenn es um ihre Zukunft, dieses Haus und alles geht, trifft sie die Entscheidungen. Nicht du.

Ich bin ihr Vater. Ich entscheide.

In diesem Haus entscheidet sie selbst.

Nicht, solange sie unter meinem Dach lebt.

Es ist mein Dach. Und danach ihres. Dieses Haus geht an sie.

Ruby rang nach Luft, spürte, wie ihr alles Blut aus dem Gesicht wich. Warum tat Clover Lucas das an? Und ihr? Lucas trat einen Schritt zurück, verschränkte die Arme, legte den Kopf schief, wie um sie auf die Probe zu stellen.

Hat die alte Hexe dich dazu angestiftet?

Ich habe mein Testament längst gemacht, bevor Adelaide Puckett mit ihren Besuchen angefangen hat.

Hör auf, Clover, rief Ruby. Bitte. Du machst mir Angst.

Lucas blickte von einer zur anderen, drehte sich dann auf dem Absatz um und stapfte zurück nach draußen. Ruby sank wieder in ihren Sessel. Clover blieb einen Augenblick lang neben ihr stehen, dann ging auch sie. Ruby hörte ihre langsamen Schritte auf der Treppe.

Am nächsten Morgen stand Ruby früh auf. Lucas war noch nicht zurückgekommen, und sie fuhr mit dem Fahrrad zum Postamt im Ort. Sie hatte ihren Schülerinnenausweis mitgenommen. Am Schalter saß Dale Everett, und sie hielt ihm den Ausweis hin. Ich möchte, dass Sie von jetzt an alle Briefe an mich postlagernd hier in Middle Lake sammeln. Niemand außer mir, weder mein Vater noch meine Großmutter, ist berechtigt, sie abzuholen.

Geht in Ordnung, Ruby, sagte Dale.

Draußen rief sie Lucas an.

Ruby, ich bin dir nicht böse.

Ich informiere dich hiermit, dass ich gerade auf dem Postamt Anweisung erteilt habe, meine Post in Zukunft postlagernd zu sammeln, und ich habe ihnen auch gesagt, dass nur ich sie abholen darf. Niemand sonst ist berechtigt, Post für mich in Empfang zu nehmen. Auch du nicht, das habe ich ihnen ausdrücklich gesagt.

Lucas schwieg für einen Moment. Hat dich jemand dazu angestiftet?

Zu was angestiftet? Dass ich meine Post selbst öffnen und lesen möchte?

In diesem Zustand kann ich nicht mit dir reden, sagte er. Du bist ja total hysterisch.

Damit beendete er das Gespräch. Sie hatte nicht einmal mehr die Möglichkeit, ihm zu sagen, dass sie von den gelben Umschlägen wusste, die er immer abgefangen hatte, und auch wusste, dass es Sendungen für sie waren.

Das Eis schmolz immer noch von den Bäumen und lief in kleinen Rinnsalen über den See, dass es ständig klang, als würde es regnen. Ruby war zu ihrer Sonntagsschicht bei Schneider's geradelt und dankbar um den Grund, das Haus zu verlassen. Der Schnee war geschmolzen, ihre Fahrradreifen schmatzten auf der matschigen Straße und fügten sich in die generelle Geräuschkulisse von fließendem Wasser ein. Bald konnten sie wieder auf dem See rudern, und nächsten Monat würde sie erfahren, welche Universität sie angenommen hatte. Sie war früh aufgebrochen, um vorher noch bei der Post vorbeizuschauen und zu sehen, ob etwas für sie gekommen war. Auf der Route 2 fuhr sie vorsichtiger, wegen des Schneematschs und des dichteren Verkehrs. Hinter ihr wurde ein Pickup langsamer. Ruby hielt den Lenker fester. Der Wagen überholte sie und fuhr dann ein Stück vor ihr unvermittelt an den Rand. Lucas. Er ging um den Pickup herum und öffnete die Rückklappe. Ruby stieg vom Fahrrad, schob es ohne ein weiteres Wort zu ihm hin, und er lud es in den Pickup. Irgendwas stimmte nicht, das wusste sie.

Es ist was passiert. Clover ist zusammengebrochen. Sie ist schon auf dem Weg ins Krankenhaus.

Ich war doch gerade noch bei ihr. Am Tisch, mit ihr und Adelaide.
Sie glauben, es ist ein Schlaganfall.
Ruby fühlte sich, als würde ihr Innerstes nach außen gekehrt.
Wird sie wieder gesund? Weißt du das?
Ich weiß bisher noch gar nichts.
Lucas war aufgewühlt. Er wollte noch etwas sagen, brachte aber kein Wort heraus. Nichts im Haus lief mehr, wie es sollte. Das machte Ruby traurig. Sie wusste, dass er seine Mutter liebte.

In der Notaufnahme sprach Lucas mit den Leuten am Empfang, und Ruby ging zu Adelaide ins Wartezimmer. Sie saß ganz allein hinten in einer Ecke bei den Automaten. Als sie Ruby sah, klopfte sie auf den Stuhl neben sich. Ruby setzte sich, und Adelaide griff nach ihrer Hand.
Bisher weiß ich nichts. Ich war gerade dabei, uns einen Kaffee zu machen, und sie erzählte irgendwas, dann konnte sie auf einmal nicht mehr sprechen. Ihr Gesicht wurde auf einer Seite ganz schlaff. Die klassischen Symptome. Ich habe sofort den Notruf gewählt. Sie waren auch schnell da. Sie hat sehr, sehr gute Chancen. Bei Schlaganfällen ist es vor allem immer eine Frage der Zeit.
Adelaide rieb Ruby den Arm, wie um sie zu beruhigen, drückte ihr das Handgelenk.
Clover ist stark. Das weißt du auch.
Ruby nickte.
Sie warteten stundenlang. Lucas war unruhig und wollte sich nicht in Adelaides Nähe setzen. Er wackelte ungeduldig mit dem Bein, ging immer wieder zum Empfang, wanderte im Flur auf und ab.
Schließlich erschien eine Ärztin. Sind Sie die Angehörigen von Clover Chevalier?, fragte sie.
Lucas stand auf. Ja. Wir, meine Tochter und ich. Er nahm Ruby am Ellbogen, trat mit ihr vor und schloss Adelaide aktiv aus.
Kommen Sie doch bitte mit, sagte die Ärztin.
In einem kleinen Zimmer mit kahlen Wänden erklärte sie ihnen Clovers Zustand.
Sie ist noch nicht außer Gefahr. Die nächsten paar Tage sind entscheidend. Nach einem Schlaganfall kann es zu Verwirrtheit kommen, zu Gedächtnisverlust und chronischer Erschöpfung. Sie wird viel Unterstützung brauchen, wenn wir sie wieder entlassen, entweder zu Hause oder in einer Einrichtung.
Clover schlief und sah sich selbst kaum mehr ähnlich. Die linke Hälfte ihres Mundes hing schlaff herunter. Sie hing an lauter piepsenden und pochenden Apparaten aus einem Tropf rann durch einen Schlauch Infusionsflüssigkeit in ihren Arm. Lucas blieb am Fuß des Bettes stehen, aber Ruby ging näher heran und berührte Clovers nackten Arm.

Ich bin's, Ruby.

Clover regte sich nicht. Am liebsten hätte Ruby ihr den Mund geschlossen, ihr die Haare wieder ordentlich zum Knoten gesteckt. Warum hatten sie den bloß gelöst? Sie beugte sich vor, um Clover ins Ohr zu flüstern.

Auch wenn du finden würdest, das ist Kokolores, sage ich's dir trotzdem. Ich wollte, ich hätte dir öfter gesagt, wie lieb ich dich habe. Ich komme dich jeden Tag besuchen. Die Schule ist ja ganz in der Nähe.

Clover war erschöpft. Inzwischen konnte sie sich wieder aufsetzen und sprechen, aber nie lange. Wenn sie etwas sagte, dann schleppend und undeutlich, und trotzdem klang sie jeden Tag wieder etwas mehr nach sich selbst. Auch Adelaide war fast jeden Tag da, und Lucas kam, wenn Ruby dort war, als wüsste er nicht, was er allein mit seiner Mutter anfangen sollte.

Tu was für mich, sagte Clover einmal, als sie mit Ruby allein im Zimmer war.

Okay.

Niemand sagen. Klar?

Ja?

Nicht Lucas.

Okay.

Bei mir im Schrank. In der Kommode. Dritte Schublade von oben. Eine Tasche. Perlen. Clover machte mit der rechten Hand eine Bewegung, um anzudeuten: ganz mit Perlen besetzt.

Dann musste sie pausieren. Um wieder Atem und Kraft zu schöpfen.

Im Futter, Stück Papier. Mit einer Nummer. Bring mir das.

Ihr Kopf sackte aufs Kissen zurück, sie musste die Augen schließen. Die Anstrengung hatte sie erschöpft.

Clover, geht es dabei um dein Testament und das Haus?

Hör auf damit. Das ist wichtig.

26

NESSA

2018

Die Sessel im Roundhouse waren so niedrig, dass man sich nur schwer gemütlich hinsetzen oder auch nur halbwegs die Würde wahren konnte. Die hatte sie ganz vergessen. Auch der Teppich war noch derselbe, matt und abgewetzt nach Jahrzehnten voller Füße – von Zeuginnen und Zeugen, Betrunkenen, Angehörigen, Verdächtigen –, verschüttetem Kaffee, tropfenden Riesensandwiches und was noch allem. Verdreckt. An dem Abend, als Nessa auf Lucas' Pickup eingedroschen hatte, lag sie zusammengekrümmt hier auf diesem Teppich; der Dreck hatte sie nicht weiter interessiert, sie hatte ihn nicht mal bemerkt. Irgendwer sagte: Lass sie. Sie erinnerte sich noch an die Tür, die zufiel, an das Gefühl, allein zu sein. Als sie genug geweint hatte, war Frank zurückgekommen und hatte sie überredet, vom Boden aufzustehen und sich in einen dieser Sessel zu setzen. Er hatte ihr seinen Wollmantel um die Schultern gelegt. Ihre Lunge wollte sich nicht dehnen, ihr Atem ging flach. So hatte sie danach nie wieder geweint. Es war, als wäre sie aus ihrem Körper herausgetreten. Das Schlimmste lag bereits hinter ihr, und es gab nichts, worauf sie sich noch freuen konnte.

Diesmal war Joey bei ihr, er saß in dem Kunstledersessel neben ihr und schaute alle paar Minuten nach der Uhrzeit. Er fühlte sich unwohl, wollte es hinter sich haben. An der Armlehne war die Plastikhaut gerissen; alles in diesem Gebäude war abgenutzt und altersschwach. Es gebe neue Entwicklungen, hatte Frank gesagt. *Entwicklungen.* Solche Begriffe waren früher nie gefallen. Es hatte absolut nichts gegeben, um ihnen Hoffnung zu machen. Oder sie die Hoffnung aufgeben zu lassen. Jahre voller Nichts.

Alles klar mit dir?, fragte Joey. Es nervte sie, wie er das sagte. Sie war immer noch sauer auf ihn, weil er sich weigerte, über Deena und Ruby zu sprechen. Jetzt hatte er besorgte Falten auf der Stirn. Er war noch in Arbeitskleidung. Wenn das hier vorbei war, würde er wieder in seinen Pickup steigen und in seinen Vorort fahren, wo seine Baufirma war, um drei würde er seine Kinder von der Schule abholen und ihnen Käsetoast und ein Glas Milch servieren. Das Haus von Kate und Joey war immer von Familienlärm erfüllt. Seine fünf Kinder gingen jetzt auf die St. Christopher's, genau wie Deena, Joey und Nessa. Joey hatte sein Leben gefüllt; sie selbst hatte ihres geleert.

Ja, sagte sie. Sie war zu müde, um viel zu empfinden, musste aber trotzdem die aufkeimende Hoffnung niederkämpfen, sich auf eine Enttäuschung gefasst machen.

Die Tür ging auf. Joey rappelte sich hoch, um Frank die Hand zu geben. Frank sah aus, als hätte er abgenommen, vielleicht war er aber auch einfach älter geworden.

Hallo, Nessa, sagte er. Vor ein paar Jahren war er zum Lieutenant befördert worden. Nessa hatte ihm eine Karte geschickt, um ihn zu beglückwünschen. Rein äußerlich hatte er nie hierher ins Roundhouse gepasst, mit seiner akkuraten Rasur, den immer frischen, gestärkten Hemden. Seine Förmlichkeit, Sorgfalt und Ordnungsliebe wirkten hier fehl am Platz, unter all den wahllos aufeinandergestellten Kartons und den Regalen, die von der Last nie digitalisierter Aktenordner durchhingen. Nessa mochte gerade das an ihm. Er setzte sich in den Sessel ihnen gegenüber, auf die andere Seite des niedrigen Couchtischs. Frank hatte ihr nie das Gefühl gegeben, dass ihr Zorn hässlich und übertrieben war, so wie Joey. Und Nessa wusste, dass er den Fall nie ganz verloren gegeben hatte.

Also, sagte er, ich wollte, dass Sie beide es von mir hören, nur falls es Berichte oder Spekulationen in den Medien geben sollte. Wir hoffen, das wird nicht passieren. Wir geben uns alle Mühe, es noch klein zu halten.

Er sah Nessa an.

Wir haben vermutlich Deenas Wagen gefunden.

Joey versank wieder in seinem Sessel. Nessas Gesicht bitzelte wie von einer einsetzenden Betäubung. Damit hatten sie beide nicht gerechnet.

Wo?

Hier. In Philly.

Ihr Wagen ist hier? Er war die ganze Zeit hier?

Einen kurzen Moment lang ließ sie sich von einer Welle der Möglichkeit wegtragen. Vielleicht gibt es ja doch eine Erklärung.

Wo genau?

Er schwieg.

Frank?

In einem Stausee.

Nessa brauchte einen Moment, um dieses Wort und seine Bedeutung zu verarbeiten. Sie schluckte. Irgendetwas steckte in ihrer Kehle fest.

In einem Stausee, wiederholte sie. Und es ist ihr Wagen, Frank? Sind Sie sicher? Sie sagten, Sie hätten ihn *vermutlich* gefunden.

Also. Es ist ein Corolla ... genau wie der von Ihrer Schwester. Gleiches Model, gleiches Baujahr. Wir holen ihn heute Vormittag raus.

Die Wasserwacht ist schon vor Ort. In ein, zwei Stunden werden sie ihn heben.

Joey stand auf. Wir müssen hin. Wir müssen dabei sein.

Nessa nickte. Wir können gleich hinfahren.

Frank zupfte an der Manschette seines Hemdes, als wollte er sie geradeziehen.

Davon würde ich abraten. Es ist kein schöner Anblick.

Nessa hatte den Vorgang schon öfter in den Nachrichten gesehen, ein Auto, das mit Haken aus dem Fluss gezogen wurde, bedeckt von Schlick und Algen, fast wie ein Lebewesen und gleichzeitig monströs. Vielleicht war es doch besser, wenn sie nicht dabei wäre.

Sie hatte das Gefühl, im Raum zu schweben und alles von außen zu betrachten. Sie kniff sich in den Unterarm, drückte lange zu. Spürte es wie aus weiter Ferne.

Wir handeln auf Grundlage neuer Informationen, die wir erhalten haben, sagte Frank. In den letzten paar Tagen hat eine Einheit das komplette Gebiet abgesucht. Mit einer neuen Seitensichtsonar-Technik. Wir haben auch Taucher runtergeschickt. Wir sind uns ziemlich sicher, dass es ihr Wagen ist.

Ist ... sie ... noch drin? Joey bekam den Satz kaum heraus.

O Gott. Auf den Gedanken war Nessa noch gar nicht gekommen.

Die ehrliche Antwort lautet: Wir wissen es noch nicht. Ich würde es aber vermuten. Der Wagen liegt schon sehr lange dort unten und ist ganz von Schlick bedeckt. Das Seitensichtsonar liefert uns keine Bilder aus dem Inneren. Und die Sicht ist insgesamt schlecht. Die Marke und das Baujahr kennen wir nur, weil die Umfangberechnung des Sonars von einer Software zugeordnet wurde.

Über ihnen flackerten und summten die Neonröhren und erschwerten jede Konzentration. Er hatte doch von neuen Informationen gesprochen.

Frank, hat Ihnen jemand gesagt, Sie sollen in dem Stausee suchen? Wusste jemand davon?

Ja.

Wer? Sie hörte selbst das Flehen in ihrer Stimme.

Sie wissen doch, dass ich Ihnen das nicht sagen darf. Aber Sie können sicher sein, dass wir die Ermittlungen jetzt beschleunigen. Wir haben ein komplettes Team im Einsatz.

Frank erläuterte ihnen, wie entscheidend die nächsten paar Tage für die Ermittlungen sein würden. Keine Presse. Keine Interviews. Sagen Sie niemandem auch nur ein Wort, das irgendwie verwendet werden könnte. *Kein Kommentar* zu allem, was mit dem Wagen zusammenhängt. Im Augenblick ist es das Beste, wenn Sie so wenig wie möglich wissen und die Polizei einfach ihre Arbeit machen lassen. Keine

Kontaktaufnahme zu Personen, die potentiell für die Ermittlungen von Interesse sein könnten oder mit solchen Personen in Verbindung stehen. Die nächsten ein bis Wochen tun Sie bitte *gar nichts*.

Verstanden, sagte Joey. Stimmt's, Nessa? Es klang nach Spitze, aber Nessa ging nicht darauf ein.

Klar, sagte sie.

Die Druckfahnen des Katalogs zu einer für Dezember geplanten Ausstellung lagen vor ihr auf dem Tisch. Sie spürte die ersten Ausläufer einer Migräne, ein dumpfer Druck hinten im Nacken. Der Schmerz ballte sich bereits hinter dem rechten Auge, stach von innen auf sie ein. Nessa sah die Wörter der Texte, schaffte es aber nicht, sie sinnvoll zusammenzusetzen. Sie drückte die Faust ans Auge, stützte den Kopf in die Hände.

Nessa?

Das war Catherine, eine Praktikantin, die sie für ein halbes Jahr unterstützte. Nessa hatte ganz vergessen, dass sie mit im Büro saß. Sie hob den Kopf wieder.

Alles in Ordnung?

Nur müde, sagte Nessa.

Sie hatte nicht schlafen können. Jetzt fürchtete sie sich wieder davor, die Augen zu schließen, fürchtete sich davor, hinter den geschlossenen Lidern versunkene Autos zu sehen oder im Schlamm steckende Leichen, gefesselt, mit Steinen beschwert, gefangen. Sie wusste nicht, wie sie diese Gedanken zur Ruhe bringen sollte. Und wenn sie doch einschlief, schreckte sie aus Albträumen hoch, keuchend, mit dem verzweifelten Verlangen nach Licht und Luft.

Sie richtete ihre Aufmerksamkeit wieder auf den Katalog, versuchte, sich zu konzentrieren, die Worte zu entziffern. Der Text zitierte aus Walter Benjamins Werk *Über den Begriff der Geschichte*, einer verzweifelten Analyse, inspiriert von einem Bild von Paul Klee – Benjamin nannte es den *Engel der Geschichte*. Nessa kannte die abstrakte Tuschezeichnung eines Engels mit großem Kopf, großen Zähnen und ausgebreiteten Flügeln. Benjamin sah darin einen Engel, der zwischen Vergangenheit und Zukunft gefangen ist. Der Engel blickt auf die Vergangenheit, entsetzt, mit offenem Mund. Den Rücken dreht er der Zukunft zu, der er von einem Sturm entgegengetrieben wird. Angesichts des Trümmerfelds möchte er die Toten wecken, sie auferstehen lassen und all das Zerschlagene wieder zusammenfügen. Inzwischen verstand Nessa Benjamin anders als früher. Er kam nicht von der Stelle. Sie auch nicht. Sie konnte nichts erleben oder erfahren, ohne es durch die Brille dessen zu sehen, was mit Deena passiert war. Übelkeit stieg ihr in der Kehle auf. Der Schmerz im rechten Auge pulsierte mit neuer Wucht.

Entschuldige, Catherine, murmelte sie. Ich glaube fast, mir wird schlecht. Ich muss mal kurz an die Luft.

Sie ging am Ufer des Schuylkill entlang, ließ die Stadt und das Museum hinter sich und wanderte weiter, bis sie die Bögen der Strawberry Mansion Bridge erkennen konnte. Als sie Kinder waren, hatte ihre Mutter ihnen jedes Mal, wenn sie diese Brücke überquerten, erzählt, dass sie als kleines Mädchen noch mit der Straßenbahn hinübergefahren sei. Auf dem Wasser zwischen den Pfeilern glitt ein einsames Ruderboot unter der Brücke durch und verschwand. Für einen Augenblick war Nessa ganz allein. Sie machte kehrt und ging zurück in die Stadt.

Sie hatte immer fest daran geglaubt, dass Lucas Deena umgebracht hatte. War es möglich, dass sie sich täuschte und es jemand ganz anderes gewesen war? War es möglich, dass Deena selbst in den Stausee gefahren war? Nessa hatte jedes Szenario durchgespielt. Hatte womöglich Mathilde etwas herausgefunden? Oder eine anonyme Person, die aus ganz anderen Gründen verhört worden war und etwas wusste? In den Polizeiserien im Fernsehen wurde immer mit Informationen gehandelt, um das Strafmaß zu verringern. Vor ihr am Flussufer waren noch mehr Engel. Drei hohe, schlanke Säulen, die kindliche Gestalten trugen, jede der Bronzefiguren balancierte auf nur einem Fuß vor dem weiten Himmel und blies in ihr Instrument. Die *Playing Angels*. Jeden Tag waren sie da und schienen immer kurz davor, taumelnd in den Tod zu stürzen. Anstelle von Jauchzen, Frohlocken, Leichtigkeit oder himmlischen Heerscharen, die vor dem Blau schwebten, hatte Nessa in ihnen immer nur Durchhaltevermögen gesehen. Wie erschöpfend es sein musste, ständig ausgestellt zu sein, ständig die Balance halten zu müssen. Wenn sie sie von unten betrachtete, wurde ihr schwindelig, als wäre sie es, die herunterstürzte.

Die strahlende Sonne spiegelte sich in der silbernen Skyline von Philadelphia. Jetzt ruderten noch mehr Menschen auf dem Fluss, Grüppchen von Booten, vermutlich Uni-Teams, die Steuerleute vorgebeugt und schweigend, die Rudernden immer im Takt, während sie die Blätter geräuschlos durchs Wasser zogen; nur das Klacken der Riemen beim Einrasten war zu hören. Ein paar Schritte lang waren sie auf einer Höhe mit Nessa, dann zogen sie vorbei. So ruderte auch Ruby, auf diesem Niveau.

Ruby als Kleinkind, ein flüchtiges Bild. Nach einem Tag am Meer, der Kokosduft der Sonnencreme, Sand in jedem Fältchen ihres nackten Körpers – am Hals, in den Achselhöhlen, zwischen Fingern und Zehen. Ruby, hochgestemmt über ihrem Kopf, eine Hand fest in der von Nessa, die andere weggestreckt. Nessa, wie sie auf dem Rücken lag, die Sohlen an Rubys Bauch, ihr Gewicht mit den hochgestreckten Beinen trug.

Und Ruby, wie sie lachte, tief aus dem Bauch heraus.

Ruby, wie sie rief: Ich fliege, Nessa. Ich fliege.

27

RUBY

2018

Der ganze Pfad war voller Knospen. Grüne Triebe, ein erstes Sprießen im Licht der Spätnachmittagssonne. Rubys Gesicht brannte von vielen Stunden auf dem Fluss. Der erste Tag wieder auf dem Wasser, ihr ganzer Körper speicherte noch dieses gute Gefühl. Sophie hatte sie nach dem Rudertraining bis zum Postamt gefahren, und dort wartete ein Umschlag auf sie. Die Penn hatte zugesagt. Sie wusste nicht, wie sie es dorthin schaffen sollte, aber sie würde einen Weg finden. Clover würde ihr helfen. Philadelphia war zu ihrem Leitstern geworden, als könnte sie, wenn sie nur dorthin zurückkehrte, ein Rätsel lösen, das sie in sich trug. Neben sich sah sie die ersten Blüten des Kanadischen Blutwurzes, kleine Ansammlungen weißer, makelloser Blümchen, wach und aufrecht. Im ersten High-School-Jahr hatten sie, mit Handschuhen bewaffnet, im Bio-Unterricht seine Stängel zerschnitten. Aus der Pflanze blutete ein tiefroter giftiger Saft heraus. Die Blüte besaß ein Blatt, das eine Art Elternfunktion erfüllte und sich abends, wenn es dunkel wurde, zum Schlafen um die übrigen schloss. Es gab auch einen Begriff dafür: Nyktinastie.

Vorn am Pfad parkte ein Wagen. Ruby blieb stehen, Angst fuhr ihr in Bauch und Brustkorb. Das Auto war grün. Was würde Lucas tun? Sie ging ein paar Schritte weiter und sah, dass es ein Fahrzeug der Vermont State Police war. Vorsichtig näherte sie sich. *Criminal Division* stand auf der Tür. Kriminalpolizei. Drinnen saß ein Beamter in Uniform, der das Fenster heruntergelassen hatte. Er sah Ruby, rührte sich aber nicht. Sie bog zum Haus hin ab und blieb wie angewurzelt stehen. Ein ganzes Aufgebot an Wagen blockierte die Einfahrt. Polizei. State Police. Weitere Autos. Und ganz vorne ein paar Mannschaftswagen. Clover? Ruby rannte los, stoppte dann aber gut hundert Meter vor dem Haus. Clover saß auf der Veranda und sah ihr entgegen. Ein Fremder im Anzug kam gerade nach draußen, einen Computer in der Hand.

Moment!, rief Ruby. Dann sah sie neben sich eine Bewegung. Lucas. Er saß auf der Rückbank eines dunkelblauen Wagens. Ruby klopfte ans Fenster.

Lucas!

Er wandte nicht einmal den Kopf zu ihr. Sah einfach starr geradeaus. Wieder und wieder schlug sie an die Scheibe.

Schließlich schleuderte sie ihre Schultasche dagegen. Er rührte sich nicht. Ruby wischte mit der Hand über die Scheibe. Es kam ihr vor, als säße er unter Wasser; auf der Glasoberfläche sah sie die Bäume gespiegelt, den Himmel, sich selbst, aber ihr Vater war abgetaucht. Er war nur noch ein Schatten, wie ein Fisch, und schien sie gar nicht wahrzunehmen.

Lucas!, brüllte sie. *Dad*!

Er vergrub das Gesicht in den Händen, und sie sah, dass er Handschellen trug.

Unten an der Treppe zur Veranda wartete eine Frau und stellte sich vor. Sie war nicht in Uniform, trug aber Einweghandschuhe und etwas, das Rubys Vermutung nach eine schusssichere Weste war. Sie sei Detective, sagte sie. Beim Philadelphia Police Department. Ruby zuckte zusammen, als die Frau Philadelphia sagte. Was hatte das denn zu bedeuten? Ruby durfte nicht ins Haus. Sie hatten Durchsuchungsbeschlüsse dabei und waren berechtigt, alles mitzunehmen, was für die Ermittlungen wichtig sein konnte.

Was denn für Ermittlungen? Warum sitzt mein Dad da in dem Wagen?

Die Kontaktbeamtin wartet bereits auf Sie. Sie wird Ihnen alles erklären.

Ruby ließ ihre Schultasche fallen und hockte sich, ein Stück von Clovers Stuhl entfernt, auf den Boden der Veranda. Clover trug eine grüne Daunenjacke, die eigentlich Lucas gehörte, und eine rosa Mütze. Man hatte ihr eine Decke über die Beine gelegt. Seit sie aus dem Krankenhaus zurück war, fror sie ständig. Ihre Lippen, die immer noch nicht wieder die alte Form hatten, wirkten bläulich.

Clover, was ist passiert?

Clover hielt die gesunde Hand vor den Mund, wie um sich am Sprechen zu hindern, und blickte, wie Lucas, starr geradeaus. Fremde hatten ihr Haus eingenommen, plünderten sämtliche Zimmer. Eine ganze Prozession von Kisten, Aktenordnern, Laptops, Kameras und Elektrogeräten wurde aus der Tür getragen und in Kofferräumen verstaut.

Hinter den vielen Wagen kam jemand den Pfad herauf. Ein blauer Jeans-Overall. Adelaide. Sie kam die Treppe hoch und setzte sich auf den Stuhl neben Clover.

Wann sind sie gekommen? Ich war den ganzen Tag in St. Alban, meine Schwester besuchen.

Vor vier, fünf Stunden. Clovers Stimme war nicht mehr als ein Flüstern.

Okay, es ist soweit, sagte Adelaide. Sie griff nach Clovers Hand. Ich weiß, wie wahnsinnig schwer das ist.

Was? Ruby fuhr hoch. Aufgescheucht. Was ist soweit?

Ein Mann trat auf die Veranda. Groß, gepflegt.

Tut mir leid, Mrs. Chevalier. Wir hatten gehofft, längst fertig zu sein. Ich weiß, so wollten Sie das nicht. Er sah zu Ruby hin, und sie wusste, er meinte, bevor sie nach Hause kam.

Clover hob die Schulter und ließ sie wieder sinken, sagte aber nichts.

Jemand rief den Mann zu sich. Frank.

Ruby wollte schon fragen, woher Clover diesen Mann kannte, da kam eine Frau zu ihnen. Die Kontaktbeamtin der Vermont State Police. Sie erklärte ihnen, sie werde ihnen beistehen, es sei ein Einsatz über Bundesstaatsgrenzen hinweg.

Sie haben sicher viele Fragen ...

Nein, sagte Clover.

Doch, sagte Ruby und stand auf. Warum sind Sie hier? Warum sitzt mein Vater mit Handschellen da im Wagen? Warum nehmen Sie uns unsere – Halt!

Ein Uniformierter trug gerade einen Milchkarton mit großen gelben Umschlägen vorbei. Ruby lief ihm die Treppe hinunter nach, mit ausgestrecktem Zeigefinger.

Halt! Stopp! Das sind meine!

Die Kontaktbeamtin war ihr nachgekommen und fasste sie am Ellbogen. Sie müssen wieder nach oben kommen und sich auf die Veranda zu Ihrer Großmutter setzen.

Das sind Briefe an mich. An mich adressiert. Sie sind von meiner Mutter.

Clovers Mund stand jetzt offen, sie wirkte erschüttert. Was sagst du da?

Von meiner Mutter.

Jetzt starrten sie alle an, und Ruby wurde mit einem Mal klar, wie unwahrscheinlich es ihnen vorkommen musste.

Bitte setzen Sie sich. Die Kontaktbeamtin deutete auf einen der Stühle. Es ist wichtig, dass Sie verstehen, was ich Ihnen jetzt sage. Sie müssen mir zuhören. Ihr Vater wurde heute festgenommen, unter dem Verdacht, ein schweres Verbrechen begangen zu haben.

Clover konnte sie nicht ansehen. Adelaide setzte dazu an, etwas zu sagen, ließ es dann aber.

Hat das etwas mit meiner Mutter zu tun? Clover, sag ihnen doch, was du mir erzählt hast. Sag ihnen, dass du dabei warst und weißt, dass er nichts getan hat.

Die Ermittlerin in Weste und Handschuhen trat auf die Veranda, sie trug eine der Kisten unter Lucas' Bett, die mit den Notizbüchern. Jetzt würde Ruby nie erfahren, was sie enthielten. Sie nahmen sie ihr weg.

Sonst hatte Adelaide immer so viel zu sagen, jetzt waren es nur zwei Wörter; sie wiederholte sie immer wieder und hielt dabei Clovers Hand: Alles gut. Alles gut. Alles gut. Ruby glaubte, ihr Kopf müsse platzen. Sie wollte brüllen: Sie sollen aufhören, mach doch jemand, dass sie aufhören. Sie stürmte die Stufen hinunter, aber in der Einfahrt war alles voller Polizei und Menschen, die Kisten trugen. Also drehte sie sich um und rannte über die Wiese, zum See. Zwei Männer hockten in Lucas' Boot und durchsuchten es. Ruby rannte zurück zu den Schuppen. Die Tür des Geräteschuppens stand offen. Lucas legte Wert darauf, dass sie geschlossen war – Ruby machte sie hinter sich zu. Auch hier hatte die Polizei alles durchwühlt. Werkzeugkästen standen weit offen, Samensäcke waren ausgeleert worden, Köderdosen umgekippt. Sogar die Campingausrüstung hatten sie zerpflückt, das Zelt lag in einem unordentlichen Haufen da. Dabei musste es doch akkurat gefaltet sein. Einen Moment lang hatte Ruby Angst, was passieren würde, wenn Lucas das sah. Dann hatte sie das Gefühl, lachen zu müssen, vielleicht auch lachen zu sollen. Sie setzte sich auf den Boden, wartete. Was suchten sie bloß?

Es war schon dunkel, als draußen die Autos angelassen wurden. Vor dem staubigen Fenster fuhr der dunkle Wagen, in dem Lucas saß, die Einfahrt hinunter, gefolgt von einer langen Schlange weiterer Fahrzeuge, deren Scheinwerfer im Dämmerlicht schimmerten. Es war wie die entstellte Version ihrer ersten Erinnerung an den Abschied ihrer Mutter. Ein Autokorso. Die Wange an der Scheibe sah sie den sich entfernenden Wagen nach.

Adelaide und Clover saßen in der Küche. Vor ihnen standen Kaffeebecher. Ruby wusste nicht mehr, wem sie noch trauen sollte. Die beiden hatten irgendwas gemacht. Zögernd blieb sie in der Tür stehen.

Setz dich doch, Ruby. Das sagte Adelaide.

Nein.

Ruby, ich finde, du solltest deiner Großmutter erstmal zuhören. Hör dir an, was Clover zu sagen hat.

Ruby. Clovers neue Schlaganfallstimme zog ihren Namen in die Länge.

Nein.

Adelaide stand auf. Es geht hier nicht bloß um dich. Oder Lucas. In ihrer Stimme lag jetzt eine Schärfe. Deine Großmutter ist durch die Hölle gegangen, und jetzt versucht sie, das Richtige zu tun. Bevor sie ...

Adelaide brach ab. Verschränkte die Arme. Sie war aufgewühlt.

Sie hat das für dich getan.

Ruby drängte sich an ihr vorbei und ging nach oben. Die Tür zu Lucas' Zimmer stand sperrangelweit offen. Das war überhaupt nicht mehr ihr Haus. Alles war weg. Die Regale waren leer. Sogar seine

Matratze hatten sie aufgeschlitzt. An mehreren Stellen war die Füllung herausgezogen worden, Explosionen aus Weiß dort, wo die Schnitte gesetzt worden waren. Türknauf und Schloss fehlten.

Die Polizei war auch in ihrem Zimmer gewesen, hatte ihre Schubladen durchwühlt, die Matratze an die Wand gestellt. Ruby legte sie wieder zurück auf das Bettgestell und sah, dass sie ebenfalls aufgeschnitten worden war. Vier diagonale Schnitte, der Schaumstoff schaute heraus. Sie drehte die Matratze um und holte ein Betttuch aus dem Schrank im Flur. Auch dort waren sie gewesen. Ruby zog das Betttuch über die Matratze. Sie wollte nicht schlafen, wo deren plündernde Hände gewesen waren. Im Schrank in ihrem Zimmer lagen ihre alten Schulhefte und Bücher immer noch gestapelt in einer Ecke. Darunter auch die Notizbücher mit den Erinnerungsspielen. Unangetastet. Ruby legte sich auf das Betttuch, zog sich die Decke über, aber ihr wurde trotzdem nicht warm. Sie stand wieder auf, zog Mütze, Schal und einen dicken Bademantel an und kroch unter die Decke zurück. Die Kälte war ihr bis ins Mark gedrungen. Die ganze Nacht lag sie so da, ohne sich zu rühren, während ihre Gedanken rasten.

Um halb sieben piepste ihr Telefon. *Ruby, hier ist Suzanne Meyers, die Anwältin deines Vaters. Ich schreibe Dir in seinem Namen. Kannst Du telefonieren?* Ruby setzte sich auf. Schrieb zurück: *Ja.* Sie schaltete den Klingelton aus, behielt das Telefon in der Hand, wartete.

Hallo?

Suzanne sagte ihr, sie habe nicht viel Zeit, wolle ihr aber sagen, dass Lucas nach Philadelphia gebracht worden sei und wolle, dass Ruby sofort komme.

Dein Vater sagt, du weißt, wo er den Zweitschlüssel für den Pickup versteckt hat? Seinen Autoschlüssel hat die Polizei mitgenommen. In der Kassette ist auch Geld. Nimm es. Du brauchst es, um Benzin und Essen zu bezahlen. Und noch was, Ruby, dein Vater meint, es wäre ihm lieber, wenn du nicht mit deiner Großmutter und ihrer Freundin sprichst. Komm einfach nach Philadelphia, dann erklärt er dir alles.

Suzanne hatte ein Zimmer für sie reserviert, in einem Hotel im Zentrum, ganz in Lucas' Nähe, dort würde sie Ruby nach ihrer Ankunft treffen. Abgesehen von den Fahrten zu den Ruderwettkämpfen war Ruby noch nie verreist und wusste nicht recht, was sie einpacken sollte. Sie gab sich Mühe, möglichst leise zu sein. Die Zahnbürste. Sie griff auch nach der Zahnpasta; geschah Clover ganz recht, wenn sie keine mehr hatte. Dann schämte sie sich und legte die Tube wieder zurück. Sie würde sich einfach eine neue kaufen, wenn sie dort ankam, wo sie hinfuhr. Shampoo. Haarbürste. Schlafanzug. Kleider zum Wechseln. Ladekabel. Ruby steckte alles in einen Rucksack. Sie griff nach ihrer Schultasche, stellte sie dann aber leise wieder hin. Was brachte das?

Auf dem Sofa im Wohnzimmer lag Adelaide und schlief. Ruby schlich auf Zehenspitzen an ihr vorbei nach draußen und hinunter zum See; vor der Rotbuche blieb sie stehen. In einem Baumloch zum See hin hatte Lucas eine kleine Schließkassette versteckt. Niemand würde je auf die Idee kommen, dort zu suchen. Ruby stellte die Kombination am Zahlenschloss ein und öffnete die Kassette. Mehrere Schlüssel lagen darin und ein Klarsichtbeutel mit Bargeld. Sie nahm alles an sich, steckte es ins vorderste Fach ihres Rucksacks und ging wieder zurück, vor das Haus, wo der Pickup stand. Sie schloss ihn auf, setzte sich ans Steuer und ließ ihn an. Als sie losfuhr, sah sie im Rückspiegel Adelaide auf der Veranda stehen.

Ruby ging über den Marmorboden, am künstlichen Wasserfall vorbei, zur Rezeption.

Es müsste ein Zimmer für Ruby Chevalier reserviert sein.

Ruby?

Gleich neben ihr war eine blonde Frau aufgetaucht. Ich bin Suzanne. Ich habe dich schon eingecheckt, dein Zimmer ist auch bereits fertig. Meine Assistentin Carlotta und ich sitzen gleich da drüben. Sie deutete auf eine Sitzgruppe aus dicken Polstersesseln, davor ein kleiner Tisch, auf dem zwei kleine Flaschen Mineralwasser standen. Eine Frau mit knallrotem Lippenstift arbeitete an einem Laptop. Die Anklageerhebung gegen deinen Vater ist gleich morgen früh, wir müssen uns also an die Arbeit machen.

Ruby hatte die Nacht nicht geschlafen und gerade eine siebenstündige Fahrt über teilweise achtspurige Highways hinter sich.

Okay. Sie hatte keine Ahnung, was eine Anklageerhebung sein sollte.

Die beiden Frauen redeten über die Gegenseite.

Welche Gegenseite?, fragte Ruby. Was heißt denn das?

Nun, die Familie deiner Mutter natürlich. Deine Tante. Suzanne schwieg kurz. Und vermutlich auch deine Großmutter und ihre Freundin.

Ich kenne meine Tante nicht. Ich kenne niemanden aus der Familie meiner Mutter. Aber meine Großmutter? Mit der lebe ich zusammen. Sie ist doch keine Gegenseite.

Nur bis zur Anklageerhebung. Sonst natürlich nicht.

Sie wollten, dass sie mit niemandem sprach, bis sie vor Gericht ausgesagt hatte. Das sei extrem wichtig. Wenn Ruby morgen etwas über ihren Vater erzähle, könne ihm das sehr helfen.

Ich verstehe immer noch nicht, warum sie ihn verhaftet haben. Wie können sie denn beweisen, dass meine Mutter tot ist? Wie können sie ihn anklagen, wenn sie einfach nur vermisst wird?

Suzanne, die gerade ihr Mineralwasser zum Mund führen wollte, hielt auf halbem Weg inne. Sie stellte das Fläschchen ab. Setzte an. Hielt dann erneut inne, strich sich den Rock glatt und beugte sich vor.

Ruby, es tut mir wirklich leid, dir das sagen zu müssen, aber deine Mutter ist schon lange nicht mehr am Leben. Man hat ihren Leichnam gefunden. Vor ein paar Wochen. Sie wurde zweifelsfrei identifiziert. Es steht völlig außer Frage, dass sie es ist. Sie ist schon seit geraumer Zeit tot. Seit sie dich verlassen hat.

Ruby spürte, wie ihr alle Luft aus dem Brustkorb gepresst wurde, als steckte sie in einer Schraubzwinge. Die ganze Lobby schwankte.

Was? Sie musste sich mit beiden Händen am Tisch festhalten, um nicht umzukippen.

Es tut mir leid, sagte Suzanne.

Aber mir wurden doch Briefe geschickt.

Die beiden Frauen wechselten einen Blick.

Vielleicht kamen die ja von jemand anderem und dein Vater hat nur versucht, dich zu schützen.

Und Ruby wusste plötzlich mit großer Sicherheit, hatte es vielleicht tief drinnen die ganze Zeit gewusst, dass wirklich jemand anders ihr all die Jahre Päckchen geschickt hatte. Die Person, auf die Lucas so zornig war. *Diese übergriffige Schlampe*. Ihre Tante. Nessa.

Suzanne sprach bereits weiter. Wir glauben, dass deine Mutter aus freien Stücken fortgegangen ist, dass ihr Tod ein tragischer Unfall war und dein Vater unschuldig ist.

Ruby nickte. Sie versuchte, das alles zu verarbeiten. Ihre Mutter war tot. Dabei hatte sie sie doch all die Jahre gespürt. Die Worte, die Ruby in dem Tagebuch gelesen hatte, stammten von ihr. Lucas hatte Sachen *zertrümmert*. Ihre Mutter war *grün und blau*. Vielleicht war Lucas es doch gewesen.

Von jetzt bis zur Anklageerhebung darfst du niemanden anrufen und auch nicht ans Telefon gehen, außer, wenn ich es bin oder Carlotta, sagte Suzanne.

Das Beste wird sein, wir bleiben heute Abend schön auf unserem Zimmer, sagte Carlotta. Ihre Art zu sprechen regte Ruby auf – *wir*?

Carlotta kommt nachher noch mit einem Outfit vorbei.

Kleider, meinen Sie?

Ja. Und Schuhe.

Carlotta musterte Rubys Füße. Welche Schuhgröße hast du?

Ähm. Vierzig. Aber ich habe Kleider dabei, sagte sie zu Suzanne.

Es gibt für solche Anlässe so eine Art Uniform.

Kein Fernsehen. Keine Zeitungen. In Fällen wie diesem wird der Prozess gern mal in den Medien geführt – über Lügen und Übertreibungen –, und es ist ganz entscheidend, dass wir das einfach ignorieren. Carlotta schon wieder mit ihrem *wir*.

Sie wollten nicht, dass Ruby Nachrichten schaute oder mit jemandem redete. Selbst jetzt behielt Lucas noch die Kontrolle über das, was sie wusste. Suzanne reichte Ruby eine Tüte.

Das ist ein tragbarer DVD-Player und ein paar Filme für heute Abend, weil du keinen Fernsehempfang auf dem Zimmer hast.

Ruby schaute in die Tüte. Echt jetzt?, sagte sie, als sie die Filme durchsah. Da hatten sie ihr gerade mitgeteilt, dass ihre Mutter tot war, und dann gaben sie ihr eine Tüte voll romantischer Komödien.

Suzanne wirkte peinlich berührt, behielt sich aber trotzdem in der Gewalt.

Sie hatten ein paar Vorschläge notiert, was Ruby sagen könnte. Suzanne schob ihr das Blatt über den Tisch.

Du musst dich heute Abend vorbereiten, damit deine Aussage authentisch klingt und von Herzen kommt. Ruby las, was auf dem Blatt stand:

> Versuch, nach Möglichkeit nicht zu weinen.
>
> Schau deinen Vater so oft wie möglich an, wenn du im Zeugenstand bist.
>
> Erzähl dem Richter, was für ein guter Vater er immer war. Du kannst eigene Beispiele anführen. Erzähl, dass du ihn brauchst. Dass du noch zur Schule gehst.
>
> Mach dem Richter klar, dass du noch zu klein warst, um dich an deine Mutter zu erinnern, bevor sie fortgegangen ist. Mach ihm klar, dass dein Vater für dich der einzige Elternteil ist, den du jemals hattest.

Es könnte sinnvoll sein, ein bisschen zu üben, sagte Carlotta.

Vergiss auf keinen Fall, ihn anzuschauen, sagte Suzanne.

Dein Vater sagt, du bist sehr intelligent.

Carlotta sagte wirklich immer genau das Falsche. Ruby konnte sie nicht leiden.

Im Moment bist du alles, was dein Vater noch hat, sagte Suzanne. Und Ruby spürte ein Krampfen in der Brust, denn genau so war es wohl.

Zusammengerollt lag sie auf dem Hotelbett und hielt ihre Knie umschlungen. Sie wollte bloß noch schlafen, dabei war es erst später Nachmittag. Sie wollte Sophies Stimme hören und Lola und die Schwestern im Hintergrund. Sie wollte Nathalie anrufen und sagen: Mit den Erinnerungsspielen ist es jetzt vorbei, die Suche hat ein Ende, sie ist tot. Wir haben versagt. Sie schaltete ihr Telefon ein und wünschte sich, eine von beiden anrufen zu können – Sophie oder Nathalie – und ihr zu sagen: Meine Mutter ist tot. Hilf mir. Sag mir, was ich empfinden soll. Aber das durfte sie ja nicht. *Dein Vater braucht dich*, hatte Suzanne gesagt. Sie sehnte sich nach ihren Freundinnen und konnte doch nicht mit ihnen reden. Keine von beiden hatte Lucas je gemocht.

Carlotta hielt ihr ein scheußliches Blümchenkleid hin, das über den Knien endete. Ruby setzte sich entgeistert auf das Bett. Das war ein Kleid für ein Kind, für eine schmächtige Zwölfjährige, aber doch nicht für eine eins achtundsiebzig große Achtzehnjährige mit erheblicher Muskelmasse.

Haben Sie sich mal meine Oberschenkel angeschaut? Ruby klopfte auf ihre Beine. Das Kleid reicht mir nicht mal bis zu den Knien. Es ist viel zu kurz.

Carlotta merkte, dass sie einen Fehler gemacht hatte. Zeig mir mal, was du dabei hast, sagte sie. Also, zieh es für mich an.

Ruby hatte einen knielangen gemusterten Rock und eine cremefarbene Bluse eingepackt. Carlotta schüttelte nur den Kopf, als sie damit aus dem Bad kam.

Du siehst aus, als hättest du gerade deine Kinder bei der Tagesmutter abgegeben und wärst auf dem Weg ins Büro. Außerdem bist du so ... na ja, muskulös.

Ich kann mich leider nicht bis morgen in ein kleines Mädchen verwandeln, falls Sie das meinen.

Kein Make-up, sagte Carlotta. Und keinen Schmuck.

Auf einem kleinen Beistelltisch im Hotelzimmer lag *See Philadelphia* und noch ein paar andere Tourismusbroschüren. Ruby setzte sich in den Sessel und blätterte sie durch. Die Liberty Bell, die zur ersten Verlesung der Unabhängigkeitserklärung geläutet worden war, die LOVE-Skulptur, das Betsy Ross House, das Art Museum – und dann ein Bild, das sie wiedererkannte. Eine Häuserreihe am Flussufer, deren Umrisse mit Lichtern nachgezeichnet wurden. Die kannte sie. Häuser an einem Fluss, die leuchteten. *Boathouse Row* stand unter dem Foto. Das hatte sie gemocht. Da war sie gern mit ihrer Mutter gewesen. Sie griff nach ihrer Handtasche und ging nach unten, auf die Straße hinaus. Dort war gerade ein Paar aus einem Taxi gestiegen, und Ruby zeigte dem Fahrer das Foto.

Können Sie mich da hinbringen? Können wir dran vorbeifahren?

Sie fuhren immer im Kreis herum. Ruby hatte das Fenster heruntergelassen, schaute und machte Fotos. Bei der vierten Rundfahrt sagte der Fahrer, er werde anhalten. Ruby stellte sich an die Brüstung und betrachtete die kleinen, leuchtenden Häuser am anderen Ufer, die ihre Tante für sie auf das Päckchen gemalt hatte, damals, als sie in der vierten Klasse gewesen war, um ihr zu helfen, sich zu erinnern. Das musste sie jemandem erzählen. Nicht Nathalie. Nicht Sophie. Sie rief Tim an.

Meine Güte. Ruby?

Als sie seine Stimme hörte, brach sie in Tränen aus.

Sie ist tot, Tim. Meine Mutter ist tot.

Ich weiß. Es tut mir so leid. Ich habe es eben in den Nachrichten gesehen.

Sie war dreißig. Sie ist nur dreißig Jahre alt geworden.

Ich weiß. Das ist so traurig.

Hinter sich hörte sie den Verkehrslärm von der Schnellstraße. Vor ihr spiegelten sich die Lichter der Bootshäuser auf der schwarzen Wasseroberfläche. Ein leichter Wind wehte.

Ich kann mich erinnern, wie sie sich angefühlt hat, sagte Ruby.

28

NESSA

2018

An der Ecke Broad Street / Spruce Street blieb sie stehen. Direkt vor ihr war die City Hall, der Turm blendend weiß, die Bronzestatue William Penns von der Morgensonne und dem blauen, klaren Himmel wie vergrößert. Wenn Nessas Vater früher in die Stadt gekommen war, hatte er immer eine Bemerkung über Penns Hut gemacht, dass es sich seit jeher wie von selbst verstanden habe, kein Gebäude höher zu bauen als dessen Krempe, und dass seit der Errichtung des One Liberty Place, des ersten Wolkenkratzers, der Penns Hut deutlich überragte, ein Fluch auf sämtlichen Teams von Philadelphia liege. Jedes Mal erzählte er das. An dem Abend, als die Phillies die World Series im Baseball gewonnen hatten, hätte Nessa ihn am liebsten angerufen und ihm erzählt: Der Bann ist gebrochen! Die Bauarbeiter, die das neue Comcast-Gebäude errichtet hatten, befestigten dann an der obersten Strebe eine Miniaturnachbildung der Statue, sodass Penns Hutkrempe wieder zum höchsten Punkt der Stadt wurde. Danach gewannen die Eagles den Super Bowl. Wenn ihr Vater das noch erlebt hätte.

Die Uhr an der City Hall, unter dem schwarzen Adler, zeigte halb neun. Nessa war schon früh zu Fuß nach Center City gekommen, um nichts zu verpassen, und dann ziellos herumgestreift. Jetzt war es soweit. Sie strich sich den Rock glatt, atmete tief durch und kehrte um. Vor dem Criminal Justice Center an der Filbert Street wartete Frank auf sie. Als er sie sah, streckte er ihr einen Kaffee entgegen.

Flat White?

Danke.

Ist Ihr Bruder nicht mitgekommen?

Er will bis zum eigentlichen Prozess warten. Es ist nicht leicht für ihn, sich frei zu nehmen. Und Sie kennen ja Joey. Er kommt mit der ganzen Sache schlecht klar.

Frank nickte.

Sie tranken ihren Kaffee draußen. Einer der ermittelnden Beamten nahm Frank ein paar Minuten beiseite. Um sie herum hatten sich inzwischen mehrere Grüppchen versammelt, die plauderten und rauchten.

Alles klar?, fragte Frank, als er wiederkam.

So klar, wie es eben geht.

Sie unterschrieben auf der Besucherliste und durchquerten die Sicherheitsschleuse; Frank lachte mit dem Sicherheitsbeamten über einen gemeinsamen Bekannten. Nessa sah sich um, überwach und auf der Hut. Frank bemerkte es.

Sie werden ihn nicht sehen, bis der Fall dran ist und er hereingeführt wird. Er ist in einem anderen Gebäudetrakt in Gewahrsam. Sie werden ihn ausschließlich im Gerichtssaal zu Gesicht bekommen.

Sie gingen durch den Flur, vorbei an mächtigen Säulen, eine Andeutung klassizistischer Grandezza, die von den abgehängten Decken und den Neonröhren gemindert wurde. Nessa hielt nach einem Kind Ausschau, obwohl sie wusste, dass Ruby längst ein Teenager war, eine junge Frau, und sie, Nessa, gar nicht mehr kennen würde. Vor den Aufzügen blieben sie stehen und warteten. Eine größere Gruppe ging vorbei, dicht beieinander, alle mit gelben Schildchen am Aufschlag.

Die Geschworenen haben ihren eigenen Aufzug, sagte Frank.

Sie bewegten sich praktisch synchron, wie der Chor aus einer griechischen Tragödie, und hielten den Blick gesenkt, wagten nicht, jemanden anzusehen.

Sind das vielleicht unsere?

Nein. Bei Vorverhandlungen gibt es keine Geschworenen. Sie werden abgeschottet, weil sie natürlich keinen Kontakt haben dürfen, weder zu den Klägern noch zu den Zeugen der Verteidigung oder den Angehörigen. Wobei sie natürlich nicht komplett ferngehalten werden, wenn man es recht bedenkt. Frank sprach leiser. Sie können ja gemeinsam mit den Zeuginnen und Zeugen und den Angehörigen das Gebäude verlassen, stehen mit ihnen an der Ampel, sitzen zufällig in derselben U-Bahn, steigen an derselben Haltestelle aus, stehen nebeneinander auf dem Parkplatz. Da kann alles Mögliche passieren.

Sind sie hier?

Frank zögerte. Drückte erneut den Knopf, um den Aufzug zu rufen.

Von Clover haben wir eine eidesstattliche Aussage. Sie ist krank und der Reise nicht gewachsen, und was sollte sie hier auch wollen? Aber Ruby steht auf der Liste der Verteidigung. Als einzige Zeugin. Wir legen nur verfahrenstechnische Beweise vor – medizinische Berichte, Anruflisten, ballistische Ergebnisse und so weiter. Das heute ist eine reine Formsache, bei der der Richter entscheidet, ob Anklage erhoben wird oder nicht und ob Lucas auf Kaution freikommt. Dass sie Ruby aufrufen, ist ein Ablenkungsmanöver. Seine Anwältin will sie hier haben, damit der Richter sie sieht, und um ein ganz bestimmtes Bild von Lucas als Vater zu präsentieren. Aber Sie brauchen sich wirklich nicht zu beunruhigen. Er ist hier in einem anderen Bundesstaat. Da wird es keine Kaution geben.

Vierzehn Jahre lang hatte Nessa sich mehr als alles andere gewünscht, Ruby zu sehen. Ein verzweifeltes, tiefsitzendes Bedürfnis, ihren kleinen Körper im Arm zu halten – sich dadurch zu versichern, dass es Deena gegeben hatte, sie beide, ihre Mutter, ihre Vergangenheit. Alles. Ruby war für Nessa alles geworden. Aber jetzt wusste sie plötzlich nicht mehr, ob sie es verkraften würde. Sie hatte mindestens so viel Angst davor, Ruby nicht wiederzusehen, wie davor, sie wiederzusehen und feststellen zu müssen, dass der Graben längst zu tief war. Der Aufzug kam, sie stiegen ein, und alles schwieg, sobald sich die Türen schlossen. Als sie im vierten Stock ausstiegen, sagte Frank: Schon komisch, dass sie den Geschworenen ihren eigenen Aufzug geben, aber die Angehörigen der Opfer und die der Angeklagten nicht voneinander trennen.

Nessa hörte ihm nur mit halbem Ohr zu. Ruby würde hier sein. Für ihn, auf seiner Seite. Am liebsten hätte sie laut gebrüllt: Sie ist doch auf unserer Seite. Sie gehört zu uns. All die Ungerechtigkeit daran verengte ihr die Brust, und tief drinnen wusste sie, dass Ruby längst nur noch sich selbst gehörte. Es war zu spät. Sie hatten alles verpasst.

Da sind wir. Frank fasste sie am Ellbogen, um sie am Ende des Ganges nach links zu steuern. Sie hatte zunehmend das Gefühl, keine Luft mehr zu kriegen; wenn sie bloß die Xanax-für-alle-Fälle genommen hätte, die in ihrem Portemonnaie steckte. Sie hatte so lange gewartet.

Bereit?, fragte er.

Ja.

Frank ging als Erster hinein. Reihen von Bänken zu beiden Seiten eines Mittelgangs, dann eine Plexiglasscheibe. Und dahinter das Gericht. Frank führte sie auf einen Platz ganz vorne. Das ist ein bisschen wie auf einer Hochzeit. Rechts die Anklage, links die Verteidigung. Sie wissen schon, die Familie der Braut, die Familie des Bräutigams. Sie setzten sich. Die Holzbänke erinnerten Nessa tatsächlich an Kirchenbänke.

Drei Uniformierte hatten sich um einen kleinen, dünnen Mann mit Hornbrille geschart. Er las in einer Akte, die aufgeschlagen vor ihm auf dem Tisch lag. Der Bezirksstaatsanwalt. Nessa hatte ihn schon vor ein paar Tagen kurz kennengelernt; er sah aus wie ein Student. Da vorne, zwischen lauter erwachsenen Männern, wirkte er noch viel jünger. Die Richterbank war leer. Dahinter stand ein bewaffneter Gerichtsdiener vor einer Tür. Links blätterte eine Frau, Mitte vierzig, blonder Bob und taubenblaues Kostüm, alles betont sanft und zurückgenommen, wie Grace Kelly in einem Hitchcock-Film, in ihren Unterlagen. Das musste Lucas' Anwältin sein. In den Bankreihen hinter ihr saß nur eine Person. Eine Frau, Ende zwanzig vielleicht, die mit einem Textmarker ein Dokument bearbeitete. Knallrotes Kostüm, die dunklen Haare streng zurückgekämmt und zum steifen Knoten gesteckt. Power-Dressing. Sie drehte sich um und sah Nessa direkt an. Der dick aufgetragene Lippenstift passte genau zur Farbe ihres Kostüms. Nessa spürte, dass diese Frau bereits wusste, wer sie war. Sie setzte probehalber ihre gemeine Miene auf, falls die andere noch einmal rüberschauen würde.

Frank beugte sich zu ihr und deutete mit dem Kinn hinüber. Das ist die Assistentin der Verteidigerin.

Lucas hatte also ein Team aus zwei Frauen engagiert. Er hatte zwei mutmaßlich intelligente Frauen dazu gebracht, ihm beizustehen und ihn zu verteidigen. Wie kriegten Männer wie er das bloß hin? Am liebsten hätte Nessa der jungen Frau einen Faustschlag in den knallroten Lippenstiftmund verpasst und sie angebrüllt: Wach verdammt noch mal auf und mach's besser!

Wieder warf sie einen unauffälligen Blick nach hinten, um zu sehen, ob Ruby gekommen war. Alles leer. Sie warteten. Dann wurde der Fall aufgerufen. Die Tür hinter der Richterbank öffnete sich. Es war eine Richterin. Sie standen auf, setzten sich wieder. Frank hatte gesagt, wenn sie diese Richterin bekämen, wären sie auf sicherem Gelände.

Der Fall *Commonwealth of Pennsylvania gegen Lucas Chevalier* wurde verlesen. Die Verteidigerin schaute hinter sich, zu den Sitzreihen, und Nessa sah, wie die Frau mit dem roten Lippenstift sich ebenfalls umdrehte. Hielten sie nach Ruby Ausschau? Die Vorgangsnummer wurde verlesen. Wo war Lucas? Nessa blickte starr auf die geschlossene Tür vor ihnen, wo der Gerichtsdiener stand, aber dann trat am Rand ihres Sichtfelds ein Polizist in Uniform aus einem Durchgang an der Seite des Gerichtssaals, dort, wo die Verteidigung saß, und ihm folgte Lucas, in Handschellen.

Sie hatte ihn vierzehn Jahre nicht gesehen, hatte vergessen, wie viel Autorität und Beherrschtheit er ausstrahlen konnte. Das tat er immer noch. Deena hatte erzählt, das habe sie so angezogen. Am Anfang hatten sie sie sogar noch aufgezogen mit ihrem supermaskulinen Alphamann, dieser Jäger-aus-Vermont-Pose. Er war kaum gealtert. Vielleicht ein wenig grauer an den Schläfen. Weißes Oberhemd, unter dem grauen Kaschmirpullover die Andeutung einer hellblauen Krawatte, schmale Anzughose. Kein Jackett. Vielleicht machte er ja einen noch besseren Eindruck, gerade weil er kein Jackett trug? Ob die Frau in Taubenblau die Entscheidung für ihn getroffen, die Kleider für ihn ausgesucht hatte? Oder vielleicht Mathilde. Jedenfalls wirkte er wie einem *Brooks Brothers*-Katalog entsprungen. Er war besser gekleidet als der Staatsanwalt und sah nicht aus wie zweiundfünfzig. Gepflegt und sonnengebräunt, der typische Naturbursche. Da stand er, wenige Meter entfernt, in Handschellen und trotzdem vorzeigbar, Haltung und Erscheinung sorgsam gestaltet. Wie ruhig und gelassen er scheinen konnte, wenn er musste, als wäre das alles nur ein Irrtum, als gehörte er gar nicht hierher. Nessa wollte ihm das Gesicht zerkratzen, ihm den Schädel einschlagen, die Gewalt ihres Zorns an seinem Körper austoben, spüren, wie er nachgab. Im Hintergrund waren die einleitenden Worte des Staatsanwalts zu hören; sie bekam nichts davon mit. Sie ließ keinen Blick von Lucas.

Im Zeugenstand hörte er sich die Vorwürfe an, die gegen ihn erhoben wurden. Seine Miene, die Haltung, die Hände, der ganze Körper: undurchschaubar. Nessa schwor sich, ihn niederzustarren, falls sein Blick ihrem begegnen sollte. Aber das geschah nicht. Er richtete seine ganze Aufmerksamkeit auf die Richterin und den Staatsanwalt, während beide sprachen, blickte nirgendwo sonst hin. Nessa gestattete sich einen weiteren raschen Blick über die Schulter. Leere Bänke auf der Seite der Verteidigung. Ihr Bein hatte zu zittern begonnen, sie drückte beide Hände auf ihr Knie. Die Fragen des Staatsanwalts klangen hell und blechern, verglichen mit Lucas' Antworten. Er sprach klar und deutlich, warf hin und wieder einen Blick zu seiner Verteidigerin an ihrem Tisch. Die nickte oder schüttelte den Kopf; das intime, wortlose Einvernehmen zwischen den beiden verursachte Nessa Übelkeit.

Die blonde Anwältin gab ihrer Assistentin das Zeichen, einen Anruf zu tätigen. Dezent, aber Nessa fiel es trotzdem auf: eine ans Ohr gehobene Hand. Nessa sah, wie auf der anderen Seite des Ganges eine rasche Textnachricht verschickt wurde. Die Anklage hatte geendet. Die Assistentin stand auf und verschwand den Gang hinauf. Nessa hörte, wie die Tür geöffnet wurde. Vielleicht wartete Ruby ja draußen auf dem Gang.

Jetzt erhob sich die Verteidigerin, um Lucas zu befragen. Noch einmal wiederholte sie alles, was bereits gesagt worden war. Versuchte die Anwältin, Zeit zu schinden? Die Tür hinter den Bankreihen öffnete sich knarrend, Schritte waren zu hören. War Ruby hinter ihr? Nessa hielt den Atem an, ließ Lucas nicht aus den Augen. Sein Blick wanderte an seiner Anwältin vorbei, vorbei an Nessa, zur Tür. Und sie sah etwas nie Dagewesenes. Einen Riss. Er senkte den Blick. Schluckte. Nessa spürte sein Herz kurz aussetzen. Ruby war nicht gekommen.

Die Fragen, die eigentlich keine Fragen waren, endeten. Lucas wurde zum Tisch der Verteidigung geführt und durfte sich setzen. Die Richterin fragte, ob die Zeugin der Verteidigung anwesend sei. Die Anwältin im blauen Kostüm bat um eine kurze Unterredung.

Eine Entlassung auf Kaution wurde abgewiesen. Es würde Anklage erhoben werden. Nessa sah zu, wie Lucas wieder durch die Tür verschwand, gefolgt von dem uniformierten Polizisten. Sie ließ den Kopf in die Hände sinken.

An dem Abend, als sie ihm zum ersten Mal begegnet war, hatte sie ihn gefragt, ob ihm das Wort *Palimpsest* etwas sage. Er kannte es vom Programmieren. Man benutzt es, um eine gespeicherte Erinnerung auszulöschen und neu zu überschreiben, hatte er gesagt. Aber Nessa verstand es genau umgekehrt. Als die Unmöglichkeit, auch nur irgendetwas auszulöschen, was einmal dagewesen war, als Beharren, als Weigerung zu verschwinden, ob es sich nun um die Spuren eines anderen Textes handelte, um eine Ruine oder eine Erinnerung. Erleichterung flutete ihren ganzen Körper. Ruby war nicht in den Zeugenstand getreten, hatte nicht versucht, Deenas Geschichte zu überschreiben, und auch nicht das, was ihr passiert war. Frank stieß sie leicht an. Der Gerichtssaal musste für die nächste Verhandlung vorbereitet werden. Sie standen auf und drehten sich um. Direkt hinter Nessa, ein paar Reihen weiter, saß Molly. Und neben ihr Ronan. Sie waren da.

29

RUBY

2018

Sie hatte seit drei Tagen nicht geschlafen, und die dunkle Straße und die Wälder ringsum warfen ihr Schemen und Schatten in den Weg, denen sie entweder auswich oder durch die sie einfach hindurch fuhr. Bäume verwandelten sich in diffuse Tänzer, um sich gleich darauf unter ihren Scheinwerfern in Nichts aufzulösen. Ihre Augen brannten. Die Zeugenaussage, die sie hätte machen sollen, lief auf der ganzen Rückfahrt in Dauerschleife in ihrem Kopf. Sie sah alles wie durch das Fischauge eines Türspions, sich selbst im Vordergrund, grotesk in die Länge gezogen, dahinter das Panorama des Gerichtssaals, verzerrt und ohne jede Proportion. Sieh deinen Vater an, hatten sie gesagt. Sieh ihn beim Sprechen an. Das ist wichtig. Sie hatte es nicht über sich gebracht. Sie wollte ihn nicht sehen. Sie wollte die Dinge nicht sagen, die sie von ihr verlangten. Seine Anwältin hatte gesagt, sie sei alles, was er noch habe. Sie hatte ihn im Stich gelassen.

Es wurde bereits hell, als sie über die Brücke zurück auf die Islands fuhr. Sie würde zu Hause sein, bevor das Gericht überhaupt tagte. Sie hatte weder Carlotta noch Suzanne eine Nachricht geschickt, wollte sich nicht rechtfertigen müssen. Als sie sich dem Haus näherte, strahlte ihr das Licht auf der Veranda entgegen. Clover hatte es wohl brennen lassen, für alle Fälle. Ruby stieg die Treppe hinauf und öffnete die Küchentür. Adelaide, nichts als eine Wölbung unter Decken auf dem Sofa. Am liebsten hätte Ruby sie beide geweckt und ihnen gesagt: Da bin ich. Ich bin wieder zu Hause und habe etwas Furchtbares getan. Ich habe Lucas verraten. Aber das hatten sie ja auch getan.

Oben in ihrem Zimmer war die Matratze abgezogen. Die klaffenden Schnitte waren mit rosa Stickgarn wieder zugenäht worden. So, wie man Wunden nähte. Adelaides sorgsame Handarbeit, ihre akkuraten, gleichmäßigen Stiche. Eine neue Garnitur Bettlaken und Bezüge lag gefaltet am Fußende des Bettes, Rubys Steppdecke lag auf einem Stuhl. Alles frisch gewaschen. Adelaide hatte sich Mühe gegeben, die fremden Hände aus dem Haus zu schrubben. Ruby legte sich aufs Bett. Ihre

Mutter war tot, ihr Vater in Gewahrsam, und sie selbst war offiziell erwachsen.

Sie schlief. Als sie aufwachte und in die Küche hinunterging, sagte Clover nichts. Adelaide begrüßte sie, dann sagte sie, sie werde für ein paar Tage wieder nach Hause gehen und Clover und Ruby etwas Raum lassen. Sie werde ihnen weiter Essen vorbeibringen, aber sie müssten dringend miteinander reden.

Die Tage danach flossen alle ineinander. Schlafen, Verdrängen, Hausarbeit, Lethargie. Nach einer wahren Nachrichtenflut von Carlotta, die wissen wollte, wo Ruby steckte, schrieb Suzanne: *Dein Vater wird nicht auf Kaution freikommen*. Es war als Vorwurf gemeint, doch Ruby war erleichtert. Clover saß tagelang wie betäubt am Küchentisch oder lenkte sich mit den Fragen aus *Der Preis ist heiß* und *Glücksrad* ab, und Ruby lag unterdessen zusammengerollt auf ihrem Bett, tief gefangen in einem Strudel schlimmster Gedanken. Sie hatte Lucas im Stich gelassen und auch ihre Mutter. Wenn ihre Mutter grün und blau gewesen war, dann musste sie, Ruby, das doch gesehen haben. Warum konnte sie sich nicht daran erinnern? Warum konnte sie sich nicht an ihre Mutter erinnern?

Dann dieser Anruf von Nessa. *Du warst ihre ganze Welt. Wir warten.* Sie wollten, dass sie zur Beisetzung ihrer Mutter kam. Nachdem Ruby aufgelegt hatte, setzte sie sich auf die Treppe mit Blick zum See. An der Anlegestelle lag Lucas' Boot immer tiefer und tiefer im Wasser. Es sank. In den letzten Monaten hatte er es vernachlässigt, was ihm gar nicht ähnlich sah. Er war schon vor Clovers Schlaganfall nervös und abweisend gewesen. Er musste geahnt haben, dass alles zu zerfallen drohte, und vielleicht hatte ein Teil von ihm ja bereits aufgegeben. Ruby holte die Leckpumpe aus dem Geräteschuppen und ging zum See hinunter. Lucas hatte ihr mindestens hundert Mal erklärt, dass die meisten Schiffe nicht auf offenem Wasser, sondern am Ufer sanken. Sie dachte sich: Ich mache das jetzt für ihn, vielleicht fühle ich mich dann ja etwas besser. Sonst gab es schließlich nichts mehr zu retten. Sie pumpte im Handbetrieb das Wasser aus dem Boot, holte den Hochdruckreiniger und putzte es.

Dann säuberte sie den Hühnerstall, schaufelte die verkrusteten Schichten aus Kiefernstreu und Exkrementen heraus. Schaffte mehrere Schubkarren voll auf den Komposthaufen. Sie versetzte das Freigehege. Und musste an den Tag denken, als sie die erste Sendung Küken mit der Post bekommen hatte. Das zittrige Piepsen in dem Karton. Lucas, der das tote Küken entfernt hatte, sie vor der Begegnung mit dem Tod schützen wollte. Der ihr gezeigt hatte, wie sie ihnen zu trinken geben, ihre Nasenlöcher reinigen sollte, *sanft, ganz sanft*. Konnte er wirklich ihre Mutter umgebracht haben? Sie für den Rest ihres Lebens ihrer Mutter beraubt haben?

Sie legte die Eier in einen Korb und stellte ihn zu den leeren Schüsseln auf die unterste Treppenstufe. Dann duschte sie zum ersten Mal seit Philadelphia, wusch sich den Schlick ab und den Dreck aus dem Hühnerstall, all die Schmutzschichten aus der zurückliegenden Lebenswoche. Sie schrubbte immer fester, bis ihre ganze Haut rosig-rau war. Sie hatte das Richtige getan. Das, was sie wollte, nicht das, was Lucas ihr befahl. Sie brauchte eine neue Haut. Sie zog frische Kleider an, bürstete sich die Haare, ging in die Küche hinunter und sagte zu Clover: Jetzt bin ich bereit zum Reden.

Lucas rief mich an und bat mich, für ein langes Wochenende nach Philadelphia zu kommen und ihm mit dir zu helfen. Das war Anfang Februar 2004. Ich kannte dich noch gar nicht. Ich nahm den Zug und kam an einem Mittwoch an. Er sagte, ich soll mir ein Auto mieten, weil ich dich vielleicht zu deiner Spielgruppe bringen müsste, die wäre zu weit weg zum Laufen. Er fuhr mich zu einer Autovermietung in New Jersey, und dort mietete ich einen Wagen. Eigentlich wollte ich das gar nicht. Ich fuhr wirklich ungern in der Großstadt.

Clover saß auf ihrem Platz am oberen Tischende, Ruby neben ihr. Clover sprach langsam und angestrengt, aber wieder sehr viel besser als in der ersten Zeit. Sie hatte abgenommen, die Haut in ihrem Gesicht hing schlaff und faltig herab.

Am Donnerstagabend sagte er, ich soll ihm mit dem Mietwagen nachfahren. Er müsse seinen Pickup stehen lassen, damit irgendwelche Waldarbeiter ihn mit Holz beladen konnten. Ich weiß nicht, wohin wir gefahren sind. Es war vielleicht eine Stunde weit weg. Ich war ganz darauf konzentriert, ihm nachzufahren. Ich könnte dir nicht mal sagen, ob wir nach Norden, Süden, Osten oder Westen gefahren sind. Wir fuhren tief in den Wald hinein, da hat er dann geparkt und mich im Mietwagen zurück in die Stadt gefahren.

Clover machte eine Pause, um wieder zu Atem zu kommen.

Du kamst am Freitagabend zu uns. Du warst unglaublich. Ein Plappermaul. Ein kleines Knallbonbon. Am Samstag waren wir zu dritt in irgendeinem Park, danach in einem Diner. Du warst da schon öfter gewesen und hast mir erklärt, was ich bestellen soll. Richtig rumkommandiert hast du mich.

Am Sonntag blieb ich lange im Bett. Aufgestanden bin ich erst um neun, aber ich war vorher schon wach, mindestens eine Stunde. Da habe ich die Dusche gehört. Und weißt du, ich dachte, er war vielleicht angeln oder laufen oder so was, weil ich vorher gehört hatte, wie er von draußen rein und die Treppe ins Bad hoch gekommen ist.

Clover hatte ihm sein Alibi gegeben. Sie hatte der Polizei gesagt, er sei die ganze Zeit im Haus gewesen. Das hatte sie auch Ruby erzählt. Ruby spürte einen Druck im Zwerchfell; einen Moment lang wusste sie gar nicht, ob sie überhaupt wollte, dass Clover weiterredete.

Am Abend haben wir uns dann verabschiedet, du und ich. Du hast mir die Hand gegeben, als wäre ich eine Fremde, die du gerade erst kennengelernt hast, und das war ich ja wohl auch. Du solltest zurück zu deiner Mutter, aber eine halbe Stunde später warst du schon wieder da. Deine Mutter war nicht gekommen. Lucas hat so getan, als käme das ständig vor. Er hat es so dargestellt, als wäre Deena unzuverlässig. Ich bin am nächsten Morgen wieder nach Vermont gefahren. Lucas hat mir nie etwas erzählt. Kein Wort. Dann bekam ich einen Anruf von der Polizei. Ein Detective vom Philadelphia Police Department. Deine Mutter wurde vermisst, und Lucas hatte ausgesagt, ich sei das ganze Wochenende bei ihm gewesen. Sie wollten wissen, ob Lucas am Sonntagmorgen das Haus verlassen hätte. Ich sagte nein. Ich sagte, ich wäre da und wach gewesen und dass er nicht fortgegangen ist. Sie haben mir erklärt, dass ich ihm damit ein Alibi gebe. Ich habe meine Aussage unterschrieben.

Du hast gelogen?

Ich wollte nicht glauben, dass er was mit so einer Sache zu tun hat. Das glaubte ich auch wirklich nicht. Außerdem war ich mir auch gar nicht sicher, woran ich mich noch erinnere. Ich wollte nicht, dass er Ärger kriegt. Er hatte mir ja erzählt, deine Mutter würde ständig solche Sachen machen.

Im Juni bist du hier eingezogen. Du warst viereinhalb. Lucas meinte, es wäre das Beste, wenn du keinen Kontakt zur Familie deiner Mutter mehr hast. Es wäre nur unnötig schmerzlich für dich, an sie erinnert zu werden. Er wollte dir einen Neuanfang ermöglichen.

Die nächsten Sätze gingen Clover nur schwer über die Lippen. Sie saß da, sah Ruby an, und ihre Unterlippe zitterte.

Du hast geweint. Monatelang. Nachts hast du nach deiner Mutter gerufen. Ich konnte dich gar nicht trösten. Du hast nach Nessa gerufen. Nach deinem Grandpa. Lucas wollte mir nicht erlauben, sie anzurufen, damit du wenigstens mit ihnen telefonieren kannst. Jedes Mal, wenn du nach deiner Mutter gefragt hast, haben wir das einfach ignoriert, oder Lucas hat dir gesagt, du sollst damit aufhören ...

Ruby hatte das Kinn auf die Tischplatte gelegt, die Arme um den Kopf, wie um sich vor ihrer eigenen Geschichte zu schützen. Sie hatte sie also nicht einfach so vergessen.

Clover hörte auf zu reden. Vergrub das Gesicht in der gesunden Hand.

Irgendwann hast du aufgehört, nach ihnen zu fragen.

In dem Jahr, als du gerade auf die Middle School gekommen warst, tauchte dieser Detective aus Philadelphia hier auf, als Lucas bei der

Arbeit war, derselbe, der mich früher schon befragt hatte. Er war beim Morddezernat. Er sagte, er könne mich entweder zur Befragung nach Philadelphia vorladen, oder ich solle gleich hier vor Ort mit ihm reden. Deine Mutter war offiziell für tot erklärt worden, und er glaubte, dass mein Sohn noch mehr darüber wusste. Ich habe wiederholt, was ich ihm schon gesagt hatte. Lucas wäre nicht aus dem Haus gegangen. Ich wüsste nichts. Er hat auch diese Begriffe verwendet – Kontaktverbot, Schutz vor Missbrauch –, aber ich wusste nicht so richtig, was er damit meint, vielleicht wollte ich es auch gar nicht hören. Erst als du mir dann erzählt hast, was du in den Zeitungsartikeln gesehen hast. Häusliche Gewalt.

Wieder musste Clover eine Pause machen.

Vielleicht habe ich es auch die ganze Zeit gewusst. Der Mietwagen. Der Pickup. Dass er doch weg war. Ich hatte gelogen. Einen Meineid geschworen. Ich hatte Ermittlungen behindert. Ich wusste, sie würden dich hier wegholen. Aber was hättest du denn ohne uns anfangen sollen?

Der Detective hat seine Visitenkarte an den Kühlschrank gehängt, mit dem Champlain-Magneten, falls mir doch noch was einfällt oder ich ihm sonst was sagen will. Er war noch keine zehn Minuten weg, da kam dein Vater reingestürmt. Zurück aus Montreal. Er hat mich ausgequetscht, was der Detective von mir wissen wollte. Hat mich mehrmals wiederholen lassen, was ich geantwortet habe. Da wusste ich, dass er durch die Kameras alles sehen kann. Und ich musste daran denken, wie er meinen Briefkasten abgehackt hat. Habe mich erinnert, wie wütend er war.

Clover räusperte sich. Da habe ich mein Testament gemacht. Und mit einem Anwalt darüber geredet, wie ich mir meine Lebensversicherung auszahlen lassen kann, um Geld für dich zurückzulegen. Ich wusste ja nicht, was kommt. Vor ungefähr einem Jahr habe ich es dann Adelaide erzählt. Sie hat mir die Berichte über den Fall beschafft. Wir waren uns beide ganz sicher. Und dann hat er dich geschlagen.

Das war doch ein Unfall, warf Ruby ein.

Es war ein Unfall, aber es war auch keiner, sagte Clover. Und ich konnte an nichts anderes mehr denken. Dass der Pickup an dem Sonntag wieder vor seinem Haus stand, mit leerer Ladefläche. Ohne Holz. Und dann saß ich eines Morgens draußen, rauchte und schaute auf den See und fuhr im Kopf wieder hinter ihm die Straße entlang an dem Abend, wie schon hunderttausend Male vorher, aber diesmal sah ich plötzlich ein Schild. Ein Ortsschild: *Stausee Laurel Wood*. Das muss ich gesehen haben, kurz bevor wir auf den Holzfällerweg in den Wald abgebogen sind.

Ruby hatte an einer Raststätte auf der Rückfahrt nach Vermont in der Zeitung davon gelesen. Die Leiche ihrer Mutter war in ihrem Wagen auf dem Grund eines Stausees gefunden worden. Und während sie Clover zuhörte, war auch sie sich sicher. Er hatte es getan.

Die Visitenkarte, die der Detective mir gegeben hatte, die habe ich verbrannt, aber vorher habe ich mir die Telefonnummer auf einen Zettel geschrieben und versteckt. Den hast du mir ins Krankenhaus gebracht.

Clover holte kurzatmig Luft. Sie war erschöpft, und Ruby half ihr trotz allem in ihren Sessel im Wohnzimmer, wo sie sofort einschlief. Keine großen Anstrengungen, hatte die Ärztin gesagt, aber Clover versuchte, endlich das Richtige zu tun, so, wie Adelaide es gesagt hatte. An ihrer Wange klebten graue Haarsträhnen. Ihre Wolljacke war zugeknöpft bis zum Kinn. Die geschwollenen Finger, nur noch eine funktionierende Hand. Wie hatte sie das mit den Knöpfen überhaupt geschafft? Ruby sah zu, wie Clover ein- und ausatmete. Ihr ganzer Körper arbeitete, jeder Atemzug wirkte, als hätte sie einen Betonblock auf der Brust. Clover hatte ihr die Wahrheit gesagt. Ruby stand auf und deckte sie zu.

Sie saß am Fenster und zählte die Ortschaften. Lange standen sie alle noch stocksteif am Ufer des Sees, dahinter in der Ferne die Fischerboote, die Umrisse der Landzungen vor dem blauen Wasser, die Buchten und ganz weit hinten die Green Mountains – unsere Berge, wie Lucas immer gesagt hatte. Der Zug fuhr ein ganzes Stück zurück den See entlang, zurück in die Vergangenheit, und Ruby sah, wie alles, was vor ihr lag, der vertraute See, das einzige Leben, das sie kannte, immer kleiner wurde.

Hinter New York durchquerten sie einen Tunnel, unter Wasser bis nach New Jersey. Newark, Princeton, Trenton. Und dann die 30th Street Station. Philadelphia. Sie war angekommen. Nessa hatte ihr gesagt, sie würden sich am Engel treffen. Den kannte Ruby schon aus den Filmen, die Nathalie ihr gezeigt hatte. Der Engel der Auferstehung. Sie erinnerte sich, wie der kleine Amish-Junge in *Der einzige Zeuge* daran hochschaute. Ein großer Engel, weit über ihm, der einen Gefallenen in den Armen hielt. Als Ruby die Treppe vom Gleis hinaufkam und in die Haupthalle trat, hatte sie das Gefühl, schon einmal hiergewesen zu sein. Pendler wuselten um sie herum. Sie drehte sich einmal um sich selbst, dann ging sie ihnen entgegen, zum anderen Ende der Halle, wo sich die Flügel des Engels erhoben.

DANKSAGUNG

So viele Menschen haben mich unterstützt, während ich dieses Buch geschrieben habe. Ich bin dem ganzen Team bei Faber zu großem Dank verpflichtet: Louisa Joyner, Libby Marshall und vor allem meiner Lektorin Sara Helen Binney, die das Manuskript bis zu seiner Vollendung gesteuert und mich über Wasser gehalten hat, als das besonders nötig war. Ich danke Lauren Nicoll, die keine Mühen gescheut hat, um diesem Buch auf die Welt zu helfen, Josephine Salverda, die das Manuskript durch all seine Phasen begleitet hat, Silvia Crompton für das unschätzbar wertvolle Lektorat, Jane Barringer für die juristische Redaktion und Arabella Watkiss und Mollie Stewart für ihre Kreativität beim Marketing. Ein Dank geht auch an Pete Adlington, den Chef-Grafiker bei Faber, für das wunderschöne Cover.

Ich danke Noah Eaker, meinem Lektor bei Harper Books, der mir mit seinem Verständnis und seinen Lektoratsvorschlägen neue Denkwege eröffnet hat, wie alles enden könnte.

Es ist ein Segen, Peter Straus zum Agenten zu haben. Vielen Dank an alle bei RCW, vor allem an Stephen Edwards. Vielen Dank auch an Declan Heeney und Simon Hess von Gill Hess.

Auch bei den Recherchen für das Buch haben mir zahllose Menschen geholfen. Ich danke Lizabeth und Joe Macoretta, Deirdre Cosgrove Andrews, Deirdre Mannion Tükel und der Familie Pergolini für die Unterstützung bei allem von Rechtsverfahren, den Vorschriften auf einer neonatologischen Intensivstation, Gedächtnisforschung, Kinder- und Jugendschutz bis hin zur typischen Philly-Ausdrucksweise. Ich danke Joseph McDermott, einem ehemaligen Mordermittler, der mir großzügigerweise gleich mehrere Tage seiner Zeit geschenkt hat, um mich durch Philadelphia zu führen und mir unter anderem das Strafgericht und das Roundhouse zu zeigen. Ich danke Dave Greenough und Lawrence »Lucky« Pyne für ihre genaue und leidenschaftliche Kenntnis der Wälder und Gewässer von Vermont und für die Großzügigkeit, mit der sie mich daran teilhaben ließen. Ich danke Alannah Donohoe in Sligo für ihr Ruderfachwissen und die aufmerksame Lektüre. Sämtliche Irrtümer oder Fehltritte zu diesem Thema gehen allein auf mein Konto.

Besonders dankbar bin ich Elske Rahill und Séan Farrell, die mitgelesen haben, während ich schrieb. Séan ist jede Fassung, jeden Abschnitt, jedes Wort genauestens durchgegangen und hat mir ebenso kernige wie wohldurchdachte Vorschläge gemacht. Ich stelle mir vor, dass er oft mindestens so verzweifelt war wie ich, aber trotzdem durchgehalten hat. Séan und Elske, ihr habt dieses Buch besser gemacht und Sligo auch. Danke, danke, danke.

Sinéad Gleeson war mir Mentorin und Freundin, und ich gebe mir alle Mühe, mich bei anderen genau so großzügig zu zeigen wie sie bei mir. In Sligo sind Tara McGown vom Cairde Festival sowie Patricia Keane und Michelle Brennan von der Sligo Central Library mir und anderen Schreibenden eine ständige Unterstützung. Ich danke meinen Kolleginnen und Kollegen und meinen Studierenden aus dem Writing + Literature und dem Performing Arts Programme an der ATU Sligo. Es ist eine echte Ehre, mit euch allen arbeiten zu dürfen und von euch zu lernen. Vielen Dank an Emmet O'Doherty und David Roberts. Ebenfalls vielen Dank an das ganze Team des Liber Bookshop in Sligo.

Für den nötigen Raum zum Schreiben geht mein unendlicher Dank an: Paul von der River Mill, PeeWee Stapleton und seine Menschen in Tennessee sowie das Model Arts Centre in Sligo für mein Gartenatelier, eine Oase, ohne die es dieses Buch sicher nicht geben würde.

Ich danke allen, die *Licht zwischen den Bäumen* gelesen, geteilt und weiterempfohlen haben: Lesezirkel, Bloggerinnen und Blogger, Journalistinnen und Journalisten, Podcasts und ganz besonders meinen Mitschülerinnen und Mitschülern von der NDA High School, die mir mit Susi McKernan zu der persönlichen Buchpremiere verholfen haben, die wegen des Lockdowns erstmal ausfallen musste.

Meine Mutter, meine fünf Schwestern und zwei Brüder, meine Schwägerinnen und Schwager und meine Nichten und Neffen erden mich, genau wie Thérèse O'Loughlin, Lisa Johnson Viveros und Isabel Grayson, die so viele Jahre schon meine Freundinnen sind.

Louise Kennedy, ich weiß gar nicht, wo ich anfangen soll. Du hast mich auf dem Boden gehalten, mich gefüttert und mich daran erinnert, dass es auch Freude machen soll. Ich bin mehr als dankbar, dich zur Freundin zu haben.

Danke, Michael. Dúaltagh, Brónagh und Aoibhín, dieses Buch ist für euch, denn ihr seid das Herz von allem.

Una Mannion wuchs mit sieben Geschwistern in Philadelphia, Pennsylvania auf. Viele Sommer ihrer Kindheit verbrachte sie in Irland, dem Heimatland ihres Vaters. In den 1990er Jahren siedelte Una Mannion ins County Sligo über. Sie lehrt am Institute of Technology in Sligo und gibt gemeinsam mit Louise Kennedy und Eoin McNamee die Literaturzeitschrift *The Cormorant* heraus. Für ihre Gedichte und Kurzgeschichten wurde sie mehrfach mit Preisen ausgezeichnet. 2021 erschien bei Steidl ihr erster Roman *Licht zwischen den Bäumen*.

Tanja Handels, geboren 1971 in Aachen, übersetzt zeitgenössische englischsprachige Literatur, u.a. von Zadie Smith, Toni Morrison, Bernardine Evaristo, Charlotte McConaghy und Anna Quindlen. Ihre Übersetzungen wurden mehrfach ausgezeichnet, zuletzt mit dem Heinrich Maria Ledig-Rowohlt-Preis. Sie lebt und arbeitet in München.

Titel der englischen Originalausgabe:
»Tell Me What I am«, erschienen bei Faber & Faber Ltd, London 2023

Erste Auflage Oktober 2024

Buchgestaltung: Gwenda Winkler-Vetter / Steidl Design
Umschlaggestaltung: Paloma Tarrío Alves / Steidl Design
Gesetzt aus der Veneer und Garamond
Gesamtherstellung und Druck: Steidl, Göttingen

Steidl
Düstere Str. 4
37073 Göttingen
Tel. +49 551 4960660
mail@steidl.de
steidl.de
ISBN 978-3-96999-403-0

Printed in Germany by Steidl
Auch als eBook erhältlich